【臺灣現當代作家
研究資料彙編】08

覃子豪

國立台灣文學館
出版

主委序

　　臺灣文學發展至今，已蓄積可觀且沛然的能量，尤於現當代文學領域，作家們的精彩創作與文學表現，成績更是有目共睹。對應日益豐饒的文學樣貌，全面梳理研究資源、提昇資料查考與使用的便利性，也就格外重要。

　　本會所屬國立台灣文學館自成立以來，即著力於臺灣文學史料之研究、整理及數位化，迄今已積累相當成果，民眾幾乎可在彈指之間，獲取相關訊息及寶貴知識；為豐富臺灣文學研究基礎，繼 99 年出版收錄 310 位現當代作家評論資料的《臺灣現當代作家評論資料目錄》後，今（100）年進一步延伸建置「臺灣現當代作家研究資料庫」，將現當代文學作家及系列作品建構起多向查考、運用的整合機制，不僅得以逐步完善 310 位現當代作家評論資料的確切性及新穎度，研究者亦能更加便捷地掌握研究概況、動態，進而開闢不同的研究路徑及視野。

　　為深化既有成果，也同步推動「臺灣現當代作家研究資料彙編計畫」，預計分年完成自臺灣新文學之父賴和以降，50 位現當代重要作家研究資料彙編，系統性纂輯、呈現作家手稿、影像、文學年表、研究綜述、評論文章及目錄、歷史定位與影響等。目前已完成第一階段賴和等 15 位重要作家研究資料彙編工作，此為國內現行唯一全方位的臺灣現當代文學工具書，也是研究臺灣作家、文學發展的重要讀本依據，乃極具代表性意義的起點，搭配前述資料庫，相信能為臺灣文學研究奠定益加厚實的根基；亦祈各方不吝指正，以匯聚更多參與及持續前行的能量。

行政院文化建設委員會主任委員

館長序

近幾年，臺灣現當代文學的研究，朝著跨領域整合的方向在發展，但不管趨勢如何，對於作家及其作品的理解與詮釋，恆是最基本且是最重要的工作。因此，作家到底是一個什麼樣的人？他的出身、學經歷究竟如何？他在哪些主客觀條件下從事寫作？又怎麼會寫出那樣的一些作品？這些都有助於增加理解；進一步說，前人究竟如何解讀作家的為人和他之所作？如何評述其文學風格及成就？這些相關文獻提供了我們重新展開深入探索的基礎，了解前修有所未密，後出才能轉精。

當臺灣文學在 1980 年代獲得正名，在 1990 年代正式進入學院體制，「學科化」就彷彿是一場學術運動，迄今所累積的研究成果已極可觀，如果把前此多年在文學相關傳媒所發表的評論資料納入，則可稱之為臺灣文學的「研究資料」，以作家之評論而言，根據國立台灣文學館委託台灣文學發展基金會所蒐羅的作家評論資料（310位作家，收錄時間下限是 2009 年 8 月），總計近九萬筆。這龐大的資料，已於去年編印成八巨冊的《臺灣現當代作家評論目錄》；在這樣的基礎上，以個別作家為考量的「研究資料彙編」計畫，其第一階段的成果即將出版（15 冊），如果順利，二、三年內將會累積到50 冊。

「臺灣」是我們生存的空間，「現當代」約指新文學發生以降迄今，「作家」特指執筆為文且成家者。臺灣現當代作家之所以值得研

　　究，乃是因為他們以其智慧和經驗創造了許多珍貴的文學作品，反映並批判社會，饒富現當代意義，如果能夠把他們的研究資料集中，對於正在學習或有文學興趣的讀者，應該會有莫大的助益。

　　賴和被尊稱為臺灣新文學之父，他出生於甲午戰爭那一年（1894），爾後出生的作家，含在臺灣土生土長，以及從中國大陸來臺者，人數非常多，如何挑選重要作家，且研究資料相對比較豐富者，是一件不容易的事，這就需要專家的參與；基本上，選人要客觀，選文要妥適，編選者要能宏觀，且能微視，才能提出有說服力的見解。

　　毫無疑問，這是一個重大的人文基礎建設，由政府公部門（國立台灣文學館）出資，委託深具執行力的社會非營利組織（台灣文學發展基金會），動員諸多學術菁英（顧問群、編選者）來共同完成，有效的運作模式開創一種完美的三合一典範，對於臺灣文學，必能發揮其學科深化的作用，且將有助於臺灣文學的永續發展。

國立台灣文學館館長

編序

◎封德屏

緣起

1995 年 10 月 25 日，在臺灣師範大學教育大樓的 201 室，一場以「面對臺灣文學」為題的座談會，在座諸位學者分別就臺灣文學的定義、發展、研究，以及文學史的寫法等，提出宏文高論，而時任國家圖書館編纂張錦郎的「臺灣文學需要什麼樣的工具書」，輕鬆幽默的言詞，鞭辟入裡的思維，更贏得在座者的共鳴。

張先生以一個圖書館工作人員自謙，認真專業地為臺灣這幾十年來究竟出版了多少有關臺灣文學的工具書，做地毯式的調查和多方面的訪問。同時條理分明地針對研究者、學生，列出了十項工具書的類型，哪些是現在亟需的，哪些是現在就可以做的，哪些是未來一步一步累積可以達成的，分別做了專業的建議及討論。

當時的文建會二處科長游淑靜，參與了整個座談會，會後她劍及履及的開始了文學工具書的委託工作，從 1996 年的《臺灣文學年鑑》起始，一年一本的編下去，一直到現在，保存延續了臺灣文學發展的基本樣貌。接著是《中華民國作家作品目錄》的新編，《臺灣文壇大事紀要》的續編，補助國家圖書館「當代文學史料影像全文系統」的建置，這些工具書、資料庫的接續完成，至少在當時對臺灣文學的研究，做到一些輔助的功能。

2003 年 10 月，籌備多年的「台灣文學館」正式開幕運轉。同年五月《文訊》改隸「財團法人台灣文學發展基金會」，為了發揮更大的動能，開始更積極、更有效率地將過去累積至今持續在做的文學史料整理出來，讓

豐厚的文藝資源與更多人共享。

　　於是再次的請教張錦郎先生，張先生認為文學書目、作家作品目錄、文學年鑑、文學辭典皆已完成或正在進行，現在重點應該放在有關「臺灣現當代作家評論資料目錄」的編輯工作上。

　　很幸運的，這個計畫的發想得到當時臺灣文學館林瑞明館長的支持，於是緊鑼密鼓的展開一切準備工作：籌組編輯團隊、召開顧問會議、擬定工作手冊、撰寫計畫書等等。

　　張錦郎老師花了許多時間編訂工作手冊，每一位作家的評論資料目錄分為：

　　（一）生平資料：可分作者自述，旁人論述及訪談，文學獎的紀錄。

　　（二）作品評論資料：可分作品綜論，單行本作品評論，其他作品（包括單篇作品）評論，與其他作家比較等。

　　此外，對重要評論加以摘要解說，譬如專書、專輯、學術會議論文集或學位論文等，凡臺灣以外地區之報刊及出版社，於書名或報刊後加註，如中國大陸、香港、新加坡等。此外，資料蒐集範圍除臺灣外，也兼及中國大陸、香港、新加坡、日本、韓國及歐美等地資料，除利用國內蒐集管道外，同時委託當地學者或研究者，擔任資料蒐集工作。

　　清楚記得，時任顧問的學者專家們，都十分高興這個專案的啟動，但確定收錄哪些作家名單時，也有不同的思考及看法。經過充分的討論後，終於取得基本的共識：除以一般的「文學成就」為觀察及考量作家的標準外，並以研究的迫切性與資料獲得之難易度為綜合考量。譬如說，在第一階段時，作家的選擇除文學成就外，先考量迫切性及研究性，迫切性是指已故又是日治時期臺籍作家為優先，研究性是指作品已出土或已譯成中文為優先。若是作品不少而評論少，或作品評論皆少，可暫時不考慮。此外，還要稍微顧及文類的均衡等等。基本的共識達成後，顧問群共同挑選出 310 位作家，從鄭坤五、賴和、陳虛谷以降，一直到吳錦發、陳黎、蘇偉貞，共分三個階段進行。

　　張錦郎教授修訂的編輯體例，從事學術研究的顧問們，一方面讚嘆「此目錄必然能成爲類似文獻工作的範例」，但又深恐「費力耗時，恐拖延了結案時間」，要如何克服「有限時間，高度理想」的編輯方式，對工作團隊確實是一大挑戰。於是顧問們群策群力，除了每人依研究領域、研究專長認領部分作家外（可交叉認領），每個顧問亦推薦或召集研究生襄助，以期能在教學研究工作外，爲此目錄盡一份心力。

　　「臺灣現當代作家評論資料目錄」專案計畫，自 2004 年 4 月開始，至 2009 年 10 月結束，分三個階段歷時五年六個月，共發現、搜尋、記錄了十餘萬筆作家評論資料。共經歷了三位專職研究助理，近三十位兼任研究助理。這些研究助理從開始熟悉體例，到學習如何尋找資料，是一條漫長卻實用的學習過程。

接續

　　本來以爲五年的專案工作可以暫時告一段落，但面對豐盛的研究成果，無論是參與這個計畫的顧問或是擔任審查工作的專家學者，都希望臺灣文學館能在這樣的基礎下挖深織廣，嘉惠更多的文學研究者。

　　「臺灣現當代作家評論資料目錄」的專案完成，當代重要作家的研究，更可以在這個基礎上，開出亮麗的花朵。於是就有了「臺灣現當代作家研究資料彙編暨資料庫建置計畫」的誕生。爲了便於查詢與應用，資料庫的完成勢在必行，而除了資料庫的建置外，這個計畫再從 310 位作家中精選 50 位，每人彙編一本研究資料，內容有作家圖片集，包括生平重要影像、文學活動照片、手稿及文物，小傳、作品目錄及提要、文學年表。另外每本書分別聘請一位最適當的學者或研究者負責編選，除了負責撰寫五千至一萬字的作家研究綜述外，再從龐雜的評論資料中挑選具有代表性的評論文章，全文刊載，平均 12～14 萬字，最後再附該作家的評論資料目錄，以期完整呈現該作家的生平、創作、研究概況，其歷史地位與影響。

　　由於經費及時間因素，除了資料庫的建置，資料彙編方面，50 位作家

分三個階段完成。第一階段挑選了 15 位作家，體例訂出來，負責編選的學者專家名單也出爐了，於是展開繁瑣綿密的編輯過程。一旦工作流程上手，才知比原本預估的難度要高上許多。

　　首先，必須掌握 15 位編選者的進度這件事，就是極大的挑戰。於是編輯小組在等待編選者閱讀選文的同時，開始蒐集整理作家生平照片、手稿，重編作家年表，重寫作家小傳，尋找作家出版品的正確版本、版次，重新撰寫提要。這是一個極其複雜的工程。要將編輯準則及要素傳達給毫無編輯經驗的助理，對我來說，就是一個極大的考驗。於是，邊做邊教，還好有認真負責的專任助理宇需，以及編輯老手秀卿下海幫忙，將我的要求視為使命必達，讓整個專案在「高壓政策」下，維持了不錯的品質及進度。

　　當然，內部的「高壓政策」，可以用身教、言教的方法執行，但要八位初出茅廬的助理，分別盯牢 15 位編選的學者專家，無疑是一件「非常人」可以勝任的工作。學者專家個個都忙，如何在他們專職的教學及行政工作之外，把這件有意義的編選工作如期完工，另外還得加上一篇完整的評論綜述，這可是要大智慧、大勇氣的編輯經驗了。

　　有些編輯經驗可以意會，不可言傳，這是多年血淚交織的經驗與心得，短時間要他們全然領會實在有些困難。但迫在眉睫的工作總得完成，於是土法煉鋼也好，揠苗助長也罷，一股腦全使上了。在智慧權威、老練成熟的學者專家面前，這些初生之犢的年輕助理展現了大無畏的精神，施展了編輯教戰手冊中的第一招——緊迫盯人。看他們如此生吞活剝地貫徹我所傳授的編輯要法，心裡確實七上八下，但礙於工作繁雜，實在無法事必躬親，也只好讓他們各顯身手了。

　　縱使這些新手使出了全部力氣，無奈工作的難度指數偏高，進度遇到瓶頸，大夥有些喪氣，這時就得靠意志力及精神鼓舞了。我曉以大義的說，他們正在光榮地參與一個重要的文學工程，絕對不可輕言放棄。

成果

　　雖然過程是如此艱辛，可是終究看到豐美的成果。每位編選者雖然忙碌，但面對自己負責的作家資料彙編，卻是一貫地認真堅持。他們每人必須面對上千或數百筆作家評論資料，挑選重要或關鍵性的評論文章，全面閱讀，然後依照編選原則，挑選評論文章。助理們此時不僅提供老師們所需要的支援，統計字數，最重要的是得找到各篇選文作者，取得同意轉載的授權。在進度流程初估時，我們錯估了此項工作的難度，因為許多評論文章，發表至今已有數十年的光景，部分作者行蹤難查，還得輾轉透過出版社、學校、服務單位，尋得蛛絲馬跡，再鍥而不捨地追蹤。

　　除了挑選評論文章煞費苦心外，每個作家生平重要照片，我們也是採高標準的方式去蒐集，過世作家家屬、友人、研究者或是當初出版著作的出版社，都是我們徵詢的對象。認真誠懇而禮貌的態度，讓我們獲得許多從未出土的資料及照片，也贏得了許多珍貴的友誼。例如楊逵的兒子楊建、孫女楊翠，龍瑛宗的兒子劉知甫，張文環的女兒張玉園，楊熾昌的兒子楊皓文，鍾理和的兒子鍾鐵民、孫女鍾怡彥及鍾舜文，梁實秋的女兒梁文薔，呂赫若的兒子呂芳卿、呂芳雄等，我們和他們一起回憶他們的父祖輩可敬可愛的文學人生。

　　閱讀諸篇評論文章，對先民所處的時代有更多的同情與瞭解。從日本研究臺灣文學的學者尾崎秀樹〈臺灣文學備忘錄——臺灣作家的三部作品〉一文中，可以清楚瞭解臺灣人作家對日本殖民統治的意識，乃由抵抗而放棄以至屈服的傾斜過程。向陽認為，其中也能發現少數因主流思潮的覆蓋而晦暗不明的作家，例如不為時潮所動，堅持以超現實主義書寫的楊熾昌。然而經過時間的考驗，曾經孤獨的創作者，終究確立了他在臺灣文學史上的地位。

　　在閱讀中，許多熟悉的名字不斷出現。1962 年，張良澤以一個成大中文系學生的身分，拜訪了鍾理和遺孀，且立下了今後整理臺灣文學史料的

志業。1977 年 9 月，張良澤主編的《吳濁流作品集》，堂堂六冊由遠行出版。1979 年 7 月，鍾肇政、葉石濤、張恆豪、林梵、羊子喬等人編纂《光復前臺灣文學全集》，由遠景出版，這些作家、學者、出版家，都為早期臺灣文學的研究貢獻了心力。

1987 年 7 月臺灣解嚴，臺灣文學研究的風潮日漸蓬勃。1990 年 4 月23 日，《民眾日報》策劃「呂赫若專輯」，標題為〈呂赫若復出〉；1991 年前衛出版社林文欽出版「臺灣作家全集・短篇小說卷・日據時代」；1997年自真理大學開始，臺灣文學系所紛紛成立，臺灣文學體制化的脈動，鼓舞了學院師生積極從事日治時期臺灣文學史料的蒐集。這股風潮正如陳萬益所言，不只是文獻的出土，也是一種心態的解嚴，許多日治時期作家及其家屬，終於從長期禁錮的氛圍中解放。許俊雅認為，再加上當初以日文創作的作家作品，也在 1990 年代後被逐漸翻譯出來，讀者、研究者在一個開放的空間，又免除語文的障礙，而使臺灣文學研究開始呈現多元的風貌。

1990 年開始，各地縣市文化中心（文化局），對在地作家作品集的整理出版，以及臺灣文學館成立後對日治時期作家以迄當代重要作家全集的編纂，對臺灣文學之作家研究，也有了很好的促進作用。《鍾理和全集》、《鍾肇政全集》、《楊逵全集》、《張文環全集》、《呂赫若日記》、《葉石濤全集》、《龍瑛宗全集》，如雨後春筍般持續展開。「臺灣意識」的興起，使本土文學傳統快速的納入出版與研究行列。

每位編選者除了概述作家的研究面向外，均有獨到的觀察與建議。陳建忠細論賴和及其文學接受史的演變歷程後，建議未來研究者回歸到賴和文學本體與專業研究方向；張恆豪除抽絲剝繭細述「吳濁流學」的接受及演變歷程外，並建議幾個有關吳濁流及《亞細亞的孤兒》尚待關注及努力的議題；須文蔚建議未來的研究者，可從紀弦 1950～1960 年跨區域文學傳播角度出發，彙整紀弦對上海、香港、臺灣及東南亞華文地區詩歌的影響；或從紀弦主編過的《火山》詩刊、《新詩》月刊等著手，從文學社會學

或文學傳播的角度出發。柳書琴、張文薰為顧及張文環多元面向，除一般期刊論文外，亦選譯尚未譯介的論文，希望展示海內外不同世代之路徑與成果；應鳳凰以深入 50 年代文本的研究基礎，將鍾理和的研究收納得更為寬廣。彭瑞金則分別對葉石濤及鍾肇政進行深入細膩的研究，以及熟稔精密的剖析，他認為葉石濤文學是長期累積的成果，他所選錄的 20 篇葉石濤相關評論文章，代表各種背景的評論者、評介者閱讀葉石濤文學的方法；而鍾肇政上千筆的研究資料，呈現的多是鍾肇政文學的外圍研究，較少從文學的角度去探求解析。清理分析成果後，才可以作為續航前進的動力。

然而在近二十年本土文學興盛的臺灣文學研究中，是不是也有遺漏與偏失？陳信元的〈兩岸梁實秋研究述評比較〉，也足以讓我們思考。陳義芝除肯定覃子豪詩藝的深度與厚度，以及對後繼青年的影響外，如果從文獻蒐集、詮釋的角度來看，他認為覃子豪研究仍有尚未開發的議題。

學者兼作家的周芬伶，對琦君的剖析與論述細微而生動，她細膩的文字觀察，清楚道出琦君研究的未到之處；張瑞芬則以明快的文字，將林海音一生的創作、出版與編輯完整帶出，也比較了評論者對林海音小說、散文表現的不同看法，相同的則是林海音編輯生涯中對作家的提攜與貢獻。

期待

感謝臺灣文學館持續支持推動這兩個專案的進行。「臺灣現當代作家評論資料目錄」的完成，呈現的是臺灣文學研究的總體成果；「臺灣現當代作家研究資料彙編」套書的出版，則是呈現成果中最精華最優質的一面，同時對未來的研究面向與路徑，做最好的建議。我們可以很清楚的體會，這是一條綿長優美的臺灣文學接力賽，我們十分榮幸能參與其中，我們更珍惜在傳承接力的過程，與我們相遇的每一個人，每一件讓我們真心感動的事。我們更期待這個接力賽，能有更多人加入。誠如張恆豪所說「從高音獨唱到多元交響」，這是每一個人所期待的。

編輯體例

一、本書編選之目的，為呈現覃子豪生平、著作及研究成果，以作為臺灣文學相關研究、教學之參考資料。

二、全書共五輯，各輯內容及體例說明如下：

輯一：圖片集。選刊作家各個時期的生活或參與文學活動的照片、著作書影、手稿（包括創作、日記、書信）、文物。

輯二：生平及作品，包括三部分：

1.小傳：主要內容包括作家本名、重要筆名，生卒年月日，籍貫，及創作風格、文學成就等。

2.作品目錄及提要：依照作品文類（論述、詩、散文、小說、劇本、報導文學、傳記、日記、書信、兒童文學、合集）及出版順序，並撰寫提要。不收錄作家翻譯或編選之作品。

3.文學年表：考訂作家生平所進行的文學創作、文學活動相關之記要，依年月順序繫之。

輯三：研究綜述。綜論作家作品研究的概況，並展現研究成果與價值的論文。

輯四：重要文章選刊。選收國內外具代表性的相關研究論文及報導。

輯五：研究評論資料目錄。收錄至 2010 年 10 月底止，有關研究、論述臺灣現當代作家生平和作品評論文獻。語文以中文為主，兼及日文和英文資料。所收文獻資料，以臺灣出版為主，酌收中國大陸、香港、日本和歐美國家的出版品。內容包含三部分：

1.「作家生平、作品評論專書與學位論文」下分為專書與學位論文。

2.「作家生平資料篇目」下分為「自述」、「他述」、「訪談」、「年表」、「其他」。

3.「作品評論篇目」下分為「綜論」、「分論」、「作品評論目錄、索引」、「其他」。

目次

【輯五】研究評論資料目錄

輯一◎圖片集

影像◎手稿◎文物

1933年12月30日，與五人詩社——「泉社」同仁在北平中法大學孔德學院校門前留影。右起依序為周麟、覃子豪、沈毅、貫芝、朱顏。（翻攝自向明提供的《覃子豪紀念館落成專輯》）

1936年秋，和文友於東京川市郭家院與郭沫若合影。右起依序為覃子豪、朱寒衣、郭沫若、李華飛。（翻攝自向明提供的《覃子豪紀念館落成專輯》）

1936年秋末，於東京留學時和文友合影。蹲者左起依序為李春潮、李華飛、雷石榆；站立者左起依序為金祖同、覃子豪、老謝、魏晉。（翻攝自彭邦楨編《覃子豪詩選》，文藝風出版社）

1936年，覃子豪留學日本中央大學時攝於東京某一古蹟。（文訊資料室）

1937年，覃子豪於上海岳陽路普希金像前留影。（翻攝自向明提供的《覃子豪紀念館落成專輯》）

1938年，25歲時的覃子豪。（向明提供）

1942年3月20日，覃子豪（右一）與未來的妻子──邵秀峰（左一）擔任謝樹楠與曹娟音婚禮的男女儐相。（魏至昌提供）

1946年，覃子豪暨夫人邵秀峰與兩個女兒合影。（翻攝自魏子雲〈覃子豪與邵秀峰〉，《臺灣日報》第8版，1989年5月16日）

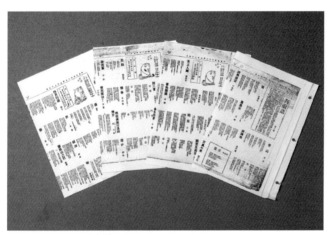

覃子豪擔任《公論報》「藍星」週刊第1～160期主編。（文訊資料室）

1956年3月14日，蔣經國於臺北市「婦女之家」設宴招待「全國青年最喜閱文藝作品及崇敬文藝作家測驗」的入選作家。蹲者為工作人員；站立者右起為墨人、郭嗣汾、佚名、李曼瑰、楊群奮、謝冰瑩、紀弦、鍾雷、蘇雪林、王宇清、申江、蔣經國、唐紹華、徐鍾珮、朱白水、張漱菡、艾雯、張自英、鄧綏甯、覃子豪、夏菁、余光中等人。（普音文化公司提供）

1956年春天，覃子豪於汐止彌勒山留影。（文訊資料室）

1957年，韓國文化界組團訪華，於返國登機前與臺灣文人合影。左起依序為鍾雷、覃子豪、金容浩、趙炳華、紀弦。（聯合文學出版社提供）

1957年，匈牙利詩人柔諾・卜納德（Dr. Jeno Platthy, 1926～2003）來臺訪問，在臺北市與詩人們合影。左起依序為杜呈祥、劉心皇、上官予、羅門、蓉子、葉泥、覃子豪、鍾雷、卜納德、魏希文，前為鍾鼎文、墨人、楊先生、鄭愁予、余光中、宣建人、吳望堯。（普音文化公司提供）

覃子豪擔任《藍星詩選》主編，共出「獅子星座號」與「天鵝星座號」二期。（文訊資料室）

1959年6月詩人節，「中國文藝協會」於臺北水源路舉行新詩集會，共有四十餘位作家參與。前排蹲者左起為張肇祺、碧果、楚戈；二排坐者右起為亞汀、夏菁、蓉子、上官予、鍾雷、覃子豪、紀弦，左三為宋膺、左四為趙友培；末排站立者右二、右三為秦松、周夢蝶，右五李莎，右九黃荷生，右十二為張拓蕪，左起為張默、瘂弦、洛夫，左五依序為李紅、楊牧、向明。（普音文化公司提供）

1960年12月，美駐華大使莊萊德舉行酒會慶祝《中國新詩集》英譯本出版，與入選詩人合影。左起依序為鄭愁予、夏菁、羅家倫、鍾鼎文、覃子豪、胡適，立其後者為莊萊德大使、莊萊德夫人，立其後者為紀弦、羅門、余光中、余光中夫人、蓉子，立其後者為楊牧、周夢蝶、夏菁夫人，立其後者為洛夫。（文訊資料室）

1960年，於「臺北現代畫展」和文友合影。右起依序為江漢東、秦松、覃子豪、彭邦楨、洪兆鉞、李錫奇。（翻攝自彭邦楨編《覃子豪詩選》，文藝風出版社）

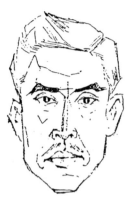

1961年1月，知名畫家馮鍾睿為覃子豪繪製畫像，刊載於《六十年代詩選》，高雄：大業書店。（劉正偉提供）

覃子豪擔任《藍星》季刊第1～4期主編。（文訊資料室）

1962年3月30日，與藍星詩社部分同仁於臺北市水源路中國觀光飯店宴請菲律賓文藝訪問團。前排左起依序為覃子豪、蓉子、范我存；後排左起依序為周夢蝶、羅門、余光中、向明。（向明提供）

1962年10月底，為歡迎胡品清返國、慶祝向明新婚及夏菁學成歸國，藍星詩社全體同仁齊聚餐敘。左起依序為鍾鼎文、覃子豪、向明、彭邦楨、向明夫人、胡品清、羅門、蓉子、夏菁夫人、余光中、范我存。（秀威資訊科技公司提供）

1962年，覃子豪於菲律賓講學時留影。（翻攝自彭邦楨編《覃子豪詩選》，文藝風出版社）

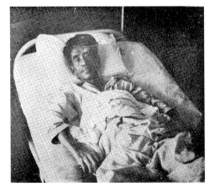

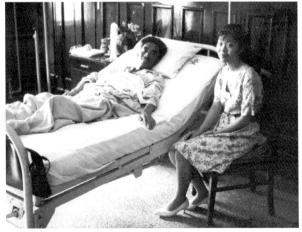

1963年，覃子豪病中攝於臺大醫院104號病房。（翻攝自《覃子豪全集Ⅲ》，覃子豪全集出版委員會）

1963年，病中的覃子豪與前往醫院探視的女詩人西蒙合影。（向明提供）

1963年10月15日，覃子豪喪禮公祭會場，中為彭邦楨回應記者提問。（翻攝自彭邦楨編《覃子豪詩選》，文藝風出版社）

詩人覃子豪先生遺照

詩的播種者

意志囚自己在一間小屋裏
屋裏有一個蒼茫的天地

耳邊飄響着一隻世紀的歌
胸中燃着一把熊熊的烈火

把理想投影於白色的紙上
在方塊的格子裡播着火的
種子

火的種子是滿天的星斗
全部殞落在黑暗的大地

當火的種子燃亮人類的心頭
他將微笑而去，與世長辭

　　──錄自「向日葵」
　　　第23─24頁

覃子豪先生治喪委員會印製
中華民國五十二年十月十五日

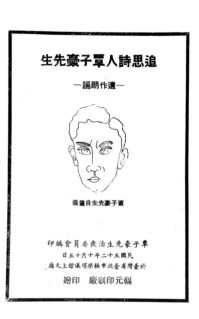

1963年10月15日，「追思詩人覃子豪先生遺作朗誦會」於覃子豪喪禮舉行，由「覃子豪治喪委員會」印製的活動摺頁和紀念書籤於當日在臺北極樂殯儀館發送。（向明提供）

祭文

維中華民國五十二年十月十五日前臺灣省物資調節委員會同仁曾也石、高聞天、嚴必康、石良幹等

謹以有花清酌致奠於覃員子豪吾兄之靈曰博覽

覃壽員子豪吾兄之靈於巴蜀幼篤岐嶷繁維先生長更特卓

群書進研辭學風流洞儻走祿碌頭角抗日軍興迨乎勝利白員收後同將相弱曾幾六時萬將故土浮搓海曲

於地獄敲傾同仇誰無感變色大陸清真鬥爭何慘

觸發詩歌輸君來豪河朔羅疾良醫手束無情胡壽之連耗傳來同聲一哭中原未定元

凶未戢豈我反攻屬杯酒告榮靈爽在天鑒此誠篤伏維後死依俙倘不謂潰嗚呼

尚饗

1963年10月15日，覃子豪於臺灣省物資調節委員會的同事曾也石、高聞天、嚴必康、石良幹等人在喪禮上所唸誦的一篇祭文。（向明提供）

因歸葬故鄉四川無期，詩人吳望堯捐贈墓地，生前好友二十餘人於1979年5月30日將覃子豪骨灰自善導寺遷葬於臺北縣三峽鎮安坑龍泉墓園下葬，致祭時六位詩人合影。左起依序為辛鬱、張默、商禽、羅門、瘂弦、葉泥。（翻攝自彭邦楨編《覃子豪詩選》，文藝風出版社）

名雕塑家何恒雄於1983年為覃子豪所鑄之紀
念銅像，立於其墓地之上。（向明提供）

1988年6月，由廣漢市覃子豪紀
念館籌建組編纂的《覃子豪紀念
館落成專輯》出版（四川廣漢：
廣漢市文史資料研究委員會）。
書中收錄覃子豪部分詩作，及其
親友與後人的追述文章。（向明
提供）

1988年6月18日，覃子豪紀念館在四川廣漢市房湖公園舉行落成典禮。橫匾為詩人艾青
所題，中央站立致辭者為流沙河，其左手邊為王東洲、李華飛。（向明提供）

1989年9月28日，詩人整理覃子豪之墳地。蹲者左起依序為梅新、商禽、項紀台、辛鬱；站者左起依序為洛夫、洪兆鉞、文曉村、羅門、綠蒂、許露麟。（向明提供）

1998年1月19日，詩人於覃子豪墳前祭拜。左起依序為文曉村、梅占魁、劉正偉、台客、洪兆鉞、向明、藍雲、林煥彰、麥穗。（向明提供）

1998年10月10日，覃子豪於中華文藝函授學校第一期的學生與覃子豪銅像合影。蹲者左起依序為柴棲鶯、麥穗、秦嶽、楊華銘；站立者左起依序為張效愚、藍雲、雪飛、向明、瘂弦、小民。（向明提供）

1999年9月6日，詩人參訪大陸四川廣漢「覃子豪紀念館」，與覃子豪紀念雕像合影。左起依序為丁文智、辛鬱、向明、張默、大荒、商禽。（向明提供）

海的詠嘆

覃子豪

覃子豪詩作〈海的詠嘆〉手稿。（爾雅出版社提供）

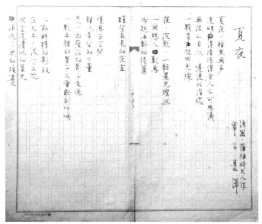

覃子豪詩作〈夏夜〉手稿。（向明提供）

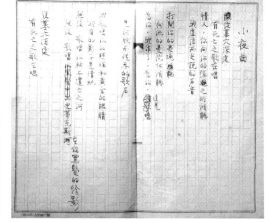

覃子豪詩作〈小夜曲〉手稿。（向明提供）

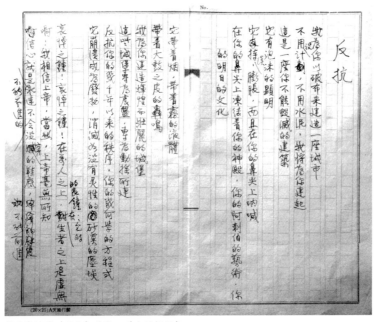

覃子豪詩作〈雨天的園中〉手稿。（向明提供）

覃子豪詩作〈反抗〉手稿。（向明提供）

覃子豪詩作〈黑髮橋〉手稿，本詩後經修正並改題為〈過黑髮橋〉。（向明提供）

覃子豪論述文章〈現代詩的信念〉手稿。（翻攝自《覃子豪全集Ⅱ》，覃子豪全集出版委員會）

覃子豪畫作「絕壁」。（翻攝自覃子豪《海洋詩抄》，
新詩週刊社）

覃子豪畫作「獨語」。（翻攝自覃子豪《海洋詩抄》，
新詩週刊社）

覃子豪簡評麥穗詩作之
信函。（翻攝自《藍星
詩刊》第17期）

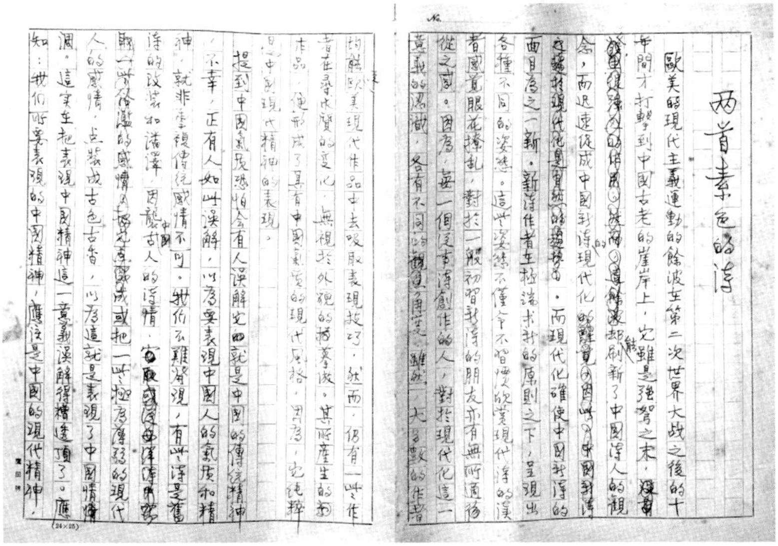

兩首素色的詩

歐美的現代主義運動的餘波在第二次世界大戰之後的十年間才打擊到中國古老的崖岸上，它雖是強弩之末，[illegible]卻能刷新了中國詩人的觀念，而迅速促成中國新詩現代化的醒覺，[illegible]。而現代化確使中國新詩的面目為之一新。新詩作者在極端求新的原則之下，呈現出各種不同的姿態。這些姿態不僅令不習慣於現代詩的讀者感覺眼花撩亂，對於一般初習新詩的朋友亦有無所適從之感。因為，每一個從事詩創作的人，對於現代化這一意義的認識，各有不同的觀點，雖然，大多數的作者[illegible]歐美現代作品中去吸取表現技巧，然而，仍有一些作者在尋求質的變化，無視於外貌的描摹仿傚。其所產生的新作品，便形成了具有中國氣質的現代風格。因為，它純粹是中國現代精神的表現。

提到中國氣質恐怕會有人誤解它就是中國的傳統精神，不幸，正有人如此誤解，以為要表現中國人的氣質和精神，就非重複傳統感情不可。我們不難發現，有些詩是舊詩的改裝和譜譯，因襲古人的詩情，[illegible]的感情[illegible]或把一些極為薄弱的現代人的感情，點裝成古色古香，以為這就是表現了中國情調。這實在把表現中國精神這一意義誤解得糟透頂了。應知：我們所要表現的中國精神，應該是中國的現代精神，

覃子豪簡評向明詩作手稿。（向明提供）

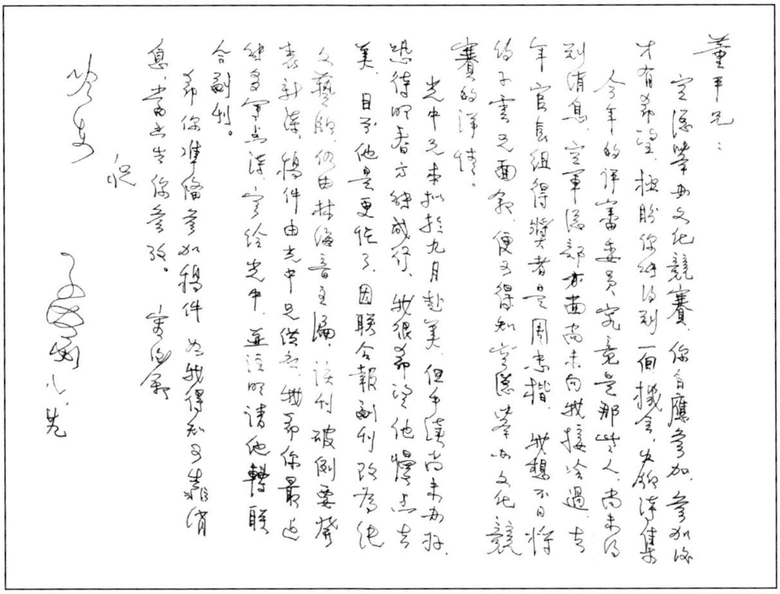

董平兄：

[illegible]文化競賽，你自應參加。[illegible]

[illegible]

覃子豪致向明信函，鼓勵其參與文化競賽。（向明提供）

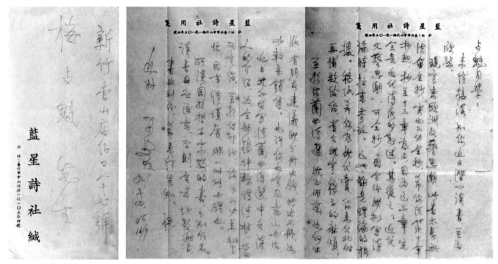

覃子豪致梅占魁信函，信中略述編纂《法蘭西詩選》的情形。（梅占魁提供）

1958年3月，覃子豪的翻譯詩集
《法蘭西詩選》第一集由高雄大
業書店出版。（劉正偉提供）

輯二◎生平及作品

小傳◎作品◎年表

小傳

覃子豪（1912～1963）

　　覃子豪，男，譜名天才，學名覃基，籍貫四川廣漢，1912 年 1 月 12 日生，1946 年 5 月來臺謀職不順，兩個月後離臺，1947 年又再度抵臺，1963 年 10 月 10 日辭世，得年 52 歲。

　　北平中法大學孔德學院畢業。1935 年赴日本就讀東京中央大學，1937 年返國參加抗戰，抗戰期間曾任浙江省永嘉縣政府科員、第三戰區政治部設計委員、陸軍第八十六軍「八六簡報社」社長，在中國曾組織「詩時代社」，創辦《前線日報》「詩時代」雙週刊、《文海》、《東方週報》等刊物，並主編《掃蕩簡報》、《閩南新報》、《警報》「鐘聲」副刊。來臺後擔任臺灣臺灣省物資調節委員會專員、糧食局督導等公職，並與鍾鼎文、余光中等人籌組「藍星」詩社。曾主編《自立晚報》「新詩」週刊、《公論報》「藍星」週刊、《藍星》季刊、《藍星詩選》、《藍星》宜蘭分版，歷任中國青年寫作協會理事長、詩歌研究委員會主任委員、中國文藝協會文藝創作委員會副主委、中國詩人聯誼會常務委員等職務。

　　覃子豪創作文類以詩為主，兼及論述和散文，並竭力譯詩。大陸時期即從事新詩運動，以詩筆投入對日抗戰；1947 年抵臺後，透過創辦「藍星詩社」及主編相關刊物，詩生命逐漸綿延開展。覃子豪早期詩作富濃郁的抒情風格，他認為「詩的特徵，就是在於抒情，詩如果沒有了抒情的成分，也就沒有了詩的本質。」並在 1957 年與紀弦的「現代詩論戰」中，指

出現代詩理應蘊蓄人生意義，強調與讀者心靈共鳴，重視實質表現完美及尋求詩的思想根源，因之在作品中處處可見其個人氣質的流露和生活經驗的擷取。此外他也主張自我超越，不斷求新求變，一如在臺出版的《海洋詩抄》和《向日葵》，除了慣有的抒情風格，更在詩中寄託信念，表現嚴肅的人生批評，落實知性與抒情並重的理論主張。晚年出版的詩集《畫廊》，詩風明顯轉變，提出「詩不僅是情感的書寫」，轉而追索事物「抽象」之義，以實求虛，返虛入實，超乎物象以求奧義。洛夫曾評論：「他的詩代表著一種理性的，自覺的，以及均衡的發展。而他生命的季節也極為分明，該開花時他開過花，該成熟時他便結果，他早期的作品具有古典的嚴謹與精緻，有人的批評，也有信念的寄託，但後期的作品，卻顯示出一種新的轉向，不僅是象徵表現的執著，且有對現代主義新表現的嘗試與試驗。」

覃子豪畢生致力現代詩的創作與教育推廣，可謂臺灣詩壇「詩的播種者」，對後輩詩人的愛護、鼓勵始終不遺餘力。從〈追求〉一詩來看，覃子豪自詡為「健偉的靈魂」，跨上「時間的快馬」，正可洞見他一生為詩刊奔忙，為詩教奮鬥，孜孜矻矻，毫無怨悔的文學抱負。

作品目錄及提要

【論述】

藍星詩社 1958

藍星詩社 1961

普天出版社 1971

普天出版社 1976

曾文出版社

詩的解剖
臺北：藍星詩社
1958 年 1 月，17×15.5 公分，158 頁
藍星詩叢

臺北：藍星詩社
1961 年 3 月，17×15.5 公分，180 頁
藍星詩叢

臺中：普天出版社
1971 年 1 月，40 開，196 頁
普天文庫 13

臺中：普天出版社
1976 年 9 月，32 開，196 頁
普天文庫 13

臺中：曾文出版社
1977 年 6 月，32 開，196 頁
曾文叢書 1

本書爲覃子豪 1955 年於中華文藝函授學校
講學時，對學生習作新詩的批改示範，亦
爲其發表於《中華文藝》詩論文章的結
集。全書收錄〈兩個傾向，三種風格〉、
〈啓示與模仿〉、〈新鮮與新奇〉等 19 篇詩
論。正文前有作者〈自序〉。
1961 年藍星版新增〈再版序〉及〈技巧第
一〉、〈象徵與比喻〉兩篇詩論。1976 年普
天出版社爲《詩的解剖》、《論現代詩》、
《詩的表現方法》、《世界名詩欣賞》四本
書重新設計開本及封面，合稱爲「覃子豪
選集」。

藍星詩社

普天出版社 1969

普天出版社 1976

曾文出版社

論現代詩

臺北：藍星詩社
1960 年 11 月，18×16 公分，260 頁

臺中：普天出版社
1969 年 10 月，40 開，265 頁
普天文庫 18

臺中：普天出版社
1976 年 9 月，32 開，265 頁
普天文庫 18

臺中：曾文出版社
1982 年 6 月，25 開，241 頁
曾文文庫 3

本書主要針對 1960 年代因新詩「現代化」運動而紛亂的詩壇進行評論，針砭盲從時尚而令人迷惘的流行格式，全面透視現代詩的藝術底蘊並論述其發展軌跡。全書分「詩的藝術」、「詩的演變」、「創作評介」三輯，收錄〈什麼是詩〉、〈新詩運動的歷史觀〉、〈論詩的長成〉、〈論楊喚的詩〉、〈談譯詩〉等 51 篇詩論。正文前有詩人〈自序〉。
普天版、曾文版均刪除第三輯「創作評介」，並將之移入《詩的表現方法》一書中。1976 年普天出版社為《詩的解剖》、《論現代詩》、《詩的表現方法》、《世界名詩欣賞》四本書重新設計開本及封面，合稱為「覃子豪選集」。

普天出版社 1967

普天出版社 1976

詩的表現方法

臺中：普天出版社
1967 年 10 月，40 開，130 頁
普天文庫 2

臺中：普天出版社
1971 年 10 月，40 開，191 頁
普天文庫 2

臺中：普天出版社
1976 年 9 月，32 開，191 頁
普天文庫 2

臺中：曾文出版社
1977 年 6 月，32 開，191 頁
曾文叢書 2

本書爲臺中普天出版社集結覃子豪於中華文藝函授學校的講義
內容，旨在讓讀者認識精煉文字的方法，把握現代詩的抒情本
質，進而在其中創造形象和意境。全書分爲「抒情詩及其創作
方法」、「詩的表現方法」二輯，收錄「抒情詩的認識」、「詩人
的修養」等九章。正文前有作者〈前言〉。
1971、1976 年普天版以及 1977 年曾文版，將《論現代詩》中
的「創作評介」一輯收入本書中。正文後有常青樹〈編後記〉。
1976 年普天出版社爲《詩的解剖》、《論現代詩》、《詩的表現方
法》、《世界名詩欣賞》四本書重新設計開本及封面，合稱爲
「覃子豪選集」。

曾文出版社

普天出版社 1968

普天出版社 1971

世界名詩欣賞
臺中：普天出版社
1968 年 1 月，40 開，140 頁
普天文庫 5

臺中：普天出版社
1971 年 11 月，40 開，215 頁
普天文庫 5

臺中：普天出版社
1976 年 9 月，32 開，215 頁
普天文庫 5

本書爲普天出版社集結覃子豪於中華文藝
函授學校的講義內容，旨在介紹世界各國
著名詩人的作品，並就其中的寫作技巧進
行探討和研究。全書分爲「詩的欣賞」、
「美國詩欣賞」、「英詩欣賞」、「浪漫派詩
欣賞及其技巧研究」、「象徵派詩欣賞及其
技巧研究」五輯，收錄〈欣賞的性質〉、
〈惠特曼的詩〉、〈丁尼生的詩〉等 26 篇文
章。
1971、1976 年版本新增〈奈都夫人詩選讀
及其技巧研究〉一文。1976 年普天出版社
爲《詩的解剖》、《論現代詩》、《詩的表現
方法》、《世界名詩欣賞》四本書重新設計
開本及封面，合稱爲「覃子豪選集」。

普天出版社 1976

【詩】

自由的旗

浙江：青年書店
1939 年 5 月

浙江：詩時代社
1940 年 6 月，32 開，86 頁

本書收錄覃子豪於對日抗戰初期所創作的抗日詩篇。全書收錄
〈北方的軍號〉、〈偉大的響應〉、〈給我一桿來福槍〉等 25 篇詩
作。正文前有作者〈前記〉。
詩時代社新版中新增〈再版記〉、〈詩人的動員令〉兩篇文章，
並增收〈牧羊人〉、〈戰爭給我以愛情〉、〈大馬湖上〉、〈畢蘇斯
爾基的女兒〉四篇詩作。

永安劫後

漳州：南風出版社
1945 年 6 月，64 開，76 頁

本書為覃子豪於 1945 年 4 月，與畫家薩一佛合辦「永安劫後詩
畫合展」中的詩作結集。全書詩風孤寂蒼涼，明晰描寫出戰爭
之下人民的悲憤憂惶。全書收錄〈土地的烙印〉、〈警報聲中的
浮橋〉、〈日暗風悲〉、〈火的跳舞〉等 44 篇詩作。正文前有作者
〈自序〉、姚隼〈論「永安劫後」詩畫展（代序）〉、王石林〈永
安劫後詩畫合展〉，正文後有覃子豪〈我怎樣寫「永安劫後」〉、
〈詩接近大眾的新途徑〉。

海洋詩抄

臺北：新詩週刊社
1953 年 4 月，17.5x12.1 公分，108 頁

本書為覃子豪在臺出版的第一本詩集，收錄 1946～1953 年間以
「海洋」為主題的詩作。全書收錄〈自由〉、〈嚮往〉、〈追求〉、
〈倚桅人〉等 42 篇詩作，並選收覃子豪自畫插圖。正文前有作
者〈題記〉。

向日葵

臺北：藍星詩社
1955 年 9 月，19x15 公分，72 頁
藍星詩叢

本書收錄覃子豪 1953～1955 年間的精選詩作，為其繁忙生活中落實詩質提升與自我超越的證明。全書收錄〈花崗山掇拾〉、〈蛾〉、〈距離〉等 23 篇詩作。正文前有作者〈題記〉。

畫廊

臺北：藍星詩社
1962 年 4 月，17.5x15.5 公分，86 頁

本書為覃子豪生前出版的最後一部詩集，也為其詩風轉變的標誌。全書分為「畫廊」、「金色面具」、「瓶之存在」三輯，收錄〈畫廊〉、〈拾夢〉、〈金色面具〉、〈瓶之存在〉等 31 篇詩作。正文前有作者〈自序〉。

覃子豪詩選

北京：中國友誼出版公司
1984 年 8 月，18.3x11.3 公分，194 頁

本書選收覃子豪《自由的旗》、《生命的絃》、《永安劫後》、《海洋詩抄》、《向日葵》、《畫廊》六本詩集裡的代表詩作。全書收錄〈偉大的響應〉、〈廢墟之外〉、〈追念〉、〈追求〉、〈瓶之存在〉等 106 篇詩作。正文前有覃小川〈序〉。

沒有消逝的號聲

長沙：湖南文藝出版社
1986 年 5 月，40 開，40 頁

本書選收覃子豪於對日抗戰期間所發表的抗日詩篇，反映其當代詩作風格。全書收錄〈竹林之歌〉、〈我的夢〉、〈歌者〉等 16 篇詩作。正文後有周良沛〈集後〉。

覃子豪詩粹／李華飛編

重慶：重慶出版社
1986 年 5 月，32 開，207 頁

本書收錄覃子豪人生各個階段的經典詩作，並補齊他渡臺前的
作品，勾勒出詩人的創作全貌。全書分為「在北方」、「在東
京」、「抗戰時期」、「去臺前後」四部分，收錄〈竹林之歌〉、
〈給一個放逐者〉、〈戰士的夢〉、〈追求〉、〈瓶之存在〉等 87 篇
詩作。正文前有流沙河〈《覃子豪詩粹》序〉、李華飛〈隔海祭
詩魂〉，正文後有〈覃子豪致《創世紀》詩刊張默的信〉。

覃子豪詩選／彭邦楨編

香港：文藝風出版社
1987 年 3 月，25 開，283 頁

本書選收覃子豪畢生著名詩作，並佐以彭邦楨對其人其詩之評
述，一展覃子豪的人生態度及詩風底蘊。全書分為「生命的
絃」、「永安劫後」、「海洋詩抄」、「向日葵」、「畫廊」、「雲屋」、
「山海經」七卷，收錄〈追念〉、〈土地的烙印〉、〈追求〉、〈火
的跳舞〉、〈花崗山掇拾〉等 102 篇詩作。正文前有彭邦楨〈序
《覃子豪詩選》〉，正文後有彭邦楨〈覃子豪評傳〉，附錄彭邦楨
〈論《瓶之存在》〉、〈悲劇〉、〈覃子豪小傳〉、〈覃子豪的著作〉。

覃子豪短詩選／向明編選；宋穎豪英譯

香港：銀河出版社
2006 年 5 月，17.7x12.5 公分，73 頁
中外現代詩名家集萃・夕照詩叢系列

本書選收覃子豪詩作精華（中英對照）。全書收錄〈追求〉、〈自
由〉、〈聞歌〉等 20 篇詩作。

覃子豪集／劉正偉編

臺南：國立臺灣文學館
2008 年 12 月，25 開，136 頁
臺灣詩人選集 1

本書收錄覃子豪不同人生階段的重要詩作，並由編者解釋詮
說，從中一窺詩人所見所感與其詩風的轉變。全書分為「顛沛
流離」、「邁向海洋」、「與時俱進」三輯，收錄〈追念〉、〈海濱
夜色〉、〈夜在呢喃〉、〈瓶之存在〉等 46 篇詩作。正文前有文建
會黃碧端主委〈主委序〉、國立臺灣文學館鄭邦鎮館長〈騷動，
轉成運動〉、彭瑞金〈「臺灣詩人選集」編序〉、〈臺灣詩人選集
編輯體例說明〉、〈覃子豪影像〉、〈覃子豪小傳〉，正文後有劉正
偉〈解說〉、〈覃子豪寫作生平簡表〉、〈閱讀進階指引〉、〈覃子
豪已出版詩集要目〉。

【散文】

東京回憶散記

漳州：南風出版社
1945 年 5 月，32 開，112 頁

本書為覃子豪記敘 1935～1937 年間留學東京的重要事蹟。全書
收錄〈東京第一個印象〉、〈三上謙〉、〈我的房東〉等 15 篇散
文。正文前有作者〈自序〉。

【合集】

覃子豪全集／覃子豪出版委員會主編

臺北：覃子豪全集出版委員會
1965 年 6 月；1968 年 6 月；1974 年 10 月

本全集由覃子豪友人葉泥、鍾鼎文、彭邦楨、紀弦、瘂弦、辛鬱、楚戈、商禽、西
蒙、洪兆鉞等組織而成的「覃子豪全集出版委員會」所編纂。共三冊；分別為《詩
卷》、《詩論卷》、《譯詩及其他卷》。

覃子豪全集第一輯・詩
臺北：覃子豪全集出版委員會
1965 年 6 月，19.5x17.5 公分，458 頁

本書選錄覃子豪各出版詩集之作品，並收錄未出版詩集「生命的絃」以及未完成的「斷片」詩作。全書分爲「生命的絃」、「永安劫後」、「海洋詩抄」、「向日葵」、「畫廊」、「集外集」、「斷片」七部分，收錄〈倚桅人〉、〈追求〉、〈金色面具〉、〈瓶之存在〉、〈過黑髮橋〉等 253 篇詩作。

覃子豪全集第二輯・詩論
臺北：覃子豪全集出版委員會
1968 年 6 月，19.5x17.5 公分，650 頁

本書收錄覃子豪出版之各詩論集所發表的作品，並選入〈論詩與音樂〉、〈詩的飽和點〉、〈惠特曼及其《草葉集》〉等未經結集的詩論、西洋詩評介文章。全書分爲「詩創作論」、「詩的解剖」、「論現代詩」、「未名集」四部分，收錄〈詩的韻味和情致〉、〈象徵與比喻〉、〈新詩的比較觀〉、〈新詩向何處去？〉、〈論詩的長成〉等 223 篇論述文章。

覃子豪全集第三輯・譯詩及其他
臺北：覃子豪出版委員會
1974 年 10 月，19.5x17.5 公分，412 頁

本書選錄覃子豪已發表和出版之譯詩作，以及未出版的「法蘭西詩選第二集」，及散文、畫評、遊記等文章，並節選其與人往來信簡與在報刊回覆讀者之函件。全書共六部分：「法蘭西詩選第一集」收錄〈古代美人〉、〈給海倫〉、〈永恆〉等 24 篇譯詩；「法蘭西詩選第二集」收錄〈懲罰〉、〈泉〉、〈美的禮讚〉、〈兀鷹的睡眠〉、〈眼睛〉等 81 首譯詩；「譯詩集」收錄〈九月之末〉、〈起來吧！馬加爾人喲〉、〈戰歌〉等 20 首譯詩；「東京回憶散記」收錄〈東京第一個印象〉、〈三上謙〉、〈我的房東〉等 12 篇散文及作者〈自序〉；「遊記及其他」收錄〈臥遊太魯閣〉、〈金門，這鋼的堡壘〉等五篇遊記以及詩人介紹〈記匈牙利詩人卜納德〉、畫評〈蔡惠超的畫〉；「書簡」收錄「給作者的公開信」10 篇、「函授通訊」14 篇、「致友人書簡」五篇。正文後有向明編著〈詩人年表〉。

新詩播種者——覃子豪詩文選／向明、劉正偉編

臺北：爾雅出版社
2005 年 10 月，25 開，327 頁
爾雅叢書 444

詩文合集。本書收錄《剪影集》、《生命的絃》、《自由的旗》、《永安劫後》、《海洋詩抄》、《向日葵》、《畫廊》等詩集和未結集發表的重要詩文，並特選洛夫、彭邦楨對覃氏作品的評介，以及覃子豪四川故里舊友賈芝、李華飛等人對其追憶文章。全書共三部分：「覃子豪詩選」收錄覃子豪〈我的夢〉、〈古意〉、〈偉大的響應〉、〈土地的烙印〉、〈自由〉等 57 篇詩作；「覃子豪文選」收錄〈《向日葵》題記〉、〈《畫廊》自序〉等五篇文章；「紀念詩文選」收錄洛夫〈覃子豪的世界〉、彭邦楨〈論《畫廊》〉等五篇文章。正文前有劉正偉〈新詩播種者覃子豪〉，正文後有〈詩人作品集〉、〈詩文評介及傳記評論目錄彙編〉、向明編後記〈我的詩人老師覃子豪先生〉、〈本書編者簡介〉。

文學年表

1912 年　1 月　12 日，生於四川省廣漢縣連山鎮覃家溝，譜名天才，學
　　　　　　　　名覃基，後改名覃子豪。

1914 年　本年　喪母，由繼母張愛媛撫養成人，幼時即好讀《唐詩三百
　　　　　　　　首》和《千家詩》，崇拜「詩仙」李白。

1926 年　本年　就讀廣漢市廣漢縣立初級中學，開始閱讀新詩，偏愛郭
　　　　　　　　沫若、聞一多、王獨清的詩，也特別欣賞外國詩人拜
　　　　　　　　倫、雪萊、葉慈、歌德和海涅的作品。

　　　　　　　　展露詩才，以〈旅人〉一詩，深得師長讚賞，且擅長繪
　　　　　　　　畫及刻印，曾主編壁報並親自設計刊頭和插畫。

1928 年　本年　就讀成都成城中學，開始投稿報刊。

1932 年　　夏　畢業於成都成城中學。

　　　　　　　　進入北平中法大學孔德學院高中部二年級預科班學習法
　　　　　　　　語，後正式考入中法大學孔德學院。

　　　　　　　　開始接觸法國 19 世紀浪漫派詩人雨果、象徵派詩人凡爾
　　　　　　　　哈崙、波特萊爾、馬拉美、韓波等人作品，並參加夏奇
　　　　　　　　峰、蔣代燕組織之「讀書會」。

1934 年　本年　與朱顏、賈芝、沈毅、周麟共五人組成詩社「泉社」，並
　　　　　　　　合著詩集《剪影集》，詩作〈竹林之歌〉、〈我的夢〉被排
　　　　　　　　於卷首。

1935 年　年初　畢業於中法大學孔德學院。

　　　　　　3 月　與詩友李華飛等人抵日本東京，就讀東京神保町的東亞

日語補習學校，為考大學做準備；半年後考入中央大學，攻讀政治經濟，課餘時間全心讀詩、寫詩、譯詩，並於此時結識留日的文人與學生。

7月　發表短篇小說〈餓：他像一只蝙蝠似的……〉於《國聞週報》第 12 卷第 27 期。

1936年　3月　發表詩作〈大地在動〉於日本東京《詩歌生活》創刊號。

8月　15 日，與賈植芳、李春潮等人組成文藝團體「文海社」，創立文藝刊物《文海》，並發表詩作〈我們是一群戰鬥的海燕〉、〈祈禱在亞波羅面前〉及譯詩〈播種之夕〉於《文海》第 1 期；僅出版一期即被日本警察沒收，並遭東京警視廳亞細亞特高系之刑事監視。

秋　與李華飛、朱寒衣訪郭沫若於東京近郊千葉縣宅邸。

11月　16 日，發表翻譯匈牙利詩人裴多菲〈戰歌〉於天津《大公報》。

本年　著手翻譯法國詩人雨果《懲罰集》，並自日文轉譯匈牙利詩人裴多菲的詩集。

與林林、柳倩、雷石榆、王亞平等人從事新詩與政治運動，並和秋田雨雀等日本左翼文人往來。

1937年　4月　25 日，發表詩作〈黑暗的六日〉於上海《光明》第 2 卷第 10 期。

6月　由日本返國抵上海。

7月　參加「留日學生訓練班」第一期，積極參與抗日戰爭，留日學生訓練班先至南京報到集中受訓，初遷武漢，再遷江陵，後又返至武漢。

9月　26 日，發表詩作〈偉大的響應〉於《救亡日報》上海版。

1938 年　3 月　　於漢口加入剛成立的「中華全國文藝界抗敵協會」，後陸續在該會會刊《抗戰文藝》發表抗日詩篇。

　　　　　4 月　　26 日，發表詩作〈戰爭的春天〉於《救亡日報》廣州版。

　　　　　6 月　　5 日，發表詩作〈廢墟之外〉於《抗戰文藝》第 1 卷第 7 期。

　　　　　7 月　　2 日，發表詩作〈水雷〉於《抗戰文藝》第 1 卷第 11 期。

　　　　　　　　　16 日，發表〈從彭澤歸來的人〉於《抗戰文藝》第 2 卷第 1 期。

　　　　　　　　　17 日，發表〈戰爭中的歌人──聶耳〉於《新華日報》。

　　　　　　　　　擔任浙江永嘉縣政府科員。

　　　　　9 月　　參與籌組「詩時代社」，於東南前線江西上饒《前線日報》主編「詩時代」雙週刊達三年多，共一百多期，並闢新詩創作批改及解說專欄。

　　　　　　　　　發表「炸彈的碎片」──〈棺材〉、〈母和子底死〉、〈守著父親哭泣〉、〈死不瞑目〉一輯四首於「詩時代」創刊號。

　　　　　10 月　11 日，發表詩作〈致奧國一士兵〉於《救亡日報》廣州版。

　　　　　　秋　　擔任浙江前線《掃蕩簡報》編輯。

　　　　　　　　　創辦小型畫報《東方週報》，積極宣傳抗戰，倡導詩歌運動。

1939 年　4 月　　13 日，發表詩作〈失明的燈〉於《救亡日報》桂林版。

　　　　　5 月　　詩集《自由的旗》由浙江金華青年書店出版。

　　　　　7 月　　入重慶沙坪壩中央訓練團新聞研究班第一期受訓。

　　　　　9 月　　10 日，調浙江陸軍第八十六軍，擔任軍報《掃蕩簡報》

主編（此報後改名《八六簡報》），掛少校軍階。

1940 年　3 月　　發表翻譯匈牙利詩人裴多菲〈乞丐之墓〉於《東線文藝》創刊號。

　　　　5 月　　10 日，發表翻譯匈牙利詩人裴多菲〈飲吧〉於《救亡日報》桂林版。

　　　　　　　　24 日，發表翻譯俄國詩人葉賽寧〈薄暮的小徑〉於《救亡日報》桂林版。

　　　　　　　　翻譯匈牙利詩人裴多菲《裴多菲詩》，由浙江金華詩時代社出版。

　　　　　　　　赴桂林參加新聞工作訓練。

　　　　7 月　　26 日，發表〈匈牙利爭自由的詩人──裴多菲〉於《力報》。

1941 年　8 月　　13 日，發表〈論詩的長成〉於《前線日報》「詩時代」，批判曹聚仁〈詩，新詩與敘事詩〉一文中對抗戰時期新詩創作的觀點。

　　　　10 月　　與馮玉祥、田漢、郭沫若等人署名發表〈中國詩歌界致蘇聯詩人及蘇聯人民書〉。

1942 年　10 月　　11 日，發表詩作〈老萬到游擊隊去〉於《陣中週報》第6 期。

　　　　本年　　與邵秀峰完婚。

　　　　　　　　擔任第三戰區司令長官部政治部設計委員，兼任陸軍第八十六軍「八六簡報社」社長。

1943 年　8 月　　26 日，發表〈與象徵主義有關〉於《東南日報》南平版。

　　　　10 月　　26 日，發表詩作〈碼頭黃昏〉於《東南日報》南平版。

　　　　11 月　　10 日，發表詩作〈十月〉於《東南日報》南平版。

　　　　　　　　28 日，發表〈論詩的重譯〉於《東南日報》南平版。

本年　辭去軍職。

長女覃海茵出生於福建漳州。

1944 年　2 月　5 日，發表詩作〈北風〉於《聯合週報》第 1 號。

26 日，發表詩作〈老牛〉、〈水磨〉於《聯合週報》第 4
號。

3 月　25 日，發表〈詩與標點〉於《聯合週報》第 8 號。

4 月　15 日，發表〈詩作者對於外國文的修養〉於南平《新青
年》半月刊第 9 卷第 4 期。

至福建永安，於朋友家見到畫家薩一佛的「永安劫後」
素描畫展目錄，對描繪永安遭受日軍轟炸後的畫稿百感
交集，因此決定替每幅畫配新詩一首，於一個禮拜內完
成 45 首詩作。

和薩一佛在福建永安舉行「永安劫後」詩畫合展，後移
至漳州、晉江等地展出；期間發表相關文章〈我怎樣寫
〈永安劫後〉〉、〈詩接近大眾的新途徑：論詩畫合展底意
義〉分別刊於當月 23 日《中央日報》副刊與 29 日《聯
合週報》第 13 號。

發表〈真實是詩的戰鬥力量〉於《文藝月報》第 2 卷第 4
期。

本年　擔任福建漳州《閩南新報》主筆，兼編「海防」副刊。

1945 年　1 月　28 日，於福建漳州創辦「南風文藝社」。

4 月　擔任中國福建龍溪《警報》「鐘聲」副刊主編。

5 月　散文集《東京回憶散記》由福建漳州南風出版社出版。

6 月　詩集《永安劫後》由福建漳州南風出版社出版。

8 月　對日抗戰勝利後原想於廈門創辦《太平洋日報》，但經濟
條件不足，遂僅辦成《太平洋晚報》，為報紙寫作詩歌與
政論文章。

1946 年　5 月　由廈門經香港乘機帆船至臺灣，謀職不順，7 月返回香港，12 月返回廈門。

　　　　本年　次女覃露露出生。

1947 年　初春　返回上海依親，夫人回湖州娘家。

　　　　12 月　經第一任臺灣省主席魏道明夫人鄭毓秀介紹，攜夫人及次女覃露露抵臺，擔任臺灣省物資調節委員會專員。

1948 年　　冬　因長女覃海茵生病，妻子邵秀峰攜次女返回大陸，從此兩地相隔，音訊全無。

1950 年　8 月　出差至花蓮，於花蓮港完成詩作〈追求〉。

1951 年　11 月　19 日，發表詩作〈北斗、燈塔──北斗・燈塔是慰藉底象徵〉於《自立晚報》「新詩」週刊第 4 期。

　　　　12 月　10 日，發表「海洋詩抄」──〈碼頭〉、〈追求〉、〈別後〉、〈海濱夜景〉於《自立晚報》「新詩」週刊第 6 期。

　　　　　　　31 日，發表詩作〈約〉、〈船〉於《自立晚報》「新詩」週刊第 9 期。

1952 年　1 月　14 日，發表詩作〈貝殼〉於《自立晚報》「新詩」週刊第 11 期。

　　　　　　　發表〈詩創作的途徑〉（1～3）於《文壇》第 214，215，217 期。

　　　　5 月　18 日，接手主編由葛賢寧、鍾鼎文、紀弦三人創辦的「新詩」週刊（28～94 期），於《自立晚報》副刊每週刊出，期間發表〈凝視〉、〈邂逅〉、〈匯合〉等數篇詩作，後因《自立晚報》改版，於 1953 年 4 月出至第 94 期而被迫停刊。

　　　　　　　28 日，參加中國文藝協會假臺北中國國民黨省黨部禮堂舉行的詩人節晚會，並於節目完畢後與王藍、宋膺、鍾雷、紀弦等人參與大會發起的「組詩」活動，題目定為

「中華民國萬歲」。

10 月　10 日，與紀弦等人集體創作之〈中華民國萬歲〉發表於《中華日報》。

11 月　15 日，參加「臺灣電台」與「中國文藝協會」為配合社教擴大運動週語文教育活動而舉辦之「詩歌廣播座談會」，座談會之題目為「詩的社會性與教育性」。

1953 年　4 月　詩集《海洋詩抄》由臺北新詩週刊社出版。

10 月　應「中華文藝函授學校」創辦人李辰冬博士之邀擔任該校詩歌班主任，瘂弦、小民、向明、麥穗、柴棲鷥等詩人均為其當時的學生。

1954 年　3 月　與詩友鍾鼎文、余光中、鄧禹平、夏菁等人創設「藍星詩社」。

加入中國文藝協會。

發表詩作〈日比谷公園的噴泉〉於《幼獅文藝》第 1 卷第 1 期。

6 月　17 日，創辦「藍星」週刊並擔任主編（1～160 期），於《公論報》副刊每週刊出，期間發表〈孤獨的樹〉、〈旗的奇蹟〉、〈午寐〉等 20 餘篇詩作以及〈論楊喚的詩〉、〈真實是詩的戰鬥力量〉等數篇文章；第 161 期始由余光中接編，至 1958 年 8 月停刊，共計出刊 211 期。

發表詩作〈盲義士〉於《幼獅文藝》第 1 卷第 3 期。

9 月　與紀弦、李莎、方思、葉泥、歸人、力群於楊喚喪禮後組成編輯委員會，編纂楊喚詩集《風景》，由臺北現代詩社出版。

10 月　擔任中國文藝協會理事會設計委員會常務委員。

11 月　19 日，當選中國青年寫作協會第二屆理事及出版組組長。

1955 年　　1 月　　發表翻譯法國詩人謬塞〈給一顆星〉於《幼獅文藝》第 2
　　　　　　　　　　卷第 1 期。

　　　　　　8 月　　擔任中國文藝協會文藝創作委員會副主任委員。

　　　　　　9 月　　發表詩作〈列島行〉於《幼獅文藝》第 3 卷第 3 期。

　　　　　　　　　　擔任中國青年寫作協會詩歌研究委員會主任委員。

　　　　　　　　　　詩集《向日葵》由臺北藍星詩社出版。

　　　　　　10 月　　發表詩作〈愛海的盲人〉於《幼獅文藝》第 3 卷第 4
　　　　　　　　　　期。

1956 年　　2 月　　26 日，發表〈覃子豪致《創世紀》詩刊張默的信〉於
　　　　　　　　　　《創世紀》第 6 期。

　　　　　　3 月　　擔任國防部總政治部文藝獎評審委員。

　　　　　　6 月　　擔任中國文藝協會文學創作委員會副主任委員。

　　　　　　8 月　　21 日，發表〈談譯詩〉於《聯合報》副刊。

　　　　　　　　　　擔任中國青年反共救國團暑期青年戰鬥訓練總隊文藝隊
　　　　　　　　　　教授。

　　　　　　9 月　　當選中國青年寫作協會第四屆理事，並擔任該會詩歌研
　　　　　　　　　　究委員會主任委員。

　　　　　　10 月　　發表翻譯法國詩人波特萊爾〈塞德爾之旅行〉於《幼獅
　　　　　　　　　　文藝》第 5 卷第 3 期。

1957 年　　1 月　　擔任《藍星》宜蘭分版主編，每月出刊，發行 7 期後停
　　　　　　　　　　刊；期間致力於「法蘭西詩選」譯介，發表〈鐘錶匠〉、
　　　　　　　　　　〈歌〉、〈春〉等十餘首譯詩。

　　　　　　3 月　　21 日，發表〈《中國詩選》讀後〉於《聯合報》副刊。

　　　　　　5 月　　與紀弦、鍾鼎文、鍾雷、上官予、左曙萍等人成立「中
　　　　　　　　　　國詩人聯誼會」（簡稱詩聯，後更名為中國新詩學會），
　　　　　　　　　　當選常務委員兼輔導組長。

　　　　　　6 月　　擔任中國青年反共救國團暑期青年戰鬥訓練總隊「駿馬

大隊」文藝隊輔導委員會委員。

8 月　20 日，擔任《藍星詩選》主編，共出 2 期。發表〈新詩向何處去？〉於《藍星詩選》獅子星座號，提出「六原則」回應現代派公布的「六大信條」，對紀弦等人的論點予以修正，揭開現代詩論戰。

10 月　25 日，發表〈記匈牙利詩人卜納德〉於《藍星詩選》天鵝星座號。

11 月　擔任《文壇》雜誌設立的「文壇函授學校」教授。

1958 年　1 月　17 日，發表〈《新詩解剖》序〉於《公論報》「藍星」週刊第 183 期。

《詩的解剖》由臺北藍星詩社出版。

3 月　25 日，發表詩作「畫廊詩草」──〈畫廊〉、〈拾夢〉於《文學雜誌》第 4 卷第 1 期。

翻譯詩集《法蘭西詩選》第一集由高雄大業書店出版。

發表〈福洛斯特之顏──觀 Robert Frost〈白樺樹旁的全面像〉所感〉於《創世紀》第 10 期。

4 月　16 日，發表〈關於新現代主義〉於《筆匯》第 21 期，回覆紀弦〈從現代主義到新現代主義──對覃子豪先生〈新詩向何處去〉一文之答覆〉。

發表〈法蘭西詩選緒論〉（1～6）於《公論報》「藍星」週刊第 195～199，202 期。

6 月　擔任中國青年反共救國團暑期戰鬥文藝研習隊指導委員會委員。

7 月　1 日，藍星詩社慶祝《公論報》「藍星」週刊出刊 200 期紀念，假臺北市中山堂頒發「藍星詩獎」，覃子豪擔任頒獎典禮主席。

9 月　4 日，發表詩作〈金色面具〉於《聯合報》副刊。

10 月　擔任中國文藝協會詩歌創作研究委員會副主任委員。

11 月　14 日，發表詩作〈烈嶼一少女〉於《聯合報》副刊。

12 月　10 日，發表譯詩「高克多詩二首」──〈鳥〉、〈太陽〉
　　　於《藍星詩頁》創刊號。

1959 年　1 月　發表〈實驗與創造〉於《藍星詩頁》第 4 期。

2 月　20 日，發表詩作〈夜在呢喃〉於《文學雜誌》第 5 卷第
　　　6 期。

5 月　擔任中國文藝協會詩歌創作研究委員會副主任委員。

6 月　10 日，發表詩作〈奧義〉於《藍星詩頁》第 7 期。

　　　15 日，續任為中國詩人聯誼會常務委員。

7 月　10 日，發表〈二十年來的新詩──四十八年詩人大會報
　　　告〉於《藍星詩頁》第 8 期。

　　　20 日，發表詩作〈構成〉於《文學雜誌》第 6 卷第 5
　　　期。

8 月　發表〈論象徵派與中國新詩〉於《自由青年》第 22 卷第
　　　3 期，回覆蘇雪林〈新詩壇象徵派創始者李金髮〉一文，
　　　二人自此展開論戰。

9 月　發表譯詩〈法國沙曼詩抄〉於《創世紀》第 7 期。

10 月　1 日，發表〈論新詩的創作與欣賞〉於《自由青年》第
　　　22 卷第 7 期。

　　　20 日，發表〈現代中國新詩的特質〉於《文學雜誌》第
　　　7 卷第 2 期。

　　　發表〈簡論馬拉美、徐志摩、李金髮及其他〉於《自由
　　　青年》第 22 卷第 5 期，回覆蘇雪林〈為象徵詩體的爭論
　　　敬答覃子豪先生〉。

11 月　10 日，接手主編《藍星詩頁》（12～16 期）。

12 月　發表〈詩的象徵和意味〉於《幼獅文藝》第 11 卷第 6

期。

1960 年　1 月　1 日，發表〈從實例論因襲與獨創〉於《文星》第 5 卷第 3 期。

　　　　9 月　1 日，發表譯詩「米修詩選」──〈回憶〉、〈字母〉、〈在不幸中休息〉、〈刀斬的和平〉於《筆匯》革新號第 2 卷第 2 期。

　　　 10 月　擔任中國文藝協會中國詩人聯誼會詩歌朗誦隊輔導委員。

　　　 11 月　10 日，發表〈《論現代詩》序〉於《藍星詩頁》第 24 期。

　　　　　　　詩論集《論現代詩》由臺北藍星詩社出版。

　　　 12 月　發表〈論詩的批評〉於《筆匯》革新號第 2 卷第 5 期。

1961 年　6 月　15 日，創辦《藍星》季刊並擔任主編，共出 4 期，至次年 11 月停刊；期間發表〈與菲人論詩〉、〈牧羊神的早晨〉等 6 首詩作和譯詩。

　　　　9 月　10 日，發表詩作〈室內〉於《藍星詩頁》第 34 期。

　　　 10 月　擔任中國文藝協會「新詩研究社」講師。

　　　 12 月　發表〈水上的笑聲〉於《幼獅文藝》第 15 卷第 6 期。

1962 年　2 月　23 日，發表詩作〈音樂鳥〉於《聯合報》副刊。

　　　　3 月　4 日，發表〈胡適之與新詩〉於《聯合報》副刊。

　　　　4 月　16 日，發表詩作〈貝殼〉於《聯合報》副刊。

　　　　　　　24 日，應僑務委員會之聘，赴菲律賓華僑青年暑期文藝講習班主持「現代詩講座」，歷時五週，講學主題分別為「詩的藝術」、「詩的發展」、「詩選」、「詩的創作方法」、「習作解剖」。

　　　　　　　詩集《畫廊》由臺北藍星詩社出版。

　　　　5 月　31 日，菲律賓華僑青年暑期文藝講習班現代詩講座結

業。

擔任中國文藝函授學校教授。

6 月　由菲律賓講學返國。

7 月　15 日，發表翻譯英國詩人葉慈〈茵理絲湖島〉於《葡萄園》詩刊第 1 期。

10 月　1 日，發表〈我在馬尼拉如何講授現代詩〉於《自由青年》第 28 卷第 7 期。

10 日，發表〈〈金色面具〉之自剖〉於《葡萄園》詩刊第 2 期。

1963 年　1 月　15 日，發表〈關於新詩的文言化〉於《葡萄園》詩刊第 3 期。

3 月　31 日，入臺大醫院 104 病房，最初診斷為黃疸病。

4 月　22 日，施行手術，經切片檢查，斷定為膽道癌，群醫束手無策。

8 月　擔任中國文藝協會詩歌創作研究委員會副主任委員。

10 月　10 日，零時 20 分因癌症逝世臺大醫院，得年 52 歲。遺妻及女兒均在大陸。

15 日，上午十時於臺北市極樂殯儀館上天廳舉行追悼會，行政院退除役官兵輔導委員會主任委員蔣經國親往致祭，並舉行「追思詩人覃子豪先生遺作朗誦」。十一時進行火葬，骨灰暫存臺北市善導寺，俟日後歸葬四川原籍，儀式中由覃子豪詩歌函授班學生柴棲鶯全程披麻戴孝代表家屬答謝。

1964 年　1 月　〈覃子豪遺囑〉發表於《創世紀》第 19 期。

1965 年　6 月　由覃子豪好友葉泥、鍾鼎文、彭邦楨、紀弦、瘂弦、辛鬱、楚戈、商禽、西蒙等人組織「覃子豪全集出版委員會」，搜羅整理覃子豪創作，編印出版《覃子豪全集

Ⅰ》。

1967 年	10 月	臺中普天出版社選收覃子豪於中華文藝函授學校的講義內容,編纂出版詩論集《詩的表現方法》。
1968 年	6 月	《覃子豪全集Ⅱ》由臺北覃子豪全集出版委員會出版。
1973 年	10 月	8 日,覃子豪全集出版委員會、中國文藝協會、中國青年寫作協會、中華民國新詩學會等四個團體,共同舉辦「詩人覃子豪逝世十週年紀念追思會」。
1974 年	10 月	10 日,覃子豪逝世 11 週年紀念日,《覃子豪全集Ⅲ》由臺北覃子豪全集出版委員會出版。
1978 年	10 月	7 日,書櫃雜誌社於臺北市耕莘文教院文藝廳舉辦「覃子豪先生作品討論會」,張文宗、羊令野等多位詩人作家至此聚會,後此討論會內容以〈一個健偉的靈魂跨上了時間的快馬——紀念覃子豪詩人逝世十五週年〉為題刊載於《書櫃雜誌》第 10 期。
1979 年	5 月	30 日,因歸葬四川無期,遂由吳望堯捐贈墓地,生前好友二十餘人將其骨灰自善導寺遷葬於臺北縣三峽鎮安坑龍泉,墓碑鐫刻「詩人覃子豪之墓」,並舉行安葬儀式。
1983 年	10 月	29 日,由藍星詩社及全國各界文藝社團襄助,並由名雕塑家何恒雄教授塑製完成覃子豪銅像,在其墓園完成安放。
1988 年	6 月	四川廣漢市人民與覃子豪海外詩友,在市區房湖公園內為覃子豪建立「覃子豪紀念館」和大理石雕像,成為兩岸皆有紀念雕像的第一位現代詩人。
1993 年	10 月	9 日,覃子豪逝世 30 週年前夕,由中國文藝協會、中華民國新詩學會、現代詩社、藍星詩社、創世紀詩社、葡萄園詩社、臺灣詩學季刊社、文訊雜誌社八個文藝團體於此日舉辦紀念活動,活動內容包括上午至覃子豪墓前

致祭，以及下午的「詩人覃子豪先生作品研討會」，與會
者有瘂弦、洛夫、商禽、梅新、辛鬱、麥穗、羅門、蓉
子等 50 餘位作家。

1998 年　10 月　24 日，現代詩社、創世紀詩社及藍星詩社於中國文藝協
會合辦一場新詩朗誦會，紀念覃子豪、羊令野、沙牧、
梅新四位過世的詩人。

參考資料：

．蔡豔紅，《覃子豪詩藝研究》，國立高雄大學國文教學碩士班，2004 年。

．向明，劉正偉編，《新詩播種者》，臺北：爾雅出版社，2005 年 10 月 10 日。

．劉正偉，《覃子豪詩研究》，臺北：文史哲出版社，2005 年 3 月。

．《覃子豪全集Ⅰ～Ⅲ》，臺北：覃子豪全集出版委員會。

．向明，〈覃子豪先生年表〉，《文訊》第 14 期，1984 年 10 月。

．文天明、王大行、廖全京編，《中華全國文藝界抗敵協會資料匯編》，成都：四川省社
會科學院，1983 年。

．劉紹唐，〈覃子豪〉，《傳記文學》第 334 期，1990 年 3 月。

．莫渝，〈覃子豪（1912—1963）〉，《彩筆傳華彩──臺灣譯詩二十家》，臺北：河童出
版社，1997 年 6 月。

輯三◎
研究綜述

為一個時代抒情立法

覃子豪研究資料綜述

◎陳義芝

一、研究覃子豪的意義

覃子豪（1912～1963）生於四川廣漢，人生行旅不長，但成就豐偉，影響久長。彭邦楨探求其身世：廣漢在成都以北，地近茂汶，茂汶固有一支羌族，「覃」姓不像漢姓。根據這一線索，及覃子豪四弟的說法：「我們是苗子，並不是漢人。」從而推定覃子豪的家族是曾與漢人通婚的「熟苗」。[1]

從 1933 年發表詩作，至 1963 年齎志以歿，覃子豪 30 年創作歷程裡出版了五本詩集，公認為 1950 年代傑出詩人。〈追求〉、〈吹簫者〉、〈詩的播種者〉、〈分裂的石像〉、〈金色面具〉、〈瓶之存在〉、〈雲屋〉、〈過黑髮橋〉是各種選本常見的名篇。

覃子豪不僅具有創作詩人身分，在臺灣還有詩壇領袖的地位。分析原因，一因起步早，輩分高，在大陸即已付梓兩本詩集；二因從事外國詩翻譯及擔任報刊主編，來臺後除創辦《公論報》「藍星」週刊，還主編《青年戰士報》「詩葉」、《自立晚報》「新詩」週刊；三因出任「中華文藝函授學校」詩歌班主任，指導無數青年投身於新詩創作，當代名家瘂弦、向明、麥穗都曾受教於他。楊牧說：「覃子豪那時從者不少，主要是他在函授學校

---

[1]彭邦楨，〈覃子豪評傳〉，《彭邦楨文集・卷三》（武漢：長江文藝出版社，1993 年 11 月），頁 205～207。

改稿子時吸引過來的年輕人」，「我在覃子豪處，遇見不少寫詩的人。」[2]

　　1950 年代，學院無人講授新詩，覃子豪擔任中華文藝函授學校詩歌班主任，等於是民間書院的教席。他寫詩、評詩、譯詩，推介西方思潮理論，指導年輕人創作、批改他們的詩，詩教之功厥偉，說他是臺灣先行的「詩人批評家」、「學院詩人」似不為過。

　　覃子豪的詩學經過時間的驗證，證明是新詩長河裡最寬平的航道。以〈新詩向何處去？〉為例，針對當時詩壇現代化浮波產生的時弊而發，他的六項具體意見如下：

（一）詩的再認識。不認同以技巧為目的而玩弄技巧，主張永恆性的藝術，必蘊蓄人生的意義。人生的意義做為藝術之潛在表現，更能增強藝術的價值。

（二）創作態度應重新考慮。詩人不能自我陶醉、拒絕讀者，應與讀者做心靈的共鳴。不為一般讀者理解的作品，未必具有深度。

（三）重視實質及表現的完美。要求詩質純淨、豐盈，有真實性，文質相符，對情感、音節、文法、詞藻各方面都能充分注意。

（四）尋求詩的思想根源。重視詩的主題，強調詩要有哲學根據，要有從現實生活中提煉出的人生觀和世界觀。

（五）從準確中求新的表現。主張新詩要創新，但必須以準確為原則。詩因準確才能有精微、嚴密、深沉、含蓄、鮮活之變化。

（六）風格是自我創造的完成。中文新詩受西洋影響太大，不能忽視自己民族的氣質、性格、精神，否則就是沒有自我創造，無法在國內發生廣大影響。

　　覃子豪提示這六點具體意見，每一項原則都舉一、二位現代主義詩人

---

[2]楊牧，〈詩人覃子豪〉，《掠影急流》（臺北：洪範書店，2005 年 12 月），頁 16～17。

的論點佐證，第一項舉韓波（Arthur Rimbaud），第二項舉梵樂希（Paul Valéry）、葉慈（William Butler Yeats），第三、四項舉梵樂希，第五項舉馬拉美（Stéphane Mallarmé）、梵樂希，第六項舉艾略特（T. S. Eliot），這些詩人都是「現代」精神的領航者，可見覃子豪絕不反對新詩創新的追求。[3]

　　覃子豪對臺灣現代詩的貢獻，除創作成績外，還有通過主編「藍星」週刊所揭示的冷靜的文學態度，楊牧說：「我一向覺得覃子豪是冷靜文明的現代詩人，他這種態度是健康的文學態度。」[4]大詩人的論定，自有文學史衡鑒的意義。

二、研究覃子豪的基座

　　覃子豪過世於 1963 年，在臺北儘管他的門生不少，影響力廣布，但以當年出版業之簡陋，若沒有《覃子豪全集》的編印，經時間沖刷、湮沒，想一窺其文學全貌，加倍困難。其詩集、詩論之自序或題記，雖未必是研究他的主體，卻為其思想、詩觀留下珍貴的吉光片羽。《海洋詩抄》〈題記〉顯示他對海洋的愛，其心靈得自海洋不可思議的神祕、曠遠、狂放、沉靜的啓發，「豪放，深沉，美麗，溫柔的海，比人類的情感和個性更為複雜，不能歸入靜的或是動的一種類型」[5]，這是覃子豪創作世界的寫照。

　　《向日葵》〈題記〉：「生活不容許我們以全部時間來寫詩；若整天為寫詩而寫詩，未必能寫出好詩。寫作時間過少，無一刻純然單一的心境亦難有佳作產生。」[6]前兩句，楊牧也有相映的說法：「我從來沒有機會以一整段集中的時間，心無旁騖地，專注於一首詩的寫作。短詩姑且不論，即使篇幅稍大的長詩，也往往是在結綴的光陰下一段一段完成的。這樣說來似

---

[3]陳義芝，〈覃子豪與象徵主義〉，《聲納：臺灣現代主義詩學流變》（臺北：九歌出版社，2006 年 3 月），頁 75。
[4]同註 2，頁 19。
[5]覃子豪，〈題記〉，《海洋詩抄》（臺北：新詩週刊社，1953 年 4 月），頁 1。
[6]覃子豪，〈題記〉，《向日葵》（臺北：藍星詩社，1955 年 9 月），頁 1。

乎表示不勝遺憾,但其實也不盡然。」[7]所有的詩大約都是生活煩憂與心靈
追求交爭下的產物,沒有生活體驗,沒有人世間奉獻的熱情,再多的時間
也是枉然。這一點認知有助於為覃子豪寫詩以外的發光發熱的生活做註
解。除了上班工作,覃子豪花在批改年輕後輩新詩作業的時間不少,《詩的
解剖》就是這樣的一本實錄,《詩的解剖》〈自序〉透露他批改詩的立場:
「本著象徵、比喻、暗示、聯想這四個原則」,外加「語言文字運用的技
術」,要求學生「辨別字彙,選擇語言」,以至於「衡量音節、創造形象和
意境」。[8]

> 在中國有不少關於詩話、詩論的書,如《隨園詩話》、《鍾嶸詩品》。在歐
> 美也出版了不少詩論,如法國的馬拉美(Stéphane Mallarmé)、梵樂希
> (Paul Valéry)、古爾蒙(Remy de Gourmont),美國的佛洛斯特(R.
> Frost)、龐德(Ezra. Pound),英國的艾略特(T. S. Eliot)、史班德
> (Stephen Spender)等,均有論詩的著述。現代的詩重視理論,在大學裡
> 或廣播公司等講授詩的技巧,已成為現代詩人新興的行業。英國詩人奧
> 登(W. H. Auden)榮膺牛津詩學教授,成為英國詩壇的盛事。詩的理論
> 與寫作技巧之傳授,雖風行一時,但我尚未看見過一篇關於批改詩作品
> 的文章。於今,我竟創例的出版了一本批改新詩的書……[9]

在臺灣尚無人傳授詩藝的年代,他開風氣之先。覃子豪比當代的學院
詩人更具「學院」意義的一點是,在傳授詩的理論與寫作技巧外,更以專
業的態度批改詩,將批改方法、原理細述成文。〈技巧第一〉篇中,讀者可
見覃氏兩度修改學生作業〈三地門之旅〉,將一首俗氣重、贅詞多的習作提
煉成純淨、凝鑄、富有意味的詩。在大學指導過文學創作學程的人一定知

---

[7] 楊牧,〈後記〉,《完整的寓言》(臺北:洪範書店,1991 年 9 月),頁 153。
[8] 覃子豪,〈自序〉,《詩的解剖》(臺北:藍星詩社,1958 年 1 月),頁 1~2。
[9] 同上註,頁 66。

道，敢提示構思過程、親作示範，要有非常融通的功力、傳道的精神。

　　《畫廊》〈自序〉透露覃子豪的創作實況：「思索多於創作，創作多於發表；恆在探求與實驗中。」[10]覃子豪自述《畫廊》時期的探求經過三個階段，他的目標是：回歸詩本質上的純樸，具有人性幽微之奧義，辯證抽象與具象。「我的詩風在變，而我不失去原來的性格與原來的面貌」[11]，這一點很值得為變而變、唯新是尚的詩人與研究者借鑑。現代不能浮淺幼稚，詩並非沒有紀律可言，覃子豪的見解與實踐都說明了這一點。

　　覃子豪《論現代詩》，出版於 1960 年，第一輯「詩的藝術」收詩論 20 篇，第二輯「詩的演變」收詩論 18 篇，第三輯「創作評介」收詩評 10 篇。《論現代詩》〈自序〉闡釋他所處的時代，是一個創造與實驗的時代，「紛亂是變革時期中必經的階段，是創立新秩序的前奏」，作者從事自由創造，讀者跟不上而覺得紛亂是很正常的，但作者不能「只是追蹤時尚，徒具外貌，製造一些似是而非的詩」，詩人要「以現代的觀點去衡量傳統，不是以傳統的眼光批評現代」。[12]他了解西洋現代詩百年來各種流派的交錯、發展，在臺灣新詩紛紜變化中，他的核心論見精確，真正是具有目標而且有能力引領後來者一步步實踐目標的標竿人物。必須認識及此，才能體察他在文學論戰中不躁進的堅定，也就是楊牧所說的冷靜的文學態度，這是研究覃子豪的基座。近兩萬字、懇切教誨初學者入門登堂有所憑藉的〈詩創作的途徑〉一文，同此意義。與〈詩創作的途徑〉同為 1960 年代寫下的論詩文章，還包括〈怎樣寫詩〉、〈怎樣寫成一首詩〉、〈我在馬尼拉如何講授現代詩〉、〈詩與標點〉、〈抒情詩的認識〉……，生前沒來得及出版，後來以「未名集」之題收在《覃子豪全集 II》。光看文題，即可想見，這是一位多麼懇切教誨後輩的詩人導師！

---

[10]覃子豪，〈自序〉，《畫廊》（臺北：藍星詩社，1962 年 4 月），頁 1。
[11]同上註，頁 4。
[12]覃子豪，〈自序〉，《論現代詩》（臺北：藍星詩社，1960 年 11 月），頁 1。

三、研究覃子豪的其他線索

　　1963 年 10 月 10 日覃子豪病逝於臺大醫院，無數悼念文章中，最令人低徊顫慄的是他的情人西蒙所寫的〈零時廿分〉，零時廿分是覃子豪停止脈搏的時間。西蒙這篇文章因為無法取得授權，研究資料彙編不便編入，但這實在是一篇至情之作，呈現慘然深刻的詩意，是覃子豪生平的一部分，此處摘引片段：

> 你沉默如你底〈瓶〉，這使我第一次依從了你的話──不哭。你曾說你死了要我像蕭伯納筆下那個畫家的妻子一樣，不許流一滴眼淚，將美仍留人們眼中，不因你而生哀憐。我聽你的話並非為了別人覺得如何，乃是因為你，因為你陌生的創作。
>
> 一百九十二天來我雖知道你隨時有死去的可能，但我絕不肯承認你是垂死底人。我怎麼相信得了呢？三月七日你收到我送你的生日禮物還像小孩一般高興得流下淚來，你說待那十幾首壓在你心頭的詩寫成後，你就開始作畫。你底詩，你底畫，啊！可憐的孩子，它們到那兒去了呢？三月廿七日你從臺東來的信才提到正式發現病的迹象，除了叫我放心外，你仍熱切地談到已擬好的詩稿，以及出差工作的辛苦。三月廿九日是假日，一早我便到小屋去收拾，你的信中並未確定回家的日期，我慢慢地開始打掃，一切就緒時已近午時了，關上門，我獨自在屋內聽音樂。貝遼茲的《幻想》第一樂章剛聽完，便聽到你特有的腳步聲由遠而近，繼而便是你掏鑰匙的叮叮聲，門開了，你沒想到會看到我，我更沒想到你會回來。站在門口，你無語，臉上彷彿掠過一絲苦笑，望著你顯著瘦削下去的臉和青黃的顏色！我的喉嚨和心臟緊緊地抽縮。我不知怎麼去裝淡漠的樣子。雖然心中不停地想問你：你怎麼了？究竟怎麼了？說不出，就是說不出。才不見幾天你便整個變了，你無助地像個大禍臨頭的孩子，我能問你什麼呢？三月卅一日你便住進醫院了，一位尖鼻子的醫

生走進來隨便看了一下便冷酷地告訴我，你底危險不出數日便會來臨。尖鼻子走了，顧不得淚痕，我衝進病房抓住了你，你並不追問，僅緊緊地揉搓著我底手。三月卅一日到十月八日一百九十二個惡魔般的日子，你是如何承受這一切緩慢且深痛的折磨，沒有人能真正曉得。[13]

至情之作唯至情之人可以承擔。

覃子豪逝世前幾個月（6 月 20 日），瘂弦爲他留下一卷訪問錄音，在那個錄音不方便的年代，這是極其珍貴的聲音文獻，是覃子豪留在世上唯一的真實聲音：「我比較滿意的是最近出版的《畫廊》」，「《畫廊》裡有一首詩叫〈瓶之存在〉，那首詩裡面包括的內涵比較多，也有我的創作觀」，「文藝的動向是自然的趨勢……它必然還是現代的方向」，「詩人主要還是創作，要多寫而少發表，寫不妨多，發表不妨謹慎」，「康復之後，我打算……把『藍星詩社』整理好，跟詩人朋友多聯絡，以使整個詩壇興起更新的浪潮」。[14]撐著衰弱的病體，覃子豪躺在病床上講的話並不多，卻是後人研究他的人格精神的線索指標。

覃子豪彌留時，圍繞在病床的詩人有同輩鍾鼎文（1914～）、彭邦楨（1919～2003）以及晚輩辛鬱、楚戈、梅新、管管、西蒙、沉冬、瘂弦等九人。[15]

並稱臺灣詩壇三大老之一[16]、與覃子豪打過筆戰的紀弦（1913～）以〈休止符號〉一詩致祭，既是瑜亮，也是知音：

你唱了一段，唱得是真好，真漂亮。

但你忽然停歌下來，寂然。

[13]西蒙，〈零時廿分〉，《文壇》第 41 期（1963 年 11 月），頁 16～17。
[14]瘂弦，〈覃子豪先生的遺音〉，《新詩播種者：覃子豪詩文選》（臺北：爾雅出版社，2005 年 10 月），頁 296～298。
[15]同上註，頁 299。
[16]指從中國大陸遷徙來臺的覃子豪、紀弦、鍾鼎文。當年的說法，未包括臺籍詩人。

　　——就不再唱了麼？

　　我在等著；許多人在等著。[17]

　　「現代派」詩人方思說，《畫廊》無論從表現手法、情思的控制、詩的頓悟來看，都是覃子豪的登峯之作，「亦是迄今對後來者的一種挑戰」，又說「在這些詩中表現他一代詩人的風範」。[18]一個人的詩能顯出風範，形成對後來者的挑戰，那就真有創作的價值了。向明說他樹立了詩人的榜樣[19]，辛鬱說他給後世一個詩人的典型[20]，羅門也說覃子豪如此獲得人望，除了「創作」還因爲「人品」。[21]

四、對覃子豪詩藝的評定

　　歷年來有關覃子豪詩作的賞析甚多，且多出自詩人。以〈追求〉、〈過黑髮橋〉、〈瓶之存在〉爲例，〈追求〉刊登於「新詩」週刊（《自立晚報》第三版，1951 年 12 月 10 日）第 6 期，題名「海洋詩抄」，一輯四首，〈追求〉爲四首中的一首。當時擔任主編的番草（鍾鼎文）在詩後寫了一篇〈讀「海洋詩抄」〉：

　　　〈追求〉將是我永誌不忘的好詩之一。這短短的九行詩，將滄海落日啟
　　發人類對於時間的消逝之迅速與嚴肅的感覺，完整地把握住了，而又莊
　　嚴地描繪出來，那種淨化了的思想，確已進入了詩的最高境界。它有尼
　　采的超越的靈魂，它有桑得堡的深邃的意象；純粹是詩。這首詩打擊了

---

[17]紀弦，〈休止符號〉，《文壇》第 41 期（1963 年 11 月），頁 14。
[18]方思，〈憶覃子豪〉，《香港文學散文選（一）》（臺北：蘭亭書店，1988 年 4 月），頁 113～114。
[19]向明，〈我的詩人老師覃子豪先生〉，《新詩播種者：覃子豪文詩選》（臺北：爾雅出版社，2005 年 10 月），頁 319。
[20]辛鬱，〈一個詩人之死〉，《現代詩人散文選》（臺中：藍燈出版社，1972 年 8 月），頁 88。
[21]羅門，〈生命的回響〉，《藍星詩刊》第 17 期（1983 年 10 月），頁 11。

我的自負，但也安慰了我，鼓勵了我。[22]

　　中生代詩人渡也（陳啓佑）以原型分析〈追求〉含有死亡、犧牲、虛無等高度意義，詩中英雄「深含以有限肉體生命的消失，來換取無限精神生命的圓滿達成的崇偉企圖」。同一篇論文渡也還分析〈過黑髮橋〉：「前三段字裡行間鋪排著一些暗示毀滅、死亡等相近的象徵意義的心象。最後一段則湧現一些具有希望、誕生的象徵意旨的心象。」[23]張漢良也以死亡——再生的寓含，說覃子豪具有「超越象徵主義」（transcendental symbolism）觀照。同具詩史批評意義的分析，見諸楊牧〈詩人覃子豪〉結語：

> 〈過黑髮橋〉也許是覃子豪最後一首詩，至少對讀者而言，它在全集之末。此詩不長，但既響應了早期覃子豪充斥字裡行間的孤獨情緒，又點明了晚年黃昏火焰燃燒的色彩，正好可以收束詩人各種飄搖動盪的意象，是準確是曖昧，總而言之，已經是生命和詩的結論。這個結論不誇張，也不囁嚅，覃子豪的最後一行沉重地肯定了愛情，他一生對於愛情的信仰，更肯定了他多年為眾所樂道的頭銜，愛情載在船上，覃子豪曾經是名噪一時的「海洋詩人」，他仍然是海洋詩人。這首詩的另一層意義，是進臻美學批評的意義。覃子豪於《詩的解剖》最後一篇裡，提倡「自單純進入繁複」，此原則應該可以接受，但自單純進入繁複，亦不可沒有限度，質言之，繁複如〈瓶之存在〉，實非現代詩必然的優點。再質言之，詩的理想，最後仍然應該自繁複回到單純，見山是山，見水是水，此一理想，參差可見於〈過黑髮橋〉。[24]

　　楊牧文中提及的〈瓶之存在〉，不僅為覃子豪所重視，更是洛夫論覃子

---

[22]摘自麥穗，〈覃子豪與新詩週刊〉，《藍星詩刊》第 17 期（1983 年 10 月），頁 52。據「新詩」週刊第 6 期校正引文。

[23]陳啓佑，〈覃子豪兩首詩中的原型〉，《中外文學》第 7 卷第 10 期（1979 年 3 月），頁 107，105。

[24]楊牧，〈詩人覃子豪〉，《掠影急流》，頁 24～25。

豪詩的主體。洛夫從內外交感、物我一體、「自我」與「非自我」的兩極交合，從現實生活接觸的世界到內在觀照所發現的另一幽微世界，求證作者思想上的深度、藝術上的繁複，從「純粹性」與「永恆性」的角度評議：

> 〈瓶之存在〉是《畫廊》詩集中思想最深刻，技巧最圓熟的一座「智之雕刻」，也是詩人宇宙觀、人生觀、藝術觀的一次總宣示。……表現了一種罕見的智力與心靈的平衡。[25]

　　林亨泰〈中國現代詩風格與理論之演變〉，批駁當時所謂「情緒的節奏」，全引〈瓶之存在〉，推崇其為「知性的節奏」。[26]不論各家詞語概念為何，傑出的詩人考究詩的音樂性，重視節奏的苦心同然。由代表作而及於整體評價，洛夫對覃子豪的論定是：

> 他的詩質代表一種理性的，自覺的，以及均衡的發展，而他生命的季節也極為分明，該開花時他開過花，該成熟時他便結果。他早期的作品具有古典的嚴謹與精緻，有人生的批評，也有信念的寄託。但他後期的作品卻顯示出一種新的轉向，不僅是象徵表現的執著，也是對現代主義新表現的嘗試與實驗。[27]

五、對覃子豪文學史地位的評定

　　覃子豪在臺灣主要參與的兩次論戰，一為 1957 年回應現代派六大信條，對紀弦提出的修正；一為 1958 年為象徵派詩藝辯護與蘇雪林（1897～

---

[25]洛夫，〈覃子豪的世界〉，《新詩播種者：覃子豪詩文選》（臺北：爾雅出版社，2005 年 10 月），頁252～253。
[26]林亨泰，〈中國現代詩風格與理論之演變〉，《林亨泰全集四・文學論述卷 1》（彰化：彰化縣立文化中心，1998 年 9 月），頁 176。
[27]同註 25，頁 241。

1999）過招。蕭蕭〈五〇年代新詩論戰述評〉對這一段過往，敘述甚明白。他說這兩場論戰是以覃子豪爲主軸，覃、紀論戰後，《現代詩》的出版與影響力日漸衰微；藍星詩社則有《公論報》「藍星」週刊、《藍星詩選》、《藍星詩頁》的擴大影響。[28]覃、蘇論戰後，覃子豪的詩在他所論述的象徵派技巧中演練、印證，「繪畫性→建築性→奧祕性→抽象性，如此『深化』的過程，正是五〇年代末期臺灣新詩的重要表徵。」[29]柯慶明申說覃子豪詩學：肯定藝術品所賦形的美感經驗，是超越現實人格，統一形式與內容的「風格」，覃子豪的作品排除了個人情緒的宣洩，在「秩序」與「設計」中詮釋了現代主義。[30]陳芳明在尚未殺青的「臺灣新文學史」第 14 章〈現代主義的擴張與深化〉，高度肯定覃子豪：

> 由於覃子豪的出現，才使「橫的移植」放緩腳步。但是，現代主義思潮的引介，也是由於覃子豪的加入而漸漸深化。他所領導的藍星詩社，在現代主義的實踐上篤定而穩重，要了解現代主義在臺灣的擴張，藍星詩社所扮演的角色不容忽視。[31]

覃、蘇二人的辯論，不在講求勝負成敗。不過，在往返的回應中，已經顯示五四文學的審美觀在 1950 年代的臺灣漸呈沒落，正在崛起的美學則是現代主義式的思維。這是一次重要的歷史斷裂，文學創作的道路朝著內心探索的方向迂迴前進。詩的語言不但獲得改造，詩人的情緒也同時獲得重整。覃子豪在 1959 年《文星》發表〈現代中國新詩的特質〉，等於是為 1950 年代的新詩成就做了一個總結。整篇文字代表了覃子豪對於現代詩前途具備的信心，並且也代表了他對臺灣現代詩的評論具備厚實

---

[28]蕭蕭，〈五〇年代新詩論戰述評〉，《20 世紀臺灣文學專題 1：文學思潮與論戰》（臺北：萬卷樓圖書公司，2006 年 9 月），頁 183。
[29]同上註，頁 187。
[30]柯慶明，〈六十年代現代主義文學？〉，《四十年來中國文學》（臺北：聯合文學出版社，1995 年 6 月），頁 401～403。
[31]陳芳明，〈現代主義文學的擴張與深化〉，《聯合文學》第 207 期（2002 年 1 月），頁 144。

　　的理論基礎。[32]

　　陳義芝論覃子豪對象徵主義的理解、態度與美學，也說：「五十年來不虛張聲勢而影響臺灣新詩時間最長久的，絕對是象徵主義。當年覃子豪被紀弦譏諷爲保守的『折衷派』，誰能料到不到二十年（1970 年代起），覃子豪的詩論實質上已成爲詩壇反省追隨的標竿！」[33]白萩說覃、紀論戰其實詩觀大同小異，現代觀念之所以能成爲詩壇主流，實因此二人之「開導」。[34]

　　蘇雪林與覃子豪論戰文收錄於《文壇話舊》[35]，除有詩學文獻意義，行文謹守君子禮數、純真的性情、針對論點講清楚的誠懇，亦令人懷思。

　　有關覃子豪譯詩評價，莫渝雖不認爲他是「了不起的譯詩家」，甚至說「做爲翻譯家，覃子豪的火候似嫌不夠」，但確實承認「扮演了斬荆披棘的拓荒角色」，「在當時的臺灣詩壇，引起了了不起的影響」。[36]

　　有關覃子豪來臺前的身影、詩作評述，除可參閱彭邦楨〈覃子豪評傳〉、林秋芳〈節奏的理論及實踐──覃子豪大陸時期的詩論及詩作〉，賈植芳〈憶覃子豪〉一文最難得。賈植芳（1915～2008）與覃子豪相識於1932 年北平求學時，1936 年留學日本又在東京有一年多的交遊。近距離觀察，他將覃子豪的青年身影描寫得生動如繪，包括覃子豪在大學時期「和女同學之間就不斷發生一些愛情糾葛，他很有些浪漫派詩人的氣質，又像是天生的情種」，在日本如何熱情待友，如何將時間精力放在詩的寫作和翻譯上，如何「投身於東京留學生的進步文化活動」，如何與明治大學的陶映霞女士相戀，以及 1940 年代曾與農工民主黨領袖章伯鈞（1895～1969）合辦刊物的往事。[37]兩岸分治後，賈植芳是第一位重新將覃子豪介紹給大陸讀

[32]同上註，頁 146。

[33]陳義芝，〈覃子豪與象徵主義〉，《聲納：臺灣現代主義詩學流變》，頁 81。

[34]白萩，〈淵源‧流變‧展望〉，《現代詩散論》（臺北：三民書局，1972 年 5 月），頁 47。

[35]蘇雪林，〈爲象徵詩體的爭論敬答覃子豪先生〉，《文壇話舊》（臺北：傳記文學出版社，1969 年 12 月），頁 169～179。

[36]莫渝，〈覃子豪〉，《現代譯詩名家鳥瞰》（臺北：幼獅文化公司，1993 年 4 月），頁 21。

[37]賈植芳，〈憶覃子豪〉，《賈植芳文集‧創作卷》（上海：上海社會科學院出版社，2004 年 11 月），

者的作家。

　　臺灣研究覃子豪的學位論文，至今只有蔡豔紅《覃子豪詩藝研究》（高雄師大）與劉正偉《覃子豪詩研究》（玄奘大學）兩篇。從文獻蒐集、詮釋角度看，論者咸信仍有未竟的議題。[38]

　　廈門著名詩論家劉登翰說：

> 覃子豪對臺灣詩歌發展的貢獻，主要在四個方面：一、作為詩人他出版了《海洋詩抄》（1953 年）、《向日葵》（1955 年）和《畫廊》（1962 年）三部詩集，此外還有一部譯詩集《法蘭西詩選》（1958 年）。尤其是《畫廊》，成為臺灣現代詩的一部經典性作品；二、做為詩歌活動家他參與籌組了藍星詩社，並主編了藍星系列的多種詩頁、詩刊、詩選、詩叢，是臺灣現代詩運動中最具廣泛影響的詩歌團體之一；三、做為詩歌理論家他參與了 1950 年代臺灣歷次的現代詩論戰，出版了《詩的解剖》（1958 年）和《論現代詩》（1960 年）兩部詩論集，他關於〈新詩向何處去？〉的長篇論文，抑制了紀弦「橫的移植」的傾向；他的不少真知灼見對臺灣新詩的發展產生了積極的影響；四、做為詩的播種者，他長期主持中華文藝函授學校的詩歌班，孜孜不倦地培養了一批卓有成就的臺灣詩人，並且擴大到菲律賓等華文詩壇。[39]

　　覃子豪過世時，年僅 51 歲。沒有學院憑藉，但憑主編詩刊、詩歌教學函授的管道，發揮精準的品鑒眼光及熱情奉獻精神，以一人之力對後繼青年的影響，實不亞於當代學院對詩的傳播。論其創作，以《畫廊》詩集之新變，既富抒情韻致又有知性之美，所顯示的詩藝深度與厚度，天若假

頁 388〜402。
[38] 林秋芳，〈節奏的理論及實踐──覃子豪大陸時期的詩論及詩作〉，《南亞學報》26 期（2006 年 12 月），頁 349。
[39] 劉登翰，〈覃子豪〉，《臺灣文學隔海觀》（臺北：風雲時代出版公司，1995 年 3 月），頁 245。

年，他會是 1970 年代繼續管領風騷的詩壇領袖，更會是華文詩壇成就輝煌的偉大詩人。

2011 年寫於臺北翠山

輯四◎
重要評論文章選刊

《海洋詩抄》題記

◎覃子豪

　　森林、草原、河流、山嶽，各自有其特性和美；但在我心中並沒有占著很重要的地位。我只有對海的印象特別深刻。豪放、深沉、美麗、溫柔的海，比人類的情感和個性更為複雜，不能歸入靜的或是動的一種類型。它是複雜而又單純，暴躁而又平和，它是人類所有一切情感和個性的總合，它的外貌和內在含蓄有無盡的美。是上帝創造自然的唯一的傑作。它摹仿人類的情感，而對人類的心靈卻又是創造的啟示。它充滿著不可思議的魅力；比森林神祕，比草原曠達，比河流狂放，比山嶽沉靜，是自然界中最原始的祖先，也是給人類帶來近代文化的驕子。

　　因此，我愛海。

　　我在年少時還未看見過海，就憧憬著海，渴慕著海。20 年前我從北平到煙臺，第一次和海接觸，我立刻心悅誠服做了海洋的歌者，我開始做著更遙遠的夢。其後我每年暑假都去海濱居住，青島是我最喜歡的地方；在那裡，我寫了許多詩，是戀情和懷鄉病一種混合的產物。在日本讀書時，更是沒有和海分離過，島國風情，給遠適異國的少年有一種不可言說的新鮮而又苦澀的滋味。回國後，我走遍了中國東南沿海岸的港口，我曾由廈門乘帆船渡過波濤險惡的臺灣海峽，由臺灣坐漁艇去過香港；這些行徑不是一個肯冒險的人所能為，我卻認為這是最真實的生活。我深切地領略過了海洋生活的寂寞，體驗過了所謂流浪生活的況味。島國情調，海洋景色，回憶不盡，回味無窮。但在當時，我很少寫詩，尤其關於海洋的詩；因為，我不能深刻地去把握海的特色，動盪生活使我無法創作。而當時的詩壇正走向偏激的道路，純粹的詩，已被窒息。我失去了對創作的興趣。

　　來臺灣已六七年了，對於海的情感如昔，對海的認識已和從前迥異，那就是和海的接觸更密切，更長久；對海的理解由時間的增長而加強了深度。澎湖我去過三次，花蓮去過兩次，高雄港、安平港、布袋港，都曾有過我的帆影和足跡。大陳島我是乘軍艦去的，而且在那裡我住了兩個月。這些生活，使我珍惜。我在安定的生活當中，常常回憶我在海上的奔波，在靜中去回憶動的生活，比在當時更具體，更富意味。我常常在回憶中去捕捉海千變萬化中的一瞬，如同去捕捉人的感情極微妙的那一頃刻，於是，我開始寫海洋詩。

　　《海洋詩抄》的寫就，完全出自一個極真摯的人的感情力量所促成，我心中無時無刻不充滿著感謝。在將近兩年的時間中，我寫了一百餘首詩，發表的有六七十首，未發表的，有的原稿無存，有的尚待整理。完全屬於海洋詩的，有七十餘首。經選擇後，收集在這集子裡的，僅 47 首。其餘的詩，只有待諸來日與讀者見面了。

　　本詩集能夠出發，要感謝讀者的熱忱和朋友們的協助，尤其是未見過面的朋友們，在經濟上的協助；使我衷心感覺友情之可貴。我深懷疑《海洋詩抄》的價值是否有朋友和讀者所期望的那麼大。我的初衷僅是：願在我的詩中永恆地留下海洋一個動人的面影，獲得讀者一個同感而已。

民國 46 年 12 月 5 日臺北

──選自覃子豪《海洋詩抄》
臺北：新詩週刊社，1953 年 4 月

《向日葵》題記

◎覃子豪

　　生活不容許我們以全部時間來寫詩，若整天爲寫詩而寫詩，未必能寫出好詩。寫作時間過少，無一刻純然單一的心境亦難有佳作產生。如能有片刻閒暇的餘留，對大千世界，紛紜世態，或自己的生活有所感悟，所能捕捉意念中令人神往的頃刻，就能把握著詩真實的生命。

　　《海洋詩抄》出版後，我的生活已不復和從前一般的單純，在忙得幾乎令人窒息的生活中，我仍能解脫一切，求自我的片刻來寫詩，只是產量減少；但我覺得更能把握詩精微的素質。時間、生活、思想，在我的觀念之中是三條平行的軌道；詩創作的體驗是隨著三條軌道運行，而發生新的變化。我寫《向日葵》的意念、情緒、表現方法，和寫《海洋詩抄》不同，我在尋求一個超越。

　　我認爲一首詩應有其完整的獨立的生命。我不希望我的詩千篇一律，固定一個格式。更不願留下任何殘缺。它是一個新的完美的整體，有著獨立的創造性，不是支離破碎的片段，不是陳腐內容的重複。我企圖使我的每一首詩的生命鮮活，意味充盈，有渾然一體之感。我發現了詩質，必須用時間和情緒培育，先使內容長成四肢健全，眉目清楚的生命，讓它自然誕生。有許多詩質，卻因無時間和情緒的培育，或胎死腹中，或冬眠腦際，這就是缺少寫作時間的損失了。

　　兩年多來，我發表了三、四十首詩，但於選稿付印時，多數被我否定而未選入，留在這集子裡的，僅 23 首詩。這些詩自不完全盡如理想；但卻經過許多時間的考驗而保存下來。我認爲：只要這集子裡有一首詩被多數讀者所共同激賞，那也能夠減輕我心中鉛一般沉重的負擔。我寫詩，是爲

抖落心靈的煩憂，和我理想追求的表現。也許讀者可以從這些各自有其獨立內容的詩中，感覺到我寫《向日葵》時期的情緒，是多麼的不平衡。這正足以代表我複雜的心緒與動盪不寧的心境。就是：我的生命之力該向哪裡衝擊？我的理想，該在哪兒生根？這是我的苦悶。《向日葵》是我苦悶的投影，這投影就是我尋覓的方向。

　　這冊詩，在一年以前就有預告，遲了一年多才得以問世，有勞讀者紛紛來函詢問與預約，在這裡謹向敬愛的讀者表示衷心的歉意。

　　最後，我得聲明，本詩集能夠出版，全靠我的學生棲鴛、彭捷、楚風等的協助，又承廖未林先生為本書設計扉頁，一併在此表示我的感謝。

民國 44 年 8 月 22 日臺北

——選自覃子豪《向日葵》
臺北：藍星詩社，1955 年 9 月

《詩的解剖》自序

◎覃子豪

　　在中國有不少關於詩話、詩論的書，如《隨園詩話》，《鍾嶸詩品》。在歐美也出版了不少詩論，如法國的馬拉美（Stéphane Mallarmé）、梵樂希（Paul Valéry）、古爾蒙（Remy de Gourmont），美國的佛洛斯特（R. Frost）、龐德（Ezra. Pound），英國的艾略特（T. S. Eliot）、史班德（Stephen Spender）等，均有論詩的著述。現代的詩，重視理論，在大學裡或廣播公司等講授詩的技巧，已成為現代詩人新興的行業。英國詩人奧登（W. H. Auden）榮膺牛津詩學教授，成為英國詩壇的盛事。詩的理論與寫作技巧之傳授，雖風行一時；但我尚未看見過一篇關於批改詩作品的文章。於今，我竟創例的出版了一本批改新詩的書，不免感覺惶悚。

　　開始寫這類的文章是民國 43 年《中華文藝》創刊之時。當時我正擔任中華文藝函授學校詩歌班的主任及教授。李辰冬先生為函校校長，又為《中華文藝》月刊發行人，要我為《中華文藝》每一期寫一篇新詩的批改示範。我知道這類文章對初學寫詩的朋友不無裨益，但我的心情，卻十分沉重。將老師對學生的面孔公開揭示，難免招致「好為人師」之譏。公開揭露學生的弱點，又不免招惹學生埋怨。因此，我寫這類的文章的態度，十分的嚴肅與真誠。為求學生確能在這些文章裡獲得益處，每一篇文章都費了我不少心力。

　　現代詩的派別繁多，理論亦眾說紛紜，批改詩作品，應以什麼派別為立場？也許是讀者們所關心的。對此，我曾縝密的思考過，就是我既不能標榜過時的浪漫派直接的表現手法；也不能完全的提倡象徵派神祕朦朧的傾向。立體主義、超現實主義，這些雖然比後期象徵派的方法還要新，但

非初學者的正道。而立體主義已趨式微，超現實主義則早已沒落。所以我只能在這些詩派中尋找出幾個新的原則爲我批改的立場，這也是我自己創作的立場。

自象徵主義產生後，詩的確到達了一個新的境界。詩的表現手法，變化多端，複雜而微妙。象徵主義所慣用的手法，爲象徵、比喻、暗示、聯想。20 世紀之初，產生了許多新興的詩派，有不少詩派不過是本著象徵、比喻、暗示、聯想這四個原則，而加以新的變化。所以，我的批改，只要本著這四個原則，加以靈活的運用，學生就可以獲得新的啓示。我不必固定在某一主義，限制了學生們自由發展的機會。初學者不必急急地去尋求創作的法則，只要把握扼要精到的創作基本方法，便可以另闢蹊徑，自創一個詩的世界。

這個方法，來自象徵主義，但不是完全的象徵派，這法則幾乎爲現代詩中所共用的。因此，我運用了這方法，這只是屬於表現的技術，其次還有運用文字的技術。有不少的作者，開始接觸文學就對詩發生興趣，由興奮而開始學詩，不曾顧慮自己是否有表現的能力。然而，作者確有表現的欲求，因此，文字欠成熟的太多。這固然是其缺點，同時，亦是其長處；他們有勇於創作實踐的長處，不顧表現的能力如何？創作，就是不斷的寫，不斷的修養，才有所成。只寫而不修養，難有成就；只修養而不寫，下筆艱難甚至永難下筆。批改新詩，關於語言文字運用的技術，便成爲了最基本的條件，這幾乎是每一篇習作難以通過的第一關。

在這一關，我費時很多，不厭其詳地闡明每一個字的意義與用法。要學生學習辨別字彙，選擇語言的方法，直到能夠純熟而準確的運用。其次才談到衡量音節、創造形象和意境。務使每一篇習作能夠具備詩的條件，是詩，不是散文。對於詩質的認識與把握，在這些文章裡，我曾予以反覆的闡明。

自新詩的批改示範發表以後，頗爲讀者所欣賞，這些讀者不僅限於詩歌班的學生，包括了小說班的學生和學校以外的寫詩的青年朋友。在函校

每月索稿之下，我連續寫了二十餘篇這類的文章。以後，我因工作過度成病，辭去函校職務，就輟筆停寫。停筆期間，常接到讀者來信要求我將改批示範出版單行本。屢經讀者熱情催促，於今年編好，又因我的學生柴棲鶯之熱誠相助，才決心付印。

　　這本書是從二十餘篇批改文章中選出的，並給每一篇加上一個標題，顯示批改的方式雖然一致，然而，卻各自有其重心與意義。批改是作者在創作實踐中的客觀的紀錄，其所闡明的方法，無形中和講義上的理論相印證。理論指導創作，創作是理論的實踐；新的創作又可以產生更進步的理論。理論之所以風行於現代，就是理論和創作有相互的功用。我在每一篇加上標題，作者便可以根據標題所顯示的意義，而在講義下的理論中去獲得線索，以做進一步之研究。

　　本書，我題名為「詩的解剖」，似乎過於嚴肅，對習作有誇大的意味；然而，我相信大多數的學生是以嚴肅的真誠的心情在寫詩；我批改時的態度，亦是如此。我務必以有條不紊、脈絡分明的方法，解剖出作品的病根何在；同時，費盡心思修改，使作品接近成熟的階段。因此，我毫不猶豫的用了「詩的解剖」為書名，以強調一般習作所常犯的毛病，都在這裡揭開了，可做為後來者之借鏡。

　　本書是筆者獻給初學寫詩的青年朋友的。如能對初學者有些微的貢獻，這個創例，當不至於毫無意義吧。

民國 46 年 12 月 5 日臺北

──選自覃子豪《詩的解剖》

臺北：藍星詩社，1958 年 1 月

《論現代詩》自序

◎覃子豪

　　四十年來，新詩一直在慘澹經營中謀求發展，現代詩所面臨著的境遇，似較以往任何時期為艱苦；所遭受的非難，亦較任何時期為多。因為，現在是一個創造與實驗的時代，多數詩人在為探求詩的新境域而努力。因實驗是無視於詩律一致性，各自從事自由的創造。似乎呈現一種無治的紛亂狀態，失去舊有的欣賞準則，不免令讀者感覺困惑。實則，紛亂是變革時期中必經的階段，是創立新秩序的前奏。讀者只見其紛亂，卻未從紛亂中發現業已形成的一個新的秩序。筆者在臺灣十年中，因主編《自立晚報》「新詩」週刊、藍星詩社各種期刊，幾乎無日不和新詩接觸，對於臺灣十年來新詩演變的得失，有較深入而具體的認識；曾發表不少關於新詩運動的文章。筆者將這些文章加以整理、選擇而成為本書的內容。本書分三輯：第一輯「詩的藝術」，第二輯「詩的演變」，第三輯「創作評介」。

　　現代詩給予讀者的困惑，並不足以成為詩本身發展的阻力；現代詩給予作者的迷惘，才值得憂慮。多數詩人尋得新的創作契機；然而，卻有不少數是偽詩的製造者。倘若不從現代精神、現代本質上深刻去探求詩的動力，只是追蹤時尚，徒具外貌，製造一些似是而非的詩，形成一種令讀者困惑，亦令自己迷惘的流行格式，則現代詩將因真偽難辨而走向死角。「詩的藝術」是筆者以超宗派的立場，對詩做一全面性的認識與剖析。若要讀者及初學寫詩的朋友認識現代詩的真義，必須探索形成現代詩的來源。「詩的藝術」所引證的理論和詩例，多數是現代主義的詩人，且佐證一部分中國的古詩。它雖然包括「過去」（傳統）與「現在」，卻不是承繼傳統；是以現代的觀點去衡量傳統，不是以傳統的眼光批評現代。正如艾略特（T. S.

Eliot）所說：「『過去』也不斷地因『現在』而產生新的意義。」現代詩人所反對的是傳統的虛偽與束縛；而不是反對「做為太古以來人類智慧積蓄的，過去形成的一個秩序。」尤其是中國古詩中的創造法，令梵樂希（Paul Valéry）讚美，令龐德（Ezra Pound）重視，中國現代詩人如棄置中國古詩的寶庫而不屑一顧，必然是一個極大的損失。現代詩人應該化中國古典詩之精粹於無形，創造更新的詩。「詩的藝術」便是對詩作超時空的全面透視，廓清現代詩給予人之困惑與迷惘，強調創造的價值。本輯共 20 節，凡詩具有之特徵，無不力求詳盡的闡釋。使讀者能從這裡獲致一個新的觀念。

艾略特在論葉慈（William Butler Yeats）一文中說：「在我們這個時代，詩似乎是每 20 年一代，我不是說一個詩人的最好作品都限於 20 年內；我是說大約這麼長的時間，就有一個詩的運動或風格出現。」艾略特所說的當然是以英美詩壇而言。而中國詩運動 40 年間，豈止是 20 年一變？中國新詩在 40 年間幾乎接受了西洋詩從 19 世紀至 20 世紀約一百年之間各種流派的影響，故其變動迫驟頻繁，發展的軌道縱橫交錯。臺灣詩壇在十年中，格律詩、自由詩、現代詩，就可分成三個階段。第二輯「詩的演變」所包括的文章，便是這三個階段中的產物。無論從專論或論戰的文章中均可發現新詩進展的軌跡。本輯附錄有筆者在大陸時和曹聚仁論詩的兩篇文章，其目的在使讀者略窺當時新詩的傾向。

筆者不是評論家，十年來卻寫了不少類似批評的文章，這當然不能當作評論來看，是對十年來許多優秀作品的印象和直覺。這些文章當能幫助讀者對現代詩的認識。如柯立治（ST Coleri dge）所認為的：是站在讀者與作者之間來解釋的批評。「創作評介」一輯是闡釋了中國新詩的時代精神和其進步的關鍵，是證明自由中國十年來的詩，並非如一些人所想像的是將來文學史上的一頁空白，而是一個不能隨意就能否定得了的一個成就。

20 世紀是文學、藝術的一個實驗和創造的時代，現代詩所重視的，就是實驗與創造。本書的觀點是超宗派的，卻是從現代精神出發。當現代詩

面臨困境的今日，筆者堅信這一觀點必然能使現代詩在困境中獲得它應有
的路出。

民國 49 年 10 月 15 日臺北

——選自覃子豪《論現代詩》

臺北：藍星詩社，1960 年 11 月

《畫廊》自序

◎覃子豪

　　自《向日葵》出版後的六、七年間，我對於詩：思索多於創作，創作多於發表，恆在探討與實驗當中。是常因發現而有所否定，或因否定而去發現。

　　詩不僅是情感的抒寫，而詩人亦不僅是一個「字句的組織者」（Words maker）。情感只是詩的引發，當詩被發現以後，情感便成為剩餘價值了。字句只是詩的表現工具，沒有詩，字句就成為無的放矢。詩，是游離於情感和字句以外的東西。而這東西是一個未知，在未發現它以前，不能定以名稱。它像是一個假設正等待我們去證實。

　　我不欲在此說明《畫廊》裡有什麼發現，我只是在探求不被人們熟悉的一面。《畫廊》裡有一部分詩，便是探求的結果。

　　《畫廊》分為三輯，是表示我的探求是經過了三個階段。第一個階段：我頗為強調詩的建築性和繪畫性，有古典主義的嚴密和巴拿斯派（The Parnasse）刻畫具象的傾向。然而，結構過於嚴謹，詩的生趣將蕩然無存。意象和色彩過度炫耀，則會失去詩本質上的純樸。詩到了素色和無色以及嚴密而不呆滯，才耐人咀嚼。因此，我否定了許多在第一階段所寫的作品，只留下幾首詩為這時期的代表。而〈畫廊〉一詩，是顯示了我的創作有了一個新的動向。第二階段：我所探求的是人們不易察覺的事物的奧祕，〈金色面具〉是其開端。面具背後的虛無，不定是虛無，只是肉眼不能察覺虛無中所存在的東西，它是神祕。面具空虛的兩眼較之一個雕像的盲睛，更能令人生產幻覺。而這幻覺不是情感，不是字句，是情感和字句以外的假設。〈金色面具〉啓發我去證實一個夢的世界，它不是空想的而是現

實生活所反映和昇華而成的一個微妙的世界。〈夜在呢喃〉、〈構成〉，便是由於這個啓發寫成，而〈奧義〉是表現人性之幽微。在第三個階段中，我由神祕、奧義中發現事物的抽象性。〈瓶之存在〉和〈域外〉，便是抽象表現的實驗。抽象的表現，既能運用於繪畫，也能運用於詩。因爲，事物本身便有一種抽象的特質。只是我們的觀念會認爲：以抽象的語言表現抽象的感覺，其效果將遜於抽象的旋律之於音樂，抽象的線條之於繪畫。實際上，抽象也具有形象的性質，只是這種形象我們不能給它確切的名稱。表現這種抽象的形象，是由外形的抽象生到內形的具象性；復由內在的具象還原於外在的抽象。從無物之中去發現之存在，然後將其發現物化於無。〈瓶之存在〉便是用這種法則表現的。而〈域外〉則是由抽象到抽象，沒有觀念，沒有情感，沒有感覺的無中之無。無中的無，乃有之極致。抽象爲具象至極的純化所造成的一個純粹美的世界，抽象的表現運用於詩，限制性較大，不是任何題材均可作抽象性的表現，「純詩」（Poesie Pure）之難，即在於此。事物不僅有抽象性的一面，也有堅實性的一面。與抽象對立的是具象，具象並非堅實，具象是形狀，而堅實是物性。我曾企圖在〈吹簫者〉、〈分裂的石像〉、〈Sphinx〉等詩中表現人物與事物的堅實性。堅實是純樸之一種，因爲它的美，沒有裝飾性，且具有一種不可扭曲的硬度。它的實質和抽象的虛無感，是強烈的對照；它既無悅人的甘美，亦無不可捉摸的玄妙。它是一種肯定，一種充實，它的美便存在於肯定與充實之中。可是我尙未把這種美發揮盡致。我的另一種實驗是將動的抽象與靜的堅實兩者同時表現於〈肖像〉一詩中。〈肖像〉是從堅實的形體上去刻畫抽象的靈魂的面貌，是靜中之動，亦是動中之靜，它是抽象與具象所疊合的一個現代人的顏面。我認爲：詩的美應表現內在，而非外觀之眩目。因此，我寫〈黑水仙〉便是爲證實我這一觀念。〈音樂鳥〉是我用交錯、換位、變形的方法來表現我對音樂複雜的感覺，這是另外一個實驗。

　　現代詩所強調的是獨創性，在風格上是個性化了。可是目前中國的現代詩，由於互相影響，互相摹仿的結果，反而消滅了風格上的個性。中國

的現代詩到了「標準化」，彼此分不出面貌來的時候，就要日趨沒落了。我的詩風在變，而我不失去原來的性格與原來的面貌。

　　曾有人把詩分為直覺的與經驗的兩類。其實直覺與經驗並非是兩個不相干的東西，經驗會影響直覺，直覺含有作者的氣質、教養與經驗在內。《畫廊》的作品是直覺的，同時是經驗的。只是有些作品偏重於直覺，有些作品偏重於經驗而已。因其是直覺的又是經驗的，才有個性的存在。

　　現代詩難懂，已遭受了太多的非難。這些非難，有屬於內容的，有屬於技巧的。假如作者真正表現出了他的感覺，自信不是情感和文字的浪費，則批評便是作品的試金石。這本集裡所貢獻給讀者的，有一些作品是令人感覺陌生的。因為，這是一個未知的探求。

民國 51 年 4 月 5 日臺北

──選自覃子豪《畫廊》

臺北：藍星詩社，1962 年 4 月

〈金色面具〉之自剖

◎覃子豪

　　《葡萄園》編者要我自剖《畫廊》裡的〈金色面具〉，以便使讀者對此詩作更深的認識。其實，這首詩並無難懂之處。而且，我一向不喜歡向讀者解釋自己的作品。因為，既然成為一首詩，作者所要表達的，應已在作品中完成。《葡萄園》編者之所以要我自剖〈金色面具〉，我想，我個人所體驗的世界對於一些讀者比較陌生，不易獲得共感是可能的。在此我不得不應本刊編者之命，將我寫〈金色面具〉的動機，和我企圖在〈金色面具〉中所欲表現的，做一個自我的剖白。

　　一具金色面具，他的表情，既不獰惡，也不和悅。既不悲哀，亦不歡愉，既非悲劇角色，亦非喜劇角色。他的表情本來就超乎一切人類之上呢？或是用人類具有的喜、怒、哀、樂的情感淨化為一片無表情之寂然呢？而他的目光卻深沉能透視每一個仰望他的人底內心。當我看見這面具的瞬間，我如發現一個難以解答的謎。而這謎充滿奇異、神祕、微妙的力量，在感染我，支配我，引導我，要我去發現一個未知的屬於詩的世界。

　　我如何發現這個世界？這是個什麼樣的世界？它正是我所要剖析的。

　　以我創作的經驗來說，我相信很少有人能夠立刻把握到在直觀中那種極端微妙的感覺。往往容易把握到的，不是發現，而是不自覺的因襲。如果，真正要把握一種奇特的詩的感覺，實在不易。我寫〈金色面具〉這首詩，是經過若干困惑與苦惱的階段。我常覺得我的感受如此飄渺，如此零亂。雖然我經過了一個禮拜的思索，寫成了 80 行，最初寫成詩，我覺得我已表現出我對神祕的感覺，然而，經過了多日的考驗之後，我發覺那是毫無真實根據的幻想，不是真的詩，因為，那不是從內心產生出來的聲音。

沒有一句詩，能俯然發聲，和我的內心發生共鳴。

　　不能震撼自己，便不能震撼讀者。假如：我初稿的內容，是一個未知世界的假設，而這些假設並未獲得心靈的證實，無疑的，我的初稿是假詩，不是一個真實的認知。

　　為什麼呢？後來在無盡思索當中，我體驗到，即使是神祕、虛無、飄渺的感覺和感情，也不能離開人間關係的感受。一旦離開人性抒發，必然會成為荒誕不經，毫無價值。我初稿中的內容，就是缺乏人間關係的感受，它之所以失敗是必然的。因此我毫不惋惜予以毀棄，而另起爐灶，重新發現〈金色面具〉所啟示我的一個未知世界。而它的神祕性已不再是不可捕捉，因為，它和人有了密切關聯。這關聯是人性和物性有了共通之處。只是有些人察覺，有些未曾察覺而已。我察覺我如此被〈金色面具〉所吸引，是超越了藝術欣賞的觀點，而到達形而上的世界；就是我所憧憬的世界。這世界朦朧的展現在我的直覺中。然而，這只是一個概念，這概念是「神移」由我及於物，是「交感」（"Correspondance"）及物我互應。波特萊爾所說的「萬物照應」，便是萬物由交感而形成息息相關的宇宙。詩人以我為中心，從直覺的世界去透視萬物的生命。若要去理解萬物，必先理解自我，從自我的觀點出發。若不能理解自我存在的意義，如何能理解萬物存在的意義？不理解自我和萬物存在的意義，如何理解人生？〈金色面具〉之吸引我，實際說來，不是〈金色面具〉，而是「我」自己。因我已神移於〈金色面具〉中，〈金色面具〉有「我」在，而有了生命，有了意志，有了它的世界。我對〈金色面具〉所認識的世界本是直覺的，因有「我」在，這個直覺的世界便轉而為經驗的世界。而從直覺中所產生的概念就因經驗的世界而成為具體的真實的事物。因為：「它不是空想的，而是現實生活所反映和昇華而成的一個微妙的世界。」（見《畫廊》自序）

　　當我從〈金色面具〉中發現「我」，就真正找到表達我對〈金色面具〉一切感覺的方法了。〈金色面具〉中有我，而我和〈金色面具〉是一對比，我有太多人生煩惱，而〈金色面具〉則無。即是〈金色面具〉已從人生煩

惱解放出來，而我卻不斷被人生一切煩惱折磨。這是「沉默的吸引」的默化，也是「無情的挑戰」的敵對。〈金色面具〉之能解放苦惱，是它有一個迷魂的玄祕世界，它淨，且熱情，而不做意志存在之否定。它的眼睛卻被煉獄之火焚毀，而盲目不盲，如兩條蝮蛇蠕動，能洞察幽冥的黑暗。雖然欲望依在，而它卻寧靜而雍容，且不屑人們生活於無窮痛苦中。它比如神祕、卓絕、飄然、像一「超人」。

是的，是一位「超人」，不是尼采的「超人」，是我的「超人」。這位「超人」誕生於我的生命發軔深處。也許這「超人」就是我，是昇華了的我，超越了的我。是新我，不是舊我。因為，沒有一個人滿意自己，沒有一個人滿意他的境遇，沒有一個人不想：明日能超越今日，明日的我，能超越今日的我。人們為什麼總是憧憬未來？這問題不難解答。〈金色面具〉這首詩，便是忘卻舊我，尋求新我之渴望。是自我心靈的默祝，亦是自我心靈之傾聽。那最深沉之感嘆與祈求，便是：

　　　我以玫瑰的馨香奉獻你
　　　　　請引我走向未來之夢鄉
　　　不以鼓聲為節奏，以迷魂曲底旋律底吸引
　　　在這個世界，這個季節
　　　　　唯你能令我忘卻自己
　　　　　　去認識世界真實的面貌

而〈金色面具〉也許就是解放痛苦的我之超越的假設。

——原載《葡萄園》季刊第 2 期，1962 年 10 月

——選自覃子豪《覃子豪全集 II 》
臺北：覃子豪全集出版委員會，1968 年 6 月

詩創作的途徑

◎覃子豪

一、語言的運用

　　詩的表現工具是語言，而語言是隨著時代的社會生活的變動而起一種新陳代謝的作用。社會生活進步，語言亦隨之進步。人類的思想、情感亦隨社會生活之進步，而趨於複雜。於是語言亦隨人類思想、情感之複雜，而愈富變化。新詩的產生，就是一種語言的革命；舊時的語言已和時代的社會生活脫節，再也不能表現現代人的生活、思想情感。古代那種簡單的語言不能表現現代人的複雜的思想和情感。語言既是表現詩的工具，初學寫詩的人，便首先要學習如何運用語言，尤其是要了解新詩既是具有時代性的產物，做爲表現新詩的工具的語言亦具有時代性。那麼，新詩所用的文字，必然應和現代的語言一致。在白話詩的時期，有所謂「我手寫我口」的說法，實際上，日常應用的語言和寫在紙上的文字，略有不同。固然，文字是由語言而來，但一經成爲文字之後，就和日常所用的語言不同了。即是語言成爲文字時，必然要經過修辭的階段。文字有近於文語的文字，有近於口語的文字，新詩重於口語的文字，乃無疑義。文語易使詩陷於陳舊詞藻的泥坑中，口語才能使詩有新鮮、生動的表現。因此，談到新詩如何運用文字時，不如說如何運用語言來得正確。

　　運用日常生活的語言，絕不是「我手寫我口」那麼簡單。因爲，日常生活所用的語言是繁冗、龐雜、零亂，甚至俚俗。而繁冗、龐雜、零亂、俚俗，正是詩裡最忌諱的東西。詩作者在運用日常生活的語言時，就要重新加以製造、整理，使其簡潔、生動、優美。否則，便不能給讀者以美

感。因此，初學寫詩的人，就要學習遣詞、造句的方法，也就是學習如何運用語言的方法。下面是五個運用語言的原則。

（一）豐富語彙

初學寫詩的人，唯一感覺苦惱的，便是語彙的不夠運用。語彙貧乏，就不能自如的表現作者的感覺和意念。要充分自如的表現作者所要表現的；作者腦中必須儲存有豐富的語彙不可。文學是語言的藝術，詩尤其是語言的藝術。而語言是許多語彙集合而成的，詩的語言較之散文、小說具有特殊的語彙。這些語彙固然一部分是從日常用語中整理，鍛鍊出來的。然而，只憑自己從日常用語中來提煉，仍然會不夠使用。豐富語彙就成為初學者必需的基本條件。如何豐富語彙呢？

第一，豐富詩彙最切實的方法是讀書。書本上的語言是從日常生活中所運用的語言整理鍛鍊出來的。它不再是繁冗、龐雜、零亂、俚俗。而是簡潔、清楚、凝練、優美。要豐富詩的語彙，當然要讀詩；因為詩的語彙較之散文、小說的語彙是經過了嚴格的選擇。初學者從許多名詩中去儲蓄語彙，同時可以獲得運用這些語彙的方法。但是，只是讀詩，而不讀其他的書籍，如哲學的、美學的、藝術的、或其他的文學名著，語彙的儲蓄仍極有限。讀其他的書籍，是在獲得豐富的智識，智識豐富，其語彙也必然豐富。書讀多了，而能融化於胸中，其智識亦必包羅萬象，能將其運用於詩中，其語彙亦必包羅萬象。古人說：「行千里路，讀萬卷書」，前者是從生活中獲取智識，後者是從書本中獲取智識。智識豐富，也就豐富了寫詩的語彙。所謂：「讀書破萬卷，下筆如有神」，便是這個道理。

第二，只是從書本上去豐富語彙，而不能從日常語言中去攝取語彙，其詩必缺少生動的變化。書本啓示我們如何注意日常生活中的語言。生活中的語言，不一定都能運用在詩中，而且大部分的語言是不能入詩的。白話詩，就完全運用了日常生活的語言，因其過於粗糙、俚俗、無法有佳妙、精微的表現，甚至於給讀者一種平凡、單調的感覺，就是語彙貧乏，無法有複雜的深沉的表現。要在日常生活中攝取語彙，就要以書本上的語

彙加以類推攝取。使日常用語與書本上的語彙混合運用於創作中，方能使
創作生動而富變化。

（二）辨別語彙

　　初學者寫詩，最大的缺點是不能辨別語彙的性質。不能辨別語彙的性
質，對於語彙就不能準確運用。不論任何文學作品，語彙的準確運用，是
作品成功的條件。要準確運用語彙，必須首先有辨別語彙性質的能力。要
獲得辨別語彙性質的能力，是在於讀佳作時的細心體會與研究。因為，沒
有一部成功的作品，不是由準確運用語彙而來。許多詩人和作家，他們在
創作時，對於用字都曾下過推敲的工夫。中國古詩人就有「吟成一個字，
捻斷數根鬚」的現象。「捻斷數根鬚」就是在辨別所用的字，是否準確？法
國小說家福樓拜（Flaubert）的「一字訣」（Single-Word Theory）就是他認
為要準確的表現一件事物，只有一個名詞，一個動詞，一個形容詞，如不
能辨別名詞、動詞、形容詞的性質，就不能有準確性的發揮語彙的性能。
我們看惠特曼（Walt Whitman）在〈自我之歌〉（桑簡流譯）第 32 節中，
寫一匹駿馬的神情，便可以了解辨別語彙的性質對於寫作多麼重要：

　　　　一匹高頭大馬，我拍拍牠，牠既精神又精明，

　　　　頭顱昂揚，兩耳當間的額頂很廣，

　　　　四蹄肌肉均勻，毛色發光，長尾拖地，

　　　　兩眼露出驃悍的神情，兩耳並排，微微動個不停

　　　　我騎在馬上，牠鼻孔張得很大，

　　　　跑了一個來回，牠四肢興奮，顯得簌簌發麻，

　　　　公馬，我只騎了你一回，就放你休息，

　　　　我不論站著坐著都比你早衰，

　　　　我若是比你跑得還快，我又何必騎馬？

　　惠特曼把一匹馬寫得如此生動，他刻畫出一匹駿馬的姿態，完全是名

詞、動詞、形容詞用得十分準確的緣故。名詞如「頭鬣」、「額頂」、「毛色」、「鼻孔」、「兩眼」、「四肢」，以這些不可少的準確的名詞，刻畫出馬的形體。然而以「昂揚」形容「頭鬣」；以「發光」這個動詞，來表現「毛色」；以「驃悍」二字來形容馬的眼睛；以「張得很大」來形容「鼻孔」；以「興奮」來形容「四肢」，就表現出馬的姿態和神情。由於這些名詞、動詞、形容詞運用得極為準確，惠特曼的筆就把馬畫活了。因為寫馬除了這些唯一的語彙，幾乎沒有第二種語彙可以比它表現得更出色，這就是惠特曼有辨別語彙的能力。

（三）選擇語彙

　　語言文字既然是隨時代之進步，而起一種新陳代謝的作用。那麼，選擇語彙，在於以新鮮為標準。就是要選擇新鮮的字，不要用陳腐的字，因為時代有新舊之分，人類的生活、思想、感情亦有新舊之分。表現我們這一代人的生活、思想、感情，那自然要運用我們這一代的語言文字。可是新時代和舊時代不能截然劃分；我們的語言文字，亦不能做截然的劃分。因為，新時代是連接著舊時代而來，新語言文字是舊語言文字的嬗遞。日常所用的語言文字是新舊雜陳，絕不可能完全是新的語言。要使詩創作有新的表現，我們要選擇新鮮的語彙，才能表現我們現代人的思想和感情。惠特曼之所以被譽為 20 世紀的先驅詩人，就是他的詩表現了現代的新事物。在他的〈自我之歌〉（桑簡流譯）第 28 節中，有一段這樣寫著：

　　　　這就是切磋琢磨，面對著這新鮮的景象我不禁顫抖，
　　　　熱力和電力在我血管裡奔流，
　　　　奔騰的力量在衝擊我，
　　　　我電力的血肉雷射火花，轟擊血肉的軀體，
　　　　使我肌肉漲滿，四肢緊張，
　　　　使我心房懸起，不再落下，
　　　　使不羈的柔韌雕像，纖維畢現，

孜孜切磋琢磨，渴求我之所長，

褫去我的衣裳，與我容與徜徉。

煩惱消散在豔陽草海，

盡情宣洩傾心的情懷，

柔荑的手在挑撥，拔著我身邊的勁草，

一絲不加顧慮，不顧我已不遺餘力，並且笑裡已經帶惱，

只顧無微不至遍體騷擾，

昂揚最高峰頂，激潮吞沒暗礁。

　　這一段詩因內容新鮮，而其所用的語彙亦很新鮮。名詞如：「電力」、「血管」、「電子」、「肌肉」。動詞如：「顫抖」、「奔流」、「衝擊」、「幅射」、「轟擊」、「昂揚」等。此詩是寫生理上的熱情的激動，其寫法幾乎是運用了科學的原理，故所用的名詞都是科學上的術語。而動詞亦與科學有相當的關係。內容新鮮，其語彙亦新鮮；故能給讀者一種前所未見的感覺。

　　所謂新鮮的語彙，就是指在一般詩中，所不常見的語彙。這種語彙，是未經多數作者所濫用，尚未變為陳舊，故能給讀者新的感覺與印象，收到新鮮的效果。但是，所謂在詩中不常見的語彙，並非冷僻古怪的語彙，也不是故意蒐集一些新奇的詞彙與典故，做為詩中的點綴與裝飾；與詩的內容，不能發生密切的血肉的聯繫。它必須和內容有渾然的形成。

（四）鍛鍊語言

　　鍛鍊詩的語言，就是構造詩句。詩句的構造，和散文句子的構造，在基本方法上是一樣的。而詩句和散文句子比較，散文的句子累贅，而詩的句子簡鍊；散文的句子長短不拘，詩的句子有均衡之美；散文的句子時而簡單時而複雜，而詩的句子有其一致性的諧和；散文的句子是敘述，詩的句子是抒情；散文的句子是說明，詩的句子是表現；散文的句子是直陳，故缺少變化；詩的句子是表現，故富變化之巧妙。一般作者都未能明瞭詩和散文微妙的區別，以致使詩流於散文化，而缺少詩應有的含蓄的餘味。

以致一些讀者譏諷現在的新詩，是散文的分行，並不是認為沒有詩的本質，而是認為這些詩句沒有音韻。顯然是有許多人沒有了解詩和散文區別的關鍵，不是在於音韻之有無，是在詩本質之有無。如果，詩句把握了的本質，有濃厚的抒情意味；即使沒有韻腳，仍然是詩，不是散文。若果，沒有詩的意味，即使有韻，仍然不是詩，只是韻文而已。那如同告示符咒之類，不能給讀者情緒上的感應。

　　明瞭了詩句和散文句子不同之點，了解了詩句的特徵之後，來鍛鍊詩的語言，就把握到鍛鍊語言的法則了。

　　鍛鍊語言的目的，在使詩句簡鍊、生動、優美。

　　第一，簡鍊。英國哲學家斯賓塞（Spenser）說：「論文章的方法，千言萬語，只有『經濟』一字。」詩是最精鍊的語言，不能冗長，不能拖泥帶水，不能寫一句廢話。就是用很經濟的文字，收獲很大效果的藝術。所謂「任髮莖莖白，詩須字字清。」就是在要求詩的簡鍊。

　　我們讀英國詩人豪士曼（A. E. Hausman）的〈我的心充滿了憂傷〉，便可以看出詩的簡鍊性對於詩的效果。

　　　　我的心充滿了憂傷，

　　　　為我那往日的知己，

　　　　為許多紅唇的女兒，

　　　　為許多捷足的孩子，

　　　　在寬廣難涉的河邊，

　　　　捷足的孩子們安眠，

　　　　紅唇的女兒們睡在，

　　　　紅薔薇花樹的田間。

豪士曼的詩，以言簡意賅著稱。實在這首詩在表現技巧上已到了簡鍊的極致。它沒有一句廢話，沒有一個廢字。的的確確是用了很經濟的文字，收

到了很大的效果。

　　所謂簡鍊，就是在於省略，省略了詩句中的廢字，省略了詩中的廢話，成爲純淨、毫無雜質的存在，就達到了簡鍊的地步。

　　第二，生動。生動的反面是刻板，無變化。生動則是詩句中洋溢著鮮活的趣味。生動是詩句有一種活潑的節奏。例如惠特曼在〈自我之歌〉（桑簡流譯）第 21 段中的句子：

　　我就是那個隨著舒徐開展的黑夜散步的人，夜使我一半留連，而我卻朝
　　壯闊的大地海洋　呼喚。
　　柔柔低垂的夜啊，收容我──沉醉我，滋潤
　　　我的夜啊，
　　　　包涵我！
　　薰風拂面的夜──點綴了亮晶晶的星星的夜！

　　微微泛起又飄墜的夜──情不自禁示現色相
　　　的夜！
　　豐盈的大地呼吸停勻，悠然微笑，
　　生長露珠滴翠森林的大地！
　　夕陽無限好的大地──群峰雲霧迷濛的大地！
　　晶圓月光初披淡藍輕紗的大地！
　　河水粼粼閃耀的光影交融的大地！
　　為我烏雲瀲灩容光煥發的大地！

　　令人銷魂相思的大地──蘋果花開的大地！
　　微笑吧，愛你的人正懷念你。
　　不拘形跡的大地！你對我的慈愛──我也愛你！
　　啊──不可說的真情流露的愛！

這些句子生動而優美，是經過惠特曼苦心鍛鍊出來的。這些詩句生動的原因，是動詞和形容詞用得好。動詞如：「收容」、「沉醉」、「滋潤」、「包涵」、「泛起」、「飄墜」、「滴翠」、「交融」等字，把夜寫得如此鮮活迷人；而且化靜為動，表現出夜的動態。他的形容詞用得更生動；如以「情不自禁」、「示現色相」來形容令人陶醉的夜晚。又以「悠然微笑」、「容光煥發」來形容夜的寧靜可愛。這一段詩，重複的句法很多，仍不感覺單調，就是形容詞用得特別出色，幾乎每一行均有其獨特的優點。因此，不僅不覺單調，反而覺得有無窮的變化。而最後一段，如此樸素，幾乎就是日常生活中的語言，然而，卻給我們一種生動、優美的感覺。從這裡可以證明，初學寫詩，對於鍛鍊語言，是多麼重要。就是沒有一個好的詩句，不是經過推敲與鍛鍊來的。

第三，優美。詩不可缺少的要素是美。如果內容很美，詩句不美，則內容和形式將不能獲得一致和諧。所謂要把詩句鍛鍊很美，並不是用許多形容裝飾，美貴樸素，而不崇華麗。尚華麗難免帶點脂粉氣，有了脂粉氣，詩就庸俗了。詩語言的優美，就是在於不落俗套。如：印度女詩人莎綠琴尼奈都夫人（Sarojini Nai-du）的〈拉奈普德戀歌〉（糜文開譯）一詩。

哦愛啊，假使你是一個香羅勒花鬘盤繞著我的髮髻，
你是一個鑲珠的耀光金扣包著我的衣袖，
哦愛！假使你是縈戀我網衣的蔻拉香魂，
你是我織的衣帶上的光亮朱紅一縷，
哦，愛啊！假使你是我枕上的香扇，
你是檀香木琵琶，你是我祭臺上的銀燭正點燃，
我何必憂懼那嫉妒的晨曦。
牠在你和我之間獰笑著展開離愁之幕帷？
趕快，哦，野蜂鐘頭，趕快去到落日之花園！
飛，野鸚鵡的白晝，飛向西方之果園！

來，哦，溫柔的夜，進入我庇護的胸懷！

這首詩的表現，就非常華麗。其主要的原因，就是名詞、形容詞用得太多。如「香羅勒花鬘」、「鑲珠的耀光金扣」、「蔻拉香魂」、「光亮的朱紅一縷」、「枕上的香扇」等，這些語彙的豔麗，成了詩的裝飾，幾乎代替了詩本身的內容，若果把這些華麗的語彙除去，內容就會感覺貧弱。這首詩之如此華麗，因作者是印度女詩人，而這首詩所表現的又是印度女子的情歌，作者為渲染一個女子纏綿的愛情，就特別誇張女性飾物的美來比喻對情人的眷戀，自然不免過於華麗。

下面是一首美國意象派詩人艾茨拉・龐德（Ezra Pound）的詩〈舞之身軀〉（馬朗譯）中的一段，其所用的語言，完全是一種樸素的美。這種美，極富意趣。

黑眼睛的，
我的夢中人呵，
象牙的通花草鞋，
舞蹈群中再無一個像你，
再無人有快捷之足。
我找不到你在帳幕裡，
在破碎的黑暗裡。
我找不到你在井端上，
在帶水甕的女人當中。
汝臂如樹皮下年輕的無樹液
汝臉如有光的河。
白如杏仁的是汝肩
像新剝了的杏仁。
他們不用宦官守衛你

> 也不用銅柵。
>
> ．．．．．．．．．．．．．．．．．．．．．．．．．

這首詩中沒有一個華麗的名詞和形容詞，而其語言十分優美動人，其優美乃是語言本身有一種新鮮的情趣。形容詞的美是死的美，富有情趣的語言才具有生命。「象牙的通花草鞋」，就完全表現一個舞女輕盈的身軀；然後作者就接連著寫出「舞蹈群中再無一個像你，再無人有快捷之足。」全首詩，都是用單純的抒寫法，意味是淡淡的，但意味無窮。因為其語言具有夢幻的特質，這是優美的另一表現。

（五）創造語言

一般詩句的構成，可分為兩類：一類是因襲，一類是創造。因襲容易，創造則較為困難。因襲是擬摩，就是照用慣了的句法，來仿造，互相摹仿。則易成為公式或濫熟的語調。語調變為俗濫，其作品則不能給人一種新鮮的感覺。創造則是獨出心裁，創造別人不曾用過的句法，成為嶄新的句子，令讀者的感覺為之一新，而能獲得藝術上的效果。

其次，是許多日常所用的語言，或是從書本上攝取來的語言，不能表達作者新的意象或新的感覺。那麼，作者遇到這樣的困難時，他必須創造新的語言來表現。否則，即使作者有了新的感覺、新的意念，而不能創造新的語言求一種新的表現，其新的內容將必然受舊語言的影響不能達到創新的目的。

詩句既是語言的構成，只是因襲舊的語言，不能創造新的語言，其作品必無藝術的價值。

下面是法國現代詩人伊凡・戈爾（Yvan Goll）的〈浪子無地之約翰〉[1]（胡品清譯），其運用的語言，頗具創造性，值得詩作者學習。

---

[1] 「無地之約翰」（Jean Sans Terre）為法王 Henri ll 之第五個兒子，英王 Richard Coeude Lion 之弟，兄既死，乃謀殺侄兒，篡奪英國王位。

約翰離去丹達爾氏之城[2]

靈泉即顯示惡兆

心情沉重而提箱空乏

海關職員徒然探索他的金眼

他撇下慈母於廚房

他撇下鏡中自溺的戀人

花園將永恆地吐放金蓮花

夢幻卻在衣櫥中自溢於黎明

他是去追尋何人？黎明的鑄造者！

彌補疇昔的玻璃工？

為有腳蛇製造蹄鐵的匠人？

使時間腐朽的鐘錶商？

披著弟弟的髮，他卸裝於逆旅

曾在那兒遇見神祕之后

未做他的情人即已將她扼殺

逃遁時卻把他們過去遺忘於衣帽間

一夕在酒吧間他再度看見山楂樹

那在唯一的園中只為他燃燒的山楂

他遂趕乘快車，黎明重返廚房

亡母給他一個聖潔的微笑

　　這篇詩中所運用的語言，完全是具有創造性的，幾乎毫無因襲的成分。每一句詩都是經過了作者精心的安排，組合成為一種嶄新的構成。

---

[2] 丹達爾（Tantale）為 Lidie 國王，因殺子以宴神祇觸怒天帝 Zeus 被打入地獄底層，且飢不得食，渴不得飲。

如：「心情沉重而提箱空乏，海關職員徒然探索他的金眼」，表現窮困的約翰沒有什麼可以被海關職員檢查的。如「鏡中自溺」、「黎明的鑄造者」、「爲有腳蛇製蹄鐵的匠人」、「使時間腐朽的鐘錶商」等，這些語彙，完全是創造的，故能給讀者以新鮮之感和深刻的印象。

唯有具有創造性的語言，才能獲得新鮮、簡鍊、生動、優美的表現。如作者儲藏有豐富的語彙，有辨別語彙性質和選擇語彙的能力，然後將其所構造的語言加以鍛鍊，如此運用純熟，就可創造出新的語言。

現代詩所重視的，就是在於新語言的創造。如何創造語言呢？

第一，打破習慣法就是打破日常運用語言的觀念。運用名詞、動詞、形容詞，一般人所用這三種詞彙都是表示出顯而易見的關聯。打破習慣法就是要打破這顯而易見的關聯，而創造一種不易見的關聯。如「鏡中自溺」，「溺」與「鏡」本無關係，因爲「溺」和「水」有顯而易見的關係，與「鏡」幾乎無關係，爲了形容一個女人喜歡「顧影自憐」，就說這個女人「鏡中自溺」。因鏡明澈如水，就和「溺」字有了不可見的關係了。其次，任何字都可當作形容詞用，不一定非用日常慣用的單純形容詞不可。例如：「使時間腐朽的鐘錶商」，這就是在「時間」和「腐朽」這兩個名詞之上冠上動詞而成爲一個語彙，拿來做爲形容詞用。而「腐朽」和「時間」似無關聯，它做爲「鐘錶商」的形容詞之後，就有其密切的關聯了。這就是打破習慣法，所用創出來的新的法則。但是，打破習慣法，若所用的名詞、動詞、形容詞完全沒有關係，那就成爲不知所云的夢囈了。現在有許多詩，就是動詞和形容詞與名詞沒有意象上的聯繫，讀者固不理解，作者亦難自圓其說。初學者，以此方法創造語言時，不能不加以深切的思考。

二、意象・意境的創造

詩是表現，不是說明，表現則重於意象之呈現。詩無意象，如畫之缺乏色彩，如音樂之缺少旋律。意象才能引人入勝，歷久不忘。意象產生於印象，印象是原始的，是詩人的腦海對現實事物的初步攝入，未經詩人思

想、情感、性格的陶冶，是無意味無生命的東西。初步攝入印象，經過作者的思想，感情，性格的陶冶之後，便成爲了「意象」（"Impression"）。因爲「詩境」並非「實境」，現實的「實境」要經過作者的想像之後，才能成爲「詩境」。故「印象」無詩的質素，而「意象」才富詩的質素。「意境」是許多「意象」的渾成。要創造「意境」，必先創造「意象」。那麼，如何創造意象呢？創造意象必經過下列各種步驟。

（一）　儲蓄印象

　　現代詩是一個複雜的有機體，因爲現代人的思想和情感較之古代要複雜很多，故表現於詩中的感覺和意象亦是一個繁複的交織。現代生活給予我們的感觸和印象亦是紛紜變幻，我們要把這些感觸和印象變爲詩，那就非對現實生活的印象加以儲蓄不可。所以有人認爲寫作與生活經濟有密切關係，又有人認爲詩人或作家應寫自己熟悉的題材。若我們不能把握現實生活的印象，就無法有所表現，更不可能有深刻的表現。古人所謂：「行千里路，讀萬卷書」就是一面修養，一面生活。不僅是修養、生活而已，而是要「思想」，要「靜觀」（"Contemplation"）。所謂「萬物靜觀皆自得」。「靜觀」，是儲蓄印象的最好方法。例如惠特曼的〈自我之歌〉第 26 段：

　　　　現在我除了靜聽就是靜聽，

　　　　把我聽到的寫到詩裡，讓各種聲音參加進去。

　　　　我聽見鳥在唱歌，麥穗在習習搖風，火舌低語，松柴熊熊交溶，

　　　　我聽見可愛的聲音，人語的聲，

　　　　我聽見無數聲音共鳴，合聲、配音、和迴聲，

　　　　城市的聲音，街上的聲音，白天和黑夜的聲音，

　　　　健談的少年口若懸河，工人午餐大聲說笑，

　　　　朋友絕交的埋怨，病人絕望的嘆息，

　　　　法官雙手扶案，淒然宣判死刑，

　　　　海岸傳來腳伕的吭唷聲，大船起錨聲，

　　　警鐘在響，大叫失火。救火車和救護車呼嘯著風馳電掣。

　　　長長一聲汽笛，火車到站時慢慢在拖，

　　　雙行的行列一字長蛇，前面的樂隊奏著哀歌。

　　　（他們是送葬行列，旗桿纏上黑色。）

　　詩中所充滿的多種印象，全是由作者靜觀來的，這種靜觀是由於眼睛，更由於心靈，即心靈的眼睛；也就是慧眼，唯慧眼才能看出各種人生現象，即使是聽，也是心靈的耳朵傾聽，從各種聲音中可以聽出交感，從各色人等的聲音中，可以聽出人的心靈現象來。如「朋友絕交的埋怨，病人絕望的嘆息」以及「法官雙手扶案，淒然宣判死刑」，這些都是一種從「靜觀」而來的心靈的現象。惠特曼的觀察銳利深入，這些印象才能深刻地印在他腦中，而表現成詩。惠特曼的寫法比較直接，他沒有把這些印象化為意象，因為，他的詩已把握著表現的真義，即使很赤裸，仍然很動人。惠特曼的一部《草葉集》就充滿了美洲大陸各色各樣的形象。讀了他的詩，就會了解儲蓄印象的方法。

（二）淨化印象

　　初步攝入日常生活中的印象，一種是漫不經心所獲得的，一種是專心致志所獲得的。就是有些印象膚淺，有些印象深刻；有些印象平凡，有些印象動人。而這些印象是龐雜的、粗糙的，尚未經過時間的考驗，不能斷定這些印象何者有用，何者無用。問題是這些印象在你腦中，是否能夠起一種作用，像酵母在起變化，這些印象如能在你的腦中，日漸深刻，影響了你的思想，提高了你的情緒，才能斷定它有用。但是，有用到如何程度？就必須經過淨化的階段。

　　印象在淨化的階段中，變化極大，有的經不著時間的考驗而淘汰了，有的因時間的考驗增長，而更能呈現其光彩。或者，最初不深的印象反而加深了，最初的深刻印象反而減淡了。彼起此沉，紛紜變幻，要經過無數次的認識，無數次的冷落，才能夠使它們澄清，才能知道何者能成為動人

的意象，何者無用。

　　為什麼印象要經過淨化的階段呢？就是事物的感覺和認識，要造成一個距離，作者因對事物有了距離，才能認識事物的真貌和真實的感覺。空間能造成距離。往往我們在旅程中不能立刻創作，就是因為對事物的距離太近了，太近則不能窺見事物的全貌。必須離開事物所在之處，從回憶中去認識，去感覺，才能有進一步的認識與感覺。時間的距離，亦是如此，當時不能寫詩，一定要在事後，才能寫出自己的感覺。這就是空間的距離和時間的距離，使作者將事物置於回憶的想像中，使事物的印象具有一種夢幻的氣氛。這種夢幻的氣氛，就是事物的印象經過淨化階段之後而成為了詩的感覺。沒有一個能成為意象的印象，不是從回憶中經過想像的階段的，而想像必須經過印象淨化之後，想像才有發展的境地。例如英國詩人梅士菲爾（John Masefield）的一首〈怒海〉（覃子豪譯）：

　　　　我必須重回海上，去到那寂寞的海天之間，
　　　　我要親近那高大的船、和引導航行的星星，
　　　　機輪轉動，風兒歌唱，白帆動搖不定，
　　　　灰色的霧瀰漫的海上和灰色的黎明。

　　　　我必須重回海上，去親近那奔流的浪濤，
　　　　那是不可拒絕的狂野而清亮的喚聲，
　　　　我要親近多風的日子，飛翔的白雲，
　　　　飛濺的浪花，衝擊的泡沫，和海鷗的清香。
　　　　我必須重回海上，去飽嘗流浪的吉卜西生活，
　　　　到海鷗的路上，鯨魚的路上，那裡風利似刀鋒；
　　　　我要詢問一個漫游的夥伴快樂的故事，
　　　　掌舵時間完了之後，便是定靜的睡眠，甜蜜的夢。

　　這首詩中的意象，便是經過淨化階段之後，經過了想像的發展而成功的許多畫面。航海生活所給予的印象，一定不只這一些。而作者只寫出了 12 行詩。因為，作者將這些印象予以淨化時，留下了令作者心動的部分。那些龐雜的、毫無意趣的印象，作者就在淨化時將它淘汰了。因此，印象經過淨化階段之後，其意象才能純淨、透明。

（三）　琢磨印象

　　印象不是詩，印象經過淨化之後，還得經過想像力琢磨之後成為意象才是詩。意象是印象的加工，印象是原始的材料，總是平凡的、粗糙的、龐雜的。加工之後，那原始的材料才能由想像力的琢磨而變得細緻、精美。也就是透過了作者氣質、思想、情感的磨練，成為與作者有關的產物。否則，意象便沒有個性，意象的個性，就是作者的個性。意象的個性是作者賦予。琢磨印象，就是作者賦予意象以性格。波特萊爾（Charles Baudelaire）的意象總是充滿著淒慘的光輝，令人戰慄。魏爾崙（Paul Verlaine）的意象，具有一種朦朧的氣氛，令人感覺神祕與幽玄的情調。就是波特萊爾的意象，有波特萊爾的性格，魏爾崙的意象有魏爾崙的性格，波特萊爾在〈時針〉（覃子豪譯）一詩中，有一段：

> 時計，不感無覺的凶神，
> 你的指尖令我們恐怖，向我們說：「不要忘記」。
> 這痛苦的箭頭使我們心中充滿驚懼，
> 它立刻指向靶子的中心；

　　這短短的幾行詩，就充分地表現出波特萊爾的性格，就是波特萊爾給詩中的意象以自己獨特的感覺，這種獨特的感覺，就是恐怖、淒慘。他把一個時計的指針喻為「痛苦的箭」，是波特萊爾在琢磨時計這一印象時，並未忘記他在生活中所感覺到的痛苦以及對生命之恐怖。他寫詩就是在表現他的痛苦。即使是寫一個時針，幾乎都和他的痛苦有密切的關聯。波特萊

爾之賦予印象以性格而成為波特萊爾所獨創的意象，是在於波特萊爾琢磨印象之時的一種直覺。

又如魏爾崙在〈遺忘的短歌〉（覃子豪譯）中所表現的：

淚在心頭落著
如同城市落著雨，
是一種什麼憂鬱
深入我的心呢？

柔和的雨音
落在地上，打遍屋頂
啊！雨的歌啊！
為了一顆厭倦的心。

無端的哭泣，
在這鬱鬱的情懷，
有什麼追求？
這無來由的悲哀。

我不知道為甚？
心裡只充滿著淒惶，
沒有愛，也沒有恨，
心裡只是無限悲傷。

魏爾崙這首詩是具有情調的渾然之美，以淚與雨做混合的表現；雨落著，淚也落著。雨與淚的交織便形成一種迷茫朦朧之感。這是魏爾崙與波特萊爾在性格上的不同之處。魏爾崙把落雨的印象，溶化於悲哀的心頭。這是琢磨印象之另一方法。

　　龐德有一首詩，名為〈大都會車站上〉。他曾經寫了一首類似這樣的詩，寫了 20 行，後來又把它毀了，因為那作品「在強烈的程度上僅是第二等的」。六個月後，他用同一主題寫了一首 15 行的詩——寫他在地下鐵道一個車站上看見美麗的面孔因而引起突然情感的那一片刻。又過了一年以後，他終於把那首詩減縮成兩行的定稿，即〈大都會車站上〉（馬朗譯）。

> 在人群裡這些面孔的突現；
>
> 在一塊有潮氣的黑板上的花瓣。

　　龐德這首詩寫了數次之後才成定稿，便是龐德在這首詩裡的意象經過了幾次琢磨的階段。反覆地琢磨印象，是求其能夠準確地新穎地表現出印象突現之一剎那的感覺。因此，印象之轉化成為意象，以想像力來琢磨是意象造成必經之步驟。

（四）　意象之形成

　　印象經過淨化、琢磨的階段，就確定了某些印象具有一種意味，或一種美的感覺。而這些印象便可以表現之於詩。把這些富有意趣和美的印象以直接的或間接的方法表現出來，就成了詩。直接的方法如英國愛爾蘭詩人葉慈（William Butler Yeats）的〈茵理絲湖島〉（覃子豪譯）：

> 我要動身去了，去到茵理絲湖上，
>
> 我要在那裡造一座小屋，用樹枝和泥土築成；
>
> 要種九行豆果，為蜜蜂營業，
>
> 孤獨的住在林中，聽蜜蜂嗡嗡的聲音。
>
> 我將有許多寧靜，因為寧靜在慢慢的降落，
>
> 從晨幕中降落到蟋蟀悲鳴的地方，
>
> 午夜微明，中午有強烈的陽光；
>
> 黃昏時分飛翔著紅雀的翅膀。

　　我要動身去了，為了白日和黑夜令我常常

　　聽見湖水向岸邊澎湃的聲音；

　　在路上或灰色的人行道旁

　　在我心靈的深處諦聽。

因為這是直接的表現，這篇詩的意象雖是渾然的，卻沒有奇特的意象閃耀。然而，這些意象仍然經過了淨化、琢磨的階段。全詩只有 12 行，12 行詩中所表現的幾乎全是動人的意象。如「孤獨的住在林中，聽蜜蜂嗡嗡的聲音。」、「因為寧靜在慢慢降落，從晨幕中降到蟋蟀悲鳴的地方。」以及「黃昏時分飛翔著紅雀的翅膀。」等句都是由想像力琢磨而塑成的意象。因為它是直敘，故顯得平凡。而現代詩塑造意象的方法則完全是曲線式的進行。它不是平鋪直敘，而是以象徵、暗示、聯想、比喻的方法來塑造意象。如伊凡・戈爾的〈芭爾默妮亞〉[3]（覃子豪譯）：

　　我是大眾之婦，

　　江流的匯流，酒的醸酵庫，血的沼澤，

　　我有黑白紅黃之花，

　　帶著中國的五味，

　　巨樵，金鋼鑽的攜帶者

　　來吧，流亡的半神，失寵之魔

　　來隱藏於我們無名之門的後面

　　那沒有晚禱的鐘聲之門

　　那如不說謊的嘴唇之門

　　那在生存與非生存的仲裁之門

---

[3]芭爾默妮亞（Parmenia）為女子名，象徵一切受著痛苦煎熬的婦女。

那向死之砰然關閉的睡眠之門

來吧，來到我們的肉門之後

隱藏你們古老的嘆息，會落下的嘆息，暫時的嘆息，午夜的嘆息，如山

的嘆息，祖父的

　　　嘆息

在你抉擇的地方樹將傾塌

你愛我便愛自由

姪兒的嘆息

我們是衣櫥，可以懸掛天使長的翅翼，帝王拐杖，鎧甲、木腿、如牛之

肩，如盜賊之眼

　　，以及你們在春天裡患的瘤核。

而我工作，工作於人肉工廠

我是獸慾機，爆裂機

活塞永恆地塗著油

在狂樂的時辰

在男性的刀斧之下

我製造著金元，每點鐘，每分鐘

我乃金元雕像

我的臥榻是以重疊金元砌成

我在金元的毯上行走

我穿金元的大衣

我的點心是金元的千層糕

我的聖書有金元之頁

我乃金元之鳥，歌唱於金元之樹

進來吧，上帝的魔鬼，以一元之代價

　　我肉已死

　　我不曾愛戀

　　而你，我將愛你

　　「我是大眾之婦」乃神女之暗示，「江流的匯流」、「酒的醱酵庫」、「血的沼澤」，乃其自身的比喻。「我有黑白紅黃之花」及「帶著中國的五味」等，是暗示神女對各色人等有其各種的反應。「巨樵，金鋼鑽的攜帶者」乃客人之象徵。「隱藏你們古老的嘆息」以下的許多嘆息，乃一串各色人等尋求快樂的聯想。而「我是獸慾機」、「在男性的刀斧之下」這兩個比喻，深刻、出色。「我肉已死」這個「死」字，將神女麻木的肉體表現得淋漓盡致。以「死」字代替了「麻木」，這意象給人有驚心動魄之感。尤以「我不曾戀愛，而你，我將愛你」，這樣深刻、沉痛的句子做結尾，把全詩的意象完全凸顯出來了。

　　超現實主義的表現手法，意象僅以類似的聚集，完全不顧實際的命意，而〈芭爾默妮亞〉這首詩，幾乎沒有一個意象不與主題有密切的關聯。就是伊凡‧戈爾雖然運用了超現實派的技巧，而他能以象徵、暗示、聯想比喻這些方法來加以規範，使每個意象能發揮它們的功用，而不是一種裝飾成不相干的夢囈。

（五）　意境的創造

　　意象是個別的口袋，由許多意象的集合，才能構成一首詩的世界，即詩的意境。意境是全詩的畫面，它應具有一種色彩，一種氣氛，或一種情調，否則，只是一些意象的拼湊，缺乏與表現的內容的一致性或無間的結合，便容易成為支離破碎，而無法有渾然一體的感覺。

　　如法國女詩人羅雅綺夫人（Comtesse De Ncail'e）的〈花園與小屋〉：（覃子豪譯）

　　這時候，叢林、花園、牧場，

在悲哀而甜蜜的空氣中吐露芬芳。

在濃黑的長春藤的珠果下，陰影收斂。
黃昏有感覺的來到，躺臥在葉叢之間。

園中的噴泉，擲上而復下降，
光亮的大皿中，發出清涼的聲響。

平靜的小屋在斜射的日光中呼吸；
小小的橘樹在它的金庫裡開花。

葉叢將池塘的霧氣啜飲，
白日的炎熱已疲，它在舒息，養神。

——漸漸的，小屋的窗戶半開
芬芳而生動的夜完全進來。

像它，懸在天邊，我的心
充滿著陰影，夢幻、清涼與和平。

這是一首描寫夏天黃昏的詩，它充滿著夏天黃昏的色彩、氣氛與情調，而成爲了動人的意境。這意境的形成，是作者把握了時間的變化與充塞於地上和空間景物的形象與色彩，由景色個別的意象化而到達整個畫面的呈現，並表現出景色的變化與動態。這種動態的呈現，完全在於動詞的運用。如「吐露芬芳」、「陰影收斂」、「發出清涼的聲響」、「在日光中呼吸」、「它在舒息，養神」等句。這就是氣氛與情調的渲染，雖未直接去潤飾景色的顏色，而「陰影，夢幻，清涼與和平」這些朦朧的色調，就把夏天的黃昏與夜晚的色彩烘托出來了。

這首詩，其意境之成功，是在於集中的意象與內容有其一致性。

又如比利時詩人凡爾哈崙（Fmile Verhaeren）的〈磨〉（覃子豪譯）：

在黃昏的深處，磨輪轉著，慢慢地，

在空中，它是憂鬱而困倦，

轉著，轉著，它灰暗的布帆，

是無限的疲倦，衰弱，沉重而困憊。

它的手臂帶著無限的嘆息，

自黎明的時候起，張開又落下，

在憂愁的空氣中落下，

永恆的自然是完全的沉默。

冬天痛苦的日子，在靜睡的村莊，

疲乏的雲在做悲哀的旅行，

在長途上聚集著它們的陰影，

車轍指向天際死寂的遠方。

幾間山毛櫸的小屋在邊沿上，

很可憐的坐落著，成一個圓形：

天花板上懸著一盞銅燈，

牆和窗上映出綠色的火光。

太空沉睡在無邊的原野

用碎玻璃似的憐憫的眼睛？

向著非常可憐的小屋凝神，

古老的磨輪轉著，由疲乏轉到死亡。

工業革命以後，都市繁榮而農村凋蔽，凡爾哈崙這篇詩所寫的便是工業革命以後的農村。農村衰敗的景象完全呈現在這首詩中，此詩以灰色為其主調，每一個景物都具有一種愁黯的氣氛。如「黃昏的深處，磨輪轉著」、「它灰暗的布帆，是無限的疲倦，衰弱，沉重而困憊。」以及「它的手臂

帶著無限的嘆息」、「疲乏的雲在做悲哀的旅行」、「車轍指向天際死寂的這方」、「碎玻璃似的憐憫的眼睛」等這些具有愁慘意味的意象的結合，構成了一幅深灰色的畫面，自然就具備了一種淒涼的氣氛，而給讀者一種沉重之感，此詩和〈花園與小屋〉有不同的情調，其創造意境的方法卻是一樣的。就是用有一致性的意象，令其諧和，意境自然呈現。就是意象是個別的，意境是全得氣氛、色彩、情調的總和。

三、創作的途徑

語言的運用與意象的創造，不過是表現技巧的初步，初學者還得學習如何在現實生活中去發現詩。當發現詩以後，便要運用構思去培育詩的內容，使詩的內容由貧弱而豐富，由殘缺而完美，由孕育到長成。由內容的流質而凝固為詩的形式。這就是一首詩生長的必經階段。

（一）　觀察

觀察是創作的第一步。任何文學藝術的創作，離開了觀察，將不能寫任何東西，更無法寫出有價值的東西。觀察是一個詩人或作家長期性的工作，若在平日不注意觀察，在創作時臨時來觀察，就來不及了。觀察就是寫作的素材，寫作時，沒有素材，又怎樣寫作？惠特曼的《草葉集》全部的詩，無不是從觀察得來。

創作和生活經驗固然有密切的關係，生活經驗愈豐富，其創作的素材自然也愈充實。若果，一個詩人不能利用他豐富的生活經驗，那麼，他豐富的生活經驗，便是一個尚未開發的礦藏。要利用生活經驗，對於創作能發生決定性的作用，如何利用生活經驗呢？就是需要觀察。觀察才能對人生有深刻的理解。每一個人都在生活，而每一個人不一定都能成為詩人或作家；固然他們缺乏表現的能力，主要是不能由觀察而理解生活的意義。理解生活的意義，便是理解人生的意義。任何文學藝術都在於表現人生。既然是表現人生，不理解人生，不懂得人生，如何能表現人生？要表現人生，首先要能觀察生活中所發生的各種現象。

如何觀察呢？

第一，觀察在於精微，所謂「觀察入微」。精微的意思，不是對事物的觀察，只是一個模糊的大概，而是確切對事物的認識，仔細分析其事物的性質、狀態、顏色。像醫生對病人的診斷，像要從病人的現象發現什麼。觀察之在於精微，就是在於有所發現。發現什麼呢？發現事物的特質。觀察若不精微，便等於走馬看花；印象固多，但全是模糊的大概，沒有一個事物的特徵深刻的印象入腦中。沒有精微的觀察，就等於沒有觀察。沒有觀察的生活，生活就缺乏人生的理解。缺乏理解的生活，縱使活到 100 歲，也等於白白活了一生。這樣的生活與沒有性靈的動物一樣，毫無意義。因此，觀察並不在於生活經驗是否豐富，而在於觀察是否精微？惠特曼在〈我歌頌電荷之身〉（桑簡流譯）詩中，有一段正好作例：

> 我相信一匹草葉並不少於星星的工程，
>
> 螻蟻和一粒沙，和鷦鷯的卵，都同樣完美，
>
> 雨蛙也是造物者的精工製作，
>
> 飄動的懸鉤將裝飾了天堂的草屋，
>
> 我手上的最小關鍵，可以嘲弄了所有的機器，
>
> 牝牛低頭吃草的樣子也超過了任何的石像，
>
> 一匹小鼠的神奇，足夠使千千萬萬的異教徒
>
> 失措了手足。

這些精美、奇妙的思想，完全是從精微的觀察中得來。對於一匹草葉、一粒螻蟻、一粒沙和一粒卵，甚至一個懸鉤和他手指上的關鍵、牝牛、小鼠，惠特曼都沒有等閒視之。他觀察這些，像觀察神奇的事物，那樣精細。因而，他能夠理解自然的奧祕：

又如狄更生（E. Dikinson）的〈園中〉（余光中譯）：

一隻小鳥躍下了幽徑
　　不曉得我在觀察；
他把隻蚯蚓啄成兩半，
　　將它生生地吞下。

於是他就近從一片草上
　　吸飲了露珠一顆，
然後又跳向旁邊的牆角，
　　讓一隻甲蟲爬過。

他滾動自己敏捷的眸子。
　　向周圍匆匆盼顧——
有如受驚的珍珠，我想，
　　他撥轉鵝絨的頭部。

像人處險境；小心地
　　我投他麵包少許，
於是他展開了他的羽毛，
　　輕柔地划回家去。

輕於分開大洋的雙槳，
　　纖細得不留水紋，
或是泳自午岸的蝴蝶，
　　躍下時濺不起波輪。

這每一段詩，都是從精微的觀察中得來，如觀察不夠精微，就只能寫出小鳥的輪廓，而不能寫出小鳥活生生的動態。由於精微的觀察，小鳥在狄更生筆下有了鮮活的生命。因此，能不能發現詩，是在於觀察是否精細。

第二，觀察在於深入。所謂：「觀察入裡」，就是深入的意思。只是精

微，如不夠深入的話，只能獲得現象的認識，而不能理解內在的精神。觀察之所以深入，因爲任何事物都有其外在與內在的兩面，不僅是人才有內在。內在是本質，凡物都有本質。只能觀察事物外在的形態，不能透視內在的本質，就不能把握事物的真精神。不能把握事物的本質及其精神，其所表現於詩的必然膚淺。觀察的深入，等於是對事物的一種剖析。英國詩人丁尼生（A. L. Tennyson）的〈鷹〉，便是由於觀察的深入，表現出鷹的特質及其精神來。

　　它緊緊地用鈎爪抓著岩崖

　　在荒曠的大地與天爲鄰，

　　四面圍繞著碧空，它屹立不動，

　　那浩淼的大海在它下面爬行

　　它雄據山岩上俯瞰大千，

　　猛然間它衝下來，像一天雷霆！

此詩表現出鷹的氣質及其精神的是「與天爲鄰」、「俯瞰大千」以及「像一天雷霆」，但和德國詩人里爾克（R. M. Rilke）的〈豹〉一詩比較起來，就感覺〈鷹〉一詩不及〈豹〉發掘內在之具有深度。

　　他的目光被那走不盡的鐵欄

　　纏得這般疲倦，什麼也不能收留。

　　好像只有千條的鐵欄干

　　千條的鐵欄干後面便沒有宇宙。

　　強韌的步履邁出柔軟的步容，

　　他在這極小的圈中盤轉，

　　彷彿力之舞圍繞著一個中心

在中心一個偉大的意志昏眩。

只於時眼簾無聲地撩起。
只是有一幅圖象侵入。
浸過四肢緊張的靜寂——
在中心化為烏有。

丁尼生表現了鷹的英雄氣質，里爾克刻畫出豹的悲劇存在。因為，里爾克深入的觀察，發現沒有宇宙的鐵欄干把豹纏得疲倦與昏眩，在「極小的圈中」是一個「浸過四肢緊張的靜寂——在心中化為烏有」的世界，這就是豹的無可奈何的悲劇。里爾克的觀察從豹之「強韌的步履邁出柔軟的步容」和「眼簾無聲地撩起」這些外在現象而直達於把靜寂在心中化為烏有的深奧之內部。這深奧的內部不是肉眼所能看見的，這目不能見的本質和精神，必須以心眼來觀察，正是法國象徵派最傑出的詩人韓波（Arthur Rimbaud）的「慧眼」（"Vayant"）一樣。《無量壽經》說：「慧眼見真，能度彼岸。」詩人能發現事物目不能見的內在之真實，便是由於具有「慧眼」之故。詩人之具有「慧眼」，固由於秉賦，亦由於修養。若詩人具有「慧眼」，就不會抱怨生活貧乏，沒有題材可寫了。所以，里爾克曾說：「我們到底發現了些什麼呢？圍繞在我們的一切，不都幾乎像是不曾說過，多半甚至於不曾見過嗎？對著每個我們真實地觀察的物體，我們不是第一個人嗎？」若果，具有「慧眼」來觀察圍繞在我們的一切，那我們確實是第一個人來看這世界，真會感覺到這是一個從不曾見過的世界。

所以，我們不只學習技巧，要學習觀察。精微的觀察，深入的觀察。

（二）回省

若果我們像一個原人或兒童一樣圍繞在我們周圍的世界，就會感覺世界上許多事物對於我們是多麼的新鮮和生疏，從觀察中我們會發現許多問題而得不到解答。因此，我們不僅是觀察，而且要加以理解，不僅要理

解，而且要試著解答我們自己發現的問題。我們的答案，就是我們發現的詩。欲求此答案，就必須理解事物和回省自我。

　　第一，自我的探求。中國有一句話，就是「知己知彼，百戰百勝。」在這裡「知己知彼」的意義，不在求打勝仗，而在於求一個探求。「知彼」不易，「知己」更難，我們要知彼，首先要了解自己。就是要了解圍繞在我們周圍的事物，須從了解著手。如我們不能完全明瞭我們周圍的一切，就寫屬於自己熟悉的內在吧。自己的內在之真實雖不能完全透徹，總有一部分是熟悉的。里爾克在〈給一個青年詩人的十封信〉中說：「如果你覺得你的日常生活很貧乏，你不要抱怨它；還是怨你自己吧，怨你還不配做一個詩人來呼喚生活的寶藏；因為，對於創造者沒有貧乏，也沒有不關痛癢的地方。即使你自己是在一座獄中，獄牆隔離了世間的喧囂和你的官感——你不還永久是你的童年嗎？這貴重的豐富的王朝，回憶的寶庫？你望那方多多用心吧！用心拾起往日消沉了的情緒；你的個性將漸漸固定，你的寂寞將漸漸擴充，而變成一所朦朧的住室，旁人的喧擾只遠遠地從旁走過。——如果從這收視反聽，從這向自己世界的深處產出『詩』來，……你生命的斷片與聲音。」里爾克的這段話，就是教詩人反觀自己，從回憶的寶庫、自己世界的深處去發現自己的認知。所以里爾克又說：「向內心走去，探索你生命發源的深處；在牠的發源深處，你就會得到那個答案，是不是『必須』創造。」這意思就是說：「一件藝術品是好的，只要牠是從『需要』裡產生。」我們若能探求靈魂深處的自我，便會得到是否「需要」產生詩的答案。若我們的詩完全是從「需要」中產生的，你所縈繞於心中的問題，也便有解答了。若不是從「需要」產生的詩，即使有了詩，問題並沒有獲得解答。惠特曼在〈自我之歌〉（桑簡流譯）第七章詩中如此說：

有誰覺得很幸福？

我連忙告訴他，生和死一樣幸福，這點我非常清楚。

我和死一齊經過死，我和落地胎兒同樣經過生，而我自問心願難遂，

我細看形形色色的萬物，沒有兩類相同，然而各有各的美點，

大地多美，星星多美，天上地上一切都美。

我不是泥土，也不是泥土上的萬物，

我是人類的知己和伴侶，人人和我一樣，沒有死亡，沒有終了，

別人雖然不明瞭怎會不死，可是我很知道。

各類萬物都為本身，為自我，人類的男男女女也為自我。

為我，男人成為男子漢，懂得愛慕女人，

為我，男兒志在四方，怕落魄遭人冷落，

有情人和獨身女，為我，慈母和慈母的慈母，為我，

為我，嘴角掛著微笑，眼角帶著淚珠，

孩子們和孩子們的創造者，也是為我

開放吧！你這我心目中最美的，這樣潔白，這樣鮮明，即或隔著朦朧的

簾紗，也清清楚楚在我眼前，

我興奮不能自己，永遠供不應求，執著，情深，誰也不能阻攔。

惠特曼這段詩就是找到了自我的表現，他由自我探求而探求到別人的自我。由自我尋獲，尋獲到別人的自我。他找到問題，他也找到了答案。他說：「生和死一樣幸福，這點我非常清楚。」「別人雖然不明瞭怎會不死，可是我很知道。」他是如此肯定他對人生的體認。那就是他從自己世界的深處找到的解答。惠特曼的詩不僅是如里爾克所說「生命的斷片與聲音」，而是生命的整體與和聲。因為他是從自己的自我到人人的自我，到萬物的自我，他的「泛神論」──萬有皆神聖，便是從他的自我產生出來的。

第二，事物的理解。所謂「知彼」，在這裡的意義便是理解我們的世界、人生，以及萬事萬物。理解自身以外的東西，必是由自我的存在的意義，如何能理解萬物存在的意義？不理解自我和萬物存在的意義，又如何能理解人生與世界？這些問題如不加以貫通，作者的人生觀、世界觀、社會觀、藝術觀等等觀念便無從確立。波特萊爾認為：萬物有一種交感的作

用，物與物是息息相關的，人不能離開自然而生存；既如此，一個詩人就要將萬事萬物與人的關係溝通。探求自我，是溝通萬事萬物的一個起點。因此，探求自我只是「知己」尚未知彼，能「知己知彼」，才能發掘到詩裡所要表現的東西。因此，我們要從自我出發，觀察萬物，將觀察所得的認知與感覺，加以回省，去發現萬物的自我，創作便有了內容，有了生命。丁尼生寫〈鷹〉，丁尼生發掘了鷹的自我；里爾克寫〈豹〉，里爾克發掘了豹的自我；波特萊爾寫〈貓〉，波特萊爾發掘了貓的自我。即使是無生命的事物，詩人亦能賦予這無生命的事物以生命，以自我的性格。發現物的自我，就等於發現物的性格。如拙作〈瓶之存在〉：

　　淨化官能的熱情，昇華為靈，而靈於感應
　　吸納萬有的呼吸與音籟在體中，化為律動
　　自在自如的
　　挺圓圓的腹

　　挺圓圓的腹
　　似坐著，又似立著
　　禪之寂然的靜座，佛之莊嚴的肅立
　　似背著，又似面著
　　背深淵而面虛無，背虛無而臨深淵
　　無所不背，君臨於無視
　　無所不面，面面的靜觀
　　不是平面，是一立體
　　不是四方，而是圓，照應萬方
　　圓通的感應，圓通的能見度
　　是一輻心，具有引力與光的輻射
　　挺圓圓的腹

清醒於假寐，假寐於清醒

自我的靜中之動，無我的無動無靜

存在於肯定中，亦存在於否定中

不是偶像，沒有眉目

不是神祇，沒有教義

是一存在，靜止的存在，美的存在

而美形於意象，可見可感而不可確定的意象

是另一世界之存在

是古典，象徵，立體，超現實之抽象

所混合的程序，夢的秩序

誕生於造物者感興的設計

顯示於渾沌而清明，抽象與具象的形體

存在於思維的赤裸與明晰

假寐七日，醒一千年

假寐千年，聚萬年的冥想

化渾噩為靈明，化清晰為朦朧

群星與太陽在宇宙的大氣中

典雅、古樸如昔

光燦、新鮮如昔

靜止如之，澄明如之，渾然如之

每一寸都是光

每一寸都是美

無需假借

無需裝飾

繁星森然

閃爍於夜晚，隱藏於白晝

無一物存在的白晝

太陽是其主宰

青空渺渺，深邃

而有不可窮究的富饒深藏

空靈在你的腹中

是不可窮究的虛無

蛹的蛻變，花的繁開與謝落

蝶展翅，向日葵揮灑種子

演進，嬗遞，循環無盡？

或如笑聲之迸發與逝去，是一個剎那？

日出日落，時間在變，而時間依然

你握時間的整體

容一宇宙的寂寞

在永恆的靜止中，吐納虛無

自適如一，自如如一，自在如一，

而定於一

寓定一於孤獨的變化中

不容分割

無可腐朽

一澈悟之後的靜止

一大覺之後的存在

自在自如的

挺圓圓的腹

宇宙包容你

你腹中卻孕育著一個宇宙

　　　宇宙因你而存在

　　破例錄下拙作，是因這首詩最適合證明從自我出發去發掘物的內在，且賦予物以生命和性格。瓶本是無生命的東西，其形態固有具象，而其實是具有抽象的性質。作者不僅予以生命和性格，並賦予瓶以思想，此詩表現作者的宇宙觀、時空觀、藝術觀。這是由作者對瓶的理解、直覺、思維所創造成一首由具象到抽象的詩，充分證明一個詩人對事物理解的重要。

（三）直覺

　　理解是具有理性的成分，而直覺是一個理性判斷的超越，然而，它並不是反理性，只是不受一般理性所拘束。詩是一個直覺的世界，它超越了常識與經驗世界的範圍。且無需以任何事實、任何理論爲其根據。完全憑個人的獨特的感覺來寫詩。〈詩之研究〉曾說：「無論哪個詩人，依舊是一個伊甸園中的亞當（Adan），他一看見前面走過去的新奇的動物——可驚的或可喜的——便發明新名字去叫它。」這就是重視直覺的表現。所以，爲什麼里爾克要說：「如果有一天我們洞澈他們的事務是貧乏的，他們枯僵的職業與生命沒有關聯，那麼我們爲什麼不從自己世界的深處，從自己寂寞的廣處，（這寂寞的本身哪是工作地位、職業）和兒童一樣地把它們當作一種生疏的事物去觀看呢？爲什麼把一個兒童坦白的『不解』拋開，而對於許多事取防禦同蔑視的態度呢？『不解』是居於寂寞防禦；同蔑視雖說是要設法同這些隔離，同時卻是和它發生糾葛了。」里爾克的意思是說任何事物都可以用兒童一樣的直覺去觀看，必能獲得任何事物的關聯。所以，里爾克又說：「你去思想你自身負擔著的世界，至於怎樣稱呼這思想，那就隨你的心意了。」就如伊甸園中的亞當一樣，要發明新名字稱呼所看見的新奇的動物。如法國女詩人克萊爾（Claire）致伊凡・戈爾的情詩：

　　　因負荷眾星而怠倦的
　　　我的斜塔

且將你太崇高

但極珍貴的骨骼

向我傾斜

我的戀愛將擁抱你

以長春藤之千臂

他的如鐵之根

將支持你脆弱之軀

不令粉粹

別再滋長，我的斜塔

我將不能追隨你

當你向光升起

除非你願傾塌

將我埋葬於你碎石之下，活生生地

　　克萊爾從斜塔看到她愛人伊凡‧戈爾的崇高，以及斜塔的不能追隨的滋長，和斜塔的傾塌，她被活生生地埋葬於碎石之下，完全是在看到斜塔的直覺所感，實際上斜塔並不會滋長，且並未傾塌。因為直覺是超越了一般常識與經驗的範圍，完全憑個人獨特的感覺，不受任何規範，又如克萊爾另外一首情詩。

我嫉妒街衢；

一個女人的影子能偎依你的影子

你也許私戀著一個蠟製的人首獅身女

那在理髮廳的玻璃櫥窗中窺伺著的

電車如一頭被栓著的狗追逐著你

每個過路的女郎

竊取你少許你眼裡的黃金

自你離我而去之頃
便不再有白晝
夕暮在凌晨即已降臨
蝴蝶在有毒百合的氣息中噎死
尚熾熱的琴絃
化為灰燼
自你離我而去之頃

　　直覺常將事物變形，無中生有，化平凡爲不凡，化腐朽爲神奇，美就在直覺中誕生了。「我嫉妬街衢」，沒有理性的意義，這就是直覺的世界。「一個女人的影子能偎倚你的影子」，「每個過路的女郎，竊取少許你眼裡的黃金」，不是事實，在直覺世界中就成爲可能，如真的事實一樣。「自你離去之頃，便不再有白晝，夕暮在凌晨即已降臨」，這是作者由於情緒之變化，而對時間的直覺。因此，直覺是作者個人獨特的感覺，沒有習慣性。

　　直覺雖然和經驗沒有直接的關係，卻有不可察覺的間接的關係，不過是超越了經驗而已。直覺雖然不受理性的約束，而有屬於作者個人的自律性，自律性便有理性存在，不過超越了一般人所謂的理性而已。若果，一個詩人利用經驗，不被經驗奴役而能超越經驗，一個詩人能運用個人的自律性，不被一般人所謂的理性所控制，而能超越理性；完全憑自己對於一切事物的直覺來抒其所感，才能創造詩。直覺的世界就是詩的世界，因爲直覺的世界儲藏著無限量的美感。若果，一個詩人沒有直覺上的敏感性，就不能寫出詩來。直覺是創作的關鍵，直覺是通向詩的途徑。

──選自《覃子豪全集 II》

臺北：覃子豪全集出版委員會，1968 年 6 月

休止符號
致詩人覃子豪之靈

◎紀弦[*]

我還以為這不過是個休止符號罷了，
頂多一兩拍，兩三拍的樣子。

你唱了一段，唱得是真好，真漂亮。
但你忽然停歇下來，寂然。
——就不再唱了麼？

我在等著；許多人在等著。
可是，誰知道呀，⋯⋯
這是一個多長多長多長的休止符號呀！

——選自《文壇》，第 41 期，1963 年 11 月

---

[*]發表文章時為《現代詩》主編，現已退休，旅居美國。

為象徵詩體的爭論敬答
覃子豪先生

◎蘇雪林[*]

　　《自由青年》第 22 卷第 3 期刊有覃子豪先生〈論象徵派與中國新詩兼
致蘇雪林先生〉的一篇大文，拜讀以後，叫我既欣喜又惶恐。欣喜者：臺
灣文藝創作近年來有著飛躍的進步，但為文藝問題所引起的爭論則非常之
少。前年李辰多教授評陳含光的膺受教部文藝獎金事，曾引起軒然大波，
那不過是新舊之爭，說不上是文藝問題的討論。民國 45 年 2 月間，李曼瑰
教授的「漢宮春秋」上演，我曾在《中央日報》發表了一篇評論，提及王
莽的為人，鄧綏甯先生反對我的意見，曾連撰數文，與我辯駁。為了怕那
個辯論發展下去，將牽涉政治問題，影響青年的觀聽，我便緘默了。否
則，我是還有興趣與鄧先生周旋幾下的。真理本如刀劍，愈磨礪愈鋒芒，
所以真理非唯不怕辯駁，反而歡迎辯駁。現在覃子豪先生為了我那篇論李
金髮詩[1]而有所賜教，使我得到許多益處，我當然是高興的。惶恐者，我那
篇文壇話舊不過批評李金髮個人作品，兼及他影響之下，傳衍十餘年，愈
衍愈盛的所謂偽象徵詩派，並未涉及臺灣目前詩壇像覃先生等幾位名家，
覃先生似乎有點誤會了。

　　覃先生的大文洋洋數千言，共分八大點，我若逐點奉答，則牽涉的問
題更多，《自由青年》篇幅有限，也不容許我那麼隨筆亂寫的。現在只有選

---

[*]蘇雪林（1897～1952）詩人、散文家、小說家、文史學者。本名蘇小梅。安徽太平人。發表文章
時為成功大學中國文學系教授。
[1]編按：此指蘇雪林〈新詩壇象徵派創始者李金髮〉，發表於《自由青年》第 22 卷第 1 期（1959 年
7 月）「文壇話舊」專輯。

擇有討論之必要者答之。

　　第一，因拙文曾說「所謂象徵詩第一個條件便是不講文法的技巧。」
覃先生說「這措詞確夠令人駭異。」於是「杜撰」呀、「戴帽子」呀、「歪
曲史實」呀都來了。詩的文法與散文不大相同，猶之散文與口語文法也不
相同，這種淺近的道理，我又何嘗不知道？不過文法總是文法。詩人發表
思想，抒寫感情，要借重自己的作品，這作品又必須借重固定的語氣和規
律的組織。所謂固定的語氣和規律的組織，也即是所謂文法。即說「幽
玄」、「神祕」、「朦朧」那些境界也該有個限度，若詩中所含蘊的一切，只
有詩人自己懂，別人讀之茫然不知其命意何在，那一定是文法上有了很大
毛病，絕不能算是好詩。

　　法國象徵詩人馬拉美（Stéphane Mallarmé）和魏爾崙（Paul Verlaine）
的詩作，固不能說是沒有文法，但他們作詩也確有想破壞固定語氣和規律
組織的企圖，並且對此事很是努力去做。否則這派詩人為什麼要說作詩無
需於「組織」，無需於「辯才」；作詩應竭力避免「明瞭」與「確定」，又拚
命反對邏輯呢？魏爾崙雖在〈詩的藝術〉說「不確定與準則相連」，那個
「準則」究竟只是象徵詩人所謂之準則，否則這句話便太不合邏輯了。馬
拉美常說「剝脫每個字彙常用的意義，便可使那個字顯出更多意義來。」
他作的詩每把詩歌原來章句的形式完全給破壞了，思想或意象習慣的結
合，也加以切斷，再來創造一種新奇的聯繫。他總將無意義的字，或絕對
不能連結在一起的字綴成詩句。法蘭西民族的特質在於思維的清楚，法文
的特質在於文法的嚴密，馬氏卻不憚與這些特質相衝突，將詩歌作成了幾
乎完全叫人聽不懂的「咒語」。他在 1893 年所出版的《詩與散文》其中有
一部分句法雅潔，節奏優美，不失為好詩。有一部分則好像嚴密地加了封
皮，甚難測知其中奧祕。他的弟子們雖說這才是他們老師的代表作，是詩
的藝術的最高峰。可是言語的功用在於使人彼此了解，馬氏的作品只有他
自己和幾個及門了解，以言語功用來說，不能不為遺憾。

　　至於魏爾崙也是一個極力主張打破詩歌固有格律的人。他的《土星集》

（*Poemes Saturniens*）出版於 1866 年，《華麗的節日》（*Fates Galantes*）出版於 1869 年，二集作品大部分是些短歌，用韻頗爲隨便，自負是一種解放的言語、解放的詩法。爲了想精確地寫出他的憂鬱與夢幻，他創造了一種柔軟如波，故意不合「文法」的詩句。

　　比利時的凡爾哈崙（Emil Verhaeren），是個靈感至上主義者，爲使靈感有充分馳騁的餘地，他不惜虐待法國語文，其粗暴魯莽處，使法國的知識分子爲之憤怒欲絕。所謂虐待也就是毀壞大家共認的文字組織，也就是不講文法。（以上的話都是當時歐洲文壇的評論，我因頻年遷徙，手中更沒有一本法文版的文藝書，這些話是從一位專研法國詩歌的老先生處聽來，特在此標明，以示不敢掠美。）

　　象徵詩體「不講文法的技巧」是我杜撰的呢？還是詩壇原有的議論？是我替象徵詩戴帽子呢？還是覃子豪先生替我戴帽子？是我歪曲史實呢？還是覃子豪先生歪曲史實？我要請沒有成見的讀者公判。

　　當然不講文法，也可解釋爲對於古典主義起承轉合嚴密章法的反抗。但將詩句寫得「簡略」、「短縮」過了限度，也就構成文法上的大缺點。如我在論李金髮詩那篇文章所引宋代趙大宗室所作的那首即景即事五律，屬對何嘗不工整？音節何嘗不鏗鏘？但不能稱爲詩者因它犯了「省略」、「短縮」太過之病。像「日煖看三織，風高鬥兩廂」，省去了「蜘蛛」和「喜鵲」兩個主詞，則這個「三織」可以說是三個織婦在機上織布，也可說是三個漁翁在沙灘畔結網，難道一定是蜘蛛？「鬥兩廂」我們也可說是兩隻貓在東西廂屋頂上打架，難道一定是喜鵲？「潑聽彈梧鳳」以下半闋，更不成話了。此詩之所以成爲舊詩壇千古笑談，又何怪其然呢？即如李金髮有許多詩又何嘗不如此，他那〈自題畫像〉的大作，正是一個例子。

　　第二，說我將魏爾崙與凡爾哈崙夾纏爲一，頗加嘲笑。我讀了也頗爲愕然，覺得自己雖對法國詩歌沒有研究，也不致於連法蘭西、比利時的兩位有名象徵詩人都搞不清，而至於鬧出這樣大的笑話。仔細思索所以致誤

之故，不出以下兩個假設：其一或係手民之誤[2]；其二，法國象徵詩人 Paul Verlaine 舊譯「魏崙」，現在則譯爲「魏爾崙」，或「魏爾連」，我寫時則依據舊譯。比利時象徵詩人 Emil Verhaeren 舊譯爲「凡爾哈崙」或「范爾萊奴」，現在虞君質夫婦合編的《文藝辭典》則譯爲「魏爾哈崙」（見辭典頁579），我因自己一向記性壞，引述這位詩人的作品時，還特別翻閱了虞輯的辭典，那個譯名也隨筆依據辭典中所刊的。這個譯名四字中竟有三字與法國詩人現在譯名相同，繕寫時太匆忙，竟將「爾」「哈」二字遺漏，於是法、比兩詩人遂合併而爲一人了。

總之，我引凡爾哈崙的作品時，的確翻過虞輯文藝辭典，應該不會鬧錯，錯者實出無心。但拙稿在比利時「魏崙」二字下並沒有註原文，覃先生似乎也不能遽爾斷定我「有意慷比利時詩人凡爾哈崙之慨，將其著作移贈法國詩人魏爾崙」或「索性大大的修改法國詩壇的歷史」。

況且一個人常年寫文章，又豈能萬無一失。從前文人作詩賦也常寫錯典故，如左思〈《三都賦》序〉謂「相如賦上林而引盧橘夏熟，揚雄賦甘泉而陳玉樹青蔥，班固賦西都而嘆以出比目，張衡賦西京而述以遊海若……考之果木，則生非其壤，校之神物，則出非其所，於辭則易於藻飾，於義則虛而無徵……」又班固不知「士會」與「范武子」爲一人，鄭玄不知周時有「公孫龍」，清汪鈍翁亦不知「公孫衍」即是「犀首」，但均於他們文名無礙，亦無人加以訕笑。以現代人生活之繁忙，又像我由於年齡關係，精神衰憊，偶有錯誤，我想是可原諒的。像你覃子豪先生寫文章又能說從來沒有鬧過笑話嗎？先生這一次把 Impassibilité 譯爲「無感不覺」便是大錯特錯。Impassibilité 是個否定抽象名詞，它的肯定詞是 Passibilité，而此字又由形容詞 Passible 而來。法國《新辣賀斯辭彙大全》（*Nouveau Larousse Universel*）對於 Passible 這一詞彙所下定義是「能夠感受生理方面感覺的」、「一切生物都能的感覺」。因此反面的 Impassibilité 這個字，義爲「無

---

[2] 編按：意指排版選字之誤，亦可稱「手民誤植」。

感覺」或「不能感覺」，若用兩個平行詞去解釋，也只好譯爲「無感無覺」或「不感不覺」，覃子豪先生譯爲「無感不覺」好像是說「沒有什麼感觸不能感覺」，意義與原字完全相反了。「兩個否定詞用在一處則變爲肯定詞（平行詞例外）」，這點起碼的文法原理，覃先生似乎不容不知道啊！

覃子豪先生翻譯這個字好像經過一番鄭重考慮之後才決定的。文中一連用了兩次，絕不能諉爲手民之誤。這或者是象徵詩人特殊的文法；再不然便是覃先生覺得法國語文裡這個字彙的定義應該改一下了。我們是否該寫信給巴黎辣賀斯書店，請他們把 Impassibilité 這個字的定義由「否定」改爲「肯定」呢？民國 39 至 40 年間我寓居巴黎，常到那個書店買書，同裡面人相熟，假如覃先生願意，這件事我倒樂於效勞，只候覃先生的示下。

第三，我對象徵詩體雖不大了解，但從來未敢輕視，事實上且甚爲喜愛，正如我喜愛中國李義山、李長吉等人的詩一樣。即李金髮詩也不十分討厭，討厭的是死學他的人。在那篇文壇話舊裡，於象徵派摧毀「死板的規律，繁瑣的格調」不過照事實敘述而已。覃先生謂我「文字上雖未指明此舉之不當，語氣上大有不屑所爲之意。」又說我僅讚美梅特林克的〈青鳥〉、梵樂希的〈水仙辭〉，大有魏爾崙、馬拉美等人的作品，都沒有資格進入我所認爲佳作之林的意味云云。我覺得判斷一個人的思想，用這種語氣是不應該的。這樣子有故入人罪的嫌疑，也便是「莫須有」的文字獄。

第四，覃先生在這一節對李金髮也說它「文白夾雜，生澀難讀」，也說「他只注意到表現手法，沒有注意與表現息息相關的語言，因此，詩中豐富的意象被生澀的文字掩蓋而未全部予以呈現，致令讀者感覺莫知所云，毋庸否認。」象徵祖師李氏詩在覃先生筆下評價尚不過如此，又何況是那些步趨他的尾巴群呢？我之「挑剔」他們，不是應該的嗎？

但覃先生對李氏究竟過於偏愛，所以又說：「李金髮確給五四運動後徬徨歧途的詩壇開拓一條新的道路。他確曾從法國象徵派學到較之創造社和新月派更爲高明的表現技巧與塑造意象的方法。」在本文第一節先生也曾說「自創造社接受了浪漫派的寫作方式，新月派接受了英國的格律以

後，新詩才擺脫白話詩膚淺的調兒。李金髮的《微雨》、《爲幸福而歌》的出版，中國新詩便開始和法國的象徵派發生密切的關係，新詩也就向前大大躍進了一步；無論在內容攝取上，表現技巧上均有新的開展。當讀者對創造社和新月派的詩正陷於濫調，感覺厭倦之際，象徵詩正投合了讀者的口味。於是李金髮的象徵派演變爲戴望舒的現代派，占領了整個詩壇。」

　　對覃先生這幾段話，我要正式提出抗議了。其一，覃先生似乎有故意歪曲新詩的史實，以便提高李氏身價之嫌。李氏《微雨》出版於民國 11年，《爲幸福而歌》出版於民國 15 年。《食客與凶年》出版於民國 16 年。郭沫若的《女神》出版於民國 12 年。徐志摩的《志摩的詩》有兩種版本：第一種綿紙印，線裝，古香古色，出版於民國 14 年；第二種洋裝，新月書店印，內容與第一種頗不盡同，出版於民國 17 年。可見李氏作品出版在郭徐二氏者之前，我們怎可說當讀者厭倦創造新月的濫調，才來接受象徵詩體呢？其二，郭沫若的《女神》無非摹仿美國平民詩人惠特曼（Walt. Whitman）《草葉集》自由奔放的作風，加上日本流行的現代化詩體，詩中夾雜許多外國字，又充滿了「飛奔」、「狂叫」、「燃燒」、「毀壞」、「創造」、「努力」、「心絃」、「洗禮」、「力泉」、「音雨」、「電氣」、「蒸氣機」、「星球的光」、「X 光」、「阿波羅」、「維娜斯」一些洋詞彙，以及「嘟嘟」、「啦啦」粗鄙不堪的驚嘆詞，當時固可嚇倒一般淺薄青年，現在實無一提之價值。所以覃子豪先生斷創造社爲「濫調」，我極其贊同。不過說新月派也是濫調，則大有討論的餘地。新月詩人如徐志摩天才之橫溢，想像之豐富，學力之堅實，當時詩壇實少抗手。「徐志摩一手奠定了新詩壇的基礎」，這句話能說不是大家公認的意見？又如聞一多《死水》風格之精鍊、辭采之澹雅、含意之深窈，評價更高於志摩，人們說「《死水》是一本標準的新詩」，這話也沒有絲毫溢美之處。又如朱湘的《草莽集》當時已有多人叫好，及《石門集》出版，則其格律之精嚴比《死水》更進一步，雖然他把西洋商籟諸體移植於中華詩壇，試驗似乎失敗，但他那試驗精神究竟是萬分可佩的。其他如孫大雨、饒孟侃、卞之琳、方瑋德、陳夢家、臧克家、

孫毓棠……莫不卓然有所成就。新月派的詩需要「天才」、「學力」、「知識」，缺一不可。說新月派詩難作，說新月派詩品格高，是可以的，說它是「濫調」，那真太冤屈了！

　　讀者之所以歡喜李金髮詩體而紛紛做他尾巴，並不是為此體詩「較之創造社和新月詩有更高明表現技巧與塑造意象的方法」，實在是為了這詩體最容易作，正如故詩人朱湘所說的「續闈遊戲」的方式。這體詩又最易於「取巧」與「藏拙」，沒有天才，沒有學力，沒有知識都不要緊，只須說些刁鑽古怪，似通非通的話兒便成。一個人向上爬很吃力，向下滑則很自然；人的惰性又愛揀易走的道路走，這十幾年以來，詩壇充斥這一派偽象徵詩，還不是由於上述緣故嗎？

　　第五，對於「一般青年的創作幾乎失去了應有的準則」，覃先生也說是「無可否認的事實」，在第六節也說「極少數的作者擺脫不了李氏『之乎也者』的濫調」為「不長進」，但覃先生又硬行推許這種詩是「進步」，不但超過創造詩派的標準，也超過新月詩派的水平。天呀！一個人說話如此偏頗，還有什麼可與之辯論的呢？新月派的詩目前臺灣固不容易買到，但我們來自大陸的人印象總還沒有十分模糊。假如覃先生說「隱晦」、「艱深」便是好詩，新月派徐志摩有一部分詩作便很難懂，聞氏的《死水》、朱氏的《石門集》則更很少有幾首可以一讀即解。但新月派的艱深隱晦，是由於作者學問淵博，蘊藏的意義太多，選詞琢句又力求戛戛獨造的緣故，絕不是什麼「一群過境的風景喞著黛綠和鼠灰」、「那般渲弄收拾雲朵的姿勢，任何神經系匯集而建築著」那些怪話所能比並的。覃子豪先生硬說這類詩如何如何的好，我讀不懂是「缺少慧敏」、「態度有欠冷靜與忍耐」，這些話都由覃先生說去。我讀不懂那些佳句，猶之乎我讀不懂「三織」、「兩廂」那首五律（以藝術鍛鍊論這首五律斷非今日這些亂七糟八的怪詩所能及）一樣；也猶之乎我聽不懂巫婆的蠱詞、道士的咒語、盜匪的切口一樣，並不以自己缺乏那份「慧敏」、「冷靜與忍耐」為可愧。可是覃先生推許這類黑漆一團的東西說比新月詩人更進步，那便大失天下是非之公，而要使詩

神為之掩面痛哭了！

　　故詩人朱湘說偽象徵詩有如續闈遊戲，完全是胡亂湊成的，沒有一點意匠作用，這話能說不對嗎？自從我在《自由青年》發表了論李金髮詩，偶舉本刊「新詩園地」幾首佳作為例，於是接到好幾封痛罵我的匿名信，滿紙污言穢語，非常下流，並欲以暗殺相恫嚇。（誰說青年只挨打不能還手，他們還手兇狠得緊哪！）文理寫得通也還罷了，誰知文理也極不通，這些信現均在呂大編輯那裡，覃先生要看可以向呂君要。這當然是那幾個所謂青年詩人寫來的。他們連一封文從字順的信都寫不出，卻來作詩，若非這種偽象徵詩體為他們大開方便之門，他們的作品能被選擇而刊出嗎？他們自己不自知學力的淺薄，看見自己詩作被選，便沾沾自得而以詩人自負，見我「挑剔」當然要不免大光其火，不能不說是當時操新詩園地選政者將他們姑息壞了。教育破產固足為憂，操選政者這樣「賊乎人之子」，似乎要問問自己良心呢！

　　至於覃先生在他大文第六、第七、第八諸節談論目前臺灣詩壇主流，既不是李金髮、戴望舒的殘餘勢力，更不是法蘭西象徵派新的殖民，是一個接受無數新影響而兼容並蓄的綜合性的創造。於是在各節大大發揮臺灣新詩的優點。在本文之前我固曾聲明我的批評只限於李金髮及其詩派，並不敢侵犯臺灣詩壇像覃子豪先生幾位名家，覃先生現既說臺詩主流非李金髮派亦非法國象徵詩派，則我的話更與諸位大詩家無關了。我也可以告無罪於諸君子了。至於說我只挑剔青年作品而不找有經驗的作者為對象，諸詩家的作品既如此的登峰造極，我這外行能說什麼呢？但青年不成熟的作品氾濫各報刊，釀成新詩壇永不進步的可悲現象，我便有權利反對。反對的目的不在青年，實在目前新詩的風氣，我想任何人都可以看出來的吧？

　　　　　　——原載《自由青年》第 22 卷第 4 期，民國 48 年 8 月 16 日

　　　　　　　　　　　　　　　　　——選自蘇雪林《文壇話舊》
　　　　　　　　　　　　　　　臺北：傳記文學出版社，1969 年 12 月

淵源・流變・展望
光復後臺灣詩壇的發展與檢討

◎白萩[*]

　　嚴格地說，臺灣新詩的萌芽應該是民國 40 年後的事，在這以前，到民國 34 年的五年間，只能視爲荒蕪時期。這段期間，從大陸來臺灣的詩人很少，本省詩人雖有以日文寫詩與發表，但在日文詩中無顯著地位，造詣尚差，作風不一，因而無具體的趨向與發展。

　　直到政府遷臺以後，全面廢止日文，所有報紙刊物以中文印刷，本省詩人因爲語文的隔絕，或停筆從頭學習，或乾脆放棄，詩壇因而全部由大陸來臺詩人播種。

　　在播種初期，因大陸來臺詩人均是背井離鄉，飽嚐禍亂，作品充滿離愁、思鄉、悲恨或激昂的鬥志、自由的歌頌。像葛賢寧的《常住峰的青春》、墨人的《自由的火焰》、《哀祖國》、張自英的《聖地》、《有一位姑娘》、《船》、紀弦的《在飛揚的時代》、鍾鼎文的《行吟者》、李莎的《帶怒的歌》、金軍的《歌北方》、鍾雷的《生命的火花》、明秋水的《駱駝詩集》、《骨髓裡的愛情》等。與集結在張道藩主持下的《文藝創作》月刊，而出有《現代詩歌選》的上官予，涂翔宇、童華、古之紅等。他們的詩風平易淺白，走大眾化的路線。其血緣可以上溯到「太陽社」的蔣光赤（慈）、錢杏邨、馮憲章、森堡、柯仲平，與發展下來的「中國詩歌會」的穆木天、楊騷、蒲風、柳倩、濺波、葉流、亞平、左琴琳娜……和在抗戰期間中，中國詩壇趨向的一種延續。這些詩，雖便於朗誦，明白直接，但

---

[*] 本名何錦榮。發表文章時爲《笠》詩刊編輯，現已退休。

恰因本省同胞大部分不闇於語文，且無背井離鄉的體驗背景，難予引起共鳴，因而無從發展。

與今日之詩具有聯繫關係，實在是從紀弦主編了《詩誌》，與鍾鼎文、覃子豪合編了《自立晚報》「新詩」週刊，培養了年輕的一輩，提供了一塊專門墾植的園地，才促成了臺灣詩壇的生機。但在這段期間。詩壇並無明顯的趨向，甚至在「新詩」週刊停刊之後，紀弦再創辦了《現代詩》，覃子豪創辦了《公論報》「藍星」週刊，在初期，亦只各自培養新人，提供園地而已。真正導引了臺灣詩壇的分裂，而有趨向與發展，是在民國 42 年 2 月，《現代詩》第 13 期紀弦倡導了現代派以後的事。今日冷靜地回顧，所謂詩壇的發展趨向，實在只是幾個詩刊中心人物詩觀指向罷了。做為導引今日詩壇情況的開導人物——紀弦和覃子豪，也就是說，今日詩壇轉變至此的決定性因素，實在是由於這兩個開導人物有其大部分相同的詩觀所促成，並且由這大部分相同的詩觀所培養出來的下一代，已成為今日詩壇主要力量的詩人，更無形中穩定了走向現代的這一個趨向。

假若，做為開導人物的紀弦和覃子豪，二者在詩觀上根本南轅北轍，則今日詩壇必無一個重心，現代的觀念，必不能普遍為下一代詩人所接受，而成為今日詩壇的主流。

為了證明這二位開導人物的詩觀大部分相同，我們有必要探其本源，追溯二者在來臺以前的詩的背景。

現代派之被紀弦倡導，反過來說，紀弦之所以只單單倡導現代派，是紀弦本身便是戴望舒、李金髮的「現代派」的繼承。在來臺以前，紀弦便徹頭徹尾屬於「現代」派的一員。[1]紀弦所倡導的「現代派」，絕不是臺灣這塊園地的土產物，憑空創意，找不到血緣關係的。紀弦本身或許不自覺，可是從歷史的眼光來看，《紀弦詩論》，實在是《望舒詩論》及《現代》這群詩人言論的翻版而已，他所刊印來臺以前的作品，也只是《現

---

[1]編按：此指戴望舒、李金髮倡導的現代派。

代》這詩刊所刊的類似之作，無顯著的特異。所以做爲臺灣現代派開導人物的紀弦，他所開倡的構想——即他詩觀的背景——因他本身便屬於「現代」派的一員，他所開倡的「現代派」，實在只是戴望舒，李金髮的「現代」派的延續而已。歷史，必因找出了其血緣，而做如此的結論。

在臺灣新詩史中，做爲與「現代派」對立的另一開創人物的覃子豪，他對立的心理背景，實在只是不服氣與爭領導權的作祟罷了。覃子豪的血緣，說起來也是一個溫和的「現代派」，他的詩觀，其基本也是屬於「現代」派的產物，而他的作品，因了個人氣質的關係，而沾有了一點「新月派的習氣」，此種氣質的不同，導致了他少部分與紀弦不同的辯護式的言論，可是這點毛蒜的差異，覃子豪用來對抗「現代派」，說起來是不夠分量，不夠相斥，不夠支持另成爲一派的理由的。「現代派」所以成爲臺灣詩壇的主流，完全是這兩位開導人物的血緣關係，他們是表現了大地方同意，小地方爭執，臺灣詩壇是這樣地不知覺而決定性地朝向現代發展的。

可是若說：臺灣的「現代派」和戴望舒、李金髮的「現代派」完全相同是不公平的。其基本觀念雖然相承，可是在作品的質量上，無疑的，臺灣的「現代派」是有長足的發展。

爲了更詳細的分析，我們有必要回到戴望舒和李金髮所提倡的「現代」，重做一番了解。

無疑的，當時集結在《現代》這個刊物的詩人，其重要人物：如李金髮、戴望舒、王獨清、穆木夫、馮乃超、姚蓬子等諸人，其詩風，全是象徵派和意象派的產物，他們由法國的象徵派、美國的意象派學習了方法，他們的發展止於象徵派和意象派。這個趨向，不久因中國風雨局勢的關係，而爲興起的「中國詩歌會」所代替，未能更進一步介紹和實驗象徵派後的新興詩派。

紀弦是背負了這個背景來臺灣播種現代的種子的，當時的紀弦，對現代的認識與介紹，也只是梵樂希、波特萊爾、阿波里奈爾、高克多之流而已，雖然另有方思介紹了路易斯、里爾克、勞倫斯。葉泥譯介了日本的岩

佐東一郎，可是這些介紹，並未超越當時的「現代」派，這或許是紀弦遲遲未打起「現代派」這個旗幟的原因。臺灣詩壇「現代派」的揭櫫，其原因是本省詩人林亨泰重新以中文寫詩的結果，林亨泰爲了迎合「現代派」的風格，以從日文得來的關於現代詩的知識，發展了春山行夫等在日本詩壇的實驗，而提供了〈輪〉、〈房屋〉、〈人類身上的鈕釦〉、〈遺傳〉、〈鷺〉等一系列的作品，這些作品，表現出了不同於以往「現代派」的方法，而促使了紀弦倡導「現代派」的決心。

——選自白萩《現代詩散論》

臺北：三民書局，1972 年 5 月

一個詩人之死
懷念覃子豪先生

◎辛鬱[*]

　　長久以來，每當詩友們談起詩壇的往事，我總不期然的想起子豪先生。他黧黑的膚色以及矮小的身材，看起來多麼不像一個詩人，但他卻在近二十年來做了一個最令人尊敬的詩人。

　　常常，我設想他仍活著，在他那間充滿煙霧與咖啡香氣的小屋中，寫著他的詩以及有關的文字：那會帶給我多大的喜悅呢？我衡量著，喜悅必然會在我心頭滋長，並且會使我心中充滿詩的情操；那是足以促使我更執著於詩的創作的。

　　最重要的是，子豪先生在晚年寫作過程中，並不為某些代價而寫，他在寫作中所獲取的，是一個作家在完成他的寫作使命之後的那份快樂；那可能要忍受長期的寂寞的煎熬，甚至一些蜚語流言的傷害。

　　子豪先生的晚年，看似斑斕燦閃，而就我所知，我卻認為他在逝世的前幾年，生活上並不是一般所說的富有色彩。他在朋友以及後輩詩人面前，是以一張笑臉（當然，有時也是一張憤懣的臉）刻畫著他的生活情景的，但在他的作品中，卻不是一張笑臉了。那是一張嚴肅得稜角分明的臉，一張凜然不可觸犯的臉。由此，我看出子豪先生在肩負一個作家的使命這一方面，是懷著多麼沉重的心情，以及多麼執著的信念。

　　因此，我必須說，子豪先生是多麼不甘於被死亡所征服。而他畢竟抱憾而去，他的未竟的志業——建設中國詩壇成為一個高峰，便只成為我憑

---

[*]本名宓世森。發表文章時為《創世紀》詩刊編輯，現為《創世紀》詩刊、《科學月刊》顧問。

悼的對象了。

　　在與朋友們談論詩壇的今昔時，每當涉及子豪先生，一些朋友總說我把子豪先生的位置放得太高。對這點，我不願申辯。就我最清醒的時刻來說，我是無意由於過度高估了子豪先生而在無形中反而傷害了子豪先生的；我一點也不願子豪先生在我心中的位置被移動。

　　有位朋友曾這樣問我：

　　「辛鬱，覃先生對你有什麼好處？」

　　我並不以為這位朋友的問話含有什麼不當的用意，我很坦白的說：

　　「子豪先生給了我做為一個詩人的典型。」

　　誰能說子豪先生那種甘於自苦，終身為詩服役的志業，不堪為後輩詩人的學習對象呢？子豪先生不只是一個快樂的發掘者，他有時也在人類的礦場，把痛苦開採出來。快樂是一種美，而痛苦呢？在他認為那未必是不美，因此，當我有一次在他病床旁說：

　　「卡繆說：『我們必須同時服役於痛苦與美。』這句話很有意義，我要追求它。」

　　子豪先生回答說：

　　「多年來，卡繆這句話我常常思索著，等我病好出院，我將繼續思索它，並且親身試一試。」

　　其實，子豪先生早已經是「我們必須同時服役於痛苦與美」這句話中的「我們」的一分子，在他的志業中表現了他生命的一切。

　　那麼，就讓我永久懷著對他的崇敬吧。

　　在子豪先生活著時，我不是常常在他身旁出現的，要不是他寫信給我，或是我有事去找他，我不太願意在他忙碌的公務餘暇去擾亂他那段詩的生活的時辰。因此，坦白的說，如果他不住進臺大醫院，開始他為生命的搏戰，我是不十分了解他的。

　　他在臺大醫院的前一階段，只要不為病痛呻吟，不為眾多的朋友前來探望而過度耗費精神，總要為詩想一想，甚至為詩說幾句話。在那段日

子，我幾乎每天在他的病床旁，聽他說：

「《藍星》第 5 期早該出版了⋯⋯」

「⋯⋯還沒有寫出一首好詩⋯⋯」

「你為什麼不寫⋯⋯」

「××近來怎麼樣？寫詩了嗎？」

這些話很平常，但出自一位垂死的詩人口中，它們的意義就不同了。今天，懷想著臺大醫院 104 號病房中的子豪先生，我不禁自問：

「你這些年做了什麼？」

面對這一問題時，心中愧意叢生，因為我在這些年中，是多麼地不甘於自苦！多麼地為「名利」這種戕害人心的東西在競逐啊！我發現自己不足以做為一個詩人，即使我仍不斷的寫，但那「名利」的為害，損傷了我的詩以及做為一個負有使命的詩人的尊嚴；這是可卑的。

因此，我忽然想到除了寫作以外，我應如何調整自己的生活態度。這使我憶念子豪先生，因為他說過：

「要耐得住寂寞，要不斷自問：你在成長著嗎？你在長著嗎？」

子豪先生在死前的最後一週，音容完全變了，只有一顆心不變：那份為詩的執著，只有長年倚閭等待兒女歸來的母親的心可以比擬。

記不清是他死前的哪一天（總在最後一週之內），我獨自在他病床旁，讀著剛從香港寄來的《華僑文藝》。他醒來了，側著臉看我好久後，才伸出手推動我，要我拿水給他喝。喝了水，他的喉頭舒適了些，但聲音仍低啞的說：

「你看得這樣出神，一定是一首好詩吧？」

我點點頭。他沒有問我是誰的詩，只說：

「我羨慕你。」

接著，他假寐了片刻，又睜開眼說：

「我有好多詩要寫⋯⋯」

前面的話我沒有聽清楚；但僅僅「我有好多詩要寫⋯⋯」這一句話，

就夠我想半天了。爲什麼他從不體察自己的死亡？爲什麼他至死仍想著詩？這時，我真想變得殘酷起來，告訴子豪先生。

「先生，你要死了，你要死了啊！」

我沒有說，我不忍說。轉念間，我想，這樣的死亡不也是一首詩嗎？那麼美好的開始，那麼淒楚的結束，這不是：「我們必須同時服役於痛苦與美。」

又是什麼？又是什麼？

子豪先生死亡前一天，已經感知了自己的生命不再。那天，他異常沉默，即使呻吟，也是經過壓制的。他似乎不要人看出他的垂死搏戰已經宣告失敗，只想以強制的平靜，給予看顧他的人以一種最後的溫情的慰藉。我無法忍受他的沉默，他越不把病痛藉呻吟來減緩，對我來說，那是他對自己的殘忍；但他以殘忍對待自己的最後時刻，卻把生命的由生至死這樣一首飽孕著痛苦與美的詩予以完成，這對我是多麼深刻的啓示啊！

那麼，我要說子豪先生的生命，是一首最完美的詩。於是，我要虔誠的吟唱：

………………………………
………………………………
俯身向你
　　那些明媚的清晨
　　華麗或倦怠的日午
　　黃昏　俱在你的髮莢間會合
你是誰　植起的生命塑像
猶之向日葵緊咬太陽
那頑強令泥土深深感動
………………………………
………………………………

....

....

去了

誰知你將如何在異域展開

生的驕傲

在深秋　我看見你的死亡是

黃金的溶解

——選自彩羽、大荒編《現代詩人散文選》

臺中：藍燈出版社，1972 年 8 月

覃子豪兩首詩中的原型

◎陳啟佑*

　　心理分析學大師佛洛伊德的弟子，也是他的學說的修正者容格（Carl Gustav Jung）曾在《尋求靈魂的現代人》（*Modern Man in Search of A Soul*）一書中表示，偉大的藝術家擁有「原始視力」（"the primordial vision"），也就是一個洞察原型模式（archetypal patterns）存在的特殊靈性，和以原始意象表達的天賦，靈性和這天賦頗能使他充分利用藝術形式，來把「內心世界」的經驗層面圓滿地傳達至「外在世界」的天地中。

　　所謂原型模式，亦可以簡稱爲「原型」（"archetypes"），它和神話有著密切的關係。神話足以將一個部落或者國家結合於那個民族所共有的心理與精神的活動範圍之內。雖然各個民族都擁有其自身的神話，反映在傳說、民俗與觀念之中，儘管神話皆因各個民族所有的其相異的文化環境而構成不同的特殊形態，然而，一般而言，神話是普遍的。非獨如此，許多相異的神話中亦具有相似的主題（motif）。在時空距離均極遙遠，更確切地說，彼此完全沒有任何歷史影響與因果關係的各個民族的神話裡反覆展現的某些心象，泰半亦含有一種共通的意義，換言之，均可導引相似的心理反應而發揮相似的文化功能來。這種主題與心象均稱作「原型」。它是不斷地反覆呈現在歷史、文學、宗教或民俗習慣裡，以致於獲取很顯著的象徵力的一種普遍的隱喻意象、題旨或主題模式。一言以蔽之，「原型」便是「普遍的象徵」（"universal symbols"）。

　　本文即謀圖採用原型的方法，做爲討論覃子豪的〈過黑髮橋〉和〈追

*發表文章時爲文化大學中國文學所碩士生，現爲育達商業科技大學應用中文系專任教授。

求〉兩首詩的主要途徑。

　　〈過黑髮橋[1]〉
　　佩腰的山地人走過黑髮橋
　　海風吹亂他長長的黑髮
　　黑色的閃爍
　　如蝙蝠竄入黃昏

　　黑髮的山地人歸去
　　白頭的鷺鷥，滿天飛翔
　　一片純白的羽毛落下
　　我的一莖白髮
　　溶入古銅色的鏡中
　　而黃昏是橋上的理髮匠
　　以火焰燒我的青絲

　　我的一莖白髮
　　溶入古銅色的鏡中
　　而我獨行
　　於山與海之間的無人之境

　　港在山外
　　春天繫在黑髮的林裡
　　當蝙蝠目盲的時刻
　　黎明的海就飄動著
　　載滿愛情的船舶

---

[1]黑髮橋爲臺東去新港途中之一橋名。

〈追求〉

大海中的落日

悲壯得像英雄的感嘆

一顆星追過去

向遙遠的天邊

黑夜的海風

颭起了黃沙

在蒼茫的夜裡

一個健偉的靈魂

跨上了時間的快馬

　　站在「原型」這個角度透視上述兩首詩，會發現它們之中包含諸多具有普遍關係的原型，這群原型所配備的普遍的象徵意義如下表所呈示，而這個表也就是本文的基本前提，這些意象在人們的想像境域中，都含有共同的意旨。

　　海：具有萬物之母，精神的神祕及無限、永恆等這一類相關的意義。

　　黑：具有陰鬱、死亡等這一類相關的意義。

　　黃昏、落日：暗示死亡。

　　白：暗示死亡。

　　船：象徵人類於時空之旅。

　　沙：具有精神乾枯、虛無、絕望或者死亡等這一類相關的意義。

　　黎明期、春季及誕生階段：凡主角戰勝黑暗、復活及創造等的文學類型屬之。

　　日落期、秋季及死亡階段：有關犧牲、主角孤獨、死亡等的文學類型屬之。

　　先談〈過黑髮橋〉。這首詩旨在表達一位孤獨者在荒涼的、無人間煙火的、陰鬱的地帶，踽踽行走，心底深處卻懷有一絲生的渴望和愛的期待，而終於有所獲得，末段的春天、黎明、海、船舶等這一組意義相近的「原型」，即將最後一線生機和曙光全盤托出。剛才提到此詩中密集著具有「原型」性質與功能的意象，而這批意象正好劃分成兩個截然相異的類別，前三段字裡行間鋪排著一些暗示毀滅、死亡等相近的象徵意義的心象，例如黑、黃昏、白等。最後一段則湧現出一些具有希望、誕生的象徵意旨的心象，譬如春天、黎明、海、船舶等便是。從這項漸入佳境的安排方式，以及由暗轉明的秩序亦十分井然的現象看來，顯然具有高度意義。自黃昏通過黑夜終於抵達黎明的這段時間過程中，可以感知在最後階段卻有一股極強烈的提升力，從一片沉淪之中猛然躍起。過黑髮橋看到黑髮的山地人以及白鷺鷥，卻聯想及自己的白髮，這無非是一種對立和矛盾，因為黑和白在視覺上是強烈對比色彩，但在深層意義上卻同樣暗示死亡。單從色彩著眼，即可明白詩中主角是處在這種異乎尋常的情境下，努力掙扎著向上求發展。

　　末段所提到的「愛情」一詞，應該視作廣義的愛情，即是一種崇偉神聖對全人類的愛情，而非僅止於男女之間的那類狹義的兒女私情而已。有些批評家認為末段的存在不但嚴重破壞整首詩的統一性，而且是多添上的蛇足。筆者則以為由於末段的存在，反而透露出人類在險境中對未來遠景的憧憬，筆直向上的信心和愛心，應算是在畫龍之餘所作的極為成功的點睛，實在不宜刪去。另外筆者也很欣賞詩中兩處對髮所作的巧妙處理。第一處發生於「一片純白的羽毛落下／我的一莖白髮／溶入古銅色的鏡中」三行詩句中，基於毛髮隸屬同類，且兩者顏色雷同，所含之象徵意義亦相同的理由，覃子豪以相似形狀轉位（similar visual transition）和相似顏色轉位（similar colorable transition）的轉位手法，使情節的交替自然流暢，乾淨俐落。行與行之間，意象與意象之際，透過這項技巧而取得毫無痕跡可尋的高度銜接，才不致令觀者產生突兀感。而緊接下來的兩行：「而黃昏是

橋上的理髮匠／以火焰燒我的青絲」，亦十分傑出。青絲比喻年輕，黃昏這個時間階段根據前面的表所示，則含有死亡、毀敗的深旨，從這個角度來觀察此二句詩：黃昏的火焰（指夕暉）燒盡我的年輕歲月，很有一種「時光催人老」的深層意旨在，作者把生命將逝的這層意旨，以這樣美而有力的詩句婉轉地表達出來，也顯示他高超的藝術手腕。

接著把眼光放置在〈追求〉上。這是一首十分難得的精美小品，平實卻出眾，淡淡寫來卻力透紙背，雖然語言毫不驚人但內涵非常驚人、感人，因為在短短九行的天地之中，充滿原型意象，諸如大海、落日、黑夜、黃沙等，而且十分統一。葉維廉在〈詩的再認〉一文中提出「遠征的情境」這個術語，它的意思是指一位英雄抱著近乎著魔的狂熱和傻勁，努力去追求一個崇高理想和其單調的存在之神祕結合。這首非常簡鍊扼要的小詩，便是表達這種「遠征的情境」。由於一些含有死亡（如落日、夜）、虛無（如黃沙）、陰鬱（如黑）等象徵意義的意象的暗示作用，使得這項「追求」演成悲劇下場。詩中孤獨而偉大的英雄踏上極漫長的征途，在遼夐的空間中，於具有死亡意義的時間階段裡，欲向前邁進去完成難以遂成的艱鉅任務，其結果自然是落空和絕望。「黃沙」一詞在這詩裡表達了「時間」的消滅耗損、稍縱即逝、瞬息萬變的普遍共通的象徵意義，頗能與末行的「時間的快馬」前後密切呼應，因此，這孤獨的英雄在這殘酷的時間律動中，更顯得「悲壯」，更是令人感覺他命中註定要接受迅速毀敗、滅亡的噩運。此詩並未明確指出英雄受難（Suffering）的實情，但其受難情節卻可以隱約感覺得到，此詩之所以能引起讀者哀憐（pity）與恐懼（fear）的情緒，正是這位英雄的不幸命運業已令人覺察出來的緣故。而一口咬定此詩具有「悲劇性」的理由端在乎此。或許有人會提出抗議，說大海一詞象徵著萬物之母、精神的神祕、永恆及無限，在詩中應有積極的作用，關於這點，我的回答是這樣的：大海因處於諾特羅甫弗瑞（Northrop Frye）於《本體的寓言》（*Fables of Identity*）一書中所提出的「日落期」與「黑暗期」，所以它原本應具有的象徵意義反而成為一種諷嘲，甚至還可以說那些

象徵意義至此已因惡劣環境的威脅而告消失無蹤。這裡必須強調的是，意象欲實際發揮它在一首詩中「原型」的作用，乃是要決定於詩作品的上下文之間。

　　同時筆者發現這兩首詩擁有許多相似性質，那便是季節循環之主要時間階段（黃昏、落日、黑夜）、海（海、海風、大海）、孤獨者、追求的動作、理想鵠的等皆是構成此二首詩近似的基本理由，簡而言之，它們的時間、背景、情節和主題皆相近。而這兩首詩也具有迴異之處，〈過黑髮橋〉的結尾透露出理想的獲致的消息，以一片希望和喜悅收場。〈追求〉的結尾則是無止境的追逐，或者毫無所獲的悲涼下場。〈追求〉中的原型皆含有死亡、犧牲、虛無等這一類相關的高度意義，充分顯示出它的生存環境及未來前景遠較〈過黑髮橋〉危險、惡劣。〈過黑髮橋〉擁有黎明期、春季及誕生階段，而〈追求〉則無。〈追求〉詩中英雄甘願從事偉大的奉獻和犧牲，他雖是悲劇性人物，卻是相當可敬和崇高的，因為他心中深含以有限肉體生命的消失，來換取無限精神生命的圓滿達成的崇偉企圖。

──選自《中外文學》，第 7 卷第 10 期，1979 年 3 月

〈過黑髮橋〉導讀

◎張漢良[*]

〈過黑髮橋[1]〉

佩腰的山地人走過黑髮橋

海風吹亂他長長的黑髮

黑色的閃爍

如蝙蝠竄入黃昏

黑髮的山地人歸去

白頭的鷺鷥，滿天飛翔

一片純白的羽毛落下

我的一莖白髮

溶入古銅色的鏡中

而黃昏是橋上的理髮匠

以火焰燒我的青絲

我的一莖白髮

溶入古銅色的鏡中

而我獨行

於山與海之間的無人之境

港在山外

---

[*]發表文章時為臺灣大學外國語文學系副教授，現為臺灣大學外國語文學系名譽教授、上海復旦大學特聘比較詩學講座教授。
[1]黑髮橋為臺東去新港途中之一橋名。

> 春天繫在黑髮的林裡
>
> 當蝙蝠目盲的時刻
>
> 黎明的海就飄動著
>
> 載滿愛情的船舶

覃子豪和紀弦一樣，是在中國現代詩史上少數跨越民國 38 年分水嶺的詩人之一。他對中國現代詩的開拓與建設厥功甚偉。早在抗戰時期，便出版了詩集《自由的旗》；並主編《前線日報》「詩時代」雙週刊達三年之久，對新詩運動，貢獻極大。來臺後，詩人主編《自立晚報》「新詩」週刊二年餘；接著主編《公論報》「藍星」週刊、《藍星詩選》、《藍星詩頁》等。同時是臺灣三大詩社之一，藍星詩社的發起人。

覃子豪早歲留日，專攻法國文學，對法國象徵詩用功頗深，耳濡目染之下，覃子豪成為當代中國少數真正的象徵詩人之一。

一般說來，象徵主義可分為兩種：個人象徵主義（personal symbolism）與超越象徵主義（transcendental symbolism）。前者把個人情緒投射到外在世界；或以外在世界烘托主觀的情緒，如波特萊爾筆下的巴黎。後者基於一種二元的世界觀：一為現象界，即臣服於生老病死、時間流轉的現實世界；一為本體界，它超越外在的大幻世界，為一永恆的、靜止的世界，往往便是藝術營構的世界，如葉慈（William Butler Yeats）所塑造的拜占庭。

在〈過黑髮橋〉裡，作者把一真實的、具體的橋轉化為從黑髮到白髮，青年到老年，生到死的過渡，第四行的蝙蝠明喻交代出時間是每日旅程的結束，也預示出人生旅程的結束，黑髮山地人將轉化為白髮敘述者（事實上，這兩人二而為一，是詩人分裂的自我），黑蝙蝠意象為白鷺鷥意象承接，白羽毛復轉換為白髮。

第一段的「黃昏」終於被暗喻為「橋上的理髮匠」，以生命的象徵「火焰」燒去敘述者的「青」絲，我們看出每日旅程與生命旅程的認同關係建

構完成，而去髮或剃度原爲原始宗教儀式的棄世象徵，因此「理髮匠」這個意象是絕對必要的，此詩的意義至此尚未明朗。第二段有敘述者與自然認同的母題（白頭的鷺鷥轉爲白髮的詩人），這個母題末段繼續發展，林木（自然）被黑髮（人）這個狀詞修飾，暗示自然與人的認同。既然敘述者的時間觀是循環的，詩末的黎明意象更是必然的了。因此，本詩寓含著死亡──再生的原型，這原型基於自然與人認同的原型與循環的時間觀。我們可以再度看出，詩人如何將外在實景轉變爲個人，乃至普遍的象徵。

──選自蕭蕭、張漢良編《現代詩導讀（導讀篇一）》

臺北：故鄉出版社，1979 年 11 月

懷念
憶覃子豪老師

◎小民[*]

　　今年秋天，可敬可愛的覃子豪老師，已經安息整整 20 週年了。20 年的時間不能算短，20 年前出生的嬰兒，如今已經成長爲健壯的青年人。然而，人離開世界安息後，肉體的生命已不再成長，我所紀念的覃老師永遠是那麼精力充沛，爲中國新詩開創新境遇，而努力奉獻一生的覃老師。

　　覃老師的外形，並不似一般所謂浪漫詩人，亂髮長鬚那種不修邊幅的藝術家模樣。覃老師總是將自己容貌修飾得十分清潔，衣服鞋襪必整齊美觀。您可以由他外表，看出他爲人認真忠懇，堅守原則的個性。更由此領悟到他對新詩的要求，絕非那些亂七八糟，發幾句別人看不懂的字詞兒，耍花招的「詩人」。覃老師每一首詩，都經過長期的思考、修改、重寫多次才定稿的，因此他對自己的學生，也是這麼嚴格的要求。

　　許多年前，當我自己正對新詩著迷的年齡，由於函授學校詩歌班課程，我幸運的做了覃老師一名不用功的學生。一年的師生關係，覃老師親自給我解答過不少問題。同時，還時常寫信給我，鼓勵我用心作業，不要怕難。覃老師說任何天才都必須加上努力，若想創作好的作品，除了多讀、多想、多寫以外，別無良方。覃老師說寫詩也和其他學問一樣，得付出全注的心力和長期的經營，並沒有捷徑！

　　這是因爲我錯以爲詩的字少，較小說、散文易作，而求問覃老師，如何才能在短時間內寫出較好的作品？我覺得寫詩不是靠靈感嗎？那麼靈感

---

[*]小民（1929～2007）詩人、散文家。本名劉長民。臺北人。

來了，一定立即可得佳作囉！二十多年之後，現在我才為當時幼稚可笑的想法慚愧，恨自己年輕無知，才發出許多幼稚可愛的問題！

但是，覃老師並不認為這類的問題可笑，他極細心、耐心批改我們的習作，指出作品的優點和缺點。起初我以為覃老師特別重視我，才如此認真指導，後來曉得他對每一個學生都這麼熱心。向明同學曾經在覃老師導引下，度過學習的黃金歲月。「師恩難忘」，這是我們共同的感覺。現在想起來，覃老師實在是一位很「可愛」的老師。

私人方面，覃老師也是我一位好朋友。由學生的身分升格為朋友，這又是一項幸運。我在嘉義、臺南、臺北的家，都蒙覃老師光臨過。他欣賞外子喜樂的畫，由衷的讚美。愛我的孩子，常買玩具、圖畫書給他們。覃老師活得充實快樂，誰也看不出他孤單一人過日子有什麼不好，沒有兒女，妻子遠在大陸，早已失去音訊。但他獨身一人的家，經常成為年輕人愛去的地方，無論在中山北路，或新生南路宿舍中。他一人辛勤的工作，沒有一日不與「詩」接觸。如果有誰可以說詩樣的人生，唯有覃老師的一生，真正是一首感人不朽的長詩。因他曾經以畢生的精力，完全付出為當時的新詩，開創一條新路。

「多讀、多想、多寫，是寫好詩的祕訣，除此別無捷徑！」覃老師的教誨猶在耳畔。值此時執筆為文，意長字短，書不盡心中的追思，和深沉的懷念。謹祈禱覃老師在天之靈，仍然關懷鼓勵一代又一代新詩耕耘者，撒下的種子必會收成。他雖然走了，但他留下的詩句將永恆發聲，鼓勵著、帶領著，他熱愛的年輕人！

——選自《臺灣詩季刊》，第 2 期，1983 年 9 月

生命的回響

追念覃子豪先生

◎羅門[*]

　　今年十月是覃子豪先生逝世 20 週年紀念日，20 年確是一段漫長的日子。面對著這不斷在變動與進展中的詩壇，一回首，那人是否仍在「燈火闌珊處……」？究竟有哪些事物是被時空磨滅不了而成為永久的存在？

　　記得我在 20 年以前，曾因覃子豪先生去世，寫了一首〈死亡之塔〉，長達 400 行的長詩，詩的前面有兩句話：「生命最大的回聲，是碰上死亡才響的」；同時在 1964 年的《藍星》年刊發刊詞上，我也曾寫下這樣的幾句話：「覃子豪先生的離去，不但影響『藍星』今後的光度；而且使整個詩壇的電壓下降……」。我如此說，全是出自當時內心中真摯的直覺與感動。其他詩友寫詩寫文追念覃子豪先生的也不少。

　　覃子豪先生，如此獲得人望，直到死後 20 年，仍被詩壇上年長年輕的詩友們所敬重，我們相信那都是由於他的「人品」與「創作」雙方面都有所樹立而臻至佳境的結果。

　　誠然，覃子豪先生被視為詩壇的元老詩人是當之無愧的，由於他平時對年輕詩人一向的關切與愛護，目前已有不少傑出或知名詩人如瘂弦、辛鬱、向明、曠中玉、沉思、文曉村、張效愚、麥穗等，都曾是覃子豪先生的學生，其他如詩友楚戈、白萩、羅馬、梅新、吳望堯、阮囊、亞汀、李莎等，都對覃子豪先生的長者之風，表以尊敬，這許多詩人當中，更有不少人在他病危時，輪流在病房看守，直到他閉目離開這個世界。從這一點

[*]本名韓仁存。發表文章時為「藍星詩社」社長，現專事寫作。

已不難看出覃子豪先生當時在詩人心目中的地位與被詩壇敬重的程度。

還有是他終身爲詩服役的宗教情懷，殊非一般詩人所能堅持的。一般人爲了現實上的名利，可能背棄詩；而他爲了詩集與詩刊的出版，省吃儉用，幾乎把全部薪水貼進去，甚至爲多印一頁詩，或多配一個插圖，他可以在吃四川擔擔麵時不加蛋。真是再沒有任何力量與理由可阻擋他全心全力對詩所投注的專一與執著的精神。這一點，不但詩壇朋友爲之感動，就是詩神知道了也會感動的。

當然覃子豪先生死後 20 年，能給詩壇留下親切的回響與懷念，那絕不只是因他透過詩所塑造的穩實的文人形象與品格；而且更重要的，是他在幾十年堅苦創作的心靈歷程中，留給詩壇的那套至爲珍寶的《覃子豪全集》，其中包括了他的詩作與論作。

在他數百首具有一己風格的詩中，單〈瓶之存在〉一首巨作，就已夠凸現詩壇與傳世了。他透過對宇宙、時空與人類生命，在內心中所做的沉思默想，引發的感知與體認，已緊緊扣住萬物存在於永恆中的基型，而進入創作思想的偉大探向，絕不是目前那一般性的泛泛抒情與流行的耍巧之作所能相提並論的，因爲他的確是用深沉、誠摯的靈魂與生命來寫詩的，即使他的語言與技巧，現在看來較缺乏尖端的前衛感、新創性與極銳敏的反應機能；但他的詩思，在心智與心血的切實交融下，進入較深廣與穩實而且含有永恆性的精神層面，已實踐了培根的話：「偉大的藝術作品，終必須以哲學性的想像，方能把握住、駕馭住。」

至於他的論著《詩的解剖》與《論現代詩》，雖稱不上是一種屬於高深與專門性的學術論文，但對年輕人在基本上認識詩創作的種種問題，確是有很大的助益的。尤其是加進了他個人的創作經驗與體認，來做爲一己理論的闡述與印證。已有不少詩友對他這兩本書在啓導年輕人與新詩入門者這方面，做了肯定性的佳評。

因此，我們可看出覃子豪先生的存在，事實上與中國現代詩發展三十多年來有著重要的關聯性。他已不只是屬於藍星詩社的詩人，他更是屬於

中國詩壇被大家所敬重的一位前輩詩人。

　　藍星詩社除了在他逝世 20 週年出版紀念專輯；並為實現數年前文藝團體擬為他造紀念銅像的構想，而特別請了一位當代著名的雕塑家何恆雄教授，來擔任這項工作，他不但是義務，而且他說，能替一位有成就有歷史價值的詩人，塑造紀念銅像，是一件有意義與愉快的事。他的話，使我們意識到一個藝術家的豪邁之情。同時我們也決定在十月間，為了配合紀念銅像的落成與紀念專輯的出刊，由藍星詩社發起，邀請各詩社與有關文藝團體，來共同舉辦一項紀念覃子豪先生逝世 20 週年的追思會，以悼念這位對詩壇有重大貢獻的前輩詩人。

——選自《藍星詩刊》，第 17 期，1983 年 10 月

覃子豪與「新詩」週刊

◎麥穗*

提起覃子豪大家就會想起《公論報》「藍星」週刊，就像提起紀弦大家就想起《現代詩》一樣。的確這二位詩壇前輩，和他們所創辦的「藍星詩社」和「現代派」，在中國的詩史裡占有重要的一頁。也就因為如此，就像一棵大樹給人的印象永遠是粗壯的樹桿和濃密的枝葉。往往無人會想起它成長的初期，剛衝破泥土出現的二瓣初葉。在《現代詩》和「藍星」週刊之前，自由中國最早出現的唯一的一個詩刊──「新詩」週刊，就是常常被人忽略了的那棵新芽。

「新詩」週刊創刊於民國 40 年 11 月 5 日，由葛賢寧、鍾鼎文、紀弦等三位發起，藉鍾鼎文先生與《自立晚報》的關係，商得十欄的版面，以週刊的形態每星期一出版，分別由三位發起人輪流主編。

臺灣因光復未久文壇顯得非常沉寂，民國 39 年政府遷臺，各方人才薈集，沉寂的文壇也因此熱鬧起來了。「新詩」週刊的創刊，也帶動了詩壇的蓬勃。除了三位發起人，大陸來臺詩人如楊念慈、李莎、墨人、亞汀、季薇、上官予、鍾雷、彭邦楨等都有作品先後出現在「新詩」週刊，而當時屬於年輕一代的如蓉子、林郊、鄭愁予、梁雲坡、潘壘、鄧禹平等也有大量的作品發表。

覃子豪師的作品最早出現在「新詩」週刊的是第 3 期上的〈北斗〉和〈燈塔〉，接著第 4 期有二首曼殊裴爾的譯詩，第 5 期起開始發表「海洋詩抄」，這期發表的是〈倚桅人〉及〈夢的海港〉。在第 6 期的海洋詩抄〈追

*本名楊華康。發表文章時為「中華民國新詩學會」理事，現為「中國詩歌藝術學會」副理事長。

求〉、〈碼頭〉、〈別後〉、〈海濱夜景〉發表時，當時的編者番草（鍾鼎文）先生，在詩後特別加以推薦，尤其對其中一首〈追求〉特別激賞，他說：「在我所讀過的新詩之中，〈追求〉將是我永誌不忘的好詩之一。這短短的九行詩，將滄海落日啟發人類對於時間之消逝之迅速與嚴肅的感覺，完整的把握住了，而又莊嚴地描繪出來，那種淨化了的思想，確已進入了詩的最高境界。它有尼采的超越的靈魂，它有桑得堡的深邃的意象；純粹是詩。這首詩打擊了我的自負，但也安慰了我，鼓勵了我。」這時覃師是「新詩」週刊的作者，他的詩的造詣也為大家所肯定的。

紀弦、鍾鼎文、覃師三位早在大陸和東京時就已認識。按詩人彭邦楨的記載，覃師之介入「新詩」週刊還是經過李莎的「發掘」呢。彭邦楨在一篇介紹李莎的《《帶怒的歌》》中提及說：「那時的詩人還是不多，我們知道番草（鍾鼎文）已在臺灣，由於李莎的熱心發掘，竟把覃子豪也找來了。」李莎是當時臺灣早期的紅詩人，因為這層關係李和覃師不久雙雙也加入了「新詩」週刊編輯陣容，何況覃師抗戰時在後方曾編過《前線日報》「詩時代」雙週刊。在「新詩」週刊發表過很多作品的女詩人蓉子，曾在她的一篇〈翩然飛回的青鳥〉中也曾記載過這段追憶：「自由中國最早的一份詩刊——『新詩』週刊創刊不久的時候。這份具有歷史性的詩刊，乃由前輩詩人葛賢寧、鍾鼎文、紀弦三位發起並輪流執編務，不久更加入了覃子豪先生和當時紅過半邊天的李莎，陣容就更堅強了。」這時覃師成了編者之一。

「新詩」週刊創刊不久的第二年，也就是民國 41 年，三位發起人都一一離開了。把編務交給了覃師和李莎，紀弦在民國 42 年 2 月出版的第 6 期《現代詩》上，有一篇〈蓉子——其人及其作品〉中曾提及說：「『新詩』週刊每星期一出版一次，很受讀者歡迎，是當時唯一的詩刊，可是由於職務羈身，誰都無兼顧之餘暇，葛賢寧先生、鍾鼎文先生，和我三個發起人，先後擺脫了編務。而把這塊園地交由覃子豪、李莎二先生繼續耕耘下去。」至於究竟是從哪一期起，由覃師和李莎接棒的，究竟是什麼原因三

位發起人擺脫了「新詩」週刊？在「新詩」週刊創刊起一直到第 27 期（民國 41 年 5 月 12 日出版）止，刊頭刊出的社址一直是「臺北市濟南路二段 4 號 421 室」，自第 28 期起改爲「臺北市中山北路一段 105 巷 4 號」。大概就是從第 28 期起由覃師他們接編的。或許還更早些，因爲在民國 41 年 4 月 28 日出版的第 25 期上，有一則編者的〈代郵〉，是給嘉甚先生及藍婉秋小姐（筆者按：藍婉秋係張英才先生之筆名，覃師當時大概還未與藍婉秋結識）的。編輯處地址已經是中山北路了。大家都知道濟南路是紀弦的成功中學的宿舍，而中山北路則是覃師住的糧食局宿舍。我在彭邦楨的〈《帶怒的歌》〉裡讀到這樣的一段記載：「民國 41 年最先是紀弦與覃子豪、鍾鼎文在友誼與詩見上產生了裂痕，我曾居間爲紀弦與覃子豪調解，而李莎是兩邊不便得罪，因此詩壇一向和諧的風氣就變得不同一些。因雙方已在開始形成各自的陣容。」在以上的一些蛛絲馬跡裡，我們可以找到了一些端倪。覃師這時已爲主編了。

　　紀弦先生離開「新詩」週刊後即在民國 41 年 8 月 1 日創刊了臺灣第一本以雜誌型出現的 16 開本詩刊《詩誌》。可惜只出了一期就停刊了，一直到第二年的二月又創刊了《現代詩》季刊。由此可見「職務羈身」只是藉口，「產生裂痕」倒是真的，詩壇也真的「開始形成各自的陣容」了。看起來紀弦先生似乎是在跟覃師接編的「新詩」週刊打對臺，其實是詩壇的喜訊，因爲大夥兒多了一個新的園地。說起來紀、覃意見不合也只是屬於君子之爭罷了，他們所編的刊物上都不斷出現彼此的作品，而兩個刊物（一直到《公論報》的「藍星」週刊）上，除了新作者也都是差不多的熟面孔。而當時的一些年輕作者確也把他倆奉爲心目中詩壇的「盟主」。因爲他們都擁有一個詩的「王國」。而其真正的分裂是稍後的事了。

　　「新詩」週刊不僅僅是將大陸來臺的詩人集合起來，把薪火傳遞下去。而最重要的是培植青年一代的新作者，備作接棍的傳人。在日文到國文的轉接階段，提供給本省詩人一塊理想的園地，激勵他們繼續創作，漸次適應以國文爲寫作工具。「新詩」週刊也確能負起這份詩的時代使命。奠

定了今日現代詩蓬勃的基礎。

覃師在「新詩」週刊第 51 期（民國 41 年 10 月 26 日出版）上〈介紹幾個新作者〉一文中說：「本刊創刊之初，並沒有打起提拔新作者的旗幟為號召，亦非少數讀者所想像的是一個同仁刊物；更無派別觀念，有意在自由中國詩壇形成一個什麼流派。我們的基本原則：就是忠於詩，在擁護真理、爭取自由、不違背民族利益的大前提下來認真寫作。」又說：「事實告訴我們，本刊的收穫，確超過了我們最初的理想。我們從未想到，自由中國竟有這許多從事寫詩的人，而他們確有才華，確有修養，只是他們因了工作和地域的關係，或是因了不易得到發表的機會，而被埋沒。我們所高興的是：就是本刊在對新作者的認識，不曾疏忽，而這個園地，才有今日的繁榮。在這一期上他介紹了林郊、梁雲坡、蓉子、楊喚、童鍾晉、瑩星、陳保郁、騰輝、郭楓、倪慧中和方思等 11 位新作者。而這些新人再加上覃師在第 94 期〈告別作者和讀者〉上提及的謝青、李政乃、潘夢秀、金刀、淑玉等，在早期臺灣的詩壇都有過輝煌的一頁，可惜到目前只有二位女詩人蓉子和李政乃仍在創作不輟，林郊、楊喚都已過世，其他的都已告別詩壇，偶爾有一、二首詩出現的也只剩下一、二位而已。

筆者早在「新詩」週刊創刊前就練習寫詩。遇詩人夏菁後承以「新詩」週刊為範本，指導筆者研讀、學習，並鼓勵向「新詩」週刊投稿。因此得識這位前輩詩人，覃師在接到新人投稿後，無論採用與否，都會給投稿者寫一封充滿著關懷激勵之情的信，或在發表後寄上一份當期的詩刊，在邊框上加上一、二句鼓勵的附言。這種方式在初投稿者心中往往會激起一股極大的鼓舞作用，導向他往努力創作的途徑。筆者就是身受者，當然受其鼓勵和教益者絕非僅止筆者一人。

記得詩人陳千武先生在《笠》詩刊第 112 期，那篇〈光復後出發的詩人們〉中說：「迄今，過了光復 37 年的臺灣，最近有些詩人論起『詩壇風雲 30 年』，即空白了七年之後，於民國 40 年開始有詩的活動。」他並稱這七年為「無詩、無覺醒、無思想的七年。」我認為這七年的「空白」應該

是正常的現象。因為臺灣在日本突然宣布無條件投降後，在毫無準備之下接受光復這個事實。而政治、文化，甚至生活言語都跟著急速地轉變。在這種情況下，任何一個文藝作者或詩人，都無法繼續創作，即使有創作，也仍然使用原來的文字，而這種文字卻已失去發表的園地。雖然戰後大家都忙著從廢墟裡重建家園，忙著在物資貧乏的戰後尋求生活。甚至其間曾發生過一次不算太小的事變，但這些都不是導使詩壇空白的真正原因和理由。因為在這種環境詩人有太多的感觸要抒發，有太多的痛苦要申訴，豈能無詩？而真正的原因應該是語文上的突變，而發生了極大的阻礙，造成了這一段不算太短的青黃不接的空白。

　　這時候原來的作家詩人們都蟄伏起來了。有的從此告別了文壇，有的做重新調整，在三年五年後甚至十年八年後再度出發，而年輕的一代在這段時間正在接受和學習新的文化。陳千武先生說的「於民國 40 年開始有詩的活動」，這應該是指「新詩」週刊創刊，以及有少數本省籍詩人，度過了再學習和接受祖國文化教育後開始出發了。

　　首先我們看到女詩人陳保郁以翻譯日本詩人牧千代的一首〈少女的詩〉出發，接著把後來成為「現代派」中堅，現在為「笠詩社」同仁的林亨泰先生以日文創作的詩大量地譯介出來。她自己也用中文寫詩，但數量並不太多。覃師在介紹她的時候曾這樣說：「她的譯筆之美，是譯詩中所罕見。她的詩也和她的譯筆一樣，柔和、清新。」不久騰輝的作品也在「新詩」週刊出現了，年輕的騰輝是詩人恒夫所稱的「二個根球的結合」，他雙管齊下，一方面用日文創作，由淑姿翻譯成中文，一方面又用中文寫詩，並且譯介日本詩人的作品，騰輝後來一度加入「藍星詩社」，現在也是「笠詩社」的同仁，那時候他的中文程度已經相當的高了。覃師曾這樣讚過他：「他豐富的創作看來，我不能不驚異他的中文程度，如此優異，他的詩受日本詩的影響，在《慈惠集》的幾篇詩，就是日本和歌的格調，這幾篇詩確也寫得最優美，像幾幅古老的畫圖。」覃師這種對作者的鼓勵，使本省籍詩人在創作上更覺察到自己的使命感和責任。像上述這種以中、日

文齊頭並進，雙管齊下的現象，也只有在這個被異族統治過 50 年的臺灣，在回歸祖國的初期特殊環境下，而僅有的特殊現象，是屬於空前的，應該也是絕後的。覃師和他所主編的「新詩」週刊，在這個「嫁接」期中，都擔當了重要的角色，和留下鮮人知的莫大功績。

除了上述幾位「跨越二個時代」的本省籍詩人外，光復後第一代的本省籍青年詩人，如被覃師稱爲第一位本省籍女詩人的李政乃，出版過《夜笛》的謝東壁，現爲「笠詩社」同仁的何瑞雄、葉笛以及已停筆的毓仲、馮妙全等都在這個時期先後從「新詩」週刊出發。當然在「新詩」週刊近二百位作者中（筆者根據手頭收藏的七十餘期該刊，計算出有 174 位作者所估算的），一定尚有更多的本省籍作者在這裡出發，因手頭沒有資料可查，無法一一詳介了。

「新詩」週刊出到第 94 期（民國 42 年 9 月 14 日），因《自立晚報》改版而慘遭被迫停刊的命運。覃師在這一期裡，有一則沉痛的〈告別作者和讀者〉。他對只差六期不能爲它舉辦一個一百期慶祝會而耿耿於懷。但他向大家保證「不久我們將會以更新的姿態和本刊的作者讀者攜手，爲新詩而努力。」果然，不久他又在《公論報》上商得一個版面，於民國 43 年 6 月 17 日創刊了「藍星」週刊。他的諾言兌現了，並在刊前語中要求爲「新詩」週刊寫過詩的朋友們，以及爲「藍星」週刊寫詩的朋友們，團結起來，爲藍星的將來努力，由此可見覃師對詩的執著和對推展詩運的執著。正如林海音女士所說：「覃子豪是把一生生命完全注灌於詩的詩人。」

「新詩」週刊在現代詩的傳薪和奠基工作的功績是不可抹煞的。墨人先生在「新詩」週刊創刊 50 期致「新詩」作者一文上曾有這樣的讚譽和期望：「我認爲『新詩』的創刊，有一個很大的收穫，就是作者的日漸增多，這點子豪兄也在信中和我談到，這一方面擴大了詩人的陣容，一方面也擴大了詩運的影響，是一個非常可喜的現象。」「新詩發展到今天，應該接近成熟階段了。我是竭誠希望有生之年能見到若干首新詩爲千萬人傳誦的。因此，我對於新詩人的期望也最深，每一位詩人回應有『成功不必在我』

的磊落襟懷，但我希望每一位詩人也不要放棄自己的責任，認真地嚴肅地為新詩做一番奠基工作。」覃師和「新詩」週刊的作者們也不曾使墨人先生以及所有關心詩的朋友失望。

　　「新詩」週刊停刊迄今，已整整 30 個年頭了，覃師逝世也已 20 年。這段漫長的歲月，漸漸地把這份最先投入現代詩的心血和功績沖淡了。而甚至把今天詩壇的成就歸諸於晚他許多年的若干詩刊和詩社，這是不公平的。誠然「新詩」週刊只是附刊於一個晚報的一個副刊型週刊。且當時詩的人口尚少，能完整地保存這份刊物的人也不多，連《自立晚報》本身也缺乏四十二、三年以前的報紙。而曾參與其事的諸位詩壇前輩葛賢寧先生和覃師都已歸道山，紀弦先生定居海外，李莎先生為目疾所苦，而尚在詩壇活動的鍾鼎文先生也因眾多事務羈身，何況他在創辦不久就已退出編務了。因為對這份史料之欠缺，大家就不敢牟然涉及。而慘被排除在自由中國現代詩史之外。我認為這些都不是理由，歷史往往是需要後人努力去發掘的。我曾在早年參加中華文藝函授學校第一期詩歌班學習，受覃師在詩藝上的教導，在覃師逝世 20 週年，除僅在收藏的七十多期不太齊全的「新詩」週刊中，尋找一些蛛絲馬跡，湊成本文以紀念師恩之外，並希望大家重視這份史料之發掘，為覃師在自由中國現代詩萌芽期的辛勤和貢獻，留給後人憑弔和懷念。

民國 72 年 7 月 30 日於近雲樓

——選自《藍星詩刊》，第 17 期，1983 年 10 月

覃子豪／孤獨的旅人，並不寂寞

◎林海音*

　　三月間讀《中央日報》副刊洪兆鉞先生寫〈千古文章未盡才〉，才驚於詩人覃子豪過世已經 20 年了，日子過得那麼快嗎？想起覃子豪，眼前會浮現他的兩個印象：一個是 30 年前，在我們家日式房子裡，打著四川話，侃侃而談。他和我二妹夫是北平中法大學的同學，有這層關係，多個談話的話題。第二是民國 52 年他病重住在臺大醫院，去看他，病房裡暗暗的窗簾低垂，他正在睡覺，面頰削瘦，已不成人形。我在留名簿上寫下了名字，向照顧他的詩人朋友低聲略談幾句出來了，從此不再看見他。

　　今年是覃子豪逝世 20 年祭，詩人朋友們已經決定舉行一次追念會，或許還要安排覃子豪的詩朗誦會，我們希望都能做到，這應當不難。覃子豪的詩中常形容自己是「孤獨的旅人」，但是有一首詩卻說：「孤獨的旅人，並不寂寞」。他有這麼多詩的朋友、詩的學生，在他生前使他感覺「並不寂寞」，怎能讓他 20 年祭時寂寞的過去呢？

　　羅門告訴我，在三峽龍泉公墓的覃子豪墓地上，銅像的基座是早已做好豎立在那兒的，這次他找了雕塑家何恒雄為覃子豪做起這銅像，他已經答應了。洪兆鉞先生也跟我商量，覃子豪的銅像做起來要一筆錢，數目字雖不是很大，但子豪早年的存款不夠了，是不是可以由純文學社代售《覃子豪全集》，或者可以湊起這筆款子。我跟洪先生計算了一下，如果銷售成績好的話，或者還可以剩些錢，設法寄給他淪陷大陸當年未及接出來的妻女。數年前，他的妻子曾設法向海外打聽子豪的消息，知道已過世，使她

*林海音（1918～2001）散文家、小說家。本名林含英。苗栗人。發表文章時為純文學出版社發行人。

好傷痛，如今不用說，她是苦哈哈的。

　　覃子豪是把一生完全灌注於詩的詩人，也是藍星詩社的發起人之一。他雖服務於公家機關，那是因爲詩養活不了人，但是他對詩與生活的看法是不衝突的，他曾說過這樣的話：

　　心靈生活和現實生活的交融是詩創造的原動力。如果，現實生活不夠豐富，心靈生活不僅將陷於枯竭，而且會失去生命前進的力量。而其表現於詩中的思想，會與現實脫節，失去時代的意義。表現於詩中的感情，只是裝飾與浮誇，缺乏真實。

　　我常常以這種思想也鼓舞自己。我愛生活，我體味在生活中所遭受的一切，無論屬於個人的或時代的，我要在許多現實生活的環境中，去尋求思想與感情的深度、密度與廣度。

　　他的這些想法，令人佩服，覃子豪自己的幾百首詩，無不是在如此生活體驗下完成的。他經歷了許多苦：童年的苦、生活的苦、戰爭的苦、愛情的苦……但詩人是這樣，在苦難中的感應特別強，所以讀他的詩，只覺其廣闊，而他還時時鼓勵自己，更要超越，更要超越。

——選自林海音《剪影話文壇》

臺北：純文學出版社，1984 年 8 月

憶覃子豪

◎方思*

覃子豪逝世於 1963 年。我憶念他，寫這篇隨筆紀念子豪。

與子豪開始來往的時候，是他與鍾鼎文、李莎編《自立晚報》「新詩」週刊的時期。第一次見面是在臺北市衡陽路虹橋書店內。之後我有時去他的中山北路糧食局的宿舍內坐談。當然這都是在下班以後，昏暮或者週末。有時他與我與其他文友如李莎、彭邦楨、楊念慈亦在中光茶莊一起喝茶、談論，偶爾還下棋。

子豪那時剛過 40，正是英年。而他尚未辦自己的雜誌，當時寫詩的人也不多，所以他比較有暇。子豪在詩集《向日葵》的〈題記〉中說過，《海洋詩抄》出版後，他的生活已不復如前一般單純，而他言及「忙得幾乎令人窒息的生活」。我觀昔察今，不免有些感慨。當時與子豪見面，自然會談到詩。而他與我之間是君子之交。一方面他對我的作品偶有批評，一方面我亦對他的詩有時坦言我的看法。我的詩〈霧〉在《現代詩》第三年春季號發表後，他曾指出他認為此詩的瑕疵所在。他的〈花崗山掇拾〉初刊於雜誌後，他本不十分重視。我讀後告訴他，我以為這是一組很自然的詩，尤其是第一、第六兩首。他聽了非常愉快。後來他出版《向日葵》詩集，〈花崗山掇拾〉列為卷首。由此我想子豪對這些詩的評價，與我深有同感吧！子豪出版《藍星》季刊，每期必贈我一冊。藍星詩社集會，首次給獎，當時子豪邀我出席，並於開會時介紹我為現代派的代表（現代派無他人參加）。我來美以後，他出版詩集《畫廊》，猶越洋寄贈一冊，我是深感

*本名黃時樞。發表文章時為狄謹遜大學圖書館館長，現旅居美國。

他的盛意的。後來他得病臥院，葉泥曾在信中告訴我，而我適處一己的忙困之境，當時並無明白表示，雖時在念中，此事迄今我引爲一大遺憾。後從邦楨處得知詩壇友人熱誠照顧子豪之情，想子豪亦引以爲慰。而我願心靈之間有點通之道，則子豪有知，諒不怪我罪我。

　　子豪的詩集《海洋詩抄》於 1953 年印行，《向日葵》初版於 1955 年 9 月。之後他到 1962 年 4 月方出版來臺後的第三本詩集《畫廊》。《向日葵》與《畫廊》之間相距六年又七個月之久。從《畫廊》所收的詩看來，子豪誠如他自己所言，在此期間，他對於詩「思索多於創作，創作多於發表；恆在探求與實驗中。」《畫廊》詩集可說是子豪詩的頂點。無論從表現上，情思的控制上，以及對於詩的頓悟上來看，此集是子豪的登峰之作。彭邦楨已在他的〈論《畫廊》〉與〈論〈瓶之存在〉〉二文中詳介此詩集及其中最有名的詩了。（據邦楨告我，邦楨對〈瓶之存在〉的有些發現，尚在子豪之先，此言可信，這類事對每位詩人都可能發生過。）我只想略陳數點。一是子豪的嚴謹的態度。在《向日葵》詩集的〈題記〉中他說在兩年多的時間內發表了三、四十首詩，但留在此書內的僅有 23 首。而前已指出，他過了六年又七個月之久，勤於思索、探求與實驗，方出版《畫廊》詩集。二是他在《畫廊》集中的詩，是「常因發現而有所否定，或因否定而去發現」的結果。所以讀者若覺《畫廊》集內的詩與子豪以前的詩迥異，則不必詫奇。而可喜的是子豪在這些詩中表現他一代詩人的風範。他說，《畫廊》分三輯，表示他的探求的三個階段。在第一個階段他強調詩的建築性和繪畫性。在第二個階段他所探求的是人們不易察覺的事物的奧祕。在第三個階段，他由神祕、奧義中發現事物的抽象性。這些探求，是一雄心勃勃的企圖。子豪在這方面的成就，有這些詩作證，亦是迄今對後來者的一種挑戰。三是他的這些詩是刻意求工之作。他的再三推敲，煞費周章，可以想見。雖有時因此稍失自然的情意，整個講來，《畫廊》超過子豪以前的詩集。四是他的詩的明顯受法國詩影響。至於國內的影響，子豪從未提起。在用字遣句上，在思路歸趨上，在決定新方向而從事前所言及

探求上，子豪是完全自發的，還是受了任何人的影響？是國外的還是國內的，還是國內外的影響均有的？這的確引人思索。

　　子豪研究譯介法國詩，用力甚多。他亦曾勤讀英文詩。他爲中華文藝函授學校詩歌班寫講義，又寫《詩的解剖》與《論現代詩》二書內的多篇文章。他真是在臺灣十多年，一刻也沒有浪費他的時間。

　　我在我的詩集《時間》的〈自序〉與《夜》的〈後記〉中說過我是做種種實驗。在詩集《畫廊》的〈自序〉內，子豪說他恆在探求與實驗中。因此我覺得子豪於我是意近的，是 "a kindred spirit"。雖然最初子豪說我的詩有些晦澀，但到 1962 年他在《藍星》季刊第 4 期的〈編後記〉中寫著：「方思在……忙碌中抽暇爲本刊寫詩，是本刊的光榮，極得編者之重視。他的詩風依然如此純淨、明澈。愛好方思作品的讀者，必然感覺愉快。」子豪病倒住院之際，葉泥曾告訴我子豪對當時詩壇的動向，已有所悟，而擬改弦更張。今重讀《畫廊》詩集的詩與〈自序〉，我深有所感。現代派的六大信條第一是：「我們是有所揚棄並發揚光大地包含了自波特萊爾以降一切新興詩派之精神與要素的現代派之一群。」特別指名的是法國詩人波特萊爾。子豪由法國現代詩有所吸納而創作自己的詩，可說符合這第一信條。現代派第三信條是：「詩的新大陸之探險，詩的處女地之開拓。新的內容之表現；新的形式之創造；新的工具之發現；新的手法之發明。」凡讀子豪《畫廊》詩集的詩與〈自序〉者，當認子豪的確致力於創新並特求新的探險。同時亦必同意，子豪在此詩集中，較諸他過去詩集《海洋詩抄》與《向日葵》，更強調知性與追求詩的純粹性。而「知性之強調」與「追求詩的純粹性」正是現代派的第四與第五信條。我想，若現代派遲至子豪出版《畫廊》詩集時方才發起，則子豪很可能會欣然參加，而成爲現代派一位重要的組成分子。

　　憶念子豪，我又想及二點。都是較個人方面的。文藝協會有次邀眾作家展出個人的藏書、手稿等。那時子豪見我所藏的福爾與勃勒東的法文詩集，他與我相商，盼我讓與。我因自己需用，且此二書有些個人感情上的

繫連，故當時未允。迄今每一念及，頗以未慨然贈之為憾。又我重讀子豪
《畫廊》詩集的〈自序〉，不知怎麼的，有子豪似覺一己生命將盡之感，此
是無可言說的，而是一種直覺般的感知。子豪說：「詩，是游離於情感和字
句以外的東西。而這東西是一個未知，在未發現它以前，不能定以名稱，
它像是一個假設正等待我們去證實。」我所說的直覺般的感知，是游離於
《畫廊》詩集〈自序〉的字句以外的，亦是一個等待證實的假設。

　　寫到這裡，我有難以言說的情感。不能再寫了，就以此紀念覃子豪。

──選自劉以鬯編《香港文學散文選Ⅰ》

臺北：蘭亭書店，1988 年 4 月

覃子豪譯詩

◎莫渝*

一、譯品：

（一）《裴多菲詩》——匈牙利詩人裴多菲（1823～1849）的詩選，詩時代社，民國 29 年 6 月出版，收詩 25 首。卷首有譯者的〈匈牙利爭自由的詩人裴多菲〉一文，書末附譯者後記。這本譯品是由日譯本轉譯成中文，譯稿於民國 25 年在東京譯畢。

（二）《法蘭西詩選》（第一集）——臺灣高雄大業書店，民國 47 年 3 月出版。收法國中世紀至 19 世紀浪漫主義詩人之間 9 人 24 首詩。

（三）《覃子豪全集Ⅲ》——（臺北）覃子豪全集出版委員會，民國 63 年 10 月 10 日出版。除散文外，收《法蘭西詩選》第一集（前書）、第二條（詩人 21 家 81 首，編排有誤）及譯詩集（各國詩人 10 家 20 首詩）。

（四）《世界名詩欣賞》——原為民國 40 年代初期臺北中華文藝函授學校詩歌班的講義。普天出版社，民國 57 年元月初版，民國 60 年 11 月增訂版（增加〈奈都夫人詩選讀及其技巧研究〉長文）。收英、美、法等國詩作，或自譯或選用他人譯文。

二、譯詩理論：

覃子豪的譯詩理論，可以從他的〈談譯詩〉[1]一文看出。茲摘錄如下：

（一）詩的翻譯，比小說、散文的翻譯更難。因為詩完全是屬於風格

---

*本名林良雅。發表文章時為臺北縣板橋市新埔國小教師，現為《笠》詩刊主編。
[1]收錄於覃子豪，《論現代詩》（臺北：藍星詩社，1960 年 11 月）。

的作品；如不能表現出原作的風格，就不能表現原作者的真精神。譯詩除了「信、達、雅」三個條件外，還要了解作者創作的動機，和作品中所含蓄的言外之意。凡一種名著，有幾種譯本的，每一位譯者都有獲得的一面，也有失去的一面。

（二）最理想的譯詩，自然是內涵與外形一致，方能表現出原作者的風格和神韻。因而，對於詩，這種最凝練的藝術，不僅是把它譯出而已，我們要求精譯，要以精益求精的態度來完成譯詩的藝術。

（三）所謂「精益求精」，就是對自己的翻譯，要有苛求的態度，極端的謹慎和嚴格。對於錯誤百出的譯本，不妨重譯；以一種競賽式的精神來翻譯，使它成為標準的最能代表原作的譯本。

三、評價：

覃子豪的譯詩生涯，約略可分成前後二期：前是東京時期，後是臺灣時期。東京時期，覃子豪藉著法文與日文，主要譯的是裴多菲的詩，其次也譯雨果、尼克拉索夫、葉賽寧等人的詩。大約在民國 25 至 26 年間，上海《大公報》「文藝版」曾刊載整期都是覃譯的裴菲多詩。此外，上海《申報》「自由談」也刊有他譯的葉賽寧的詩。其中裴多菲的詩，於留日當時即已譯竣，返國抗日戰爭期間才出版。覃子豪於民國 36 年到了臺灣之後，緊接著時局動盪，直到民國 40 年代初期，略為安定，正好應聘擔任設在臺北的中華文藝函授學校詩歌班主任，於是指導學員認識、習作與欣賞新詩。欣賞部分兼及外國詩，包括法、英、美、德、印度等國，有些則要自己動手翻譯。因此，他在臺灣時期，主要是譯法國詩，旁及別國。

總共前後兩期，覃子豪譯詩計法國 19 位詩人 120 首詩，其他各國約 10 人三十餘首詩。就詩的質與量而言，也許他還稱不上是了不起的譯詩家，但在當時的臺灣詩壇，卻引起了不起的影響。分析此中的因素，應是：

（一）當時譯詩界的人士有限，就法國詩而言，僅有盛成、侯佩尹、

紀弦、覃子豪四人。盛成，較偏重於詩史和幾位重要詩人的介紹；侯佩尹，早年雖有《淞漚集》（民國 20 年，南京書店）的出版，內含 29 位法國詩人的 69 首詩，在臺灣僅寫過三、兩篇文章；紀弦，只集中於阿波里奈爾等人而已；因此，覃子豪的法國詩譯介，就凸顯出可觀的成果。

（二）覃子豪身兼詩歌班主任，也曾赴菲律賓擔任文藝講習班的現代詩講座。他在爲學員講課，特別提及法國浪漫派和象徵派的欣賞及其技巧研究。這些有限的講義，自然成爲喜愛新詩者的難得資料。時至今日，仍被引用。例如臺灣師範大學楊昌年教授的《新詩品賞》（後增訂爲《新詩賞析》），即採用覃子豪的這些講義當作教本。

許多年前，筆者撰寫〈永恆的牧神（覃子豪論）〉長文，綜論他在詩創作、詩教、譯詩這三方面的成就，文中的一段話依然可以當作本文結尾：「做爲翻譯家，覃子豪的火候似嫌不夠；但他在當時襤褸的詩壇，扮演了斬荊披棘的拓荒角色，勇氣可圈可點。」

四、譯詩抽樣：

覃子豪最早翻譯的是裴多菲的愛國詩，重要的譯品集中於法國詩，其次才是英美詩；於此，摘錄三首。第一首即裴多菲的作品，表現詩人爲國寧願拋棄一切的情懷。第二首法國詩人梵樂希（1871～1945）的散文詩〈時刻如此安靜〉，這篇譯詩未收進《覃子豪全集Ⅲ》內，亦可當資料保存，原刊《藍星詩選》第一輯獅子星座號（1957 年 8 月 20 日）。第三首是美國詩人桑德堡（1878～1967）的小詩〈霧〉，是當年覃先生的教材。

　　〈可愛的國家！〉　　（匈）裴多菲

　　可愛的國家喲！誘人心魂的草山喲！

　　日光照在我熱血沸騰的胸上，

　　在你豐滿的綠草中，

　　我把身兒隱藏。

粒紫花和首蓿像聖衣一樣，
裝飾了田徑，
像尼僧一樣的楊柳，
在蕩著優美的數珠的聲音。

天空燃燒著斜陽，
池沼蕩著晚煙，
祕密地戀著什麼？
在我的胸懷間。

我一切都把握，一切都歡迎，
靈魂是愉快和幸福，
不久，我一切都要捨去了！
我像一個路人走過。

〈時刻如此安靜〉　　（法）梵樂希

夜很早就結束了，時刻是如此安靜，景色是多美妙啊！我以泳者的姿態，向左右推開百葉窗，投入空間的狂喜中，空氣是純美的、貞潔的，是甜蜜而神聖的。我向你致敬，偉大的奉獻是給與一個以純然透明的開始來展望一切的行動。什麼事物是為了精神，我喜歡如此的太空，啊！一切的事物，賜福於你，假如，我只知道！……在樹叢之上的陽臺上面，在第一個時間的起點上，在一切可能的起點上，我睡眠，我醒來，我是白天和夜晚，我保留著無限的愛情和無限的恐懼。在春天的時候，靈魂消滅了，渴飲進一點點的陰暗，一點點的晨光。它自己感覺像一個沉睡的婦人，一個製造光明的天使，它與自己交談，憂傷的長成著，像一隻鳥的形態飛在半露的高空，那些破碎的岩石，肉體和黃金，正穿過蔚藍之夜。一株橘樹呼吸在陰影之中。在很高的地方，有幾粒明亮的星點，是一直高懸在空中，殘月像冰溶的碎片。我立刻很清楚的知道，那

灰髮的嬰兒在沉思老大的悲傷，半死亡的，半神化的，在由那閃爍和死亡的實體所做成的天空的物體，是溫柔而寒冷，它們快要漸漸溶解了。雖然，我神不守舍的在快要消逝的月光之下的頃刻看見它們。就在同一的時刻裡，我以年輕時代的姿態思慕它們而感覺流下淚來。我在年輕時看見同樣的早晨，而且我看自己就在我分別以後的青年時代的旁邊，……怎樣做一個祈禱呢？當另一個人聽見祈禱之聲，他應該怎樣做一個祈禱者？這是因為一個人僅在不知不覺的言詞中祈禱。謎對謎服務，謎因謎服務。生命在你自己覺來是如何神祕，在它自己又如何神祕。許多事物和相等，甚至超越了你。

〈霧〉　　（美）桑德堡

露來了
以小貓的腳步。

蹲視著，
港口和城市
無聲的拱起腰部
然後，走了。

——選自莫渝《現代譯詩名家鳥瞰》
臺北：幼獅文化公司，1993 年 4 月

覃子豪評傳

◎彭邦楨[*]

一、詩人的身世探求

　　詩人覃子豪已經逝世 22 週年了。其在世期間一時曾被喻為「詩的播種者」，又為「藍星的象徵」，而今這兩個形象還一直在臺灣盛傳不衰。也就是說，他雖不是全國詩人的代表，但他卻是最初對臺灣有過深遠影響與貢獻的詩人，不只是他教的學生至今都已享名，就是由他經手主編的《藍星詩刊》而今也都壯大了起來。[1]

　　子豪是四川廣漢縣人。1912 年（民國元年）1 月 12 日生於故鄉原籍，1963 年 10 月 10 日逝於臺北臺大醫院。死時沒有親人在側，享年 52 歲，本來我並不詳知他的身世，茲因後據他的四弟陽雲透露一點隱祕說：「我們是苗子，並不是漢人。」其實，當時我也不曾在意，但是，現在我要為他「選詩」，又得為他寫點「傳略」，那我就得為他的身世做番探求了。心想，就是說錯了也無大礙。只因我已無法找他的四弟來問個究竟。他們又該是怎麼個來歷？據我查看地圖，廣漢是在成都以北地區，又地近茂汶，再往北去就是甘肅邊境了。因而，我便由此產生些許聯想；是否子豪就是當今被劃分為「茂汶羌族自治縣」的羌人呢？所謂「羌」即「西羌」。或如《史記》裡說：「西戎氏羌」，要麼他就是像《匈奴列傳》中的一種人？或如《續後漢書》說：「羌，三苗姜姓之別，舜徙於三危，今河關西南羌

[*]彭邦楨（1919～2003）詩人、散文家、小說家。湖南黃陂人。
[1]編按：覃子豪主編過的藍星刊物為《公論報》「藍星」週刊、《藍星季刊》、《藍星詩選》、《藍星詩頁》；《藍星詩刊》創刊於 1984 年 10 月，由余光中主編，當時覃子豪過世已逾 20 年，此處應為作者筆誤。

也。」可見「羌」即「三苗」。按「三苗」原為國名，據《史記・五帝本紀第一》說：「三苗在江淮、荊州數為亂。於是舜歸而言於帝：請流共工於幽陵，以變北狄；放驩兜於崇山，以變南蠻；遷三苗於三危，以變西戎；殛鯀於羽山，以變東夷；四辠而天下咸服。」可見我國曾早在堯舜時代就已把「三苗」從今之湖南洞庭、彭蠡等地遷往一些到西北了。按「三危」原為山名，即今之甘肅敦煌縣南之「三危山」。因此，「西南羌」也就是「西南夷」，那麼他又像是《西南夷列傳》中的一種人了？就我們所知，大詩人李白就不是漢人。據李陽冰在《草堂集序》中說：「李白，字太白，隴西成紀人。涼武昭王九世孫。蟬聯珪組，世為顯著。中葉非罪，謫居條支，易姓與名，累世不大曜。神龍之初，逃歸於蜀，復指李樹而生伯陽。」這可見李白生於四川。或如范傳正在「翰林學士李公新墓碑」中說：「公名白，字太白，其先隴西成紀人……隋末多難，一房被竄於碎葉，流離散落，隱易姓名，故自國朝以來，漏於屬籍。神龍初，潛歸廣漢，因僑為郡人。」這可見李白就是四川廣漢人。再說，四川茂汶固有一支羌族，原在甘肅武都也有一支羌族。據《清會典》說：「甘肅階州，四川茂州，所屬有羌戶。」因按「階州」即今之「武都」、「茂州」即今之「茂汶」。故經我探求結果：原「隴西」就是「甘肅」，原「成紀」也就是「天水」，而「天水」又與「武都」毗連。如果要說子豪就是「羌人」，那麼他的先世就是「隴西成紀人」，而後世才是「四川廣漢人」。據查子豪的「覃」也不像是漢姓，在我讀過的「百家姓」中就沒有。總之，我已對覃子豪發生興趣，並非有意把他與李白扯在一起：認為他們不僅是「同鄉」，或許還是「同族」吧？心想，李白要是李廣之後，而他就是與「胡虜」變合為一的一種人。如果要說子豪就是「三苗」的「苗人」，而他的先世也是曾屢經變遷易地才到四川廣漢的一種人。再說，「苗人」也有「生苗」與「熟苗」之別，我想，子豪的家族也就是曾與漢人通婚的「熟苗」。如要再進一層的說，所謂「羌，三苗姜姓之別」，但據《帝王世紀》說：「神農氏，姜姓也。」而我們中國自三皇五帝以來又誰是真正的「苗人」與「漢人」呢？

二、詩人的前期作品

　　子豪的前期作品，是有其時代的意義與價值的。如果說子豪不是漢人，而他卻能出類拔萃寫詩，這就更難能可貴了。子豪生於民國元年，這正是清朝初被推翻的時候。那時他們的家鄉還很閉塞，但他的父親卻是很開化的。因此，他才能上成都省會讀書，當他在高中畢業時，他便於 1932 年上北平中法大學了。聽他說過，當時他上北平彷彿是去進京趕考的，他的父親還曾一路派人送他，就是從廣漢到重慶，一路都要走路千里。當他入學之後，他的詩便已開始在校園中發表，而且還曾與同學組成一個「五人詩社」，並訂有五人寫詩規約，要每人每週產生兩首作品。他說，那時是他追求繆思的時代，寫詩很多，唯沒有成熟的作品。其實，那時也只是新詩的開始，就是當時已負盛名的詩人徐志摩、聞一多等的作品也不見得就好？但時代是演進嬗變的，就是胡適的《嘗試集》都沒有看頭，而他們卻仍是承先啓後的。故我認爲子豪這時的作品也有佳作，比如 1933 年的一首〈古意〉：

　　　我願我的心兒
　　　化成了一朵鮮花
　　　江水呀！我囑託你
　　　請你將它送到我愛的家

　　　我愛的家
　　　是個幽靜的江濱
　　　江之濱有幾株翠柳
　　　翠柳下有個小小的漁艇

　　　小小的漁艇裡
　　　我的愛正在浣衣

你流吧！流到她的手邊

她自然會把它拾起

　　看這首詩又有什麼不好呢？情意真切，語言自然，而他就是爲愛或懷念故鄉才寫成的。我們知道他的家鄉是有條沱江要經過廣漢的，那麼他家鄉的門口就必是沱江了。像這樣山明水秀的地方也是應該產生詩人的。這首詩，是從他一本手抄本詩集《生命的絃》中選出來的，而且在他死後才被發現，這豈不更格外珍貴。

　　一個詩人從一首詩出發，彷彿就可以從小看大。白居易有首〈草〉說：「離離原上草，一歲一枯榮。野火燒不盡，春風吹又生……」而這就是白居易的一首少作。子豪在當時的北平走進詩壇，那時也真是一個人文薈萃的地方，也可說凡 1930 年代的新文學的菁英都在這裡。雖說子豪還未享名，但他已見識得多了。因而他於 1935 年又再去日本上東京中央大學深造，並主修政治經濟。其實，他就是因爲好學不倦。據說他在神保町和早稻田一帶舊書店買過不少詩集：諸如法國詩人雨果、維尼、波特萊爾、拉馬丁、繆塞的詩集，以及《葉賽寧詩鈔》、《普式庚詩鈔》；甚至，如日文的《巴爾扎克全集》、《紀德全集》，他也都買了到手。也就是說，他好詩與文學作品得很，另也買些大學叢書，大約前後曾買了兩百多冊。因此，他在東京不僅寫詩，而且譯詩，只是他並不曾從譯法國詩人的作品著手，然他所譯的卻是匈牙利詩人裴多菲（Alexander Petőfi, 1823～1849）的作品。揆其原因：這時正是日本軍閥於 1931 年 9 月 18 日侵占了我國的東北之後，是以當時的留日學生都反日本，故他譯了裴多菲的一首〈戰歌〉，長 42 行，並曾於 1936 年 11 月 16 日在天津《大公報》第 250 期「文藝」版中發表，而且他的詩名也從此引人注意了。可說他譯這首詩就像譯了一篇預言一樣：第二年——即 1937 年 7 月 7 日日本又發動了「蘆溝橋事變」的第二次侵華戰爭。於是，便引發了中國的全面抗戰，而我們的詩人覃子豪也就毅然決然的回國參加神聖的抗戰。

在他回國之後，據說他曾接受戰地新聞工作訓練。因此，他曾於 1939年派在第三戰區服務，故他曾歷任掃蕩分社主任、軍簡報社長，以及戰區政治部設計委員等，此外，還曾在江西上饒為《前線日報》主編「詩時代」雙週刊。彷彿這時他不僅是個詩人，而且是一個戰士和記者。尤其，是他不忘寫詩，這時他就曾在浙江金華青年書店出版詩集《自由的旗》，以及譯詩集《匈牙利裴多菲詩抄》。據說他這時無論是寫的與譯的作品也都是抗日的戰歌，茲舉裴多菲的一首〈起來吧！馬加爾人喲〉來看：

　　起來吧！馬加爾人喲！

　　起來吧！

　　為著祖國獨立！

　　是甘為奴隸？

　　還是擁護自由？

　　現在我們決心吧！

　　在馬加爾人的神的前面，

　　我們誓求奴隸的解放！

這是裴多菲的一首名詩，長 47 行，計共六節，而這就是其第一節詩。其後的第二節、第三節都只略有不同，而第四節，在我來看，就更是最精采的一節了：

　　我們的劍，

　　比我們的鎖鍊還美！

　　比我們的鎖鍊還亮！

　　啊，握著劍吧！

　　為什麼還帶著鎖鍊？

　　在馬加爾人的神的前面，

我們誓求奴隸的解放！

　　我認為這一節比第一節還更有力量，而子豪的譯筆也極為允當，要是把這譯詩中的「馬加爾人」易為「中華民族」，而它就是我們當時的抗日歌曲了。其實，像當時某些的抗戰歌聲，如〈義勇軍進行曲〉。彷彿就是從子豪的這許多譯詩中蛻變出來的。對於裴多菲，子豪曾對他做過評介說：「亞歷山大‧裴多菲於 1923 年生於克西克利西村，是位於匈牙利平原的中央……」又說：「他高唱著〈戰歌〉，騎著戰馬奔騰，在胡耳白兒西克巴戰場上，他的預言實現了，他的志願完成了，他終於為了祖國的獨立與自由，在 1849 年死在兩個哥薩克騎兵的矛尖上，但是他完成了匈牙利勝利的戰爭。」我們看裴多菲是不是詩人和戰士而又是愛國的英雄呢？可說他該當之無愧，而且在他犧牲時就只有 26 歲，而子豪譯詩時也就是裴多菲的這個年齡。就我所知，當時我們的抗日歌曲也非常嘹亮，就是我們後來的抗戰勝利，可說就與當時的抗戰歌聲有關。子豪在為裴多菲做上述的「評介」時，他是於 1936 年 10 月 22 日在東京寫的，而這就可見子豪對抗戰的貢獻。

　　子豪在戰地，據說是非常活躍的，人說他好穿帶馬刺的馬靴，而且神采奕奕，想必他的形象就是要像裴多菲跨著奔騰的戰馬。1942 年，他曾在金華與邵秀峰女士結婚；1943 年，他才正式脫離軍職；1944 年，他被聘為福建漳州《閩南新報》的主筆，並兼編副刊「海防」；1945 年，他曾於一月創辦「南風文藝社」，四月為福建龍溪《警報》主編副刊「鐘聲」、五月出版散文集《東京回憶散記》，六月出版詩集《永安劫後》。

　　這時我們的詩人是很出色的，但也不曾為當時的國家重用。就我來看，我卻對他欣賞，最可貴的，當還是他出版的這四部作品。而遺憾的，是他的詩集《自由的旗》、譯詩集《匈牙利裴多菲詩抄》，這兩個孤本，當他自大陸帶來臺北，後來竟被人偷走，以致失傳，像我在這裡就無法為《自由的旗》做番評介。雖《匈牙利裴多菲詩抄》還殘留了一些資料，但

也無法再爲他引申。現在所可談的也就是他的《東京回憶散記》和《永安劫後》。

他的《東京回憶散記》，至今仍是一部可讀的作品。因他曾留下了當時東京的生活和資料：像〈三上謙〉、〈我的房東〉、〈我的貧困〉、〈買書〉、〈陳洪被捕〉、〈鳳子在東京〉、〈朝鮮青年的琴聲〉、〈回國之前〉諸篇，這些都應是他的有聲有淚之作。唯最值得介紹的，還是他的《永安劫後》，在我看這是在當時抗戰期間最難得一見的作品。據說當時福建永安，曾於1943 年 11 月 4 日遭受日機的猛烈轟炸，因而這個無法設防的古老城市便悉遭摧毀。要說慘重，除了當時有位畫家薩一佛曾爲它作畫 43 幅外，還有我們的詩人覃子豪爲畫配詩 45 首做了見證。而且還有當時的目擊者王天林對《永安劫後》的詩畫合展做了書評，他說：「那天，我第二次看見一個城市在敵機的暴行下燃燒、毀滅；看見無數的人，在幾個鐘頭之內，失去了家，失去了親人；我看見無數的人含著眼淚，凝視著火從這一條街市燃到那條街市，從這一座房子燃燒到那座房子。在巡視全部災區之後，我懂得一種仇恨的種子在生長著」；可見永安當時炸得很慘，所謂「百聞不如一見」，現在就舉子豪的一首〈火的跳舞〉來看：

火跳舞著

在每一條窄狹的街上

在接連著接連著的屋頂上

在坍塌下來的門窗上

在精緻的口粗糙的傢具上

在華美的　素樸的襤褸的衣物上

在那些年老的匐匍著的人們的身上

在那些母親無法救出的孩子的身上

在那正在痛苦中掙扎著的人們的身上

在那快要成為焦炭的骷髏上

火跳著舞在樹枝上
它獰笑著，潰滅的響聲伴著它
作狂歡而恐怖的歌唱

　　這首詩寫得淋漓痛快，也真神龍活現，但讀後卻令人毛髮賁張，心膽迸裂。我說：「日本這王八羔子，它是真殘殺我們中國人的。」要知日機不只是炸個永安，因它是炸遍中國每一個角落的，除了它不曾炸過荒蕪的沙漠和空無的海水外，尤其，它炸重慶的次數最多：上午炸、中午炸、下午炸、天天炸，而它就是不曾炸塌我們當時抗日的精神。它還曾於 1941 年 12 月 7 日趁一個星期天的黎明偷襲美國珍珠港，幾乎把全部軍港與艦隊炸翻，而它還以為得意。待到美國後來還擊，想是為早結束這場第二次世界大戰，美機於 1945 年 8 月 6 日、9 日兩天炸日本廣島與長崎時，僅償它以兩顆原子彈，而日本就乖乖的於 15 日由日本天皇裕仁在廣播中宣布向當時的盟國無條件投降而求饒了。只是日本至今都還不服氣，事過 40 年後，嘴裡還一直嚷嚷著不忘這個被炸的日子。但它為什麼不想想當時是怎麼炸我們中國人的？要是日本那時也有原子彈，且看它炸我們的中國、炸我們的永安、炸我們的重慶吧！要是它不把這個世界炸得天翻地覆才怪？

　　這本《永安劫後》是真具有價值的，儘管日本想抹掉事實，改寫歷史，但這是鐵證。據說子豪當時看過薩一佛的畫稿之後，一時竟激動不能成眠，因為每幅畫都已畫得非常精到絕倫了。為此他便留在永安為畫配詩，以便聯展。他說：「全部詩寫成，一共花了一個禮拜。畫共 43 幅，而我寫了 45 首詩……」看他真是神來之筆了。不說每日寫詩一首都難，而他竟於七天之內，寫出 45 首作品，那他是每天要寫五至七首了。像他這麼熾烈的嘔心瀝血的創作，除非他有一顆完美的靈魂與一顆至善的詩心是不能辦得到的。做為一個詩人又豈真容易？他這本詩集，我已為他代選了 24 首詩，像〈土地的烙印〉、〈血滴在路上〉、〈今夜宿誰家〉、〈在省立醫院門口〉、〈兇手的鐵證〉、〈棺材〉、〈清土〉、〈發掘〉、〈市井人家〉等等，這些

詩都文不雕琢、言不虛無，要說「文章合爲時而著」，他才是當之無愧的。

三、臺灣詩壇的初貌

臺灣在未光復之前不曾有個詩壇，而是待臺灣光復之後才有個詩壇出現。這不是說，臺灣在日據時期就不曾有個詩人，而是沒有像在抗戰勝利之後能以中文寫詩的詩人。1945 年 9 月 3 日爲抗戰勝利紀念日，而這正是子豪出版《永安劫後》的三個月之後，彷彿這就像他在一首〈恢復永安的聽覺〉的詩裡所說的那種預感一樣：

> 永安是被敵人炸聾了
>
> 交通兵忙碌著
>
> 使永安恢復它的聽覺
>
> 以便傳播敵人的罪行
>
> 聆聽前方大捷的歡聲

當時抗戰勝利，我們也就是從這種有線電和無線電的傳播聲中聽到勝利歡呼的。杜甫說：「劍外忽傳收薊北，初聞涕淚滿衣裳。」而我們聽到當時日軍在中國的領土上放下武器做無條件投降，我們誰又不曾哭呢？像是我們比杜甫還更喜極而泣得厲害，淚水都要隨長江「從巴峽穿巫峽」流出川了。但子豪卻不曾因勝利而回過故鄉，而他竟從漳州到廈門來辦報，聽他說過，他要在這個新收復的城市裡創一番文化事業：本來他想開辦一份日報，由於條件短絀，結果只辦成一家《太平洋晚報》。可說他還未實現理想，後爲想自建一個印刷廠，他便過海到臺灣臺南來辦機器，說是驟因大陸一時突變，而他就不能再回廈門了，這是他當時不曾想到的一件事故。

自後他便滯留臺灣，就此也把他的妻子和兩個女兒拋在浙江了。在 1949 年之前，我還不曾看見覃子豪的名字在臺灣發表作品，想必他與當時業已享名的詩人艾青、卞之琳、徐遲、綠原等都還是在中國大陸吧！而且

當時臺灣也真沒有什麼詩人，故當時曾有人在香港戲說：「臺灣是個文化的沙漠。」其實，這種說法是非常偏頗的，不是沒有詩人，而是詩人還未陸續出現。是因子豪當時沉默，還是李莎去把他找來──並約定楊念慈、方思與我們在臺北一家中光茶室樓上喝茶他才露面的。尤其，在 1950 至 1953 年之間：臺灣詩壇的春天也真如「百花齊放」一樣，除新人輩出之外，像紀弦還創刊《詩誌》，而後又改創刊《現代詩》；像子豪亦出面主編《青年戰士報》「詩葉」，而後又與李莎主編《自立晚報》「新詩」週刊；此外，他還出任「中華文藝函授學校」詩歌班主任，並教青年寫詩。彷彿子豪與紀弦從一開始就是一個強勁的對手，最記得一次，是他與鍾鼎文出面要對付紀弦，斥他狂妄任性，後終因我們朋友主張詩壇團結而作罷。

　　自後紀弦反因而組派了。其主要詩人是首為紀弦、李莎、方思、鄭愁予、葉泥、林泠、羅行等所發軔，倡所謂「現代詩運動」，並曾於 1954 年 1 月 15 日在臺北聯名 84 人發表宣言與其「六大信條」為主旨，其第一條說：「我們是有所揚棄與發揚光大地包含了自波特萊爾以降一切新興詩派之精神與要素的現代派之一群。」不說其他，就只看這一條已能知他們的精神與傾向了。也就是說，紀弦要把覃子豪、鍾鼎文等擯諸現代詩之外。雖說這並不為外人所知，但我還是較了解紀弦的心意的。不過，這即使不是主因，而紀弦也不能說是與此無關。這就如劉克莊（1187～1269）在其《後村詩話》裡說：「元祐後，詩人迭起，一種則波瀾富而句律疏，一種則鍛鍊精而性情遠，要之不出蘇黃二體而已。」彷彿紀弦的師承也就是波特萊爾與韓波二體，因為這兩人在 19 世紀的法國，一是象徵主義的先驅，一是超現實主義的先驅。其實，這也就是師承了雨果（Victor Hugo, 1802～1885）組派「浪漫主義」與馬拉美（Stéphane Mallarmé, 1842～1898）組派「象徵主義」的精神與要素的。說來我們中國詩人組派也不只是從現代起，像劉克莊所舉出的「江西詩派」就早在法國六百年前。

　　記得這一年的詩壇是最為興盛、最為活躍、也最為熱鬧，像是天才們在與天才們較量──緊跟著覃子豪、鍾鼎文、余光中、夏菁、鄧禹平、吳

望堯也組派起一群「藍星」了。看他們是劍拔弓張，其實是爲在寫詩，可說他們並不在牟利，而旨在爭名的。繼後還有洛夫、張默、瘂弦組成「創世紀詩社」，當時，他們就是以我所主管的廣播電臺的臺址爲社址，而這也是一群新興的力量。

不過，在當時的詩壇上，我是不曾參加詩派的。

四、詩人的後期作品

關於子豪，自組「藍星」之後，他是更爲活躍與煥發起來：因他既要主編《自立晚報》「新詩」週刊，又要主編《公論報》「藍星」週刊；既要爲「詩歌班」授課，又要與紀弦較個局面。其實，他們兩人都已受人尊崇。最主要的，他還得創作、還得譯詩。還得時寫詩論與詩評，還得爲他的學生們作詩的解剖，而他自身還有一個臺灣省政府糧食局督導員的職務，又得經常出差下鄉到各縣市去視察糧食，據說他還要藉此機會去與他的學生們接觸，像是他也若有「七十二賢人」門弟子的，而覃夫子也像是有教無類的。

他也勤於創作，自 1950 年起訖 1953 年 4 月就已出版詩集《海洋詩抄》。這本書應是他的第四本詩集，彷彿他每出一書都還講究版本，除共收詩 47 首、一篇〈題記〉之外，還曾自配插圖十幅。甚至連封面和裝幀也都是自行設計的。而他這本詩集，也可謂別裁；因我國自有文學以來，除有田園、山水、森林、草原，以及一些邊塞的詩歌之外，就是缺少海洋作品。像我國位於亞洲東部，面臨太平洋西岸，而且還有海南與臺灣兩個外島，海岸線都已從東鄰日本延伸到南接越南了，而我國就不曾有個能爲海洋寫詩的詩人。可說子豪才是當今獨步詩壇的，不僅他已應時寫了作品，而且還出版了詩集呢。

爲賞析作品，現在就舉其一首〈追求〉來看：

大海中的落日

悲壯得像英雄的感嘆
一顆星追過去
向遙遠的天邊

黑夜的海風
颳起了黃沙
在蒼茫的夜裡
一個健偉的靈魂
跨上了時間的快馬

　　這首詩寫得有其精神層面，像是黃昏中的海洋一如無垠的沙漠一樣，
就是望到極處也望不到什麼。而遠望就只見一輪落日將在大海上西沉，這
豈不就像一個英雄馳騁一匹時間的快馬由朝到暮即將消失於地平線上了
嗎？王維說：「大漠孤煙直，長河落日圓。」而大海上的落日是更圓的。在
這首詩中我曾為他易了「括起了黃沙」的「括」字為「颳」字，我想原是
筆誤還是排錯了的？因為「黑夜的海風，颳起了黃沙」，這才更有妙境。
　　這首〈追求〉是寫得好的，但其他的作品卻不曾寫得成功。也就是
說，他對海的經驗投影還是粗淺的。比如他在〈題記〉裡說：「對海的理解
由時間的增長而加強了深度。澎湖我去過三次，花蓮去過兩次，高雄港、
安平港、布袋港、都曾有過我的帆影和足跡。大陳島我是乘軍艦的，而且
我在那裡住了兩個月。」看他對海的認識就只有這些，既不曾在軍艦上做
過水兵，也不曾在漁船上做過漁夫，又豈真有航海的體驗？古人說：「身在
江海之上，心居乎魏闕之下。」要非有幽深與渺遠的神思，是不足以言海
的。劉勰說：「登山則情滿於山，觀海則意溢於海。」這是說在未曾置身於
海上之前又怎能搦管摛章與海上的風雲共效齊驅呢？故子豪這本詩集還只
是些膚淺的浪漫情調，是不曾立在海中看海，而只是立在島上看海的。是
以，他不曾寫出像韓波（Arthur Rimbaud, 1854～1891）的《醉舟》，或者像

海明威（Ernest Hemingway, 1899～1961）的《老人與海》來——雖說《老人與海》是本小說，但我讀它時像是在看詩的——不過，他並不完全失敗，總還寫了這首可讀的作品！

　　子豪這時寫詩也真像是在「追求」點什麼的。自出版《海洋詩抄》之後，他依舊勤於創作，不出兩年五個月，他又於 1955 年 9 月出版其第五本詩集《向日葵》了。這本詩集，他已有所突破，只是他的苦悶的象徵，彷彿是在與同代的詩人爭勝毫釐，而又要與時間在爭勝春秋的。比如他在〈題記〉裡說：「生活不容許我們以全部時間來寫詩；若整天為寫詩而寫詩，未必能寫出好詩。寫作時間過少，無一刻純然單一的心境亦難有佳作產生。如能有片刻閒暇的餘留，對大千世界，紛紜世態，或自己的生活有所感悟，而能捕捉意念中令人神往的頃刻，就能把握著詩真實的生命。」說來他還是在勤於創作，即使沒有時間就是抓它片刻也好。可見他寫《向日葵》又有一種精神的傾向，他說：「我寫詩，是為抖落心靈底煩憂，和我理想追求的表現。」應說人人都有理想的追求，只是各有不同。

　　現在就舉其一首〈詩的播種者〉來為之欣賞：

　　意志囚自己在一間小屋裡
　　屋裡有一個蒼茫的天地

　　耳邊飄響著一支世紀的歌
　　胸中燃著一把熊熊的烈火

　　把理想投影於白色的紙上
　　在方塊的格子裡播著火的種子

　　火的種子是滿天的星斗
　　全部殞落在黑暗的大地
　　當火的種子燃亮人類的心頭

　　　他將微笑而去，與世長辭

　　這首詩就只十行，但它在這本詩集中卻是一個特殊而完美的作品。雖說其中的〈向日葵之一〉與〈向日葵之二〉都是力作，似乎也都不出這首詩的本色。茲因他把自己喻爲一個「詩的播種者」，而他就是一個播種「詩種」與「火種」的人。讀他這首詩，彷彿就如讀叔本華（Arthur Schopenhauer, 1788～1860）的《意志與表象的世界》。要知子豪的這首詩就是若合符節這種悲劇精神的。比如叔本華在其〈意志世界〉裡說：「意志是物自體，是內在內容，是世界的本質。生命、可見的世界、現象，只是意志的反映。所以，生命因意志而起，如影隨形一樣地與意志分不開；如果意志存在，生命、世界便也存在。所以，生命就是確保意志，只要我們充滿著生活意志，就不必恐懼自己的生存，即使面對死亡時也是如此。」這就是子豪以「意志囚自己在一間小屋裡」而寫詩的精神，只要意志存在，而屋裡便自有「一個蒼茫的天地」。我認爲覃子豪並不曾受過叔本華的哲學影響，但他的悲愴精神竟與他若合符節，彷彿一個具有悲劇精神的詩人有時也像是一個悲觀的哲學家。所以，子豪在他最後的兩行詩裡也說：「當火的種子燃亮人類的心頭，他將微笑而去，與世長辭。」也就是說，當他的生命完成作品時，死也就無足惜了。

　　子豪的詩，自出版《向日葵》之後，這時才漸次的好了；而他的名望，這時也漸次的大了。比如這裡被聘爲評選委員，那裡又被選爲常務理事。最主要的，還是他於 1957 年 11 月曾出版其第一冊詩論集《詩的解剖》，而這本書還一時暢銷；復於 1958 年 3 月又出版其第二本譯詩集《法蘭西詩選》，旋又於 1960 年 11 月出版其第二冊詩論集《論現代詩》。這三部書，曾爲他在詩壇奠定甚高的名位。可說他在這個時期的表現極佳；不僅是因他編詩、教詩、評詩，都使得教學相長；而且也因他譯詩、寫詩、論詩，都使得譯寫俱優。尤其，他還長於爲保衛現代詩壇而與人論戰，像他就曾先後與曹聚仁、言曦、梁文星、周棄子、夏濟安、蘇雪林等交過

手。有次子豪曾告訴我說：「周棄子與我論詩本很不服氣，但他有個朋友也是我的朋友說，要是周棄子與覃子豪論新詩，那自是棄子不如子豪；但要是論舊詩，那自是子豪不如棄子了。結果，周棄子就不與我再論了。」我想，其他幾位與他論戰，結果也就可想而知。因為一個非詩人與詩人論詩終隔了一層。再說，他在這個時期裡的創作幾乎都好，比如〈金色面具〉、〈夜在呢喃〉、〈構成〉、〈圓山之圓舞〉、〈瓶之存在〉、〈吹簫者〉、〈域外〉、〈分裂的石像〉、〈牧羊神的早晨〉、〈肖像〉、〈音樂鳥〉、〈Sphinx〉等等。這些都是佳作。記得這時他最愛與我談詩，隔一兩天就給我一個電話，邀我吃飯、喝茶、抽煙，一談就是一個晚上，有時他拿新的作品先讓我過目，而他要我給他意見。但我對他也曾有個嚴苛的要求，凡認為不能中意的作品就不要拿去發表。當他於 1962 年 4 月出版其第六本詩集《畫廊》時，距《向日葵》出版之後已經七年了，這可見他比過去謹嚴。現在我們就看他怎樣寫詩，茲舉其一首較短的詩〈燈〉來做為鑑賞：

燈，以一樹千葉綠色的覆蓋
移星月與幽谷於室中
一流浪人將在此安葬
伴同夜的蠱惑
葬於白鳥的翎羽與黑蝶殘翅砌成的墳塚

他是跨越斷橋來的
卻從不曾穿越過窄門
而窄門已於昨日黃昏的鐘鳴之時關閉
鐘鳴的點滴，滴成旅途最後一行虛線
被阻於虛線終點的
乃一捉虹的狂人
捉虹者自瘋人院中逃出

　　逃離旁觀者冷嘲的凝視

　　悵然的逃入無人的幽谷

　　當星月西移，一流浪人將在此安葬

　　燈，及時的鑿石壁為他浮雕一個側影

　　這首詩是寫得極其淒迷、悵惘的，但也寫得相當生動、貼切。彷彿這個象徵與朦朧的境界只唯他獨有。其實，他就是在吟味自己趺坐在一支燈下，而此燈的綠色燈罩，也就是那一樹千葉的覆蓋，並連同星月與一幽谷的景象都已被移入他的室中了。於是，他便常在此燈下寫作、燈下尋思、燈下縈懷、或做其他什麼的。而這間小屋，也就是他個人常守孤寂與寧靜的幽居，不論白天夜裡都得開燈，因而它就像白鳥與黑蝶的形影所砌成的墳塚，他就常像一個流浪人伴同夜的蠱惑在此安葬。因為他沒有家室在臺灣，這是一種很易於流露的情感。所以，有時感興茫然，人就是那旅途上的最後一行虛線，而他就像一個捉虹的狂人是自瘋人院中逃出的。虹，本是多彩多姿的。但誰又能捉到虹呢？可說唯有詩人才能捕得虹的形象，它就像人性的靈光一閃的。可是那些世俗的旁觀者看詩人就像瘋子，是以他要逃離那些冷嘲的凝視，常守這個無人的幽居，寧愛想什麼就想什麼？所以，他便在此燈下工作到深更半夜的，甚至當「星月西移」或「天將破曉」時才去上床睡覺，在他將去安寢若安葬之前，燈還及時把他的側影浮雕在石壁之上。古人有謂「青燈黃卷」，是形狀一個人在燈下著述，這在子豪是當之無愧的。不過，他把這首詩也真寫得走火入魔了，彷彿這就是他的「讖語」和「輓歌」。關於「輓歌」，像我國古人陸士衡、陶淵明、鮑明遠都曾寫過，而且陶淵明還曾寫過一篇〈自祭文〉說：「歲惟丁未，律中無射。天寒夜長，風氣蕭索。鴻雁於征，草木黃落。陶子將辭逆旅之館，永歸於本宅。」這篇祭文，也就像是子豪的精神語氣，他與我們的陶淵明先生也都是視死如歸的。蘇東坡說：「淵明自祭文，出語妙於續息之餘，豈涉死生之流哉。」當我讀子豪的這首詩時，他也是妙於死生的。

五、詩人的形象完成

　　子豪的詩，在其《畫廊》之中，是真首首可讀與字字可圈可點的。比如他在〈自序〉裡說：「《畫廊》分爲三輯，是表示我的探求經過了三個階段。第一個階段：我頗爲強調詩的建築性和繪畫性，有古典主義的嚴密和巴拿斯派（The Parnasse）刻畫具象的傾向。……第二階段：我所探求的是人們不易察覺的事物的奧祕，〈金色面具〉是其開端。面具背後的虛無，不定是虛無，只是肉眼不能察覺虛無中所存在的東西。……在第三個階段中，我由神祕，奧義中發現事物的抽象性。〈瓶之存在〉和〈域外〉，便是抽象表現的實驗。……」讀他這篇序文就像在看他這本詩集的綱領的：他寫什麼？我們就要尋味他的方向去看他在寫什麼？這篇序文，也就是一篇極有價值的詩論，不能只作一般等閒的序文來看。關於他這本詩集，我已曾爲他寫過兩篇評論：一爲〈論《畫廊》〉、一爲〈論〈瓶之存在〉〉。這兩篇評論都曾及時發表，並曾收入我的詩論集《詩的鑑賞》之中，曾由臺灣商務印書館於 1971 年 8 月發行初版，後又於 1977 年 10 月發行二版。當時我對《畫廊》作出評論是最先的第一人，而我並不曾受過子豪的拜託說：「邦楨，你爲我美言兩句吧？」他從不曾開口讓他的朋友們做過這事，其高風亮節可知！這兩篇評論我都曾各寫有萬言，是因爲第一篇時未能盡括他的作品，故又專論他一首詩〈瓶之存在〉。因此，我不擬再加重論，但爲欣賞起見，茲將其這篇專論與一首悼詩〈悲劇〉附錄於後。

　　子豪這時在臺灣的名望是「如日中天」的，而且也遠及香港、菲律賓、馬來西亞等地。我與他論交 14 年，這時也是我們相處最密的時候。本來我們的友誼一向就好：比如他組派「藍星」，首先就曾邀我參加。雖經我拒絕，但也不影響來往。比如當時他邀羅門與蓉子參加「藍星」，好多次他都要邀我同去，他說這對詩人夫婦是很重要的。比如當時他常愛到夏菁家裡去玩，他說夏菁人好，有時星期天也要邀我同去，而夏夫人很會做菜。

比如吳望堯出國,當時他也要邀我到基隆港去爲望堯送行。比如當時他與言曦、蘇雪林爲詩論戰,而他每篇文章都要先讓我看過,是怕有什麼筆誤或說錯了什麼遭人拿住把柄。比如我們有時也常品茗論詩,並邀他的老友魏子雲參加,討論「現代詩」是否該持「反傳統」的態度?他說:「是。」我說:「不是。」當時我們曾爭得面紅耳赤,結論是:「現代詩是繼往開來的。」比如他要是有個女友也都願讓我先知道,在他來說,這本是好事,只是他偏有多次不平凡而偉大的愛情:一是像有個女友曾爲他寫過血書,一是像有個女友遠自歐洲歸來,一是像有個女友竟直闖詩人獨居的「燈」室。而且還都是一連串發生的。其實,這也不能只怪子豪,這就像法國詩人雨果既有了夫人艾德勒(Adele Foucher),又有情婦茱麗葉(Juliette Drouet),一時又另有一個情人李奧妮(Leoni d'Aunet)一樣。而他偏要我來參諸意見:不僅是當局者已迷,連我這個旁觀者也都迷了。

1962 年 1 月 12 日是他 50 歲生日,他雖不曾對人瞞過年齡,但他的女友卻比他年輕得多,因愛的發生,有時是不能爲一個詩人所能控制與支配的。而這正是他最爲風光、風采、與風流的一年。或如孔子說:「五十而知天命。」彷彿一切都已順乎自然降臨在他的頭上。當他的《畫廊》出版,緊接著他就是於 4 月 24 日受菲律賓華僑青年暑期文藝講習班的邀請而出國講學「現代詩」了。可見子豪的詩風已經遠播,在那裡曾講學五週,像是要風靡馬尼拉的。記得他出國時,我曾送行於機場;當他歸來時,我又曾接於機場。在他於 6 月回來之後,他也不虛此行,跟著就寫了〈碧瑤四日記〉幾篇散文,又寫了〈菲律賓詩抄〉五首。這時他還爲了專心一志致力於寫作,他還賃了一所有牆院的新居。說真的,當時除他的女友之外,唯我才是經常他的座上客了。實際,當時的臺灣詩壇並不景氣,除他的《藍星》季刊之外,像《現代詩》與《創世紀》都已停刊,而他就想把所有優秀詩人都羅致到《藍星》季刊裡來。也就是說,他要無分派系,爲整體的詩壇與詩人服務,這才是他真正的心願。可喜的,是他還有新作發表,茲舉一首〈雲屋〉,以供鑑賞於次:

> 松滿山，綿羊滿山
>
> 一片青，一片白
>
> 遮盡長滿青苔的石級
>
> 依然從青松的枝柯下走入圍中
>
> 沒有門鑰，依然打開
>
> 被雲深鎖的門

　　這首詩，計共五節，這是第一節，且看這首詩開始就寫得很美。他說：「松滿山，綿羊滿山，一片青，一片白，」我們知道這「綿羊」是什麼嗎？它就是高山松林間的一朵朵的「白雲」啊！這意象是新鮮而生動的，雖說不用「綿羊」用「雲」也可，但意味就不深長了。

> 一樹雲，令我想起畫中的海島
>
> 和島上那許多奇異的樹
>
> 像太陽點亮的花絮的燈籠
>
> 而且結滿熊熊的燈蕊
>
> 我們曾以假想在燈籠樹下漫步
>
> 走好亮的路

　　這是第二節詩，而一節比一節更美了。前說「綿羊滿山」，這是說雲在山野湧動像綿羊一樣；現在卻說「一樹雲，令我想起畫中的海島」，要是他再說「一樹綿羊」就不通了。足見寫詩要把意象抓得準確，而後詩的想像才會飛揚起來。像他說「像太陽點亮花絮的燈籠」，這就是意象能飛揚的結果。他所指的這種花是吊鐘花，因它開花不是向上仰的，而是向下垂的，花色緋紅，也真像掛的小燈籠一樣。可說子豪是說得既美也好，當他與他的戀人在這燈籠樹下漫步，故他說「走好亮的路」。這不僅把境寫美了，把愛寫活了，把人也都寫雅了起來。陸士衡在《文賦》中說：「言恢之而彌

廣，思按之而愈深。」這就是詩之有廣度與深度。不像我們今天的現代詩人卻說不出一個所以然來，什麼才是廣與深的，而陸士衡的兩句話卻早爲我們解說過了。像子豪說「走好亮的路」，這就是既廣也深與言有盡而意無窮的。還有他的第三節和第四節詩是說得更爲精妙，且留給讀者與知音者欣賞，不應讓好話都由我說盡，就請且看他的第五節詩吧：

　　雲滿山，綿羊滿山
　　青白色的戀境
　　而戀之祕密，在屋中棲息
　　當我們眼神相互探問之時
　　石屋就長上了雲的翅膀

　　這第五節詩是更傳情與傳神了。所謂「青白的戀境」，也就是「松雲的戀境」，這與李白贈孟浩然的詩說「白首臥松雲」又不同了。我總覺得子豪把它寫得是更爲靈活與靈巧的，說「而戀之祕密，在屋中棲息」，彷彿他們竟是神仙伴侶一樣，是巢雲臥松的。就是他們在松雲間有屋，當他們的「眼神相互探問之時，石屋就長上了雲的翅膀」，而這就更點題得妙了。子豪的這首詩，我認爲他是寫在陽明山華岡之上的，因爲在那裡才有松有雲，而且還真有石屋，而他也真爲他的戀人寫下了一首不朽的作品。

　　子豪這時期也是真幸福的。他來臺灣 15 年，一直都過著獨身生活，所以他要把生活與時間全都獻給於詩。他常向我說：「我在臺灣這十幾年來，沒有一刻放鬆我的時間，否則，我就會寂寞與痛苦難熬。」所以，他才寫了〈詩的播種者〉、〈金色面具〉、〈瓶之存在〉這些爲當時驚世的作品來。雖說他這時正活在稠密的愛中，但他仍像他的一首〈分裂的石像〉一樣：

　　池中的石像，劃地爲牢
　　在時間的冷面下

困守於種滿玫瑰的方城

而盲睛向上

聆聽候鳥飛向青空的一串旋律

太陽如獅，以晶晶之睛溶化時間死灰的冷面

　　　　以芒剌的舌頭犁開他的胸膛

禁錮的火焰在胸前猛烈地焚燃

　焚燃如一叢紫色的玫瑰

〈分裂的石像〉是一首分 4 節長 38 行的作品，這是其第一節。像他所說「池中的石像，劃地為牢，在時間的冷面下，困守於種滿玫瑰的方城」。這是何等一種強烈的象徵呢？也就是說，即使這尊「石像」為愛所環繞，而它的精神面目在時間的腐蝕下還是「分裂」的。

1963 年 3 月 30 日晚上他曾邀我懇談。這時正是他自臺東出差回來的第二天，他說：「我的臉色發黃，我是特地趕回來看病的，臺大醫院要我明天上午就去住院檢查，請你八點鐘來陪我去吧？」其實，我並不曾在燈光下看出他的臉色不好，倒是有點像東部熾烈的太陽把他曬得黑黝黝的，而且臉上皺紋很深，要說這「分裂的石像」的面目也就像他自己的。不過，他並不顯得疲勞，當我想走要讓他休息，他反把我留下，而且他還為我遞煙泡茶，於是我們又談上來了。他說：「你為我寫的兩篇詩評都好，尤其，〈論〈瓶之存在〉〉一篇，我已看過三次，有些是我不曾想到的，你都為我說出來了；有些是我能想到的，卻也被你都道個正著。邦楨，我還真沒想到你能寫這樣好的書評呢！」我說：「這不是我的評好，而是因你的詩好吧！」一說他又興頭來了，尋常老話，他還是不忘要辦《藍星》季刊，而且要擴大篇幅，廣收人材，還說要把胡品清、葉泥、白萩等都延攬為編輯委員。在美國方面，他要請方思支持；在法國方面，有他中法大學的同學周靈，在日本方面，他還說有那些什麼人的。此外，他還說《現代詩》與《創世紀》都已停刊甚久，這更是他應該把《藍星》季刊編好的時候，不

僅要請他們統統來爲《藍星》寫稿，也要把《藍星》變爲詩壇共有的詩刊。而我也說，就這樣最好。爲什麼偏要你搞一個派，他搞一個社的呢？彷彿你不是「青」、就是他「紅」？各搞什麼山頭主義，這是會給後人貽禍無窮的。最後，他也曾要我做爲《藍星》季刊的編委之一，而且意誠情懇，說真的，這回我並不曾拒絕。也就是說，因爲我只覺得子豪的氣質已愈來愈純、心胸已愈來愈大、視境已愈來愈遠，詩也寫得愈來愈好，像他的《畫廊》就是當時臺灣數一的作品，我們爲何要局限在一個狹隘的小圈子裡呢？過去我還對子豪不甚服氣，現在他竟這麼熱忱感人，彷彿他真像一代詩壇的宗師，而他根本就像是沒病的人。這些話還言猶在耳，我們曾從 7 點談到 11 點，但在第二天的上午 9 點，我就把他送進醫院了。

做爲一個詩人，子豪的形象在我心中是較完美的，因爲他的詩心比他人無私。在他入院後，除了他的佳人西蒙之外，我還曾爲他保了一週的祕密，心想他只要病好出院，豈不就無事了。但他自入院之後，檢查就愈來愈不好，初說是黃疸病、後說是肝病、而後又斷爲是「肝癌」，那就得施手術開刀了。而我對照顧病人也無甚經驗，甚至有關子豪的生死，那我就請了鍾鼎文來商量，又找了辛鬱來幫忙照顧。記得院方定於 4 月 22 日要爲他動手術檢查，還須先徵得我同意簽字，因爲我已是他的住院親屬了。這天上午，鍾鼎文、紀弦、魏子雲、葉泥、羊令野、羅門等都曾先後趕到醫院，彷彿我們一體都憂形於色，就像在靜候手術檯上的一刀宣判。當主治大夫終於帶著血淋淋的橡皮手套自手術室裡走了出來，他說：「覃先生得的是膽道癌，你們看，膽已割了，怕不能再活過三個星期啊！」一時西蒙便「哇」的一聲撲在我的身上大哭，連把一旁的護士都感動得流淚，又何況我們這些在場的朋友。當時就只見這隻膽盛在一隻白磁小碟中，膽囊都凝固了，而且已無膽汁。彷彿唯我當時才是「哀樂不能入」的，且說：「西蒙，妳不許哭，不要哭得讓子豪知道了！」當西蒙止哭，大家也就猛然醒了過來。像子豪最初住的本是公教病房，現在就改爲住頭等 104 病房了。

莊子在〈秋水篇〉中說：「道無終始，物有死生。」這就像是說：「詩

無終始，人有死生。」一樣。我想，一個詩人之死並不足惜，只要能留下他的作品，而這就是從一個生的形式存在到另一個生的形式了。不過，就怎麼來說，我們還是「只忍見其生，不忍見其死」的，只要有可能讓他活下去。像我當時就曾請辛鬱為我排班輪流在此照顧子豪，舉如瘂弦、洛夫、商禽、楚戈、管管、梅新、沙牧、楚風、陳金池等等，他們就都曾守在病房裡值夜。尤為感激的，是鍾鼎文的關切，他與子豪曾是 30 年的老友，他不忍看子豪就死，因而曾請了中醫來看，所以又給子豪吃了一些偏方，以圖救他的命呢！

　　子豪自開刀之後，消息就不脛而走了。像子豪在菲律賓的朋友，舉如施穎洲、亞薇，以及他的學生雲鶴等竟都遠從海外寄來鮮花水果費或醫藥金，還有施穎洲的令郎施約翰為祝福子豪的病曾祈禱絕食三天，這種偉大的友愛，可說也是非常的。在臺灣的朋友，幾乎是所有的作家，無論老少，都曾川流不息的來看子豪，有的手捧鮮花，有的手提水果，有的致贈醫藥慰問金，甚至有的是泣不成聲而不能進病房去看子豪一眼的，還有遠從高雄、臺中等地坐火車來特地看他的。有個時期，子豪就像成天都睡在一片花叢和水果之中。最值得同情的，是那個為他寫過血書的女友還一直愛他，每到了臺大醫院之後都不曾進過病房來就走了。她說是怕與西蒙衝突，影響病人。

　　可是子豪一時並不曾死去，三週之後，三個月之後，我們仍在試圖救他。可說西醫束手無策，中醫也藥石罔效了。而子豪已日漸骨瘦形銷。看他雖不曾死，但也狀至可憐的。除了辛鬱他們幾位當時較年輕的詩人每天輪流來守夜值班之外，而我與西蒙卻每天必來，像我中午來一次，晚上又來一次，除西蒙必須上課，而我必須上班之外，其他所有的時間，可說也都在病房裡。莊子在〈至樂篇〉中說：「天下有至樂無有哉？有可以活身者無有哉？今奚為、奚據、奚避、奚處、奚就、奚樂、奚惡？夫天下之所尊者，富貴壽善也。所樂者，身安厚味美服好色音聲也。所下者，貧賤夭惡也。所苦者，身不得安逸，口不得厚味，形不得美服，目不得好色，身不

得音聲。……」又說：「人之生也與憂俱生，壽者惛惛，久憂不死，何苦也？」像子豪臥病到現在就是這個樣子，他自出生以來就不曾有過「至樂」，而且國家的憂患、民族的憂患、個人的憂患也都「與生俱來」，在抗戰期間，幾乎到處都無「活身」的餘地，而我們又何來「安逸」、「厚味」、「美服」、「好色」、「音聲」呢？像子豪就是這種「所苦」的象徵，當他在臺灣，也不是「身安」的，茲因他拋了一妻兩女在大陸，而我就曾與他的情形類似，要是我們一經談起這些，那我們就很像「難兄弟」的。說來子豪已鬧了幾次戀愛，但又為什麼不呢？而我這也曾與他的情形相似。故我與子豪相處得來，不僅是理性的，而且是感性的。

我想死也就是生之天然的結果。當子豪與病魔曾鏖戰達六個月九天之後，10 月 9 日的上午，在我趕到醫院裡去看他時，像辛鬱、瘂弦、商禽、梅新、楚戈，西蒙都已在他的床側。這時梅新就說：「覃先生，覃先生，」他大著嗓子叫著：「彭邦楨先生來看你了！」當子豪正睜開已闔的眼睛，無神的掃視我，這時辛鬱就說：「彭邦楨先生要跟你說話。」這時我已不得已的湊在子豪的耳邊說：「你的事情我已經完全跟你辦好了，我要為你寫傳與出版覃子豪全集！」餘下想要說的話，我就哽咽說不出來了。就只見子豪的眼淚奪眶而出，他已向我們灑別！這時鍾鼎文為子豪代書的遺囑，正握在瘂弦的手裡，當瘂弦要我誦給他聽時，我實在沒有像莊子妻死鼓盆而歌的勇氣，而我掉頭就跑了。因我已不能再唸給他聽，也不忍看他的死！

當子豪聽了我們的安排之後，他的臉上已微露著莊嚴的神情了。在這10 月 9 日的晚上，這夜是由楚戈在側輪流守顧，在時間將近 11 點之時，子豪要楚戈附耳過去的說：「我就要回家了，你去把衣服拿來給我穿上！」他是說得非常清晰而安定的，而這才是他最後的歸路。本來我們就在等他說點什麼？當楚戈去他的寓所拿衣服之後，我便囑西蒙即刻為他洗臉、揩身、抹腳，頭髮是早一天就為他理了，而後為他換上新的汗衫和內褲，為他穿上新的白色襯衣，繫上條紅的領帶，穿上新的馬海藏青西服，而且著上新的鞋襪，總之，一身都是新的。這時在場守住的一共是我們：鍾鼎

文、辛鬱、瘂弦、梅新、管管、楚戈、沉冬、西蒙和我等九人，尤其，是西蒙哭得沉痛，連鼎文兄都哭，其他都哭，本來我是不哭的，但當子豪已穿得停停當當之後，就只見子豪自動闔眼、瞑目、嚥氣，而我也不禁哭了，彷彿像是嗆的一聲嘔出一口血來。而且大家也都哽聲嗚咽，在子豪走時，是 10 月 10 日零時 20 分。

六、死後的流風餘響

　　子豪死後，一時臺灣的文壇整個都為之居喪。像子豪的這點非凡的成就，並不是倖致的。依我來看，他曾具有三點貢獻。在《左傳襄公二十四年》叔孫豹曾與穆叔說：「豹聞之：大上有立德，其次有立功，其次有立言，雖久不廢，此之謂之不朽。」其一論功，在他前期的生活和作品之中，他是曾功在抗戰，並曾報效其國家與民族的。其二論德，他在中國大陸與在臺灣都曾樂育一代代的青年詩人，而他是有其師道的風範的。其三論言，在他是既述且作的，他不僅是對學生寫下不少的詩學教材，而他也更為自己寫了不少精粹創作。也就是說，他在詩上能獨創一種新貌，即使他曾受法國浪漫派、巴拿斯派、象徵派詩人諸家的影響，而他的作品仍是獨出的。杜甫說：「別裁偽體親風雅，轉益多師是汝師。」而這就應是子豪的寫照。要說朽與不朽，也就在蹈厲奮發，能否將人家的形式轉化為自己存在的形式，這就可與之以論不朽了。尤其，子豪的作品是曾跨越了中國大陸與臺灣兩面的精神時代的，像他這一點就沒有人能夠企及。讀他的詩，就如其人一樣，像他有首〈金色面具〉，彷彿就如見其形象的：

　　　不見眸子，目光依然深沉

　　　　　　神采依然煥發

　　　看哪！你那眼皮微閤的冷淡森然的神情

　　　　　　　是沉默的吸引？

　　　　　　　是無情的挑戰？

　　讀他的〈金色面具〉，這是其一首 52 行第一節中的作品，就如見他自己的眉目一樣。他的面具，就像中國固有戲劇的各型臉譜，它是有其精神象徵性的。像紅臉的關公、黑臉的張飛、白臉的曹操，這都代表一種意義：而子豪的臉是金色的，這就有其神性的莊嚴一面了。比如他在〈自序〉中說：「面具背後的虛無，不定是虛無，只是肉眼不能察覺虛無中所存在的東西。」這就像陸士衡說：「課虛無以責有，叩寂寞而求音。」不只是在我們今人的意識中就有其虛無的存在感，而是在我們古人的意識中也早有其虛無的存在感的。而且他所寫的這張面具是較超凡脫俗的，就像藉太陽的光焰與藉向日葵的花瓣融爲一體的金面正在那裡開放著。可說我之欽敬子豪，並非就只是出自個人的獨見，而是從與他認識體會得來的。也就是說，在他這一生中，詩是他的生命動力。在大陸時，他爲抗戰而歌，沒一刻忘記民族；在臺灣時，他爲現代而詩，沒一刻忘懷藝術。尤其，他較人溫柔敦厚，像他常作書評、或常作詩論，而他卻總在宏揚詩教、或頌揚後進，不論誰是「現代」、誰是「藍星」、誰是「創世紀」的詩人，他都無絲毫偏頗。其實，他的作品卻反沒人稱揚，自當我率先評他的《畫廊》和〈瓶之存在〉之後，這才有不少人跟進也評他的〈瓶之存在〉；現在我又要爲他的〈金色面具〉喝彩，它的眉目，直可與梵谷（Vincent Van Gogh, 1853～1890）的一幅「Sunflowers」媲美，有不死的象徵，不知是否也會有人跟著來評？要知子豪的作品非常厚實，他不是像某些詩人在詩中善搞一些巧言與趣味，來用以吸引和炫惑青年讀者的。我總覺得他的詩是真從寂寞裡敲響的聲音、從虛無裡索取的形象，有些詩是真會使人讀後爲之驚心和濺淚的，但他的立意嚴肅，故又不是一般只徒抒情的作品。在他死後，我們還曾爲他做過不少事情，茲擇其要者縷述於後：

　　（一）我們曾爲他出版《覃子豪全集》，是由葉泥、辛鬱等共同主編所完成。分別於 1965 年出版第一輯：《詩》。1968 年出版第二輯：《詩論》。1974 年出版第三輯：《譯詩及其他》。當時的出版委員會，係由鍾鼎文、彭邦楨、洪兆鉞等所共同組成。

（二）子豪的遺體，是經治喪會決議於 10 月 15 日舉行公祭而後再行火葬的。治喪會主任委員鍾鼎文，總幹事彭邦楨。當時曾將其骨灰寄存臺北市善導寺內，本說是待將來爲他送回大陸，但事過十餘年都無可能。後因吳望堯念舊情深，乃爲子豪捐贈墓地，特將其骨灰於 1978 年「詩人節」（即農曆端午）葬於臺北新店安坑龍泉墓園無錫公墓，並爲他立有「詩人覃子豪之墓」勒石一座。

（三）1983 年 10 月 20 日，《藍星詩刊》第 17 期爲之發行「詩人覃子豪逝世二十周年紀念專輯」，除頌其生平對詩壇所立的貢獻之外，並用之以誌不忘。此外，還曾經羅門努力奔走延請何恒雄雕塑「覃子豪銅像」一座，現已立於墓上，也更別饒意義。

以上所揭，只不過略舉數端。就我所知，在他死後的 22 年之間，總有上百首悼詩、百篇悼文，都是由子豪的朋友或者學生所撰稿發表的。在《藍星詩刊》未出版專輯之前，像《創世紀》詩刊、《葡萄園詩刊》、《大海洋詩刊》等，也都曾出版過紀念性的專輯。而且他的學生們，諸如：向明、彭捷、楚風、鄭林、蜀弓，他們就曾合著《五弦琴》詩集一冊，就是爲紀念他們的老師覃子豪。可見子豪的名望是一直歷久不衰的，而他做爲一個辛勤的「詩的播種者」與閃耀的「藍星的象徵」也真實至名歸了。不過，唯所遺憾的，還是我不曾做到將他的骨灰送回四川廣漢殯葬，讓他永安故土。因爲子豪在死時曾告訴我們說：「我要回家了！」心想，要是將來能在他的故鄉爲他立個「詩人覃子豪紀念碑」，並將這首〈詩的播種者〉一詩勒石於碑上，想必這也是他們苗族從未有的光榮！

是爲〈覃子豪評傳〉。

1985 年 8 月 1 日夜於紐約

——選自《彭邦楨文集（卷三）》

武漢：長江文藝出版社，1993 年 11 月

覃子豪論

◎劉登翰*

　　覃子豪（1912～1963）是當代臺灣詩壇少數與中國 1930 至 1940 年代新詩發生聯繫的著名詩人之一。他與同樣從 1930 至 1940 年代詩壇走來的紀弦、鍾鼎文被稱爲「臺灣詩壇三老」，不僅表現出人們對他們漫長創作歷程的尊敬，還反映出臺灣詩壇對這種歷史聯繫的重視。

　　覃子豪譜名天才，學名覃基，四川廣漢縣人。據云其先祖原籍湖南沅陵，由湘西遷徙入川。所以其弟羊翬曾說：「我們是苗子，不是漢人。」覃家一族在廣漢縣群山之中的覃家溝，一向也被目爲「蠻子」。覃氏祖母家貧舉債被辱自盡，其父發憤進城學徒。以致置有薄產，並續弦名門之女，使覃子豪兄弟能得到知書識禮、工詩擅繡的繼母撫養，從川北偏塞的大山中進入成都成城中學讀書，並於 1932 年出川考入北京中法大學孔德學院高中部（大學預科），繼而又於 1935 年東渡日本留學於中央大學。這段人生跌宕的蘊藉和文化背景的落差，對覃子豪早期詩歌慷慨豪爽、愛憎凌烈的浪漫激情，和晚期歸寧於感官和具象世界之外的人生奧義的靜察和內思，當有深潛的影響。

　　中法大學期間，覃子豪與同學賈芝、朱顏、沈毅、周麟結爲五人詩社：「泉社」。「宿舍書桌上擺著的不是《志摩的詩》便是《望舒草》。」（朱顏的回憶）。而由於學法文的緣故，外國詩人中則喜歡波特萊爾、馬拉美、魏爾崙、韓波等與象徵派一脈相傳的詩人。但在當時民族危難的時代環境中，感情上則更接近於拜倫、雪萊、雨果、惠特曼、普希金、萊蒙托夫、

*發表文章時爲福建社會科學院研究所研究員兼所長，現已退休。

裴多菲等浪漫派大家（賈芝的回憶）。這兩方面的影響誘導著覃子豪一生的藝術發展。他走向時代，便回響著拜倫和裴多菲的吶喊的詩聲；回歸內心，則潛隱著波特萊爾和馬拉美的神祕主義的魂影。不過這時的習作，還大多沉緬在對「新月派」和戴望舒的摹仿中。從徐志摩和戴望舒出發，是這一年代詩歌青年普遍的藝術起點。它一方面承接了五四以來新詩達到當時最高水準的藝術積累，是一種幸事；另一方面卻又使初學者囿限在比較狹小的個人精神天地，也是一種缺憾。不過在當時覃子豪幽怨與惆悵的聲音中，還透露出一個青春生命對於時代污濁的不平和憤懣，以及企望打破死寂的靈魂的呼喊。在〈浴場〉中他詛咒遊屍般在海灘徘徊的美國細腰女郎和義大利軍艦的水手，是「人類的污辱」和「人類的悲哀」。在〈撥動生命的琴絃〉中他把自己匯入幾千百萬前進者的行列裡，「一種組合的力量鼓舞著我／撥動我生命的琴絃／可是我同幾千百萬的歌聲合唱／雄壯的歌聲像升起的太陽」。這裡已寓蘊著他日後走出「新月派」、奔赴大時代的思想和藝術的轉機。「泉社」在五人即將分手時曾各選出兩首詩合編成《剪影集》紀念。覃子豪後來將自己這一時期（1933 年 3 月～1936 年 5 月）寫的29 首詩和一篇散文，以《生命的絃》為書名抄訂成冊，保存身邊，直到去世後整理遺物時才為人發現，收入《覃子豪全集》中。

　　東京留學是覃子豪詩歌生涯的重要轉折。日本帝國主義囂張的侵華氣焰，使身處異國的他強烈感受到「國還沒有亡／已經把我們當作亡國的奴隸」（〈給一個放逐者〉）的痛苦現實。他參加了「左聯」東京支部領導下的詩歌社的活動，在蒲風、林林、雷石榆等主持的《詩歌》（後改為《詩歌生活》）雜誌上發表作品，還和李春潮、李華飛等人合辦《文海》，他執筆的〈獻詞〉中宣稱：

　　　我們是一群戰鬥的海燕

　　　盤旋在黑暗的島上

　　　我們抵抗過風暴

　　衝破過巨浪

　　⋯⋯

　　遠望大陸的脈搏

　　向祖國沉痛的歌唱

完全擺脫早期幽怨和象徵的詩風，走向與時代和民族共覺醒的吶喊。1937
年抗戰爆發後，他回國參加救亡工作，先在上海，後受郭沫若主持的政治
部第三廳的委派，往浙江前線的第三戰區從事新聞工作，先後任掃蕩分社
主任和軍簡報社社長，還在宦鄉主持的《前線日報》（江西上饒）主編「詩
時代」雙週刊。直到 1943 年離開軍隊，南下福建，受聘任漳州《閩南日
報》主筆兼「海防」副刊主編，和龍溪《警報》「鐘聲」副刊主編。

　　隨後又獨立在漳州創辦《太平洋晚報》和「南風文藝社」。做為一個軍
人和戰爭的目擊者，這一時期他創作了大量激勵民族精神、震響時代聲音
的戰鬥詩篇，出版了詩集《自由的旗》（1939 年）、譯詩集《匈牙利裴多菲
詩抄》（1941 年）、散文集《東京回憶散記》（1945 年 5 月）和詩集《永安
劫後》（1945 年 6 月）。這是覃子豪生命中極重要的階段。詩集《自由的
旗》和《永安劫後》，雖然由於出版在東南前線（前者由金華書店印行，後
者由漳州南風出版社印行），在大後方流傳不廣，但今天讀來，仍不遜為抗
戰詩歌中優秀的作品之一。

　　詩人以戰士的身分做為抒情主體，真切地表達出一個熱血男兒在民族
危亡面前的獻身精神和愛憎感情。戰士內心世界的自我剖白，和對戰爭直
接體驗的冷靜描繪，構成了這些作品現實主義風格交相疊映的兩個側面。
這些燃著烽煙、浸著血淚的詩篇，或請纓殺敵如〈給我一桿來福槍〉，或哀
悼國殤如〈兩個擲彈兵〉，或凝聚著對淪喪國土的思念如〈北國〉和〈土
壤〉，或盈溢著戰鬥生涯的清新感受如〈九月之晨〉等，都具有一種沉鬱
的、如他在〈水雷〉中所描繪的那樣的戰鬥力量。詩人發揮了中國傳統的
白描手法，如在〈廢墟之外〉和〈永安劫後〉的一系列詩篇中，常以親歷

的幾個畫面，三兩短句，便獲得了震顫人心的效果。這是覃子豪創作生命中從時代吸取藝術力量又反饋於時代的極其難得的一個階段。

1947 年覃子豪東渡臺灣，就職於臺灣省物資調節委員會和糧食局，當個小公務員。曾經為民族戰爭熱情歌唱過的詩人此時一定充滿失望之情。在他去臺之前所寫的〈倚桅人〉和〈嚮往〉裡，就充滿了內心的徬徨和煩亂：「我像一隻快要悶死的鳥兒／隨時離開狹小的牢籠而飛去」。其中可能會有屬於個人的失意，但更多卻是對時代和現實的失望。因此從 1946 至 1951 年他幾乎很少有作品發表。直至 1951 年他被邀出來與李莎共同主編《自立晚報》「新詩」週刊，繼而又出任中華文藝函授學校的詩歌班主任，才重續自己的詩歌生涯，走上與抗日時期完全不同的藝術道路。

覃子豪對臺灣詩歌發展的貢獻，主要在四個方面：1.做為詩人他出版了《海洋詩抄》（1953 年）、《向日葵》（1955 年）和《畫廊》（1962 年）三部詩集，此外還有一部譯詩集《法蘭西詩選》（1958 年）。尤其是《畫廊》，成為臺灣現代詩的一部經典性作品；2.做為詩歌活動家他參與籌組了藍星詩社，並主編了藍星系列的多種詩頁、詩刊、詩選、詩叢，是臺灣現代詩運動中最具廣泛影響的詩歌團體之一；3.做為詩歌理論家他參與了1950 年代臺灣歷次的現代詩論戰，出版了《詩的解剖》（1958 年）和《論現代詩》（1960 年）兩部詩論集，他關於〈新詩向何處去？〉的長篇論文，抑制了紀弦「橫的移植」的傾向；他的不少真知灼見對臺灣新詩的發展產生了積極的影響；4.做為詩的播種者，他長期主持中華文藝函授學校的詩歌班，孜孜不倦地培養了一批卓有成就的臺灣詩人，並且擴大到菲律賓等華文詩壇。

抵臺後是覃子豪詩歌人生的又一次重大轉折。現實的失望和熱情的冷凝，使他改變了抗戰時期激情的傾瀉和現實的描繪那種抒情方式，重歸於早期出發的象徵傾向。不過豐富的現實體驗使他所有的象徵都包孕著具體的人生內容。由具象的描繪而升發的人生感念，是他最主要的抒寫方式。《海洋詩抄》是臺灣現代詩壇最早一部有影響的詩集。詩人從他海上生活

的許多側面寄託一個浪跡天涯的旅人對家鄉、故人以及青春、理想的懷思和追求；詩中湧動著歷經坎坷而步入中年的詩人常有的對人生不無悲戚的慨嘆，和依然健偉的自信。這種藉助自然物象的象徵而傾吐的人生感遇，在例如〈追求〉、〈岩石〉等一些詩篇中，表現得十分凸出：

大海的落日

悲壯得像英雄的感嘆

一顆星追過去

向遙遠的天邊

黑夜的海風

颳起了黃沙

在蒼茫的夜裡

一個健偉的靈魂

跨上了時間的快馬

——〈追求〉

到了寫作《向日葵》時期，詩人這種健偉的自信，雖然仍然存在，但執著的信念又從對客觀現實的堅持轉向對內心的開掘，開始出現了對於人生奧義的更為抽象的探求主題。詩的象徵傾向，也由於轉向內心而更強烈。前者如〈向日葵〉、〈蛾〉等。詩人說，「我寫詩，是抖落心靈的煩憂，和我理想追求的表現。……《向日葵》是我苦悶的投影，這投影就是我尋覓的方向。」詩人以自己生命塑造成向日葵的形象，在陽光普照中自己也「成了地上的太陽」；而當秋末來臨，髮絲脫落、憔悴欲死的詩人——向日葵，依然表示要「瀝盡心血，剖開胸膛」，「一粒一粒地／灑下我不死的種子／向著將要復甦的大地」。這主題是〈追求〉的變奏，卻更強調內心的力量。後者如〈距離〉。理想和現實永難統一的悲劇，如地球和月亮，既有面

隔雲漢的嘆息，又有「永恆的遙遙相對」的心儀。詩人渴想有五千魔指「把世界縮成一個地球儀」，如尋倫敦和巴黎一樣，在每一回轉動中就使夢想實現。這種明知無望的幻想寄託，已包含著對人生難以理解的幽奧意味。這首可能由愛情升發的作品也因此獲得了比愛情更豐富的內涵。

《海洋詩抄》和《向日葵》是覃子豪前期創作的延續和風格的初變。強烈的現實意識使作品寓有嚴肅的人生批評和執著的信念寄託，既重象徵的表現又交織著古典的嚴謹和浪漫的抒情，是這一時期作者知性與抒情並重的理論主張的實踐。《畫廊》則是覃子豪風格轉變的標誌，是他做為一個現代詩人的形象的完成。饒有興味的是這部出版於臺灣現代詩運動處於低潮期的 1962 年的詩集，卻以其真正的現代風格，表明了堅持以抒情為正宗的浪漫詩人向知性的現代主義跨進一大步。這其中有著複雜的社會環境變化、內心感性經歷的理性昇華和藝術自身發展內驅力的種種原因。

《向日葵》出版以後，覃子豪稱自己對於詩「思索多於創作，創作多於發表；恆在探求與實驗中」。（《畫廊》自序，下同）。他開始否定了「詩是感情的抒寫」的概念，而認為「詩，是游離於情感和字句以外的東西」，「當時被發現以後，情感便成為剩餘價值了。」他尋索的是一種在文學表達後面的有待我們去證實的東西。如像他所描寫的〈金色面具〉，那鏤空的眼睛後面，雖然不見眸子（具象的存在），但仍然可以感到那「目光依然深沉，神采依然煥發」的神情。「面具背後的虛無，不定是虛無，只是兩眼不能察覺虛無中所存在的東西。」詩人所欲表現的是這具象背後存在的「未知」。這首〈金色面具〉便成了詩人探索的開始和他探索觀念的象徵。他從對生活表層的人生批評，深入到對生命奧義的探察，並從這種奧義中發現事物的抽象性。

而所謂「生命奧義」和事物的抽象性，實際上是一個因人而異且無法確證的假設，這樣詩人便不能不走入神祕主義的謎圈中。它在詩的想像和創造上，可能提供無限廣闊的豐富性，在哲學上卻不能不陷入虛無和不可知論。最典型且又最完美和影響深廣的作品是〈瓶之存在〉。瓶的物性和神

性，使它具有具象的特質和抽象的象徵。作者對於人生奧義的抽象認識便藉助瓶的具象形象表達出來，「由外形的抽象性到內形的具象性；復由內在的具象性還原於外在的抽象」。於是自如自在的瓶，挺圓圓的腹，似坐著，又似立著，「背深淵而面虛無」，「背虛無而臨深淵」，清醒於假寐又假寐於清醒，既目偶象，也非神祕，只是一種存在，靜止的存在和美的存在。物象的外形和內涵，詩人的自我和非我，詩的具象和抽象，都在矛盾的對立與統一和諧中，統攝於詩人對生命認知的神祕境界，創造出一種近乎物我兩忘的禪的氛圍。詩人這種每似超拔的人生觀照，其本質仍在追求他一貫執著的生命的力量。這是歷經滄桑和困擾後的生命表現出來的理性的清醒和對現實的遁逸。他在〈肖像〉中寫道：

　　這肖像是一個詮釋

　　詮釋一個憔悴的生命

　　紫銅色的頭顱是火燒過的岩石

　　他是來自肉體的煉獄

　　他的靈魂在吶喊

　　我聽見了聲音

生命因現實的折磨而憔悴，但從肉體的煉獄中升揚起來的靈魂的吶喊，卻是生命不死的象徵。詩人從這一詮釋中找到生命真正的力量。

　　覃子豪創作道路的幾度轉折以及他詩風的演變，是中國新詩發展上饒有興味的課題，留給我們進一步去探討。

——選自劉登翰《臺灣文學隔海觀》

臺北：風雲時代出版公司，1995 年 3 月

六十年代現代主義文學？
（節錄）

◎柯慶明[*]

　　針對著紀弦的〈現代派信條釋義〉，尤其是第一條的提倡所謂「現代主義」，第二條的主張「新詩乃是橫的移植」，第四條的「知性之強調」，以及第五條的「追求詩的純粹性」，覃子豪在 1957 年《藍星詩選》獅子星座號，發表了〈新詩向何處去？〉，首先反對「中國新詩是吸收了西洋詩的營養而長成、壯大，是世界詩壇之一環；因而世界詩壇的方向，便是中國新詩的方向」，認為：

> 中國新詩之向西洋詩去攝取營養，乃為表現技巧之借鏡，非抄襲其整個的創作觀，亦非追隨其蹤跡。技巧之借鏡，無時空的限制，無流派的規範。其目的在求新詩有正常之進步與發展。

　　因此強調：「中國新詩應該不是西洋詩的尾巴，更不是西洋詩的空洞的渺茫的回聲，而是中國新時代的聲音，真實的聲音。」因而質疑：「若全部為『橫的移植』，自己將植根於何處？」以為：「外來的影響只能做為部分之營養，經吸收和消化之後變為自己的新血液。新詩目前極需外來的影響，但不是原封不動的移植，而是蛻變，一種嶄新的蛻變。」所以接著強調，「理性與知性可以提高詩質，使詩質趨醇化」，但若要「表現出詩中的含意」，卻「非藉抒情來烘托不可」，「最理想的詩，是知性和抒情的混合產

[*]臺灣大學中國文學系、臺灣文學研究所教授。

物」，因此接著提出：「凡屬具有永恆性的藝術，必蘊蓄著人生的意義」；詩必須成為「作者和讀者溝通心靈的橋樑」，「詩人的目的，是在和讀者做心靈的共鳴，和讀者共享神聖的一刻」，因此反對非由本質而徒具外觀的晦澀；詩的「生命是完整的」，必須出以「完美之表現」，「瑣屑、零亂的表現」，「那是殘缺的，斷片的」，「局面誇張，是畸形的發展」；需「尋求詩的思想的根源」，「思想是詩人從現實生活感受中所形成的人生觀和世界觀」，「所謂理性與知性」，其意義正在「對人生的探索，理想的追求」；以及「從準確中求新的表現」與「風格是自我創造的完成」等論點，尤其最後一點，他強調：

> 風格在個人來說，是人格的代表，也是一個人精神的超越的表現。在一個民族來說，是一個民族氣質，精神的代表，也是一個民族氣質，精神的超越的表現。在一個時代來說，是一個時代精神的代表，也是一個時代精神超越的表現。時代風格，就是超越了舊傳統的新風格。民族風格，就是超越了民族古老氣質的新風格。個人的風格，就是超越了現實中的舊我的新風格。而這新風格要在自我創造中求完成，和個人氣質、民族氣質、時代精神不可分割的。

　　在這一段話裡，覃子豪一方面肯定了藝術品所賦形的美感經驗，來自創作者的現實經驗。因此在某種意義上反映了創作者的生活狀態，以至生命形態，可以視為是其「人格」的「代表」；但另一方面更重要的，卻是美感經驗，或者說賦形呈現於藝術品的「內容」，也就是與「形式」結合後，所形成的整體「風格」，則已非現實經驗，甚至已非現實中的自我──他稱之為「現實中的舊我」──而是其超越，因而也就是「一個人精神的超越的表現」，是以創作者在藝術中昇華了自我，也在藝術品的創造中，創造了一個嶄新的自我，因此做為統一了形式與內容的作品的「風格」，一種精神的實體與面貌，也就可以視為是「自我創造的完成」。同時，這種「反映」

與「昇華」，「代表」與「超越」的有關「自我」與「風格」的辯證關係，
又可以同時應用到「個人」、「民族」與「時代」的層面上。在這種應用的
推廣之際，覃子豪其實是提出了一個「民族」，以至一個「時代」的「主體
性」的概念。這也就是他所以強調：「無庸否認一個新文化之產生，除了時
代和社會爲其背景外，外來文化的影響亦爲其重要的因素。但應以自己爲
主。」的基本立場。

　　同時，由於提出的不僅是「民族」的「主體性」，還更是「時代精神」
的「主體性」，因而相對於「傳統」，也就更有了「相承」而「超越」的辯
證的關係，或者說類似現實經驗爲藝術經驗的「創造」所「超越」、所轉
化，但確爲其材料、其基礎，也就是「營養」與「吸收和消化之後變爲新
血液」的「蛻變」、「嶄新的蛻變」中「自我創造的完成」的關係。因此，
這一方面類似於我們在第二節所討論過的「古典／現代」或者「傳統／現
代」的理念，但是在其提出的時候，卻有了更爲深入的闡釋，更深刻的理
解。並且，由於「個人」是單一的「主體」，可以有完整統一的「自我」，
所以，他以「人格」論個人的「風格」。但是「民族」，做爲集體的「主
體」，它的「主體性」卻是多元、多面、多「自我」的，因此，只能以共同
或近似的「氣質」，而非以具體的「人格」來理解與掌握。在強調「風
格，……在一個民族來說，是一個民族氣質，精神的代表，也是一個民族
氣質，精神的超越的表現」之際，似乎他正以子之矛，攻子之盾的以紀弦
的「氣質決定風格」的理念，來凸顯「民族主體性」之不可否定與喪失。
但是「氣質決定風格」的主張，其實是一種強調表現個性的浪漫理念；而
「民族氣質，精神的超越的表現」，「民族風格，就是超越了民族古老氣質
的新風格」，則顯然具有「克己復禮」或「詩者，持也。持人情性」的古典
程序與「開物成務」的創新精神。

　　因此，結果非常顯然：主張「知性之強調」與「追求詩的純粹性」的
紀弦的詩作，卻一再的反映了「氣質決定風格」，寫出了〈狼之獨步〉的狂
想「以數聲悽厲已極之長嗥」，「使天地戰慄如同發了瘧疾」，而強調「這就

是一種過癮」；或者〈在禁酒的日子〉：「把那些喝空了的瓶」，「又對準了水泥牆，離遠些，使勁地」，「一隻隻，一雙雙拋擲過去」，「使發出乒乓劈拍之聲──」，而宣稱：「不也是一種大大的過癮嗎？」的這種一再的以「過癮」做結的，宣洩無聊無賴情緒的「新」抒情詩（其實是「元曲」風的）。而在當時，寫下像〈瓶之存在〉：

> 不是偶像，沒有眉目
> 不是神祇，沒有教義
> 是一存在，靜止的存在，美的存在
> 而美形於意象，可見可感而不可確定的意象
> 是另一世界之存在
> 是古典、象徵、立體、超現實與抽象
> 所混合的秩序、夢的秩序
> 誕生於造物者感興的設計
> 顯示於渾沌而清明，抽象而具象的形體
> 存在於思維的赤裸與明晰

這樣的主要以「知性」所構築的詩作來的，反而是覃子豪。在上引節錄的段落中，覃子豪以「對」為「象」，指出它同時具有了「古典、象徵、立體、超現實與抽象」等「秩序」，承認此「秩序」是「夢」，是「感興」，但仍然是「秩序」或「設計」，他一方面詮釋了「現代主義」的諸流派中，他個人的選取，一方面真正被排除或者省略的，卻反而是浪漫主義的個人情緒的宣洩。同時，該詩以：

> 似坐著，又似立著
> 禪之寂然的靜坐，佛之莊嚴的肅立
> 似背著，又似面著

背深淵而面虛無

背虛無而臨深淵

無所不背，君臨於無視

無所不面，面面的靜觀

不是平面，是一立體

不是四方，而是圓，照應萬方

圓通的感應，貫通的能見度

是一軸心，具有引力與光的輻射

起始，不但用了「禪」、「佛」、「靜觀」、「圓通」等東方的思維與理念；更基本的，在它近似「弔詭」的「矛盾語法」（"The Language of Paradox"）的底層，是中國詩歌的「對句」或「對比」的思維形式。這不正是或多或少的實現了余光中所期待的「在作品中使東西文化欣然會合」呢？

　　由於覃子豪在〈新詩向何處去？〉的質疑，不但引起了紀弦接著撰寫〈從現代主義到新現代主義〉、〈對於所謂六原則之批判〉等文，引發了覃、紀二人的論戰，事實上也擴大為「現代詩社」與「藍星詩社」之間的論爭。

——選自張寶琴、邵玉銘、瘂弦編《四十年來中國文學》
臺北：聯合文學出版社，1995 年 6 月

中國現代詩風格與理論之演變
（節錄）

◎林亨泰*

關於「韻律主義」詩觀的克服，紀弦在他的詩論中常常提到，他跟此一時期的詩人們一樣，堅決地信奉「情緒的節奏」這個說法。我們不妨把他對音樂性的看法節錄幾段於後：

> 詩的音樂性有二：一是低級的，「歌謠」的音樂性，即是專門用耳朵去聽；一是高級的，現代的，「新詩」的音樂性，即是專門用心靈去感覺。
>
> ——〈袖珍詩論抄〉

> 其一係從「詩形」去感覺的，即指「文字的音樂性」而言；另一係從「詩質」去體味的，即指「情緒的音樂性」而言。所謂「文字的音樂性」，便是文字之受一定的格律限制的，即韻文之節奏，平仄與對偶，聲調與押韻，以及規定每節多少行，每行多少字的圖案式的排比等等是；所謂「情緒的音樂性」，便是情緒之旋律化，情緒之永續的波動，即詩情之由於想像作用，意匠活動而到達的組織化、秩序化所顯示的一種音樂的狀態是。
>
> ——〈論詩的音樂性〉

把「音樂性」劃分為兩種極端對立的概念，旗幟分明，人人易懂，自然讀者容易接受。但是，如此以「低級的」、「高級的」做為區分標準，誠

然叫人無法心服的。事實上,「音樂性」問題本來在現代詩的許多問題當中算是最脆弱最成問題的一個,同時,在古典詩中是最優越最有成績的一環。無可否認的,李白、杜甫以及許許多多古典詩的人,曾經以「韻文」寫下來的無數詩作品中的「音樂性」,是非常傑出非常高級的。不過,紀弦對「文字的音樂性」與「情緒的音樂性」,特別加以分別的說法,是值得我們傾聽的。就這一點而論,他與戴望舒、戴杜衡等人的說法是一致的。

那麼,此一時期詩人常提到的這些所謂「情緒的節奏」,乃至「情緒的音樂性」究竟為何?它對詩風格的形成有何關聯?這些問題實有更進一步討論的必要。但,至今我們還沒有看到同屬於此一時期的另一詩人覃子豪的實際作品及他對「音樂性」的看法,讓我們閱讀並有所了解之後一併討論或許較為方便。

> 淨化官能的熱情,昇華為靈,而靈於感應
> 吸納萬有的呼吸與音籟在體中,化為律動
> 自在自如的
> 挺圓圓的腹
>
> 挺圓圓的腹
> 似坐著,又似立著
> 禪之寂然的靜坐,佛之莊嚴的肅立
> 似背著,又似面著
> 背深淵而面虛無
> 背虛無而臨深淵
> 無所不背,君臨於無視
> 無所不面,面面的靜觀
> 不是平面,是一立體
> 不是四方,而是圓,照應萬方

圓通的感覺，圓通的能見度

是一軸心，具有引力與光的輻射

挺圓圓的腹

清醒於假寐，假寐於清醒

自我的靜中之物，無我的無動無靜

存在於肯定中，亦存在於否定中

不是偶像，沒有眉目

不是神祇，沒有教義

是一存在，靜止的存在，美的存在

而美形於意象，可見可感而不可確定的意象

是另一世界之存在

是古典、象徵、立體、超現實與抽象

所混合的秩序，夢的秩序

誕生於造物者感興的設計

顯示於渾沌而清明，抽象而具體的形體

存在於思維的赤裸與明晰

假寐七日，醒一千年

假寐千年，聚萬年的冥想

化渾噩為靈明，化清晰為朦朧

群星與太陽在宇宙的大氣中

典雅、古樸如昔

光煥、新鮮如昔

靜止如之，澄明如之，渾然如之

每一寸都是光

每一寸都是美

無需假借

無需裝飾

繁星森然
閃爍於夜晚，隱藏於白晝
無一物存在的白晝
太陽是其主宰
青空渺渺，深邃
而有不可窮究的富饒深藏
空靈在你的腹中
是不可窮究的虛無

蛹的蛻變，花的繁開與謝落
蝶展翅，向日葵渾灑種子
演進、嬗遞、循環無盡
或如笑聲之迸發與逝去，是一個剎那
剎那接連剎那
日出日落，時間在變，而時間依然
你握時間的整體
容一宇宙的寂寞
在永恆的靜止中，吐吶虛無
自適如一，自如如一，自在如一
而定於一
寓定一於孤獨的變化中
不容分割
無可腐朽

一澈悟之後的靜止
一大覺之後的存在

　　自在自如的

　　挺圓圓的腹

　　宇宙包容你

　　你腹中卻孕育著一個宇宙

　　宇宙因你而存在

──〈瓶之存在〉

　　前面我們所看的是覃子豪詩作品中最精采的一篇力作，現在，再把他
對音樂性的看法之理論抄錄於後：

　　節奏是情緒上最原始的表現，詩是情緒最豐富的一種藝術，故音樂性之
　　存在於詩，是自然的趨勢。詩的音樂性之表現，內在的節奏較外在的韻
　　律更為動人；節奏是自然產生的，韻律是人為的。詩的創造，貴在自
　　然，它的音樂性是隨著情緒的波動和語言上的節奏所形成；外形的音樂
　　性，是死板的韻律，人為的矯飾。

──〈音樂性〉

　　從覃子豪的這篇敘述中，我們可以充分了解他對「音樂性」的看法也
與同一時期詩人所認識的大致相同。即認為「詩的音樂性是隨著情緒的波
動和語言上的節奏所形成。」就實際的作品而論，當我們閱讀覃子豪的
〈瓶之存在〉乃至紀弦的〈在邊緣〉等作品的時候，毫無疑問的，我們也
感受到一股與閱讀戴望舒作品〈我底記憶〉一樣的感觸。

　　諸如「淨化官能的熱情，昇華為靈，而靈於感應／吸納萬有的呼吸與
音籟在體中，化為律動／自在自如的／挺圓圓的腹」（覃子豪）、「在邊緣，
我突然止住並收回我的開始舉起正待跨越過去的一足；一個全新的意志使
我變得如此其沉思，在邊緣」（紀弦）、「我底記憶是忠實於我的，／忠實得
甚於我最好的友人。／牠存在在燃著的煙捲上，／牠存在在繪著百合花的

筆桿上，／牠存在在破舊的粉盒上……」（戴望舒）等，僅就這些作品頭一段的詩句看，可以看出他們表露在風格上的共同趨向，那是一種非常接近雄辯而又不是雄辯，是一種「侃侃而談」的寫法，雖亦令人聞到一種詩的氣息。但此異於第一階段五四時代的那種「散文調子」，又非第二階段「象徵派」的那種「情調象徵」，那麼，這特色難道非是「情緒的節奏」不可？

　　從戴望舒的「詩不能借重音樂」之覺悟到戴杜衡、紀弦、覃子豪等「情緒的節奏」這種說法，是現代詩在「音樂性」理論的建立上充滿著矛盾與艱苦的一段演變過程。由於「白話」這工具先天性「極端缺乏音樂性」的條件下，如何尋得音樂性是頗令詩人感到束手無策的。因此，戴望舒的聲言「詩不能借重音樂」，或戴杜衡的想法「讀後感到非常新鮮，在那裡，字句底節奏已經完全被情緒底節奏所替代」，乃至紀弦、覃子豪等把這種「情緒的節奏」，捧成「高級」或「更為動人」。試想：這些都有點牽強而難能自圓其說。因為「情緒的節奏」之存在於詩，並不算是什麼特殊的現象，除非詩人把詩寫成「定義」、「定理」或「法律條文」之類的文章，否則詩作品本身均不缺乏這種原始的內在的自然節奏的。儘管戴望舒說不借重於音樂，他的詩仍含有一股新鮮的節奏，讓戴杜衡不得不說：「讀後感到非常新鮮」，但雖然如此，這一股新鮮的節奏，卻也淡得微不足道，這麼一來，紀弦不得不這麼說：「即是專門用心靈去感覺的」，而覃子豪也要說：「節奏是情緒上最原始的表現。」事實上，五四以來，新詩對於「音樂性」的各種說法，一直從未獲得一般讀者的共鳴與支持。其原因不就是因為新詩乃至現代詩正缺乏了古典詩那一份可以用「耳朵去聽」的「外在的節奏」嗎？

　　嚴格地說來，新詩這種非「專門用心靈去感覺」不可的所謂「內在的節奏」，如果硬說它是一種屬於「情緒的」，就戴望舒、紀弦、覃子豪之作品的意義來說，也是講不通的。因為戴望舒在〈我底記憶〉中，紀弦即在〈在邊緣〉中，而覃子豪更在〈瓶之存在〉中，他們都一致極力地把「情緒」壓抑得已經分不出到底是喜或怒？是哀或樂？只是極端理智地順著詩

的每一行又合乎邏輯地去展開他們的詩，這與其說是「情緒的節奏」，不如
說是「知性的節奏」要來得妥當些。

——選自林亨泰《林亨泰全集・文學論述卷1》

彰化：彰化縣立文化中心，1998 年 9 月

〈詩的播種者〉品賞

◎瘂弦[*]

　　意志囚自己在一間小屋裡

　　屋裡有一個蒼茫的天地

　　耳邊飄響著一支世紀的歌

　　胸中燃著一把熊熊的烈火

　　把理想投影於白色的紙上

　　在方塊的格子裡播著火的種子

　　火的種子是滿天的星斗

　　全部殞落在黑暗的大地

　　當火的種子燃亮人類的心頭

　　他將微笑而去，與世長辭

—— 〈詩的播種者〉

　　覃子豪（1912～1963），譜名天才，學名覃基，四川廣漢人，1912 年元月 12 日生，曾入北京中法大學、東京中央大學就讀，在大陸時期曾出版詩集《自由的旗》（1939 年）、《永安劫後》（1945 年）。1947 年來臺。1951 年，他與紀弦、鍾鼎文等編輯出版《自立晚報》「新詩」週刊，他曾創辦「藍星詩社」，主編《公論報》「藍星」週刊、《藍星》宜蘭版、《藍星詩選》、《藍星》季刊等。1963 年 10 月 10 日逝世。著有詩集《海洋詩抄》、

[*]本名王慶麟。發表文章時為《創世紀》詩刊發行人，現旅居加拿大溫哥華。

《向日葵》、《畫廊》。論著《詩的解剖》、《論現代詩》等多種。另由葉泥等編輯的《覃子豪全集》三大冊，於 1974 年陸續出版。

　　覃子豪的詩，重視抒情趣味的捕捉，力求在準確中有嶄新的表現，並不斷追求神祕經驗與奧義的契合。他被喻為臺灣第一代海洋詩人，〈花崗山掇拾〉為其代表作之一。覃氏的詩一直求新、求真、求變，力求在謹嚴飽滿深刻的觀照中完成。

　　〈詩的播種者〉的審美特徵，在於作者構思設喻的確當，全詩以火的意象貫穿統合，恰切而鮮明地勾勒出一個文化播種者為眾人赤誠奉獻的精神形象，意涵深宏，境界闊大，富有積極的理想主義色彩。詩僅十行，兩行為一節，是一種比較拘謹的形式，但由於作者在語言上刪繁就簡的功力深厚，竟把如此奔放的文思，激越的感情，一一壓縮在固定的詩行中，而絲毫不受格律的限制，且給人以廣遠的想像空間，而也由於形式的簡括，反而呈現一種樸實、含蓄與謙虛之美，更能見出作者的人格氣質，突破一般同類題材作品放言慷慨、矯情誇張的舊習氣。大家手筆，自是不同。

──選自張默、瘂弦編《天下詩選 1：1923～1999》

臺北：天下遠見出版公司，1999 年 9 月

橫的移植與現代主義之濫觴
（節錄）

◎陳芳明[*]

　　從 1957 至 1958 年，詩壇爆發了第一次論戰。顯示詩人之間對於現代主義的定義與現代詩的命名，仍然紛紜未定。這次論戰，完全是針對紀弦提出的「現代派六大信條」而發生的。

　　挑戰紀弦詩觀的發難者，來自藍星詩社的創辦者覃子豪。覃子豪（1912～1963），原名基，四川人，曾經赴日本中央大學深造。來臺之前擔任過詩刊編輯與報紙副刊編輯。1945 年 6 月，在福建出版過一冊詩集《永安劫後》。1951 年，主編過《自立晚報》「新詩」周刊，於 1953 年出版詩集《海洋詩抄》，1954 年出版《向日葵》，是創作與理論兼具的詩人。他與鍾鼎文、鄧禹平、夏菁、余光中等人共同組成「藍星詩社」。覃子豪傾向於把新詩稱為「自由詩」，而不是「現代詩」；因此，在詩的理念上，與紀弦扞格不合。現代派發表宣言後，覃子豪在自己創辦的《藍星詩選》獅子星座號，發表長文〈新詩向何處去？〉，批駁紀弦所提倡的現代詩之不恰當。

　　覃、紀二人展開的辯論，涉及了現代詩運動發展的路線與方向，也涉及了社會現實與國族認同。對於紀弦而言，現代詩誠然應該是「橫的移植」優先於「縱的繼承」，這是純粹從美學的觀點出發。同樣的，對於抒情詩，紀弦表示了極大的輕蔑，而認為現代主義在於開發新的感覺與新的思維，不應受到舊式情緒的羈絆。對照之下，覃子豪強調古典傳統與民族立場的重要性。他對現代主義的批判，重要論點表達如下：

---

*發表文章時為政治大學中國文學系教授，現為政治大學講座教授兼臺灣文學研究所所長。

現代主義的精神,是反對傳統,擁護工業文明。在歐美工業文明發達至
極的社會,現代主義尚且不能繼續發展;若企業使現代主義在半工業半
農業的中國社會獲得新生,只是一種幻想。因此,中國人民的社會生活
並沒有達到現代化的水準,我們的詩不可能做超越社會生活之表現。否
則,其作品只能成為現代西洋詩的擬摹,或流於個人脫離現實生活的純
空想的產物,失去了詩的真實意義。

覃子豪的觀點,也正是後來現代主義遭到質疑時的一般見解。那就是
現代主義與臺灣的社會現實格格不入,並且也使文學作品淪為西方的末
流。不過,覃子豪對現代主義的認識,也許有很大錯誤。因為現代主義並
不必然就是擁護工業文明,大多數的西方現代作家其實都是在抗拒或批判
工業文明。同時,現代主義並非如覃子豪所說,在西方「尚且不能繼續發
展」;相反的,它不停地延續擴張。不過,他主要的論點乃在於,現代主義
與臺灣的現實是否能夠契合?因此,覃子豪也以六項原則回應紀弦的六大
信條。他希望詩人能夠重視人生本身與人生事象,重視作者與讀者之間的
溝通橋樑,重視詩的準確表現等等。

這是「為藝術而藝術」與「為人生而藝術」之間的長期辯論之變相演
出。覃子豪強調的是詩的人生觀以及詩的社會性,而紀弦則是側重在詩如
何現代化,以及詩如何成為純粹的藝術。針對覃子豪的質疑,紀弦又寫了
兩篇長文〈從現代主義到新現代主義〉(《現代詩》第 19 期),與〈對於所
謂六原則之批判〉(《現代詩》第 20 期),雙方的戰火從此啟開。藍星詩社
方面羅門、黃用、余光中都加入論戰的行列,在現代派方面則只有臺籍詩
人林亨泰予以聲援。現代派的實力,至此被檢驗出來。擁有一百餘位成員
的現代派,竟然使紀弦陷於孤立的境地。林亨泰的答辯,基本上是以隨筆
札記方式申論,較不具系統式的推理。並且,林亨泰的論點只是在強調現
代主義並未完全排斥抒情,也並未完全脫離社會。不過,林亨泰在〈鹹味
的詩〉(《現代詩》第 21 期)中說出豪語,希望臺北有一天成為未來的巴

黎，更希望後代有一本書如此寫著，「現代主義運動的歷史，完結於臺灣。然而這一段歷史，引導我們從法蘭西到美麗寶島的淡水河畔的臺北。但是，現代主義運動的開始，在很重要的意味上說，也在這臺灣。」

——選自《聯合文學》，第 202 期，2001 年 8 月

現代主義文學的擴張與深化
（節錄）

◎陳芳明

　　現代詩運動到達 1960 年時，已初具規模。戰後臺灣文學對「現代」的追求，如果沒有現代詩運動的衝擊，也許不會那樣迅速臻於成熟的境界。紀弦創辦的《現代詩》及其鼓吹的現代派運動，正是在這樣的歷史脈絡裡彰顯意義的。然而，紀弦並非是僅有的推手。除了現代詩社之外，1954 年 3 月成立的藍星詩社，與 1954 年 10 月成立的創世紀詩社，對臺灣現代主義思潮的塑造與鍛鑄也產生積極而正面的作用。這兩個詩社的同時加入運動，才使現代主義的定義與內容有了明確的範疇，也使紀弦的口號「新詩再革命」與「新詩現代化」獲得了實踐。

　　藍星詩社最初之受到矚目，肇因於覃子豪向紀弦的宣戰。這兩位重要的運動領導者，曾經分別主編過 1950 年代初期的《自立晚報》「新詩」週刊。他們對現代詩的接受，都是從法國的象徵主義作品獲得影響。不過覃子豪的詩觀，並未像紀弦那樣主張新詩的加速現代化。由於覃子豪的出現，才使「橫的移植」放緩腳步。但現代主義思潮的引介，也是由於覃子豪的加入而漸漸深化。他所領導的藍星詩社，在現代主義的實踐上篤定而穩重。要了解現代主義在臺灣的擴張，藍星詩社所扮演的角色不容忽視。

　　藍星詩社成立於 1954 年 3 月，在夏菁、鄧禹平的策畫下，結合余光中、覃子豪、鍾鼎文共同組成。在成立之初，詩社並未有具體的文學主張。他們發行的刊物，有兩個重要系列，一是「藍星」週刊，共出 211 期，始於 1954 年 6 月，止於 1956 年 8 月。這是借用當時的《公論報》版面所發行，是該社主要交流的園地。一是《藍星詩頁》，屬於 40 開摺紙

頁，共出 63 期，始於 1948 年 12 月，停刊於 1965 年 6 月。此外，覃子豪還主編過《藍星》宜蘭版（1957 年）、《藍星詩選》共 2 期（1957 年），以及《藍星》季刊共 4 期（1961～1962 年）。

這個詩社表面上看似鬆懈，也似乎未建立任何理論；但是，藍星在現代詩論戰中提出的見解與批評，無形中也開闢了異於同時代其他文學集團的詩觀。基本上，藍星詩社所追求的路線是在穩健中求發展，既不屬於全盤西化論，也不屬於食古不化論。以 1950 年代中期到 1960 年代初期的幾次論戰來印證，正可以顯現詩社成員的態度與信仰。除了前述的覃子豪與紀弦之間的論戰之外，藍星詩社成員參與了另外三次的論戰。一是關於象徵詩派的定義與定位，是由古典文學教授蘇雪林首先提出詰難，覃子豪展開系列的辯護，時間發生於 1959 年 7 月至 11 月。一是新詩保衛戰的辯論，由保守的專欄作家言曦提出質疑，覃子豪、余光中、黃用、夏菁、葉珊等人提出辯護，整個論戰開始於 1959 年 11 月，終止於 1960 年 6 月。一是〈天狼星〉論戰，是余光中與洛夫之間進行的一場現代詩精神的再定義與再釐清。這幾次論戰的最大作用在於使現代詩終於從苦悶政局中打開一條道路。在反共政策的陰影下，反反覆覆的辯論迂迴地闢出廣闊的想像空間。具體言之，參與論戰的成員並未正面挑戰官方的意識形態；不過，他們嚮往自由的心靈，卻在論戰隱約獲得釋放。另外，必須注意的是，通過數次論戰的洗禮，臺灣現代主義的精神也次第建立起來。這種精神，並非完全向西方文學傾斜，也並非全然死守中國的傳統，而是一種在 1950 年代特定時空下所凝鑄出來的現代詩美學。

覃子豪與蘇雪林之間的論戰，正好可以表現出現代詩的位置。蘇雪林（1897～1999）是成功大學中文系教授，在 1930 年代曾經嚴厲批判過魯迅的文學觀。她的發言立場幾乎是從國民黨的文藝政策出發，代表當時極端保守的論點。蘇雪林在《自由青年》發表的三篇文章〈新詩壇象徵派創始者李金髮〉、〈為象徵詩體爭論敬告覃子豪先生〉、〈致本刊編者的信〉，典型地反映了傳統學者對現代詩的曲解與誤解。她對象徵詩派的指控。認為是

文法不通、語句晦澀，意義曖昧。她又指出，中國象徵詩派的創始者李金髮自始就把新詩帶進死胡同，臺灣的現代詩人則是象徵詩派的末流，更不可能找到新的出路。蘇雪林甚至以下面的詞句來形容臺灣現代詩：「巫婆的蠱詞，道士的咒語，匪盜的切口。」蘇雪林批評的立場，似乎是停留在五四時期白話文運動的階段，仍然刻意講求文法的紀律與意義的透明。這種保守的觀點，自然無法接受現代主義的提倡。

覃子豪寫了三篇重要的文章聊以答覆：〈論象徵派與中國新詩兼致蘇雪林先生〉、〈簡論馬拉美、徐志摩、李金髮及其他〉、〈論新詩的創作與欣賞〉。這些文章一方面為當時的現代詩人及其創作提出辯護，一方面也闡釋象徵主義的理論與實踐。在 1950 年代封閉的政治空氣中，覃子豪的詩觀代表的是一種思想解放，也是一種現代詩的正面評價。他在第一篇答覆蘇雪林的文字中，提出了嚴肅而有力的辯護：

> ……臺灣的新詩接受外來的影響甚為複雜，無法歸入某一主義某一流派，是一個接受了無數新影響而兼容並蓄的綜合性創造。文學、藝術是隨著時代變動的，詩必然要尋求它更新的發展。臺灣目前的詩，其趨勢是表現內在的世界，而不是表現浮面的現象的世界。它在發掘人類生活的本質及其奧祕，而不是攝取浮光掠影生活的現象。它已經超越了象徵派所追求的朦朧而神祕的境界，更接近生活的真實。

覃子豪文字中提到的「內在世界」、「生活的本質」與「生活的真實」，都迥異於當時的政治口號與文藝政策。他以「真實」來取代「現實」，正好可以說明現代詩的路線在有意無意之間偏離了官方的意識形態。當他為象徵主義辯護釐清之際，其實已經把現代詩尊崇為獨立自主的藝術，而不是權力干涉所能左右。覃子豪也承認，現代詩中不乏摹倣與濫調的作品，但不能因此而否認詩藝的一定成就。在「懂」與「晦澀」的層面上討論現代詩，只會使文學批評瀕於破產。

　　覃、蘇二人的辯論，不在講求勝負成敗。不過，在往返的回應中，已經顯示五四文學的審美觀在 1950 年代的臺灣漸呈沒落，正在崛起的美學則是現代主義式的思維。這是一次重要的歷史斷裂，文學創作的道路朝著內心探索的方向迂迴前進。詩的語言不但獲得改造，詩人的情緒也同時獲得重整。覃子豪在 1959 年的《文星》發表〈現代中國新詩的特質〉，等於是為 1950 年代的新詩成就做了一個總結。整篇文字代表了覃子豪對於現代詩前途所具備的信心，並且也代表了他對臺灣現代詩的評論具備厚實的理論基礎。他特別指出，現代詩是「中國的現代化，不是歐美的現代化」。這是現代主義為適應臺灣現實所進行的在地化改造，不再只是歐美文學的下游。覃子豪說：「我所強調中國現代這些字眼，是基於中國現實生活的真實性，是暗示著中國的現實與歐美的現實完全不同，中國人在身體上和心靈上所遭受的傷害，和所積壓的苦悶，實較之任何一個國家的人民都深切，其表現於詩中的情感，無疑更為深刻、沉痛。中國詩人絕不能放棄中國偉大的現實所蘊藏著的寶藏，而完全去捕捉西洋現代詩的趣味。」覃子豪顯然是在指出，歐美現代主義者的現實根源乃是深植在資本主義與都會生活；而臺灣現代詩人面對的苦悶現實則是建基於政治環境。現代主義在臺灣的改造，正是在這種不同於西方社會的環境中進行的。他的這篇長文肯定楊喚、夏菁、余光中、瘂弦、吳望堯、鄭愁予、方思、阮囊、周夢蝶、白萩、向明等人的作品，認為這些詩的特質，乃是「以真實否定虛妄，以素樸否定怪誕，以自發否定造作。它之所以不是寫實，因其能揭示生活與真境中的奧祕。」

──選自《聯合文學》，第 207 期，2002 年 1 月

憶覃子豪

◎賈植芳[*]

　　1988 年初夏，我先後收到了四川廣漢縣覃子豪紀念館籌建組寄贈的《覃子豪紀念館落成專輯》和建立在該館庭院裡的子豪塑像照片，他的胞妹淑芳回到故鄉參加了她哥哥紀念館落成典禮後回到上海給我來的訊。幾年了，我每每翻閱這些來件，凝視子豪塑像的照片的時候，總是感情起伏，思緒萬千。因爲這以前看海外的資料記載說，子豪 1963 年在臺北醫院臨終時曾一再喃喃地說：「我要回家了！」他的這個遺願，在經歷了 25 年之後，終於實現了，「落葉歸根」，他這個浪跡海外的「孤獨的旅人」，現在總算回到生養他的故鄉人民山水之間，他的漂泊的靈魂可以得到安息了！

　　大約是 1979 年，有次我在學校圖書館裡，無意中看到葉維廉先生主編的《中國現代作家論》，當我揭開上卷查閱目錄的時候，首先映入眼簾的就是排在首篇的洛夫先生寫的〈論覃子豪詩〉。這是從 1947 年秋間，我們在上海失散以來，我第一次從文字上看到他的名字。當時真像無意間又重逢一樣，不禁驚喜交集，但我再往下看時，在洛夫先生文章前面的有關覃子豪情況簡要介紹的文章裡，我卻又發現了子豪的死訊。原來他早在 1963 年就客死在臺北，於今已有二十餘載了。雖然我是個飽經人世滄桑，在漫長的生命程途中歷遭大難的人，感情已經磨練得很粗獷了，但在生命垂暮之年，每每看到或聽到朋輩成新鬼的噩耗時，總是禁不住黯然神傷，控制不住自己的感情。我手裡捧著書默立著，恍惚又像站在他的遺像前，直到聽到閉館的鈴聲，我才頹然地把書放回原架，低著頭走了出來……。

*賈植芳（1915～2008）小說家、翻譯家、評論家。山西襄汾人。

　　我和子豪相識於 1932 年的北平，但真正成爲彼此相知的朋友，卻是 1936 年春間我到日本上學以後，在東京彼此來往一年多的時間之內，以迄 1946 年秋間我們在上海相遇，翌年我們又在上海相失。

　　1932 年夏天，我隨哥哥賈芝到北平考學校，他進入座落在阜成門外的中法大學孔德學院高中部，我考入北新橋的美國教會學校崇實中學高中部。因爲常去孔德學院看望哥哥，漸漸和他的幾個同窗兼詩友──沈毅、朱顏（錫侯）、周麟、覃子豪都熟悉了。當時這五個來自南北的青年人，雖然年齡、班次不同（有的是大學本科生，有的是不同級的高中部學生），但卻由於性格、情趣相投，開始結成詩社，成爲契友。當時的孔德學院是個世外桃源式的生活環境，高樓深院，花木蔥蘢，一派肅穆幽靜的學院風光。在這個似乎遠離塵囂而又飽受西方文化薰陶的小天地裡，又由於這個學院以法語爲第一外語，因此他們這幾個在詩歌王國裡探索的青年人，除過接受了郭沫若、徐志摩以至當時剛興起的以戴望舒爲代表的中國浪漫派與現代派的深厚影響外，又從橫向上學習英美詩派，尤其是法國象徵派的思想和藝術風格。由於時代思潮的激盪，我在走出娘子關以前，由於受到進步思潮的影響，在「五四」新文學影響下，開始了自己對人生和文學的追求，並開始在報紙上投稿了。到北平後，在對文學的追求中，又在校內外進步力量的幫助下，參加了社會活動。雖然我和他們的文化教養與生活環境不同，對生活的意義和文學觀念的認識和追求不同，生活性格和情趣上也大有差異，但我們都尊重彼此對人生和藝術的自我選擇，我把他們看成有著自己的人生價值觀念和生活個性的純真而熱情的青年，並非那些追名逐利庸碌等閒之輩。人格平等，人身自由，尊重人的價值和尊嚴，正是以反封建專制主義爲其歷史任務的「五四」新思想運動的積極成果。我們「五四」以後的新青年，在思想深處早已摒棄了傳統儒家那種「非我族類，其心必異」的文化專制心態，所以在以後的世變中，我們雖然處在天南地北，各自走著自己的生活道路，但彼此並未因此相忘於江湖，不相往來。今天看來，其實我們那一代青年，甚至我們的前一代人，那些屬於現

代這一歷史範疇的中國知識分子，總的說來，都是類型不同的理想主義者和浪漫主義者，而在 1930 年代，我們卻都是處於人生起跑點上。

在我的記憶中，那時候的覃子豪，身材中等，面孔黝黑，一雙眼睛明亮而又深邃，顯得熱情奔放，而卻又憂鬱內向。他頗重衣飾，總是西裝筆挺，聽說他那時和女同學之間就不斷發生一些愛情糾葛，他很有些浪漫派詩人的氣質，又像是天生的情種，和我這個注重社會實踐，生活上馬虎，不修邊幅的北方青年，在人生觀和生活性格與情趣上成了明顯的對照。因此當時我和他之間只能是泛泛之交，不可能建立起深厚的友誼。

到了 1935 年，我聽哥哥說，沈毅、朱錫侯、周麟都先後去了法國留學，覃子豪也去了日本。翌年春間，我也孑然一身地跑到日本。因為行前哥哥給我抄了覃子豪在東京的地址，所以我到達東京的當夜，在一家旅店裡安頓好行李以後，便雇車前去找他。我當時才 18 歲，在當地可謂人地兩生。他住在小石川區一家專事招待中國留學生的寄宿舍裡，當我在下女的引導下，敲開樓上他的房門與他相對時，他顯然感到十分意外，不勝驚奇。一年多不見了，他似乎比北平時代成熟了許多，他那雙深沉的大眼睛仍然十分明亮，並且已經沒有那種憂鬱的暗光，因此倒分外顯出他的熱情洋溢而且奔放不羈的性格和氣質。似乎也沒有北平時代那樣的注重個人的衣飾和外表了。當他聽說我是因為參加去年冬天的「一二‧九」學生運動而被逮捕監禁，又依賴了家庭的財力得以保釋外出，但因留有「隨傳隨到」這個並未結案的法律尾巴，才不得不跑到東京來的生活遭遇時，他突然又緊緊握著我的雙手不放，神情分外激動。在這一刹那間，我感到我們之間的距離一下子就消失了。他住的是一個六舖大小的日本式房間，一張小寫字桌前的牆壁上掛著一幅配有鏡框的彩色拜倫畫像，一個書架上堆滿了各類圖書，書架頂端放一只青瓷花瓶，那束鮮紅的花朵，在黯然的檯燈光映照下，更顯出熱烈的生命意志！

這時四周已十分安靜。他對我說，他明天一早問問這裡的房東，如果還有空房，他就接我來這裡與他同住。說話間，我們已然走到了已經沉寂

下來的街頭。當我坐上出租車和他相別後，從奔馳前進的車窗向後望去，我看到他依然站在街頭，在夜霧中逐漸模糊了的身影時，我感到一種強烈的友情力量。

這樣，從第二天起，我們住在一起，做了鄰居，前後達半年之久。這家白山寄宿舍，是一座日本式的木結構二層樓房，樓上是房客，樓下是房主的居室，食堂和下女的臥房。主人是一對姓白山的老夫婦，他們能說一口流利的天津話，老太婆穿著中國北方婦女的大襟襖，有時還親自下廚，為寄宿的中國學生做北京人的「片兒湯」，表示出對中國人很親善的「和氣生財」式的樣子。我一住進來，子豪就告誡我說，對這個老傢伙要當心，這是個老浪人，在天津混過大半輩子，是警察所的耳目，是個半通不通的「中國通」。果然我住下後不到一個月，一天下午下女來叫我說，有朋友在樓底下看我，要我跟她下樓。她把我引到房主的居室，白山正跪在坐墊上，兩手放在膝蓋上，滿面敬意的陪著盤膝而坐的一個身穿洋服、身材茁壯、滿臉橫肉，大口地吸著煙的中年漢子。見我進來了，他們稍欠了一下身子，讓我坐在茶桌的另一頭，與這位陌生的來客正面相對，不等店主人開口，這位來客就雙手給我遞過張名片，並用流行的中國話自我介紹說：「我是東京警視廳的，聽說您來了快一個月了，本來早該來看您，因為事雜，分不出身子，實在對不起！」說著向我深深地鞠了一躬。接著說：「我叫春山，是警視廳亞細亞特高系的，您以後在日本生活，由我負責照料，請您多關照！」說完又是深深地一躬。早就聽說日本是個警察國家，真是名不虛傳。從此開始，我才意識到自己已掉在日本特高警察的監視網裡。這以後雖然搬了幾次家，但這位春山先生總像一個影子似的跟牢我……。

子豪那時在中央大學法科上學，但他的主要時間和精力卻放在詩歌的寫作和翻譯上。他的詩篇已由北平時代的抒寫個人內心世界的歡樂哀愁，一變而為高亢激昂的救亡反帝呼聲，具有更開闊的生活內容和強烈的時代色彩。置身在這個日益法西斯化的軍國主義國家裡，敵人日益露骨的侵華野心和舉措，已徹底沖垮了他在北平時代的對人生所懷有的天真而美麗的

夢幻。這個時期前後的詩作，抗戰時期他曾在金華地區結集印行，題目就是《自由的旗》。強烈的愛國主義、民主主義的時代激情以及昂揚的社會意識，對生活和人生的嶄新而執著的認識與追求，可以說是貫穿在他 1930 至 1940 年代詩作中的基本主題。還是在東京時代，他著手從法文翻譯法國浪漫派大師雨果的《懲罰集》，這部雨果因反對小拿破崙復辟帝制在流亡中寫的控訴專制政治的詩作。同時期內，他還從日文轉譯了匈牙利愛國詩人裴多菲的詩集。這位為祖國的自由和解放而死在哥薩克槍尖下的詩人，又成為他這個時期思想和感情上的先知與楷模……。

子豪這時除了從事詩歌創作與翻譯，他還投身於東京留學生的進步文化活動，他的熱情與才華也得到了當時索居在東京近郊千葉縣的「五四」老詩人郭沫若的欣賞。他與在東京留學的雷石榆、林林、柳倩、王亞平等人一塊從事新詩歌運動。在我到東京前，他還夥同與他同住在白山寄宿舍的李春潮，以及他的四川同鄉、早稻田大學的學生李華飛、羅永麟等人組成文藝團體「文海社」，並編輯出版大型文學月刊《文海》。我也被吸收參加了這個刊物的編輯事務，但這個刊物編出第 1 期，托友人在上海印出寄到東京後，卻被日本警察全部沒收，我們這些人，又成為日本警察眼中的「危險分子」、「抗日分子」，不時受到這些不速之客的詰問和干擾，刊物也就「因疾而終」了。

在東京時期，我和子豪同住了有半年，因為討厭這個姓白山的居停主人那雙警察式的眼睛，我們先後離開了白山寄宿舍，他搬到近郊的中野區，我搬到了淀橋區。這時，我早已成為日本大學社會科的學生，但並不放棄自己從小喜愛的文學創作，並通過投稿，和國內的進步文藝界保持著思想上的接觸和聯繫。在這裡住了不到半年，我也搬到中野區一家和洋料理店的樓下，和子豪又成了近鄰。子豪在東京時，經濟上比我拮据，相對來說，我卻比較寬裕些，但我們的錢袋彼此是公開的，我們過「共產」生活。在白山居住時期，我們每個禮拜天都結伴出遊，或到銀座日比谷一帶繁華街區坐在有歌星演唱的咖啡館聽音樂，或逛神田一帶的新舊書肆，幾

乎逢門就進；中飯或晚飯就在這一帶找個門面大點的中國餐館，改善一下生活。因為我們平日一日三餐都吃日本式「定食」，這比吃中國館的中式「定食」省錢，但又缺少油水，清淡乏味。按現在的語言說，我們那一代知識分子，然大多出身富有階級，但在那種時代氣氛中，絕不講究衣食，消費觀念很低微，這也似乎是一種民族文化傳統，我們追求的是精神生活的豐富多彩。家裡每月給我 80 到 100 元，那時日幣貶值，100 中國法幣可以換 105 日元，而當時日本一個普通職工的工資才只有 20 至 30 元。就這樣，因為同學們之間過「共產」生活，我常常弄得青黃不接，不時得求助於當鋪（日本稱「質屋」）。日本大學生進「質屋」，是一種普通風尚，幾乎是一種「生活習慣」。質屋不僅可以當衣物、當文憑，也可以當書籍。質屋的當期很短，利率很高，實際上是高利貸式的剝削，直到我執筆的現在，我還有一些書物當在中野區一帶的質屋裡沒有贖出來。我們住白山期間，更多的是晚間深夜，於讀書寫作之餘，我們三個同住的朋友——子豪、春潮和我，到附近街頭賣「燒鳥」的小酒店，喝啤酒或日本清酒，作為清除疲勞，談天說地的場所。因為這些燒鳥店的布局近似西方酒吧格式，只有不到十個座位，當爐的都是些妙齡少女，別有一番東洋風趣。那個暑假，我和子豪又結伴到伊東半島度夏，白天下海游泳，晚上讀書寫作之餘再去溫泉入浴，閒中就坐在吃茶店閒聊。我們去了沒幾天，春潮也後腳趕來了，他仍然住在白山宿舍，因為那個白山老頭子一再迫他付欠下的房飯賬，他跑來避債了。因為帶來的錢三個人開銷，所以住了不到一個月，我們就只剩回東京的車票錢，因此只好打道回來了。這當中還鬧了一齣喜劇，那天我們已到山窮水盡境地，只好按照在東京的老例，把我帶來的一套秋天西裝、毛毯、留聲機和音樂唱片運進這個小鎮上的那家質屋。質屋主人看了這些當件後，卻拒絕收當。他說，他的鋪子小，這些高貴的東西如果收進來，萬一你們不來贖當，他就無法處理，而你們又是來這裡度假的學生，云云。我們失望又氣憤地跑回了宿處，真是「一文錢逼倒英雄漢」，不僅回東京的路費無著，眼下就有斷炊之虞，給東京的朋友寫信求

援，又遠水不救近火。我們在昏黃的燈光下，正一籌莫展時，我無意間抖那套秋天的藍色西裝，竟然從口袋裡掉出一張拾元的票子。我們兩個喜出望外，好像窮兒暴富一樣（春潮前幾天已轉到別的來這裡避暑的同學處打秋風去了，而我與子豪都不好意思向他們張口借錢，因為大家都是來這裡過夏，帶在身邊的錢都有限）。馬上跑到街上的小飯鋪喝啤酒，又一人來了一客五角錢一份的日式牛肉雞蛋洋蔥蓋澆飯，算是吃一頓豐盛的夜餐，第二天上午，我們就啓程回到了東京。

1937 年春間，我搬到了中野區，因為與他相住不遠，走幾步路便到，所以幾乎天天相見。這年東京春寒，他一次來看我時，認為我床上的那床棉被太薄，馬上跑回去給我拿來一床絲棉被。前一年夏天，我們從伊東回來時，我那張羊毛毯遺失在出租車上了。子豪比我年長，他在生活上處處照應我，情如手足。我們幾乎每個晚上都花五分錢的公共汽車費到新宿那家叫「大山」的吃茶店喝咖啡，談天說地。我們成了這家中等規模吃茶店的常客，幾個下女都相熟了。這裡有個叫佳子的下女，是個從北海道鄉間來東京謀生的樸實而美麗的姑娘，子豪似乎對她萌發了愛情，但這又似乎是一種生活上的偶遇。因為這時他正和在明治大學就讀的陶映霞女士相戀。這位小姐是上海復旦大學外文系出身，是一個銀行家的女兒，又是一個勃朗寧夫人式的女詩人，很有大家閨秀風範。1937 年，她曾在上海的黎明書店出版過一本個人詩集《築地的黃昏》。子豪在一次詩歌座談會上和她相遇後便一見傾心，向這位高貴的女詩人獻出了自己的全部熱情。他特地買了兩本摩洛哥皮封面的本子，在這上面為她寫愛情詩。為了支持子豪的戀愛事業，我也湊了些錢給他置辦了一套較體面的西裝。他幾乎每天都帶了新寫的詩篇和十枝康乃馨之類的花朵去看望她，談詩、談人生、談個人身世和自己的理想。愛情彷彿是一個轉動不息的漩渦，他一腳就陷下去了。或者用當時流行的愛情語言說，他完全被愛情陶醉了。但何謂好景不常，一個深夜，他突然神情頹喪地跑來了，說這位女士竟突然對他表現出十分冷漠，甚至厭惡的態度。當他今天晚上照例訪問她時，她穿著一件黑

色天鵝絨長旗袍，不施脂粉，冷如冰霜地在門廳裡接待了他。她一改過去的常態——熱情地邀他上樓到住室裡談敘或一塊到外面吃茶點相坐，或在僻靜的夜路上漫步。她手裡拿著他前次送給她的那本摩洛哥皮本子的詩稿，默無一語地還給他後，就自顧自地轉身上樓去了。他手裡拿著花朵和新寫的詩稿，在無意識地從她手中接過自己的詩稿後，一個人在門廳裡站立了許久，然後發狂似的把那兩本新舊詩稿扯碎，連同他準備獻給她的那個花束也投在地上、狠狠地踐踏了一陣，然後大踏步跑了出來，一個人在馬路上失魂落魄地蕩了好久，才轉到我這裡來。我勸慰了他許久，他就是回不過神來。為了沖淡他的失戀的悲哀，我扣上門房，引他到附近一家燒鳥攤喝酒，我叫了幾客燒鳥，兩杯日本清酒，一起舉杯對飲，他竟仰著脖子把一杯酒一口氣喝光，我又給他叫了一杯，他一仰脖子又喝光了。最後我扶著有些醉態的眼裡蒙著淚光的子豪，把他送回住處，扶上床，蓋好被子後，自己才默默地退了出來。第二天一早他就來找我了，顯然他在酒醒後失眠了。他的神情更加頹唐，好像一下子就消瘦下去了。我是一個清教徒式的人，更沒有戀愛經驗，我真擔心他在愛情上所受的打擊會毀了他，那就太沒意思了。因此，我勸他不如回國去，換一下生活環境，或許有利於治療這場愛情創傷。並勸他說：「你把這種愛情糾紛看成是一場柏拉圖式的愛情，從這個感情的障礙物上跳過去，也就自由了。」他聽了我的話，突然抬起頭，眼睛直直地望著我，說他決意回上海去。但他卻接著說，男女之間的愛情最終不過是性愛，他既然在知識層得不到這個人生幸福，他就需要找個女性來報復一下，花錢買這個幸福，辦法是今天晚上去「抗日」。原來由於當時中日關係日趨緊張、惡化，同學們又多飽受日本刑事警察的干擾之苦，那種反日情緒更加強烈，因此在留學生間，把嫖日本妓女的勾當，稱之為「抗日」，是一種反抗情緒的畸形宣洩。當子豪說這話時，眼睛裡射出一股近乎瘋狂的激光，我聽得到他的心情。對他說來，這是他在愛情上受到愚弄後的一種發洩性的報復行為，我完全同意了。當晚，我們雇了一輛出租車，直驅東京近郊的玉之井。這個小鎮是一個花柳世界，

一條窄小的馬路上，兩旁都是鱗次櫛比的妓院，街頭遊蕩著來這裡尋找廉價「愛情」的雜色人群。這些低級妓院，多是二層樓的普通日式建築，妓女們坐在打開的小窗口前，在強烈的燈光照耀下，一個個濃妝豔抹，以自己的色相招徠顧主，甚至從窗口伸出手來拉著迎面走過的顧主不放，真像落水者遭難時求救的光景。和嫖客經過一番討價還價的口舌後，她才關了窗口，打開身旁的小門，拉客人上樓進行人肉交易。子豪以一種呆滯又近乎瘋狂的目光一個窗口一個窗口地物色著，終於找到一個看似情性溫順、穿著連衫裙的姑娘作狩物。這個不到 20 歲的妓女把我們引上樓，在樓梯口迎面碰上一個老鴇，她言明先收費後睡覺，我掏出錢付給她以後，看看那個妓女領子豪進入房間，我就跑下樓來在門口等他。大約不到五分鐘，子豪就大汗淋漓地出來了。我們走出這條喧鬧的小街，雇了車子，又回到新宿大山吃茶店。一路上我們都默無一語，我明白他心中的憤懣和痛苦，由此聯想到郁達夫早年在日本留學時，由於性的苦悶，在一個飄雪的冬天，在北海道一家妓院裡失掉自己童貞時的悲哀。

　　這以後，子豪像換了一個人似的，積極地準備回國。那時世界正流行法國作家紀德熱，連中國也不例外。因為這個法國自由主義作家在世界反法西斯鬥爭的潮流中，終於宣布站到進步陣營中來了。我買了新出版的日本小松清譯的紀德的《新的糧食》，又特地到日本橋丸善書店買了法文本，一起送給子豪，希望他回到上海後能譯出來。在子豪回國的那個下午，我和王亞平、甦夫一塊雇了車子送他到橫濱碼頭上船。當這只美國郵船上的樂隊奏起雄壯的樂曲，船徐徐離港時，離去的旅人紛紛站在甲板上向岸上送行的親友揮手告別。這時我們三個站在岸邊向子豪揮手告別的送行人，突然發現子豪竟然拋開了我們，向站在我們不遠處的一位穿灰色西裝，身材苗條，面目姣好，長髮披肩的女士頻頻揮手，我恍然大悟，原來這就是他苦戀的陶映霞女士。她到碼頭送行的對象，是她在上海復旦大學的同學，最近來東京上演《日出》主角的 F 女士。她正巧與子豪同船回上海。子豪就這樣目不轉睛地向岸上的陶映霞揮手地離開了日本。他的早已冷卻

下來的愛情火苗，彷彿一下子又畢畢剝剝地燃燒起來了。我們三個送行人，看了這個情景，都大聲地笑了起來。我們三個說笑著走出沉寂下來的碼頭，踅到附近的一家臺灣酒場，都喝得半醉後才於暮色蒼茫中搭車回到了東京。

　　不久我就接到他從上海的來信，還附了張他在普希金塑像前的照片。

　　轉眼抗戰爆發，那個警察廳亞細亞特高系的刑士（政治警察）春山，工作開始勤快起來了。開頭是三天兩頭來一次，後來幾乎每天都來，他這時已揭去了那層薄薄的「文明」面紗，露出帝國警察凶橫本色，而且還帶了一個助手同來。他找我時已不再經過房東的傳達，而是逕直衝進我的房間，出言不遜不說，還亂翻抽屜、書架，屋內的角角落落，都成為他們獲取我的「罪證」的目標。那時候正值盛夏，一天中午，我坐在寫字桌前看書感到困倦，就伏在展開的書頁上睡著了。這時他領著助手氣勢洶洶地破門而入，等我被重重的推門聲驚醒，睡眼矇矓地抬起頭來，並順手合上眼前的那本書的時候，他早已一個箭步搶到我的身旁，搶去這本書，一頁一頁翻查過以後，才失望地拋回原處。這是一本俄國小說的英譯本，書裡他並未發現什麼機密文件。他這種大驚小怪的神氣，我覺得十分可笑又可惡。這時我正像大多數同學那樣，已決定放棄學業，回國參加神聖的抗戰工作。為了避開日本政治警察的日益頻繁的騷擾，我與陳啓新兄離開東京避居到神戶，從這裡買了船票，轉道香港回國來了。這時國民黨政府辦了個留日同學訓練班，號召回國的留日學生參加軍事訓練，先是集中在戰火迫近的南京，不久又轉移到盧山，再轉移到湖北江陵，最後搬到武漢，已是 1938 年的初夏了。經過許多曲折，這個訓練班總算在這裡結了業。我在訓練班裡碰到了子豪，但不在一個班組，所以見面相敍的機會倒很少。這時國民黨的軍事委員會政治部成立，郭沫若出任第三所（主管宣傳）所長，我們留日訓練班學生，多由這裡分配工作。我被分配到在山西中條山一帶作戰的正規部隊，當上尉日文幹事，專事對敵宣傳和翻譯工作，子豪被分配到東戰場，主持《掃蕩簡報》工作。大約是 1938 年 7 月初，即我離

開武漢前不久，我一天在江漢路上碰到子豪，他說，沈毅已從法國回來了，住在難民收容所裡，他已和他訂好日子，在江漢路一家叫「錦江春」的館子聚聚，並約我屆時一定來。因為我與沈毅有三年多不見了，他大約是 1935 年去的法國。我在約定的日子到了這家四川館子，他們兩位已先在雅座上等候我了。沈毅似乎見老了一些，但性格似乎開朗了許多，煙癮也更大了。子豪要了一瓶五茄皮，點了幾個菜，我們邊吃邊聊，酒醉飯飽後，大家在飯館門前告別。1940 年，我和沈毅突然在西安相遇，那時他是《新華日報》西安分館經理，並改名「孫世義」，我們又恢復了友誼。隨後我離開了西安，不久他也調回延安，但仍在書信往還，隨著政治形勢的日趨惡化才被中斷了聯繫。解放初，聽說他在駐瑞士大使館工作，直到前年，他在外貿部門工作的兒子來上海看我時，我才知道沈毅已在「文革」中逝去，他早已離開了我們這個多事的世界了。

　　我在中條山作戰部隊工作近十個月，這期間和在金華的子豪還有些書信往還，他辦了一個刊物——《東方週報》，並約我為撰稿人。但隨著我在 1939 年 5 月逃離這個部隊以後，由於生活輾轉不定，彼此就不明下落了。

　　抗戰勝利後，我於 1946 年輾轉到上海，我們夫婦就暫住在雷米路文安坊胡風先生家裡。那時上海人口正趨膨脹，租房不易，要所謂「頂費」，而且以金條計算。像我們這樣只有肋條沒有金條的書生，只能望房興嘆。這年秋天，我們夫婦在八仙橋青年會參觀法國畫展，在此竟意外地與子豪相遇。他精神健旺，衣履整潔，還像過去那樣熱情奔放。屈指算來，從 1938 年夏天在武漢四川飯館門口分手後，我們已足有八個年頭不相見了。我們緊緊握手，好像生怕又失散了似的。當他得知我們還寄居在朋友家裡的時候，馬上邀請我們搬到他那裡去住。他說，他在抗戰時和當時在東南地區參加抗日活動的邵姓女士結婚，這邵家是浙江湖州的一個大族，在上海古神父路有一幢花園洋房住宅。樓下和二樓租給房客，三樓卻空在那裡，預備家裡人來上海時臨時居住。他抗戰勝利後，轉到廈門辦報，再由這裡轉到光復後的臺灣，這次是和一位臺灣商人販鮑魚來上海出賣，也是藉此來

看看上海情況。最後他對我說：「植芳，現在就我一個人住在古神父路，我的家屬——對了，我們已有了一個女兒——住在湖州娘家。你們就搬過來吧，那裡還有空房，我們住在一起熱鬧些。」過了沒幾天，我們就搬來了，住在三樓亭子間裡。他和那位臺灣商人住三樓前樓。他已然置辦了一個小煤球爐，我們一塊起伙，由我的妻子任敏掌廚，普通只煮些切麵條，吃得很簡單，只是應付生活。有時也喝些酒，燒幾個菜，改善一下生活，子豪原來還會燒一手四川菜。那位臺灣朋友大部分時間在街上逛，很少和我們一起用餐。因為他正在忙於推銷堆在走廊上那幾麻袋鮑魚。由於一下子銷不出去，我們就順手拿一些弄菜吃，省下一些菜錢。我勸他暫時不要回臺灣了，應該住在上海，重操舊業，當時又正值中國歷史的新的轉折關頭，賣文求生的道路，上海這個城市似乎還寬廣一些，也「自由」一些。他接受了我的勸告，答應先住下來再說，文化界總還有個三朋五友的。這時他送我一冊他在抗戰時在東南地區出版的詩集《自由的旗》，一冊他譯的《裴多菲詩》（日譯本是我在東京時送他的一本豪華版），一冊他的東京生活回憶錄《東京回憶散記》。

我們一塊兒共同生活了三個多月，這個時期，我們都各自埋頭讀書、寫作、聊天、逛馬路、跑書店、看朋友，彷彿又回到了在東京學生時代的生活情景。記得他在上海寫的第一首詩題目似乎是〈我還活著〉。因為抗戰中他僻處東南一隅，文化界朋友間曾傳言他已在抗戰中不幸身亡的消息。我把它拿給編《大公報》文藝副刊的劉北汜兄，算是他在上海文藝界開始露面的訊息。從此，他在報刊上相繼發表了各類文章，他的寫作情緒很旺盛，對自己的生活前景，對中國的光明前景都充滿了信心。記得他還和農工民主黨的章伯鈞先生合辦了一個綜合性刊物，但似乎只出了兩期就停刊了。一次他從馬路上回來，直接跑到我的亭子間，異常興奮地告訴我說，他在霞飛路上看到了陶映霞，她坐在三輪車上，打扮得非常妖豔入時，像個貴婦人，又像個交際花……我只能哈哈笑著說：「你真是舊情難忘啊」！這又使我聯想到1937年春間在橫濱碼頭上送行的一幕。

　　1946 年冬季子豪回湖州去看望妻子女兒去了。我們夫婦住在這裡，又不免感到孤寂。那位臺灣商人早就離開上海回臺灣去了，這一帶又是高等住宅區，對我們這類生活在底層的人們也帶來許多不便，附近幾乎沒有老虎灶和小雜貨店，因為這裡的住戶，大都是汽車出入的高等華人。這時恰好一個青年朋友在吳淞路有一間空房，我們就搬到了那裡。從 1947 年開始，我到《時事新報》編文藝副刊「青光」，住到這裡，離報社也近些，雖然只編了兩個月，就被勒令停刊了。到三月間，他從湖州回來後，就連忙來吳淞路看我們來了。我把搬家的事情，事前已寫信告訴了他。這時他穿著全新的藍綢絲綿長袍，中式綢棉褲，黑絨棉鞋，一身顯得非常華貴而又臃腫。他給我們帶來了湖州的土產——酥糖、青豆、粽子等。我們最後一次見面是同年夏天，我們夫婦去古神父路看他。飯後，我們又一塊坐在涼臺上乘涼聊天，並在此認識了他的妹妹淑芳夫婦和他的三弟，正在報刊上露頭角的詩人陽雲（羊翬）。這年 7 月，我因文賈禍，我們夫婦一塊又被國民黨中統局特務捕去關押，直到 1948 年冬天我出獄後，才聽到先我出獄的妻子任敏說，她聽人說子豪又去了臺灣了。

　　歷史在曲折中前進，一晃眼又進入 1980 年代，這時我又碰到多年不見的他的二弟樹謙（他多年跟章伯鈞先生從事農工民主黨活動，我們早在 1930 年代就在北平相識，他也寫詩，1957 年被打成右派，1984 年病逝於上海），以及在武漢做協作專業作家的三弟羊翬，我們又有了在上海相聚的機緣。我從他們那裡看到了子豪在臺北出殯的一系列照片，後來我又看到了臺灣版的三卷本《覃子豪全集》，不禁一再唏噓感嘆。1981 年子豪故鄉四川廣漢縣編集縣志，樹謙託我為子豪寫一篇小傳應徵，我參考了一些能到手的材料，寫了一篇〈覃子豪小傳〉，翌年交《新文學史料》公開發表。這是子豪的名字第一次與大陸的讀者見面，也算我對故友的一點紀念。以後我又先後讀到北京印的《覃子豪詩選》，重慶印的《覃子豪詩粹》和香港印的《覃子豪詩選》以及報刊上的一些評介文章，又為子豪的心血結晶回到大陸廣大讀者中間，感到由衷的喜悅。前年秋天，臺灣詩人羅門、林耀

德聯袂訪問復旦大學，我和他們兩位談到彼此的朋友子豪時，再次引起了我對子豪的強烈懷念。他們離滬返臺時，我對他們二位說：「請你們回到臺北後，替我們夫婦在子豪的墓地上獻上一束鮮花，並告訴他說，我們希望將來能有機會來這裡看望他。」

——選自賈植芳《賈植芳文集・創作卷》
上海：上海社會科學院出版社，2004 年 11 月

靈與真的特質

◎劉正偉[*]

> 風像一個醉漢
>
> 闖我一個滿懷

——〈鄉愁〉[1]

　　覃子豪是我國現代詩領域的重要詩人之一,與紀弦、鍾鼎文並稱詩壇三老。並主持「中華文藝函授學校」現代詩課程,對於現代詩創作的後學提攜甚多,並參與現代詩的論戰,對詩壇貢獻卓著。[2]

　　覃子豪本身在詩創作上,不斷求新求變,不斷追求風格的創新與突破,追求詩質的變化與凝練。並將自己詩創作實驗與其翻譯的西洋詩、西洋的各種現代主義理論相結合,相互演繹辯證,然後應用至詩教學與批改詩作業上,相輔相成,相得益彰。終於使得他不論在詩創作、詩論、詩教學與維護現代詩的立場與地位均有不可磨滅的貢獻與成就。惜因英年早逝,否則詩創作與歷史地位當不只如此。本文擬就覃子豪詩創作中靈與真的特質,加以探究討論,以彰顯其現代詩中靈與真的特色與成就。

一、靈的特質

　　覃子豪在詩創作上,不斷求新求變,不斷追求詩質的變化與凝練,追求風格的創新與突破。在〈雲屋〉一詩可見覃子豪詩中意象的靈動:

---

[*]發表文章時就讀玄奘大學中國語文學系碩士班,現為佛光大學文學研究所博士候選人。
[1]覃子豪,〈鄉愁〉,《海洋詩抄》(臺北:新詩週刊社,1953 年 4 月),頁 77。
[2]參見麥穗,《詩空的雲煙》(新店:詩藝文出版社,1998 年 5 月),頁 19～42。

松滿山，綿羊滿山
一片青，一片白
遮盡長滿青苔的石級
依然從青松的枝柯下走入圍中
沒有門鑰，依然打開
被雲深鎖的門

一樹雲，令我想起畫中的海島
和島上那許多奇異的樹
像太陽點亮的花紮的燈籠
而且結滿熊熊的燈蕊
我們曾以假想在燈籠樹下漫步
走好亮的路

這裡的松林如綠幕
石屋就在帳中
掛滿松子如風鈴
而風鈴啞默，投星之影於石壁
雲浪不息地打在窗上
如海潮滾過，沒有喧嘩
多風的日子，便是音樂的節日
愛跳躍的松子們，就以圓圓的錘
敲響屋頂上陶製的琴版
應和松濤，織成神祕的交響
你如從畫中的島上走來
一步就會踏著一粒松子
一步就踩響一粒音符
你的步聲是神祕底回聲

松滿山，綿羊滿山

青白色的戀境

而戀之祕密，在屋中棲息

當我們眼神相互探問之時

石屋就長上了雲的翅膀[3]

　　這是一首愛戀中的甜蜜情詩，〈雲屋〉就是愛情的祕境，因爲「戀之祕密，在屋中棲息／當我們眼神相互探問之時」愛情就長上了翅膀。雖然長滿青苔的石級被遮盡，我們依然從青松的枝柯下走入愛戀的園中，沒有門鑰（方法），依然打開被雲深鎖的門；形容戀愛的路途摸索的辛苦，依然在紛紛擾擾中，摸索而打開了愛情深鎖的大門。

　　詩開頭「松滿山，綿羊滿山」就使得〈雲屋〉一詩鮮活起來，作者把滿山的白雲形容成滿山雪白的綿羊，使得全詩一開始便活潑生動而貼切，俗曰：以有情的字，狀無情之物，則必靈。此詩以綿羊代替白雲，則令此詩活靈活現起來。滿山松樹是綠色的，白雲是純白色的，「一片青，一片白」在視覺與顏色上，亦形成強烈而明顯的對比。

　　詩中「雲浪不息地打在窗上／如海潮滾過，沒有喧嘩」如海潮不停拍打衝擊而沒有喧嘩的，除了萬頃白雲的雲浪，恐怕就只有思念的潮水了。意象與描述得非常精準而貼切。「多風的日子，便是音樂的節日／愛跳躍的松子們，就以圓圓的錘／敲響屋頂上陶製的琴版／應和松濤，織成神祕的交響」因此，這是一首愛戀中的甜蜜情詩，充滿了音樂與交響；也充滿了歡愉與快樂。

　　此詩也是以「松滿山，綿羊滿山」做結尾，首尾呼應而相得益彰，凸顯了雲中之屋的虛無飄渺。也凸顯愛戀初時的深情款款與虛無飄渺。

　　他的另一首詩則全篇充滿了光陰飄逝與追求永恆的健者之身影的靈

---

[3]覃子豪，〈雲屋〉，《覃子豪全集Ⅰ》（臺北：覃子豪全集出版委員，1965年6月），頁432～433。

動，試看〈追求〉這首詩：

　　大海中的落日

　　悲壯得像英雄的感嘆

　　一顆星追過去

　　向遙遠的天邊

　　黑夜的海風

　　颮起了黃沙

　　在蒼茫的夜裡

　　一個健偉的靈魂

　　跨上了時間的快馬[4]

　　　　　　　　　　　　　　——民國 39 年 8 月花蓮港

　　民國 40 年 12 月 10 日的《自立晚報》「新詩」週刊刊出當時的編輯之一，是覃子豪老友，也是詩壇三老之一的鍾鼎文先生的一篇〈讀「海洋詩抄」〉[5]說：

　　在我所讀過新詩之中，〈追求〉將是我永誌不忘的好詩之一。這短短的九
　　行詩，將滄海落日啟發人類對於時間的消逝之迅速與嚴肅的感覺，完整
　　地把握住了，而又莊嚴地描繪出來，那種淨化了的思想，確已進入詩的
　　最高境界。它有尼采的超越的靈魂，它有桑得堡的深遠的意象；純粹是
　　詩。這首詩打擊了我的自負，但也安慰了我，鼓勵了我。

　　在鍾老心目中這是一首完美的好詩，在大家心目中又何嘗不是呢？在

---

[4] 覃子豪，〈追求〉，《海洋詩抄》，頁 114。
[5] 〈追求〉與另外三首詩：〈碼頭〉、〈別後〉、〈海濱夜景〉，以「海洋詩抄」為輯名，與〈讀「海洋詩抄」〉一文同日刊出。

詩人悲壯的眼中，黃昏時的落日，竟然只像是英雄的感嘆，難怪人們要說詩人是第二個上帝了。

　　詩中投射了詩人自我的形影，期許自己是「一個健偉的靈魂」，期許自己能與永恆競走。這何嘗不是每個詩人的願望呢？當百年以後，能與時間永恆競走的，就只有詩人嘔心瀝血的傳世名篇了。

二、真的特質

　　真者，誠也；誠者，正也。只有至真至誠的作品，才能真正感人肺腑、打動人心，覃子豪的詩作即有這種特質。他的作品初期受「新月派」與法國象徵主義的影響甚鉅，詩中顯現多為浪漫主義為主。所以當紀弦主張「主知」，強調「抒情主義要不得」[6]，而舉起現代詩派「橫的移植論」的大纛時，他的好友主張「抒情與主知並重」為純正詩藝的覃子豪，以一篇〈新詩向何處去？〉在其主編的《藍星詩選》刊物上，不避嫌的發言反對他，由此可見他的真性情與對事不對人的態度。

　　他並非全部反對西化或拒絕西洋的現代主義思潮，只是堅持詩中仍要帶有中國人自己固有傳統的抒情本質，堅持東西方文學思潮的融合，而不是全盤西化。他甚至翻譯出版一本法國的《法蘭西詩選》[7]。

　　在覃子豪〈貝殼〉一詩中可以見證詩人的純真與天真：

詩人高克多說

他的耳朵是貝殼

充滿了海的音響

我說

貝殼是我的耳朵

---

[6]參見紀弦，〈抒情主義要不得〉，《現代詩》第 17 期（1957 年 3 月），頁 1。
[7]覃子豪譯，《法蘭西詩選》（高雄：大業書店，1958 年 3 月）。

> 我有無數耳朵
>
> 在聽海的祕密[8]

這首〈貝殼〉原刊於民國 41 年 1 月 14 日《自立晚報》「新詩」週刊第
11 期，距離民國 40 年 12 月 24 日刊出法國詩人高克多詩作〈耳朵〉的
「新詩」週刊第 8 期，只有短短的 20 天。高克多的詩作〈耳朵〉只有短短
兩行：

> 我的耳朵是貝殼；
>
> 充滿了海的音響。[9]

可以想見，當天詩人覃子豪看到高克多的〈耳朵〉時，直接觸發了詩
人天才而敏銳的詩想與靈感，詩作意境的高低，馬上可見可感。高克多的
〈耳朵〉，形容耳朵只是一個貝殼，充滿海的音響，以自我為中心，比較直
描，但是只要耳朵閉塞了，想像也就沒了；覃子豪則把無數的貝殼當作自
己的耳朵，輕輕的轉換，意境想像則隨著無數的耳朵（貝殼）在聽大海的
祕密，海有多深遠多遼闊，我的想像力就有多深遠多遼闊啊。

覃子豪經歷了八年對日浴血抗戰，親炙許多戰爭的殘酷畫面，當他在
福建永安看到了畫家薩一佛經歷的日軍慘烈轟炸的畫作呈現，一幕幕映畫
在他眼簾，觸動他感傷和憤怒的靈魂深處，為了配合詩畫展，他出版了一
本詩畫集《永安劫後》[10]。我們可以在他的詩作〈激動的夜〉體會那日寇轟
炸過後，哀嚎現場真實的悲悽恐怖的場面：

> 好多的夜是清幽的

---

8 覃子豪，〈貝殼〉，《海洋詩抄》，頁 40。
9 青空律、路易士（皆紀弦的另一筆名）譯。
10 覃子豪，《永安劫後》（福建漳州：南風出版社，1945 年 6 月）。

只有今夜是不寧靜

人們激動著，悲嘆著

惡魔般的大火

照亮了人們恐怖的眼睛

啊！好多的人是從火裡逃出來

是從毒煙窒息的防空洞裡出來

是從坍塌的屋子裡出來

是從被傾倒的牆壁之下出來

是從污穢的溝渠裡出來

夜，恐怖的夜

在大毀滅的悲劇中

發出尖銳的喊叫的聲

消防隊，救護隊忙碌著

沒有一個人心頭能夠平靜[11]

　　戰爭非常的恐怖，經常死傷無數。詩人感受轟炸後的夜晚，「消防隊，救護隊忙碌著」，伴著爆炸聲、哀嚎聲與建築物的坍塌聲，這種夜晚如何能寧靜呢？惡魔般的大火正照亮人們恐怖而恐懼的眼睛，多少的人是從被傾倒的牆壁之下爬出來，是從污穢的溝渠裡爬出來，這是生活在和平的寶島的我們所無法體驗的，激動的夜，還有誰的心頭能夠平靜呢？還有誰再要去侵略其他的國家，屠殺無辜的平民百姓呢？詩人在此詩中，真實的呈現他對敵人侵略者的憤恨與對無數受難同胞的無限憐憫。

　　詩人在《永安劫後》詩集裡所描述的轟炸後的城市慘狀，對照現今美英兩國藉故攻擊、轟炸伊拉克，造成無數的平民百姓流離失所、傷亡慘

---

[11] 覃子豪，〈激動的夜〉，《覃子豪全集 I》，頁 60。

重，透過及時的新聞畫面，呈現城市遭轟炸後的火光四溢、斷垣殘壁的慘
烈景象，竟然強烈感受前後相距半個世紀的殺戮戰場，竟是如此的相似。
無謂的戰爭造成的恐怖與傷害，不論古今中外，受害最深的輸家，永遠是
無辜的沉默的廣大平民百姓。

　　姚隼在〈論「永安劫後」詩畫展〉[12]談到覃子豪詩的優點是「……樸
質、易解，不矯揉做作不堆砌詞藻；而用著平易的語言，煽起人們的真情
同感……」而我們在他另一首〈火的跳舞〉裡，可從描述一幅「餘燼」堆
裡被轟炸過後的熊熊火光中，體會出這種直描的、真實的、充滿無奈的無
力感的大時代的悲劇：

　　火跳舞著

　　在每一條窄狹的街上

　　在接連著接連著的屋頂上

　　在坍塌下來的屋樑上

　　在精緻的粗糙的傢俱上

　　在華美的素樸的襤褸的衣物上

　　在那些年老的匍匐著的人們的身上

　　在那些母親無法救出的孩子的身上

　　在那正在痛苦中掙扎著的人們的身上

　　在那快要成為焦炭的骷髏上

　　火跳舞著……

　　它獰笑著，潰滅的響聲伴著它

　　做狂歡而恐怖的歌唱[13]

　　「火」的強烈象徵，燃燒著希望，也燃燒著毀滅；有熱情，也有遺留

[12]參見《覃子豪全集Ⅰ》，頁 51。
[13]同上註，頁 62。

的灰燼。詩人以輕鬆詼諧的語調,真實而平淡的口吻形容日寇無情轟炸後,竄起的火苗是在以跳舞的方式「**在每一條窄狹的街上╱在接連著接連著的屋頂上╱在坍塌下來的屋樑上……**」行進,在孩子的身上、在人們身上、在骷髏身上跳舞著,多麼的令人印象深刻而怵目驚心。

「**它獰笑著,潰滅的響聲伴著它╱做狂歡而恐怖的歌唱**」當人們看到無情火在獰笑,在跳舞著狂歡歌唱的可怖畫面,彷彿就如同看到軍閥侵略者的可憎嘴臉在獰笑,在狂歡歌唱一般。

俗曰:人如其文,文如其人。覃子豪是臺灣光復後早期現代詩壇的領袖人物之一,不論在現代詩的創作或理論建立上,皆有卓越的貢獻。他在早期臺灣現代詩人心目中具有父兄和師長的雙重形象。他在臺灣沒有家屬孩子,但他病重住院期間,臺灣當時著名的一些詩人如楚戈、辛鬱、鄭愁予、洛夫、梅新、張拓蕪和羅行、羅馬等,都以學生身分輪流晝夜值班,守護在他床前。他去世後,詩人朋友們集資為他埋葬並建築銅像作永久紀念,他做為一個不朽的詩魂和師長的形象,永遠留在人們的心中。[14]

由此可見,覃子豪不論在做人處世或以詩為志業的教學或創作上,一直秉持著真誠懇切的態度,處處顯露其質樸真實的特質,才會獲得眾多詩人朋友、學生故舊如此出自肺腑、自動自發的真誠感念與回饋。

三、結語

詩評家周伯乃先生說:「覃子豪是一個最純粹的詩人。」[15]純粹者,純真也,如黃金般經過烈火焠煉,消熔所有的雜質,才為純度 9999 之純金。俗稱「真金不怕火煉」。覃子豪終其一生都在從事新詩創作、傳授、翻譯與理論的建立,「在半世紀的生命,他幾乎有三十年的生命是奉獻在繆思的祭壇上」。

由以上詩作析論,我們似乎看到一個純真質樸的詩人,雖然遠逝了,

---

14 古繼堂,《臺灣新詩發展史》(臺北:文史哲出版社,1989 年),頁 182。
15 周伯乃,〈《畫廊》裡的覃子豪〉,《自由青年》第 45 期(1971 年 1 月),頁 122~132。

仍有一個身影、一個健偉的靈魂「跨上了時間的快馬」，與永恆競走著。[16]

——選自劉正偉《覃子豪詩研究》

臺北：文史哲出版社，2005 年 3 月

---

[16]本文同時以〈與永恆競走——試論覃子豪詩中靈與真特質〉，發表於《藍星詩學》季刊第 17 期（2003 年新春號），頁 186～194。

覃子豪的世界

◎洛夫*

　　就在一段相距不遠的日子裡，先是美國的佛洛斯特，繼而是中國的覃子豪，隨即是法國的高克多，三顆懸於不同經緯度上空的詩壇巨星相繼殞落了。覃子豪逝世於民國 52 年 10 月 10 日零時 20 分，時值國慶日，國家慶生而詩人謝世，這是一件頗爲荒謬而尷尬的巧合。

　　在一張由「覃子豪治喪委員會」印製的天藍色的書籤式的卡片上，正面印有詩人年輕時留著兩撇瀟灑小鬍子的遺照，照片下是錄自他的詩集《向日葵》中〈詩的播種者〉一詩，背後印有詩人一生的簡歷。文曰：

> 詩人覃子豪先生，四川省廣漢縣人，早歲負笈北平，入中法大學；旋留學日本，入中央大學。在學生時代即致力於新詩創作及翻譯。抗戰期間從事戰地新聞工作。歷任報社總編輯、社長等職。來臺後曾先後主編「新詩」週刊、「藍星」週刊、《藍星詩選》、《藍星詩頁》及《藍星》季刊，並主持各文藝函授學校新詩講座，擔任中國文藝協會、青年寫作協會及中國詩人聯誼會理監事。五十一年夏季應菲律賓僑團之邀前往講學，誨人不倦，積勞成疾，回國後不久即一病不起，民國五十二年十月十日凌晨廿分，因肝癌不治，逝世於臺大醫院，享年五十二歲。覃氏著作豐宏，詩集有《自由的旗》、《永安劫後》、《海洋詩抄》、《向日葵》、《畫廊》，譯詩有《裴多菲詩》、《法蘭西詩選》，詩論有《詩的解剖》、《論現代詩》，散文集有《東京回憶散記》。

---

*本名莫洛夫。發表文章時爲《創世紀》詩刊總編輯，現已退休，旅居加拿大溫哥華。

　　以上只是一些概要的介紹，對於了解一個與詩相依爲命的詩人來說，似嫌簡略。詩人最富饒而又難測的一面是精神的境界，是生命的奧祕，是促使他孜孜不息將整個心靈奉獻給詩神的動機。我們熟知，做爲一個社會人，覃子豪不屬於顯赫之流。一個報社的總編輯或糧食局的中級職員只是他賴以維生的職業，寫詩才是他畢生事業之所寄。他身型瘦而黑，每當穿著整潔西服去上班時，怎麼看怎麼不像詩人。但當溽暑夏夜，身著背心短褲揮汗寫作，或與二三詩友高談闊論，神采飛揚時，才能顯出一個詩人純真而灑脫的天性。

　　尊稱爲臺灣「詩壇三老」的覃子豪，早年的生活情形雖缺乏詳盡資料，但他藝術思想的成熟，詩風之穩健，都可在來臺後這段時期的作品中顯露出來。就詩的表現而言，影響覃子豪最深的固然是法國的象徵派，但如「人格決定風格」這一說法可予承認的話，則他正是一個例證。「熱情穩實，明澈達練」不僅是他人格的寫照，同時也是他詩風的註腳。他的〈詩的播種者〉、〈向日葵之一〉、〈構成〉、〈瓶之存在〉、〈水手的哲學〉等詩無不投射出一個完整的人格。表現在生活上的是待人誠懇，鼓勵後進，「他生命中滲不進一粒贋品」（西蒙語）。表現在創作上的是循序漸進，步步踏實。做人有所爲有所不爲，作詩常常堅持自認爲應堅持的看法。例如他對純西方的現代主義採保守態度，而認爲自由詩是中國詩壇的主流。他在〈新詩向何處去？〉一文中說：「有人認爲中國新詩是吸收了西洋詩的營養而長成，壯大，是世界詩壇之一環，因而世界詩壇的方向便是中國新詩的方向。……這種觀點，實難令人苟同。」繼謂：「現代主義的精神是反對傳統，擁抱工業文明。在歐美工業文明發達的社會，現代主義尚且不能繼續發展，若企圖使現代主義在半工業半農業的中國社會獲得新生，只是一種幻想。」但在日後他的一些詩論創作中，則日漸向於現代主義的某些精神與技巧，由此足證他的創作路向是漸變而不是突進。由他出版的《永安劫後》、《海洋詩抄》、《向日葵》、《畫廊》四本詩集，249 首作品（包括若干未出版者）來分析，有他早期的稚嫩階段，有中期的成熟階段，也有他晚

年的近乎化境階段，看不出絲毫越級跳躍或出軌現象。當然，寫詩並不比做學問，必須按部就班，但做毫無自信自覺的超越，對一個青年詩人而言是一無好處的。

具有使命感的詩人覃子豪，對中國詩壇發展與成長確有極大的貢獻。早期中國留日學生曾為我國文學帶來新的滋養與生機。在詩方面，覃子豪即為其中一員健將。遠在抗戰期間，他即以一個青年詩人的狂熱，從事各種新詩鼓吹運動，其處女詩集《自由的旗》即為他當時正義拌著熱血的結晶。他的譯詩集《裴多菲詩》與散文集《東京回憶散記》，都是當時青年喜愛的讀物。他主編《前線日報》「詩時代」雙週刊達三年之久，對新詩之倡導厥功甚偉。為了新詩問題，他曾與曹聚仁展開持續三個月之久的論戰，更是轟動東南，為我國早期詩壇的盛事之一。但嚴格說來，覃子豪的詩生命是在來臺後才花妍葉茂，得以成熟的。當時他所主編的《公論報》「藍星」週刊、《藍星詩選》、《藍星詩頁》等確曾為臺灣詩壇開拓出一番新興氣象。他不僅是藍星詩社的發起人之一，且為該社的實際建造者與領導者。

自來臺到他去世這 13 年當中，覃子豪在詩的創作上較大陸時期更為勤奮精進，鍥而不捨，除先後自費出版前述之詩集三種，譯詩集一種，詩論集二種外，並主持文藝函授學校新詩講座甚久，今天有成就的詩人中有許多都曾受過他的教誨與指點，而《詩的解剖》一書（即由函授講義編印而成），更是一般青年讀者奉為初學新詩之唯一良好讀物。此外，他也經常以當面講解，修改詩作來鼓勵詩友，提攜年輕詩人。記得有一次我與黃用聯袂到中山北路他的寓所去看他，適值他送女詩人敻虹出來；當時敻虹正在念高中，初度側身詩壇，因頗具才華，為當時詩壇所注視，尤為覃子豪所賞識。他向敻虹揮手告別時曾以沉濁的四川腔說：「好好地寫，妳是很有才氣的。」事後還再三對我說「敻虹的詩不錯，很有前途。」在今天我們讀到敻虹的處女詩集《金蛹》後，始覺他的眼力果然非凡。事實上今日詩壇許多名詩人如痙弦、楚戈、辛鬱、商禽、沈甸等都曾一度在他的督促鼓勵之下獲益甚多。我的〈初生之黑〉一詩在《藍星詩選》發表時，他曾當面

稱許一番。他說：「我與西蒙在校對時就發現這首詩不壞，風格新，技巧高，只是恐怕很少人能懂。」當時我很感動，竟視他為世界上唯一的知音。就由於他這種和藹謙沖，誠摯灑脫的態度，每個星期六晚上在他新生南路租的小房間裡都是座上客滿，談笑風生。

有人認為覃子豪吝嗇小氣，如指生活而言，我們得就另外一個角度去認識他，諒解他。他不是一個像文壇某些「巨公」經常三朋四友，酒家舞廳揮霍無度的人，他的薪水稿費大部分都用在辦詩刊，印詩集上面去了，自無餘錢來做酒肉之交遊。某個星期天，我陪伴來自南部的張默與季紅去探望他。事先我使壞，出主意要敲他一頓午餐。我們從早晨九點鐘一直聊到十二點半，他看到我們賴著不走，深知遠方菩薩，不易打發，就提議在宿舍煮麵條吃。陰謀未逞，心有不甘，但又顧慮他囊中羞澀，令他尷尬，我只好建議到附近小館子每人吃碗牛肉麵了事。

覃子豪的個性有其謙沖澹泊的一面，也有他固執倔強的一面，他對人對詩，態度均極嚴謹認真，只講是非，不顧情面。據說有一次因我嚴正批評了〈天狼星〉，藍星詩社召開緊急會議，籌思還擊對策。但當時覃子豪認為這是個人之間的事，不宜採取集體行動。由於他的「不合作」，結果大家不歡而散。至於在詩的論戰中，他更表現出一種「雖千萬人而吾往矣」的精神，除了在大陸與曹聚仁的筆戰外，來臺後又先後與蘇雪林討論我國象徵派創始人李金髮作品的價值問題，以及與紀弦爭辯過現代詩諸問題，雙方各持所見，互不妥協，因而對當時詩壇產生極大的刺激作用。

覃子豪早期作品明麗流暢，但在技巧上語言上缺乏創造性，其晚期作品則逐漸轉入沉潛玄祕，富象徵之隱約美，收入《六十年代詩選》的〈金色面具〉、〈構成〉、〈夜在呢喃〉、〈域外〉四詩即為他代表作的一部分，而〈瓶之存在〉一詩尤為他巔峰之作，惜未收入《七十年代詩選》。據《六十年代詩選》之評介說：

其詩風以深沉精細見稱，且十分講究表現上的準確性，更由於他的詩每

　　一行幾乎都是生活過來的，故流露出一種極為富麗的人性，莊嚴，雋
　　永，而又充溢著親切和力量。
　　從過往那麼多的歲月中，詩人覃子豪時刻在求新、求真、求變，故迄能
　　保持他美好的名聲。於此我們也從而探知他思想的觸手是如何的敏銳，
　　前進的步伐是如何的鏗鏘。

　　詩的求新求變並不等於詩的現代化；現代詩不僅在思想上精神上是現
代人的，其語言、技巧、節奏都必須是現代的。因此嚴格分析起來，我國
「詩壇三老」仍然只能列為 1930 年代的詩人。艾略特在其〈葉芝論〉一文
中說：「在我們這一時代，詩似乎是每 20 年一代，我並非說一個詩人的最
好作品都限於 20 年內，我是說大約這麼長的時間就有一個詩的運動或風格
出現。」這雖然是指英美詩壇而言，但與我國詩壇情形大致相似，且可用
以解釋覃子豪風格的演變過程。我們試以他的詩風與目前「創世紀詩社」、
「笠」詩社同仁及「藍星」部分詩人的詩風相較，即可看出一極為明顯的
分野──這個分野僅限於表現的技巧，與詩的好壞無關。（故紀弦近年來力
主取消現代詩而重新倡導自由詩是有他的道理的）例如覃子豪在其《論現
代詩》之〈答詩十問〉一文中說：「詩是抒情的，無論何種詩都不能沒有抒
情的成分，敘事詩、散文詩、諷刺詩、詩劇等都有抒情的成分。因此抒情
詩是詩中的主體，因為它純粹是詩。」這段話大部分是對的，但其結論頗
值得商榷，我願提出兩點批評：1.詩的純粹性並不能完全決定於抒情與
否，杜甫、陶潛、里爾克、艾略特等的某些重要作品並不是為抒情而抒
情，覃子豪晚期的一些詩，尤其是〈瓶之存在〉，在本質上極富秩序、嚴
整、重智的古典精神；2.現代詩的內涵除了抒情外，也許思想性與精神趨
向更為其重要素質。事實上，主情或主知，客觀或主觀，在一首偉大的詩
中應是渾然一體的。
　　一個詩人在表現上刻意講求意象的準確性，固然可使風格明朗，讀者
易於捕捉，但偶一處理失當，則易流於浮泛。覃子豪的《海洋詩抄》，甚至

《向日葵》的部分作品中就有一些蓄意刻畫的刀痕。他作品的內容主要植根於生活。韓波認為詩人應先使自己的思想和情感經歷每一種愛，每一種苦難。覃子豪的詩正是如此，都是他對「每一種愛，每一種苦難」真實感受的反映。他在詩中創造出新的生命旋律與秩序；不過這種旋律與秩序也會因意象的重複堆疊而造成負荷過重的架構，使詩形在該凝練的時候反而變得渙散無力。所以如此，可能是由於作者缺乏一種新感覺，未能更審慎地從平凡的語言中去挑揀某些特具感性的語字以增加詩的生氣與力量。對於詩人，生活固然重要，但生活並非創造一切好詩的唯一條件，對時代精神的敏感也許較生活更為重要。唯有具備這種敏感性，詩人才能透視到人本身與人的環境的本質。生活本身不是詩，唯有透過對生活的了解，發掘經驗的特殊性，並進而使其客觀化之後，詩方得以成形。

覃子豪一生都在為詩辛勤耕耘，奮勉不懈。詩是他生命的根，也是他生命的果，生為詩人，死為詩魂。他為詩積勞成疾，患絕症而亡。當他臥病臺大醫院時，臺灣詩壇表現出一種空前的包含對詩人的尊敬與愛的熱情。當詩人病情最嚴重的一個月內，單身詩人都曾輪流為他擔任值夜，舉凡吃藥飲食，大小便等均由值夜者服侍。自詩人於民國 52 年 3 月 31 日住院至 10 月 10 日去世，這六個月內對他協助最多，服侍最為熱心的要算鍾鼎文、彭邦楨、西蒙、商禽、楚戈、辛鬱等人。當他在臺北市極樂殯儀館打扮舒齊，了無牽掛地為百餘位詩人好友護送到火葬場焚屍爐旁時，兩位火工即以最熟練的手法將他推入了另一個世界。這時，我們內心絞痛地輕喊著：「永別了，老友！」

現在我們再對他的創作作一深入的探討：

概念地說，覃子豪詩穩實而圓熟，明澈而含蘊；但穩實並不意味著保守，明澈也不就是完全可解。從詩的實驗、修正、探索與求證的各個歷程看來，我們可以清楚地發現他走過來一步一痕的腳印。他創作經驗的動向是如此循序漸進，步履如此從容穩健。他的詩質代表一種理性的，自覺的，以及均衡的發展，而他生命的季節也極為分明，該開花時他開過花，

該成熟時他便結果。他早期的作品具有古典的嚴謹與精緻，有人生的批評，也有信念的寄託。但他後期的作品卻顯示出一種新的轉向；不僅是象徵表現的執著，也是對現代主義新表現的嘗試與實驗。他企圖在物象的背後搜尋一種似有似無，經驗世界中從未出現的，感官所不及的一些另外的存在；一種人類現有科學知識所無法探索到的本質。詩人自己稱為這是一種奧祕，一種虛無中的虛無，一種猶待證實的未知。此一企圖已很明顯地表現在從〈金色面具〉到〈瓶之存在〉這一階段中。這一階段可說是覃子豪創作上一大躍進，思想上一大展露。我們未嘗不可以稱此一階段的覃子豪是一位神祕主義者，因為他作品中的奧祕與深潛表現出這種極大的可能性。但他在探索中有否發現？這種奧祕有否實體？是何性質？他的詩沒有答案。他認為：在詩中供給答案與追求答案是同等的愚蠢。

　　覃子豪將其詩集《畫廊》按照創作轉向的過程分為三個階段，從〈金色面具〉到〈瓶之存在〉為一個新的實驗階段，對作者來說也是最重要的階段，其間共包含 22 首詩。作者在其自序中說：「第二階段中我所探求的是人們不易察覺的事物的奧祕，〈金色面具〉是其開端。面具背後的虛無，不定是虛無，只是肉眼不能覺察虛無中所存在著的東西，它是神祕。面具空虛的兩眼較之一個雕像的盲睛，更能令人產生幻覺。而這幻覺不是情感，不是字句，是情感與字句以外的假設。〈金色面具〉啓發我去證實一個夢的世界。它不是空想的，而是現實生活所反映和昇華而成的一個微妙的世界……在第三階段中，我由神祕與奧義中發現事物的抽象性。〈瓶之存在〉和〈域外〉便是抽象表現的實驗。……實際上抽象也具有形象的性質，只是這種形象我們不能給它以確切的名稱。表現這種抽象的形象，是由外形的抽象性到內在的具象性；復由內在的具象還原於外在的抽象，從無物中去發現存在，然後將其發現物化於無。〈瓶之存在〉便是由這種法則表現的。」這段話至為「抽象」，但非常重要，因為讀者欲了解詩人藝術思想發展的軌跡，欲了解他在力求純粹以及實現主觀意識經驗的重現中如何表達一種由內而外，由抽象而實質，由虛無而實存的創造變化過程，這段

話是最好的注釋。

在此一階段中，作者一直在強調抽象的對立性，內蘊與物象的矛盾性，而當作者在這種迷惘，這種衝突的掙扎中清醒過來時，這種對立與矛盾便又會在他思想上獲得統攝與和諧。但何謂抽象？思想並不抽象，思想乃是人類認識外在世界一種有系統的，邏輯的價值意識。奧祕也不完全抽象，因爲它是物性可否感受的一種程度。我們只能認爲抽象是一種純粹，一種絕對，一種自由，（黑格爾說：「藝術之目的乃在極力擺脫自然的限制而表現出心靈最大的自由。」）或正如覃子豪所謂「一個未知，一個正等待我們去證實的假設。」求證這個「假設」就是純藝術的創造。這一階段的作品都是作者求證於「未知」的成果。

正如前文所暗示，在覃子豪後期的作品中，充分顯示出「自我」與「非我」尖銳的對立。對任何一位純粹的詩人而言，這兩極端必然存在，但仍有交合於一點的時候。這一交合也就是內外交感，物我一體的開始，一個新世界的展開，一個「無中之無，乃有之極致」的實質完成，於是這時詩人便賦予作品以生命與動力，同時也構成一完整的宇宙。

所謂「自我」與「非我」兩極的交合，所謂「內外交感」，我們可以在〈瓶之存在〉一詩中找到印證：

> 淨化官能的熱情，昇華爲靈，而靈於感應
> 吸納萬有的呼吸與音籟在體中，化爲律動
> 自在自如的
> 挺圓圓的腹

物即爲物，物之能昇華爲靈，乃詩人所賦予的靈，物靈於詩人的感應，受到感應自能化爲律動。這時，詩人的「自我」已與「非我」（對象）發生了不可分離的關係。瓶之所以存在，乃詩人自我存在瓶之物性中。一個缺乏自我覺醒的人是視而不見的，有肉眼而沒有心眼，有覺察而沒有感

應，即使看到某一物體占有一定空間，但卻未發現其本質之所在。又如：

> 挺圓圓的腹
>
> 清醒於假寐，假寐於清醒
>
> 自我的靜中之動，無我的無動無靜
>
> 存在於肯定中，亦存在於否定中

這是「物我一體」達到「物我兩忘」的境界，抽象得沒有情感也沒有意念。清醒與假寐，運動與靜止，肯定與否定，在這一連串相剋的概念中表現出一種微妙的中和關係。這是詩人故意運用矛盾語法，造成一種似非而是的智境，而將讀者的感應延展到無限。〈瓶之存在〉一詩，其整個的發展除了某些過於「理念化」之外，幾乎達到「禪」的境界。

不過，作者的自我始終保持一種「回歸原性」的清醒狀態，他拒絕在外物中做長時間的留戀，他始終不忘記做為一個人的信念；夢想「超人」的信念，即使當他迷茫於物象所形成的錯亂情境中，他也會自覺地猛然將自己拉回到他獨立的世界中去。

> 夜在呢喃
>
> 我臥於子夜的絕頂，瞑目琢磨太空的幻象
>
> 太空似青青的針葉，有松脂的香味？
>
> 星子像松鼠之群我頭上跳躍
>
> 翹起尾巴，嗅我額角
>
> 　　我若是一株松樹
>
> 就讓星子們在我髮中營巢
>
> 　　從短暫中面臨悠久
>
> 青空凝視我
>
> 　　我觀照夜

夜觀照悠悠與無極

——《畫廊》：〈夜在呢喃〉

　　在前五句中，人已與一株樹合而爲一，在夜的沉默聲中，在絕嶺上，作者閉起雙眼即能抓住心中設想的太空幻象，星光對他有了實感，這時他已完全皈依自然，暫時遺忘做爲一個「現世人」的空虛與渺微，但他馬上又爲內在的意志所搖醒，「我若是一株松樹」，此時他已發現自己並非那株樹，不能超越時空，甚至超越此一觀念，否則他就可以「從短暫中面臨悠久」。「我觀照夜」，即觀照悠悠與無極。在悠悠恆久的時間與廣大無極的空間所交織成的絕對觀念對照之下，一方面引起人類的悲劇感，另方面也激起人類追求「生之奧祕」的熱望。故〈夜在呢喃〉實爲作者「靈魂的自供與自慰」，正如艾略特所謂：「將他們（指詩人）個人隱祕之痛苦轉化爲一些豐美與奇異事物，一些宇宙的及非個人的事物。」

　　梵樂希終生追求「人的力量是什麼」的問題，他所獲得的答案是：「力量乃存在於純粹的自我之中」。對於一個詩人，純粹的自我不僅是一切力量的根源，也是一切存在的中心。前文曾經提及，詩人覃子豪一生努力追求的就是「自我」，他後期的作品幾乎全部都在反射出這種渴求與盼望。

第二自然，是不可捕捉的
不可思議的深奧
幻中的黑水仙
我欲皈依那絕對的純粹
而我已落入無限的明澈

——〈黑水仙〉

　　「第二自然」實爲詩人內在觀照時所發現的另一個世界，潛意識裡的世界，其深奧是不可思議的。其實，〈黑水仙〉並非指某一特定的植物，而

是象徵一般具有「黑色」通性的實質。「黑」代表一種堅實，一種純粹，但也是一種虛無。「自我」均具有這些特性。詩人雖欲以宗教徒的虔誠去皈依那絕對的純粹，但仍懷疑在純粹的自我中是否就能「釋放我的苦惱」，（此一「我」當可解釋為具有共通性的大我），何況這種追求「只可遇合，不可尋覓。」所以我們認為作者代表的是一種理性的清醒，一種惶惑後的自覺，因之我們常聽見詩人靈魂的叫喊。

　　　　這肖像是一個詮釋

　　　　詮釋一個憔悴的生命

　　　　紫銅色的頭顱是火燒過的岩石

　　　　他是來自肉體的煉獄

　　　　他的靈魂在吶喊

　　　　我聽見了聲音

　　　　　　　　　　　　　　　　　——〈肖像〉

　　通過對冷酷現實的詮釋，這〈肖像〉正是詩人自己。詩人為了追求自我，必須解脫現實所予肉體的痛苦，然後始能獲得繼續追求所需的力量，於是，追求自我即成為詩人生命中唯一的動力。

　　覃子豪在詩中求證著另一個夢幻世界，一個由現實生活中接觸的一切物象所反射與提升的一個幽微世界。〈金色面具〉、〈分裂的石像〉、〈肖像〉、〈構成〉、〈瓶之存在〉等詩在詩人心中均為同一世界。現代詩中出現的意象是複雜不夠明晰的，葉慈與艾略特都是夢的捕捉者。葉慈說：「對於心靈的神祕狀態具有經驗的人都知道，有時心裡忽然浮起一些深刻的意象，它意義不明，也許過許多年仍無法了解。」不過，「當我們心靈之目出現一群意象，並且這些意象服從我們的意志，滿足我們心靈的需要時，我們便有一種力量，一種平靜。」在這些意象所構成的世界中，詩人往往都有一個自己的神祇，這個神亦如里爾克的神，時時存在他周圍一切的事物

中，但偶爾不知什麼時候又與自我合而為一，不可分辨。我們或可認為：
在外時這神就是萬物之本，在內時就是詩人的意志。「……如果我們從神開
始，又怎能超越神性接觸到自我，如果人是神創造，神難道不是人所創？」
（紀德語）這種「神人同形同性論」（"anthropomarphism"），詩人常藉著外
物，如一面具、一瓶、一肖像以發揮之。「有感覺觸及意志，如鶴嘴鋤觸及
金石，鏘然有聲」（〈金色面具〉），在這些意象中我們似乎看到一閃火光，
這不正是神人交會時所產生的一種力量？

顯然，神祕主義也是覃子豪後期作品風格上的一大特色，因為我們在
這些詩中常發現許多幽黯的角落在閃著誘惑的光，吸引讀者去搜尋，搜尋
中在似捉住而又溜去之間獲得一種迷茫的樂趣。神祕是詩人內心與外物的
交感，靈魂的探索，是良知、真純與智慧精微的表現，是抽象中之形象，
是對真之肯定，善之信仰，美之炫耀，謎之揭露。詩人往往企圖在直覺中
去發現宇宙與生命的意義，利用靜觀去透視萬物萬象，以體認其中的真
實。故史維脫維爾（E. Switwell）說：「詩人展示所見事物之奧祕，其意象
非空洞之幻想，而是真實情境中之隱祕。」

神祕主義是現代人的精神世界與物質世界對抗的一種掩護。當物質世
界發展到足以全部謀殺了精神的依託時，只有詩人能潛入一個隱私世界，
去尋找另一附託，另一較物質世界更真實的依靠，以挽救人類無法超脫時
的悲哀。法國象徵派的魏爾崙、波特萊爾、馬拉美都是神祕主義者，而後
期象徵派的梵樂希，立體派的阿波里奈耳，以及高克多等的詩無不具有神
祕的特質。覃子豪的詩風與法國象徵派素有淵源，其詩內的神祕性可能受
到這一系列的影響。所不同的是他不僅要探索事物後面的奧祕，而且他要
思考這些奧祕，並藉著某一外物表達他思考的獨語。

在〈金色面具〉一詩中，是否真有這個面具，對於作者與讀者均不重
要，他可借用面具，也可以借用一面鏡子、一幅畫像，甚至一枚被人棄置
的鏽釘。這個面具只不過是他藉以溝通物性與自我的一個媒介而已。當
然，他選定面具自有他為了表現某一特殊意義與趣味的需要。譬如：

在燭光熄滅的一瞬，妳投下森然的一瞥

目光像兩條蝮蛇

　　帶著黑色的閃光

　　　黑色的戰慄

自深穴中潛出，直趨幽冥

　　你的目光依然深沉

　　神采依然煥發

　　假若不是借用這個空瞳的面具，即無法表現出由「森然深沉的目光」這一意象所構成的生命中的奧祕內容。這兩隻空洞的眼睛正是詩人為自己準備，賴以透視萬物以及呈露內在奧祕和放出意志與欲望的兩扇窗子。實際上，這個面具是藏在詩人內心，或者說詩人自己就隱藏在這面具的背後。里爾克自認「我存在一切的裡面，我常借助任何事物來表露我生命的隱微」，〈金色面具〉正是作者用以表現這種思想的媒介。

投七色迴光於畫廊

照亮了你臉上逃避困擾的憤懣

你留下靜寂與奧祕於廊中

我如何能審視出你內在的虛無？

　　這時，作者已感到面具本身的靜寂與奧祕，也發現其中的虛無。面具背後原本是無，詩人卻直覺其中的豐富與充實，即使「不見眸子」，但「目光依然深沉，神采依然煥發」，因為「唯你能令我忘卻自己」，始能認識世界真實的面貌。像這種在「肯定中有否定，否定中有肯定」的虛無思想，其態度才真是人生的批評，積極的啟發。今日我們詩壇上有這種趨向，正代表一種思想上的深度，藝術觀的進步。實質上，「無中之無」乃是「精神上的大有，感性上的實存，信念上的全真」（見第 19 期《創世紀》詩刊社

論），受「知識之魔」所矇蔽的心靈自無法悟解。縱使它表示一種生之悲劇，但它不僅展示出生命的廣闊與深邃，也傳達了人類的命運，與乎做為一個人的偉大。它不僅暴露了深藏心的底層的隱祕，同時也激起了人類的潛能。唯有淺薄者流始予非議。

總之，從〈金色面具〉到〈瓶之存在〉這一階段中的創作，不論由外物到內心，由具象到抽象，由虛無到實質，由感覺經驗到思考經驗，由特殊性到普遍性，均構成複雜的兩面一體性。且由於作者對於文字具有高度的駕御能力，對諸多意象的處理均能操縱自如，故在運用暗喻或直喻上都能做準確的表現。雖然如此，我們仍可發現意象與意象所構成的象徵中出現一種介於可解與不可解之間的暗示力，而他的詩質也始終是莊嚴、渾厚、充實、而富於理性的。

不容置疑，〈金色面具〉是《畫廊》詩集中思想最深刻，技巧最圓熟的一座「智之雕刻」，也是詩人宇宙觀、人生觀、藝術觀的一次總宣示，詩評人已公認為「一幢莊嚴的現代文學建築」。評論一個已為大多數詩人所承認的作品，我們不應以「好或壞」，「優點或缺點」等概念做為衡量標準，而應從其「純粹性」與「永恆性」等角度來評議。〈瓶之存在〉一詩可說是作者心象的運動與發展，是諸多觀念的「原性呈現」。就純粹的觀點而論，有些部分過於理念化，也有些近乎邏輯的推演。詩有其內容，但並非就是「意義」，詩之內容乃隨其形象而俱在，隨其可感性而俱在，二者無法分割。藝術之中的意義與藝術本身的意義迥然不同，前者是富麗的、實用的、由其他知識轉化過來的；後者是主體的、純粹的、由作者直覺中表達出來的。詩人未能將哲理及觀念融入意象中而成為「舞與舞者」之不可分辨，致影響〈瓶〉詩更大的純粹性。但〈瓶之存在〉另有其價值，因為其中表現了一種罕見的智力與心靈的平衡。同時作者在處理如此深刻而又如此明澈的觀念時，他所選用的各個意象中絕無「知識」的賣弄。詩中的知識沒有它獨立的價值，它存在的需要是由於它能構成一部分內涵的需要，蓄意在詩中炫耀知識是自欺欺人的手法，而覃子豪卻一直在求新、求真、

求變中保持他獨特的風貌，維持一個受讀者普遍尊敬的純真詩人的地位。

——選自向明、劉正偉編《新詩播種者：覃子豪詩文選》

臺北：爾雅出版社，2005 年 10 月

覃子豪先生的遺音

◎瘂弦

前記

　　民國 52 年春，詩人覃子豪先生感覺身體嚴重不適，乃於 3 月 31 日進入臺灣大學附屬醫院，最初診斷報告說是患黃疸病，4 月 22 日施行手術，經切片檢查才發覺是膽道癌，群醫束手，不幸於是年 10 月 10 日零時 20 分病逝。

　　覃先生雖隻身在臺（遺有妻及女二人，均陷大陸），但彌留時有九位詩友[1]環泣床側，並為其治喪，出版全集。先生詩藝與為人之受人敬重，可見一斑。這段錄音訪問製作的時間，是 6 月 20 日，此時詩人已從 104 頭等病房轉入 729 公教病房（他是糧食局的職員），病情急遽惡化；長久無法正常進食及睡眠，以及日以繼夜難以忍耐的疼痛，摧毀了他全部的健康，整個人變成了皮包骨。當我帶著在復興崗晨光電臺的實習女同學李綏華進入病房時，綏華滿面驚嚇，不敢走進，我則因為常去探望，心理上早已適應。

　　那次訪問事實上是一個「假訪問」，李綏華不是什麼記者，我服務的晨光電臺只是一所軍事學校的擴音系統，根本無法對外廣播，我們訪問覃先生的唯一目的，是想為這位中國新詩史上的重要人物留下一些遺音。

　　詩人不久人世是親友間早已知道的事實，只是他本人並不知曉，如果讓他知道錄音的真正原意，不但殘忍而且是絕對不可以這麼做的。我只好「騙」他說是請廣播電臺的小姐來訪問他，做為「詩人節特別節目」播出

---

[1]在覃先生彌留時圍繞其床側目送詩人「離去」的朋友計有：鍾鼎文、彭邦楨、辛鬱、袁德星、梅新、管管、西蒙、沉冬、瘂弦等九人。

之用。要是在今天，身藏一具袖珍電晶體錄音機，祕密錄下他日常一段談話也就是了。但當年卡帶式小型錄音機還沒有出現，所有的錄音機都是大箱大盤的，要想不讓對方發覺而能進行錄音，幾乎是不可能的事。

原來覃先生是同意接受訪問的，但等到我們架設好機器準備開始時，覃先生清了清為濃痰堵塞的喉嚨說：「唉！我的聲音實在太難聽了，等我病好了再好好接受訪問吧！」我小聲像哄小孩似的說：「先試錄一下沒關係，錄好放給您聽，不喜歡的話可以洗掉的。」他這才勉強答應下來。以沙啞而衰弱的嗓音、斷斷續續的語調，吃力地答覆了我事先擬好由李綏華提出的幾個問題。三個月零二十天之後，詩人謝世，這段錄音遂成為覃先生留在世界上的唯一聲音。

記得那天我們曾提出不少問題，子豪先生都做了簡單的答覆，未做較深入的論述，主要的原因是他的健康情形已經無法負荷稍長的談話，思考不能集中，牙關也不聽使喚，在這種情形下，我們當然不忍讓他多講了。

這份遺音我保存了 20 年，20 年間，我雖然搬了三次家，經過民國 57 年內湖淹水（房中水深齊腰）和 58 年的大颱風（我家為暴風所破，門窗倒塌，衣物盡濕），但這捲帶子竟然完好如初，不能不說是一個奇蹟。這捲錄音帶除了在覃先生的追悼會上放過外，並沒有交任何地方廣播或發表，當天追悼會上由於祭弔的人太多，注意聽到的人很少，這次取出來連夜趕抄整理，再度聽到故人的聲音，不禁感慨萬千。抄完錄音，繞室徘徊，無法成眠。一邊把帶子反覆播放，一邊想著覃先生生前的種種；當我在覃先生微弱的語聲之外，聽到一兩聲汽車喇叭的聲音和一長串自近而遠的摩托車馬達聲，心想這是本世紀 1960 年代初期一個臺北午後的市聲。20 年了，那些坐在車上的人，如今都到哪兒去了？

遺音全文

李綏華（以下簡稱李）：各位聽眾，今天是 6 月 20 日，農曆 4 月 29 日，再過幾天就是端午節了，也就是詩人節。每年這一天我國民間照例要

吃粽子、賽龍舟，熱鬧非常，而對於文藝界來說，端午又是紀念我國偉大詩人屈原的日子。在這佳節的前幾天，使我們益發懷念正在臺大醫院臥病在床的詩人覃子豪先生。詩人覃子豪先生在今日詩壇上享有盛譽，多少年來，他對詩壇有很大的影響和貢獻，他的道德文章也為士林所推崇。他曾經主持過《自立晚報》「新詩」週刊，也是我國具有影響力的「藍星詩社」的領導人。覃先生的著作，非常豐碩，著名的有：《海洋詩抄》、《向日葵》、《畫廊》、《論現代詩》、《詩的解剖》等。這些書，都有久遠的藝術價值，相信大家都非常的熟悉。為了反映聽眾對覃先生的關懷和繫念，本臺特別應聽眾的要求，專程到臺大醫院覃先生的病床前，探望他，把大家的關心和祝福，帶給我們敬愛的覃先生！非常感謝覃先生以臥病之身熱誠的接待我們並接受訪問，下面就是覃先生和記者的一段談話。

覃子豪（以下簡稱覃）：我要感謝李小姐給我詳細的介紹與過度的讚美。是的，過兩天就是我們一年一度的詩人節，今年沒想到因病躺在床上，很多詩友們都看不到，同時我也非常感謝大家對我的關懷與祝福；我也很想跟詩友們見見面、談談，可是我今天病了，現在躺在床上，沒有精神，甚至談話都很費氣力。

李：覃先生，在這悶熱的病房裡，在疾病的煎熬下，您跟我們談話，這麼吃力的談話，實在令我們敬佩。首先請教您現代詩的趨向和演進是怎樣的？

覃：好。這個問題比較大，現代詩趨向很難規範，現代詩不成問題是表現現代的精神，現代人的生活，現代人的思想，這是我簡單的概括。

李：剛剛各位聽眾都聽到了，覃先生的聲音雖然很弱，但他的精神還是非常好，大家聽了覃先生的聲音，一定可以感覺覃先生的身體是在慢慢的好轉，聽眾們可以放心了。覃先生，我現在還想請問您，您領導「藍星詩社」的情形。

覃：「藍星詩社」差不多有十年的歷史了，它經常出版詩刊，編印詩集，有十幾種之多，重要者有《公論報》「藍星」週刊、《藍星詩選》、《藍

星詩頁》、《藍星》季刊。現在《藍星》季刊已出到第 5 期，雖然我睡在床上，但有很多朋友幫忙，大概不久就可以出來，可以告一段落。

李：請問您，您從事新詩有多久的歷史了？

覃：差不多在中學時我就喜歡新詩，愛讀、愛學寫，正式發表是在大學時代，一直寫到現在。

李：您寫了那麼多詩，出版了那麼多著作，您最滿意的作品是什麼？請告訴我們聽眾好不好？

覃：我比較滿意的是最近出版的《畫廊》。

李：請談談您寫詩的創作觀。

覃：談到創作觀，我認為一個作家，一個詩人如要有成就，必須要有自己創作的觀點。創作的觀點包括很多，人生觀、宇宙觀、世界觀等。當然技巧方面、內容精神方面也很重要，《畫廊》裡有一首詩叫〈瓶之存在〉，那首詩裡面包括的內涵比較多，也有我的創作觀。

李：您是一位詩壇的領導人，每年在詩人節這一天，您都要發表演講、專文，今年您身體不舒服，不能參加詩人的聚會，這對詩壇有相當的影響。對未來幾年詩壇應走的路向您有什麼看法，請提出來做為詩人和詩讀者的參考。

覃：關於詩壇未來幾年應走的方向嘛，方向這個問題是非常難談的，因為文藝的動向是自然而然的趨勢，我們不能替它預先決定一個方向，並非像一個建築工程一樣，可以畫藍圖的，它不是機械的，而是自然的，什麼原因呢？每個作者有每個作者的理想，這個作者朝這個理想，那個作者朝那個理想，不過大體上，它必然還是現代的方向。至於應該做的事情，我想詩人主要還是創作，要多寫，多寫而少發表，寫不妨多，發表不妨謹慎，這樣發表出來的東西，自己信得過，才經得起考驗，這是每一個詩人應有的抱負，同時我希望詩刊要多出版，這樣能夠刺激詩人的創作欲，這是很重要的。

李：自從您生病之後，國內外文藝界的朋友們都到醫院來看望您，有

些送花，有些送吃的表示慰問，還有年輕一代詩人輪班在醫院看護，這說明覃先生的人格和作品產生多麼大的影響力，可不可以請您談談您這次生病的感受？

覃：噢，是的。這個問題問得很好，我的感想很大，我在病中對於友情的收穫實在太大了。這些友情中最令我感動的是寫詩的朋友，不管在國內國外，比如菲律賓、南洋和香港，他們都以電報、函件、鮮花慰問我，尤其國內的朋友我非常感激他們，平常大家都忙，還能來看顧我的病，瘂弦、洛夫、羅馬……許許多多的朋友，都來看我，我本來是個單身人，突然感覺我一點都不單身，我一點都不寂寞，他們每天輪流照顧我，他們的友情會使我的病很快好的，我的心情非常的愉快，這是我最大的安慰。

李：覃先生您的病慢慢就會康復的。康復之後，在寫作方面您有哪些遠大的計畫？

覃：康復之後，我打算休息幾個月，等精神完全恢復了，仍然本著過去的精神、過去的方式把「藍星詩社」整理好，跟詩人朋友多連絡，以使整個詩壇興起更新的浪潮，使我國新詩到達一個新階段。我希望朋友們大家團結起來，好好努力，這是我最大的希望。

李：您現在飲食、睡眠都很好吧！

覃：很好。

李：希望您靜心的養病，看您目前的情況，我們相信一定會很快的康復，我謹代表聽眾向您致敬意及謝意，再一次的祝福您，希望您在康復之後，帶領著中國詩壇走向更輝煌更遠大的前程。謝謝您，覃先生！

覃：謝謝！

後記

為了使詩友及讀者能聽到覃子豪先生的遺音，特別商請臺北軍中電臺常勤芬小姐在她的節目「藝文天地」中播出這捲錄音，播出的時間為 10 月 22 日晨 10 時 20 分至 11 時，該臺週率為：

北部地區調頻 106.5 兆赫

中部地區調頻 104.5 兆赫

嘉南地區調頻 101.3 兆赫

高屏地區調頻 107.3 兆赫

玉里地區調頻 107.3 兆赫

臺東地區調頻 105.3 兆赫

花蓮地區調頻 104.5 兆赫

屆時請注意收聽。若您府上有錄音設備，不妨予以轉錄，留作紀念。

　　　　——摘自《藍星詩刊》，第 17 期，民國 72 年 7 月 20 日

　　　　　　——選自向明、劉正偉編《新詩播種者：覃子豪詩文選》
　　　　　　臺北：爾雅出版社，2005 年 10 月

我的詩人老師覃子豪先生

◎向明[*]

有一天，和幾位寫作的朋友應邀到一個學校的文藝社團主持座談會。開會完畢，大家自由交談。一位女同學怯生生的走來問我：「老師，您寫詩是自修寫出來的，還是有老師指導？」

我告訴她兩者都有。先是自己摸索，然後找到一位老師指導。她問我的老師是誰，我說妳們都沒見過，但是一定聽過他的名字，就是已過世五十多年的前輩詩人覃子豪先生。她聽了之後馬上很高興的說她知道，很多談詩的文章上常常提到他。她非常羨慕的對我說：「老師運氣好好哦！有那麼一位偉大的老師指導，怪不得您的詩寫得這麼好。」

我對她說我的詩寫得並不好。不過我確實要感激我的老師覃先生。如果沒有他，可能我會連現在這種水準都不如。因為他給我的鼓勵、他給我的指導，以及他在做為一個詩人所樹立的榜樣，都使我一生受用不盡，使我覺得我要永遠不辱沒他的成就，和他在詩壇上所受到的尊重，因為我是他的學生。

開始和覃先生結上師生關係，是在民國 42 年 10 月的時候，當時的師範學院李辰冬教授開辦中華文藝函授學校，分為小說、詩歌、戲劇和應用文四個班次。上這個學校無要學歷證件，也不用考試，只要對文學有興趣就行。我那時二十歲左右，廁身軍旅，在臺舉目無親，精神極度苦悶，早就藉摸索塗鴉來發洩，偶爾也在報刊發表一些作品，但總感覺自己對文學的認識不夠，極需有人指導。於是很自然的就成了文藝函校的一員，而且

[*]本名董平。曾任《藍星》詩刊總編輯，現專事寫作。

依自己的興趣選擇了詩歌班。班主任剛開始是由留法的侯佩尹教授負責。他譯了些法國名詩給我們讀，習題是摘取詩中優美的詞彙自己作句子，後來又要我們譯我國的古詩為白話，還有一次的習題是創作一首歌詞。這樣做了約三個月的訓練，才正式由覃子豪先生接手命題要我們創作。

覃先生批改作業非常認真。一百多位學生的習作，不但每篇詳細批改，沒有交的還來信催。而且每次都要針對題目寫一篇批改示範，在這篇長達近萬字的示範改說裡，他從一首詩的立意、修辭、句法、節奏到形象和意境，都不厭其詳的密集討論和舉例，最後他總是把提出來討論的那首詩予以重新修改，再寫一大篇修改理由，某句某字何以要改，改後好在哪裡，這是一種非常艱苦費神的工作，因為他修改後的作品不能脫離原意，只能找出更好更確切的表現方法，才能使人心服，可以說比創作一首詩還難。覃先生這種批改示範就是後來被初學者奉為圭臬的《詩的解剖》。

函校的學生，和老師很難打到照面，即以當時的其他老師，像教德國文學的周學譜老師、教法國文學的盛成老師、教詞曲的鄭騫老師等，都是至今未謀過面，和覃老師見面也是在進入函校十個多月後的一次座談會上。那天是他在師院禮堂對幾百位學生（包括其他班次）講〈怎樣欣賞詩〉。根據我在民國 43 年 7 月 11 日的日記，我對覃先生的第一印象是：「覃先生是一位四十多歲的中年人，有著很濃厚的四川口音。可是沒有四川人那種開放個性，而顯得很羞澀謙虛。」

然而，正式和覃先生面對面的請益，則又是在一個多月後他在糧食局的辦公室。記得那天正是颱風過境，在風雨交加中我和葉、陳兩位同學去看他，他對我們說了很多鼓勵的話，然後在一堆報紙中找出了兩張給我，原來我連續交的兩次習作，都已經發表在剛創刊不久的《公論報》「藍星」週刊上。這兩首作品，也和第二期發表的那首題為〈小樹〉的詩一樣，都是一字未改的登了出來。當時我雖早已在報紙上發表過詩和散文，但像這樣連續的發表，無異肯定了我寫作的能力，心裡真是躊躇滿志，發表欲大增。於是回來以後不出兩天，就連續完成了兩首作品寄覃先生。誰知寄出

不到三天，覃先生就給我退了回來，還附上一封長信。他說以往我的作品好像都是經過一再思考才寄出，而這兩首詩似乎是急就章，要我今後寫詩一定要謹慎，完成一首詩不但落筆時要找唯一的表現方法，就是完稿後也要一再的反覆檢查，最好冷藏幾天後再看。覃先生這一意見至今仍是我寫詩寫文章的最佳座右銘。我的作品從來沒有不一再冷靜考量才寄出發表。

由於詩作一再在「藍星」週刊發表，不久也就慢慢與藍星詩社的詩人相接觸，也開始算是藍星詩社的一員。「藍星」週刊在中山北路一段 105 巷 4 號的編輯部，也就是覃先生服務的糧食局的宿舍，就經常有我的足跡。

進入寫詩的圈子以後，才發現覃先生不只教中華文藝函校，軍中文藝函校也請他授課。除了每週的「藍星」週刊要編，他還辦了一份《藍星》宜蘭版，後來又出版了《藍星詩選》。尤其那份詩選既無外援，訂戶也不多，可說完全是賠老本。我看他生活那麼刻苦，還做這種既賠精力又賠錢的事情，非常不了解。有一次我就問他為什麼要這樣的狂熱？他說：「我不是教書的卻教書，開闢這麼多園地供大家發表詩，絕不是為我個人，要名我已經名氣不小了，我無非是要為中國的詩傳統培養出一些接棒人，我的樂趣，是看到一個個優秀的詩人出現在詩的地平線上。」他這些話，並不是說說就算了的，在他的一些其他作為上更十足表現出了他這種求才愛才的苦心。記得那時我每次去看他時，除了一見面必定問我有沒有寫詩外，給我印象最深的就是他那份收到好稿件時沉不住氣的樣子，好像真是中了什麼大獎，你一坐定，他就告訴你又收到誰的好詩，然後就迫不及待的拿出來和你一同共享，還一一指點出好在哪裡，精采在何處。像當時剛出道不久的女詩人林泠的那首名作〈不繫之舟〉，白萩的力作〈羅盤〉，我都是在他那種興奮的情緒下，先讀到原作。

至於他愛護鼓勵年輕人那種和藹謙沖的態度，更使每個接近過他的人，都感覺出一種不可抗拒的魔力，以至無論他在中山北路糧食局那地板走得崩崩響的日式宿舍，或後來他自己在新生南路租的獨立小磚房，每到週末假日，總擠滿了人，可說今天大部分中年一代的詩人，當年都曾經做

過他的座上客。我想以後他臥病臺大醫院時，幾乎詩壇全體詩人都輪流日夜服侍他吃藥、飲食、大小便達半年之久，可說都是受他精神感召所致。

也就是由於覃先生是這樣企盼於中國新詩的成長，和以全部愛心來鼓勵年輕詩人，所以詩壇內外任何有損於詩的作爲，他都會立即執筆反應，表現出一種雖千萬人吾往矣的護衛精神。而偏偏新詩一直受到誤解與歧視，甚至有人還拿它當笑話看，這樣他就更忙碌了。除了早年抗戰時，曾與曹聚仁打過一場長達三月的筆戰外，民國 48 至 49 年間，與蘇雪林、門外漢以及後來的言曦等發生的新詩論戰，他那枝筆都曾發揮無比的威力。對新詩的誤解產生了極大的澄清作用。

他雖是這樣維護新詩的存在，但對詩壇本身的要求，也極不含糊。譬如紀弦先生在創立現代派時，所主張的「橫的移植」之說，他是首先提出反對意見。他認爲新詩吸收外來營養並非壞事，但若全部「橫的移植」，自己將植根何處？結果引發他們這兩位老友之間的筆戰。筆戰的結果，在當時各自堅持下，雖看不出什麼勝負，但在以後幾年紀弦先生一再修正自己的觀點中，甚至反而提倡自由詩，卻可看出覃先生的堅持還是略勝一籌。

論到我和覃先生的師生關係，越到後來，他簡直就像父執樣的關切照顧我了。民國 50 年，我留美一年歸來後，覃先生已搬至新生南路現今金華國中的對面居住，我則一個月至少有 20 天寄居在他居處另一頭建華新村旁的營房裡。有好長一段時候，我和他一定在他家門口的一家湖南小館共進午餐，一人一個五塊錢的客飯，聊上好久。那時他最關心我的婚姻問題，每次我交到一位新女友，他就在一旁給我打邊鼓加油，傾囊相授他和女性結交的心得，偏偏我在這方面最笨拙，時常氣得他直跺腳，怪我不會把握機會。後來我結婚時，是由他給我當的主婚人。婚後我有了自己的家，便少有時間去看他，有幾次去，我發現他坐在床頭的空地上盤腿打坐。我心裡很納悶，但又不便問他。至民國 52 年 3 月時他就病倒了，全身發黃，都以爲是黃疸病。而我突然在這個時候接到命令，必須於 4 月 1 日調馬祖服務。雖然此時妻已有了四個多月的身孕，覃師又病重，我有不能赴任的苦

衷，但軍人對命令哪有討價還價的餘地，於是 3 月 31 日把覃師送進臺大醫院 104 病室，並爲他守護了一整夜之後，第二天就隨部隊去了馬祖。

五月底，詩友楚風寫信告訴我不幸的消息，經開刀證實，覃師患的是膽道癌，已經群醫束手。我心急如焚，隔著海天，只有衷心祈禱。挨至八月，我以妻的預產期逼近爲由，想請假回臺一探覃師病況。誰知道請假非常不容易，輾轉拖至八月底，上峰才同意我於 9 月 1 日返臺一星期，其時離妻的預產期已經只有兩天。

我返臺後，卸下行裝，即赴臺大醫院，走進病房，看到覃師幾乎不敢相認，眼窩深陷，身體已被折磨得只剩骨架。他見我回來非常高興，並且告訴我，他正在吃中藥，病情已見好轉，好像反而是安慰我，要我不要爲他擔心似的。當他曉得我再過兩天就要當父親的時候還問我是不是一切準備妥善，要我好好照顧妻。我把那時只有在前方才偶爾吃得到的軍用雞肉罐頭送他，他一直要我留給妻進補。後來我才聽到楚風說，他那時聽到吃雞都害怕，因爲治癌的中藥就是燉雞吃的，他已吃了好幾十隻。兩天後，妻按預產期準時生產，但嬰兒太大，一天一夜都下不來。那時醫院即盛行生小孩一定要先指定醫生接生的陋習，而我在前方，妻居鄉下岳家，哪裡曉得還須走此門道，結果從頭至尾只有一位小護士助產，生不下來也沒人管。最後生下來時，孩子的頭已擠得長如冬瓜，兩眼翻白，一直不閉，在保溫箱待了一下即斃命。我傷心欲絕的將此消息告訴覃先生，他用手捶著病床，爲我惋惜，指責醫院不顧人道。此後幾日，我仍分出大部分時間去醫院陪他，聽他講述那永不熄滅的詩之希望之火，辦大型詩刊，創至高的詩獎，彷彿生命還無窮無盡，我一面附和他的構想，心中卻暗自飲泣。

9 月 10 日我返回馬祖戰地，10 月 11 日版面很小、平時極少文教社會新聞的《馬祖日報》，卻刊出了詩人於 10 月 10 日零時 20 分逝世的消息，並稱覃先生爲當代最具影響力的大詩人。拿著報紙，我在馬祖的圓臺山上最高處獃坐終日，直至黑夜將天地閉合，遠方升起一顆熠亮的藍色星子。我告訴自己，那就是歸天的覃子豪先生，他已占有這宇宙一個位置。永遠

光耀著中國的詩壇。

　　覃子豪先生過世後，他的摯友鍾鼎文、洪兆鉞、葉泥以及學生辛鬱等人，開始整理他一生留下的詩文以及譯著等，成立《覃子豪全集》出版委員會。但由於經費欠缺，一直到他過世 12 年後（民國 63 年 10 月），始完成《覃子豪全集》三輯的出版，而覃氏的骨灰亦一直暫存在臺北善導寺，未能找到合適的地方落土爲安。殆至民國 67 年始由他的藍星舊友吳望堯自越南返國捐贈墓地，安葬詩人於北縣新店安坑龍泉墓園，又五年後，於覃氏逝世 20 週年紀念時，經由藍星詩人羅門情商雕塑家何恒雄教授雕塑覃子豪半身塑像，安座於墓園上方。從此每年 10 月 10 日他的忌日總有他的故舊門生到他的墓前獻花祭拜，覃子豪先生對詩的奉獻精神和他待人的誠摯親切態度，永遠存活在臺灣詩人心中。

　　近些年來，學界開始研究覃氏作品者越來越多，經我協助而以覃氏作品做研究而獲碩士學位者計有高師大的蔡豔紅和玄奘大學的劉正偉。其他尚在書寫，或以「藍星詩社」爲研究對象，而必須將覃氏列爲主要靈魂人物者，尚有多人正在進行書寫。然一般讀者對覃氏作品有興趣者，多苦於找不到覃氏的著作，而三大本的《覃子豪全集》則早已沒有存書。青年詩人劉正偉苦研覃子豪作品多年，他將覃氏在大陸出版的幾本絕版詩集搜羅淨盡，復將覃氏來臺後的詩文及散失作品搜尋整理，除已彙整成一本《覃子豪詩研究》專書外，爲表示對覃氏作品的推崇及讓無法讀到覃氏作品精華的現代讀者獲益，乃應我之約，我們合編了這一本《新詩播種者——覃子豪詩文選》。另外特選洛夫、彭邦楨兩位大詩人對覃氏作品的精心評介，及覃氏在四川故里舊友同學賈芝、李華飛等，對覃子豪過往的追憶，更加提升了這本《覃子豪詩文選》的學術價值。

民國 94 年 4 月 30 日於臺北姆指山下

——選自向明、劉正偉編《新詩播種者：覃子豪詩文選》
臺北：爾雅出版社，2005 年 10 月

詩人覃子豪

◎楊牧*

一、

　　覃子豪逝世已經很多年了，朋輩之間，談詩講故，時常提到他，有一種半因歲月半因批評的距離而產生的奇異感覺。有人認爲他是一位牽扯太多的先驅人物；有人卻以爲他於敦厚之外，散發了一種浪漫氣息，舉手投足之間，自有其詩人氣質，不但是可敬的，也是可愛的；更有人覺得他所樹立的風範和格調，忍耐委曲以求全，吶喊飛躍以成功，退而靜若處子，摩挲西歐半解不解的新書，進而動如猛虎，抨擊詩壇似是而非的理論，總是一代健者。我個人拙於理論，一朝回憶覃子豪種種，彷彿回到十餘年前的世界，先請容我抄一首詩：

　　　　陰雲自山阿升起

　　　　沿著疏落的白楊小徑

　　　　有人在水樓上飲茶

　　　　傾聽琵琶

　　　　盛夏的時候，懷想一首詩

　　　　題在櫻花凋謝以後的京都

　　　　呻吟的橋樑，醉舟上的嘩笑

　　　　燈心絨的小影

*本名王靖獻。發表文章時爲美國華盛頓大學中國文學系及比較文學系副教授，現爲政治大學臺灣文學研究所講座教授。

你從尼斯回來

臉上刻畫著地中海

許是潯陽江頭

分裂的石像

許是山地一朵柑橘花

零散的月光在鬢上閃爍

棲木類的鳥

逐漸飛盡，從流星的歸程

向誰兩臂十一月天的徹寒

有人在水樓上飲茶

沿著疏落的白楊小徑

陰影自山阿升起

我作此詩於愛荷華城，題曰「紀念覃子豪」，離覃子豪去世總有兩年光景的時候。詩曾發表，並收在一本集子裡。前此，我 1963 年 10 月間在金門服役，聽到覃子豪逝世的消息，曾寫一紀念的長文，寄給臺北一家報紙，石沉大海，我亦未存底稿，從此失去了蹤影。我在這紀念文裡說的事情，現已不復記憶，但總不外乎是追思的情緒。追思的情緒是不會驟爾消滅的，覃子豪雖已逝世十一年有餘，我們對於他的追思，並未嘗稍減。

二、

小時在鄉下讀書，漸知有新詩，也頗喜歡，那時不太管什麼意象之類的東西，能朗朗上口的，總是好的。過兩三年，課外知道臺北也有寫新詩的人，甚至花蓮也有，而且歌頌的世界也並非廣大如新疆不可，大為驚喜。那時初聞紀弦和覃子豪之名──紀弦即有〈花蓮港狂想曲〉，熱情奔放，說花蓮是「颱風之花」、「地震之花」，喊得我這個花蓮兒童不勝感動，興奮之至，而覃子豪更不知為什麼簡直把花蓮樂土化了。

覃子豪有〈兀鷹與蒼龍〉一詩（又題〈花蓮港素描〉），讚美花蓮港又是兀鷹又是蒼龍，難免也提到颱風和地震。颱風和地震似乎是我們花蓮的特產：

> 颱風來臨
> 你想乘風而去
> 大地震動
> 你想沉潛海之深底

這種比喻到底得不得體，先不必管他。我總是覺得高興的，有臺北來的詩人這麼認真熱誠地描寫我們花蓮。覃子豪又有一首六節的〈花崗山掇拾〉，也是寫花蓮的詩。花崗山是花蓮濱海的一處高阜，其實不算是什麼山，我中學時代每天上學，都要騎腳踏車翻過花崗山，山的這邊是花蓮師範學校，那邊是花蓮女中。我從花蓮師範這邊上坡，從花蓮女中那邊下坡，沿海岸公路過橋，又上坡，努力腳踏十分鐘，即可到達花蓮中學。那時實在沒想到花崗山居然也可以入詩。我曾經抱著覃子豪的詩集《向日葵》跑到花崗山僻靜之處，翻到第一頁〈花崗山掇拾〉，實地考察，一一印證，看看詩人的心思到底和我的感覺有什麼不同。這種事也令我快樂。原來並不是新疆才能入詩的啊！這種事令我非常快樂。

覃子豪常以花蓮入詩，原來和他當時的職業有關；他是糧食局專員，須常出差花蓮，有時也去臺東（遺作中〈過黑髮橋〉即寫臺東）。我那時開始看閒書，除了雜誌以外，每星期也專心看《公論報》上的「藍星」週刊。「藍星」週刊的刊頭畫一沒有腦殼子的石膏像，天上是大大小小的星子，據說也出自覃子豪的畫筆。覃子豪能作畫，知者甚多，《海洋詩抄》插畫十幀，即他自製。我看「藍星」週刊時，編輯是覃子豪，有時余光中也編，但徵稿地址一直在臺北市中山北路一段 105 巷 4 號，即覃子豪的家。藍星詩社的詩人除覃子豪和余光中之外，又有鍾鼎文、鄧禹平、夏菁、吳

望堯，其後更有羅門、蓉子、黃用、張健、周夢蝶等；有時向明、敻虹、王憲陽也算進去。迨 1962 年夏菁寫〈愛的諸貌〉時，我也被列爲「藍星諸君子」之一。其實我雖有兩本詩集列入藍星詩叢，我從未覺得我屬於藍星詩社。我在「藍星」週刊上發表了不少詩，但這也不能算是我屬於藍星詩社的證明。那時瘂弦和洛夫也時有新詩在「藍星」週刊發表。

三、

　　覃子豪出差去花蓮，大概只專心公幹，不曾逗留，所以來來去去，我在花蓮總未曾見過他。1958 年夏天我到臺北，8 月 14 日才第一次與他見面。他中山北路 105 巷的住處，老臺北人稱之爲六條通；黃用家住 121 巷，稱七條通；我借住在姨媽家，即九條通。第一次去六條通拜訪覃子豪，好像是和黃用同去的。

　　藍星詩社編輯部原來是糧食局宿舍裡的一間單身屋子。宿舍外有大門，應門的是一位不苟言笑的中年女傭，問「找誰？」我們說找覃先生，她隨手一揮，抽身便走，每次都是這個程序。幸好黃用來過，便領我走上木板走廊，咿咿呀呀往覃子豪房間走去。這個宿舍是日本式老房子，看得出昔日派頭，應當是相當豪闊的。有一大片花園庭院，如今改爲單身宿舍，住的大概都是大陸來臺的獨身專員，首先不慣日本式房子玄關脫鞋的繁縟，乾脆一律自面對庭院的後進出入，故咿咿呀呀的木板走廊其實是標準日式大宅的緣側；而緣側一節，通常是日式住宅裡最美麗最雅致的所在，如今皮鞋咚咚響而過，早已不復緣側了。覃子豪早年留日，猜想他對宿舍裡這種變革，一定頗不以爲然，但獨力難挽狂瀾，他自己也穿鞋在緣側上走動了。

　　緣側蕩然，但推門進屋前，仍然要脫鞋上榻榻米，這表示主人是努力要維持一種東洋趣味的吧！覃子豪那年 47 歲，精神很好的樣子，稍瘦削，但不難看，膚色雖不是紅潤那一種的，但黑中自有精神，一口濃重的四川話，笑聲也還似乎帶著四川調子的。他年長我們甚多，可是我感覺他絕無

霸道氣味，可以說是和藹，容易親近的人，只是有點羞澀。第一次見面談了什麼，完全不記得了，大概談到花蓮，走前他送我一本《向日葵》，在扉頁上題字：「贈給葉珊老弟　著者 47 年 8 月 14 日」。字極蒼勁有力，這書我到今天還存在手邊。

此後一年之內，我常去找他，通常是禮拜天上午。覃子豪那時從者不少，主要是他在函授學校改稿子時吸引過來的年輕人，有些人稱他為老師，《詩的解剖》一書即他為學生修改習作的批評集。他禮拜天上午總坐在家裡，誰來看他都歡迎，不必訂約。我通常都和黃用及洛夫同去；洛夫那時在大直軍官外語學校受訓，禮拜天休假搭 17 路車到臺北，在照安市場下車，有時先到九條通找我，雙雙去敲黃用的門；有時先到七條通找黃用，雙雙跑來敲我的門。我們三人去六條通時，黃用總說：「三大通天教主上花果山水簾洞尋訪老猴子」，因為覃子豪外號老猴子，以其黑瘦外形得名。說者通常並無惡意，覃子豪也不以為忤，但他不太喜歡「老猴子」之名，喜歡說他自己是「長白山猿」。黃用喜歡說笑話，對覃子豪亦復如此；洛夫有時也幫腔，我一旁湊熱鬧，置喙機會並不多。我在覃子豪處，遇見不少寫詩的人，好像包括羅馬（商禽）、袁德星、辛鬱、秦松四位「同溫層」的朋友，還有向明。但我記憶裡從未在他家遇見其他藍星詩社的人。覃子豪在家時，總穿一雙拖鞋於榻榻米之上，坐在書桌前，興致好時，也煮咖啡待客。他冬天穿一件綠色燈草絨的外套，曾經自得地引用瘂弦的詩說：「詩人穿燈草絨的衣服——我這是道地的燈草絨。」他書桌上常擺著法文書籍，多是 25 開本略短的紙面詩集，因為他喜歡法國詩。我想覃子豪之愛好法國詩集，有他不可磨滅的功績，至少他為我們介紹了一種新鮮的詩集裝幀術，亦即那種特殊的 25 開本略短的版面。這種短版面是法國書籍的特色，排印現代詩尤稱典雅實用，我列入藍星詩叢的兩本書都採取這種版面。

第二年我去臺中上學，寒暑假回花蓮，偶然也經過臺北。有時我也去六條通看覃子豪，但大學四年之內，我似乎總是在六條通以外的地方看到他。第一次應當是 1960 年 1 月間，寒假時他到東海大學來演講，我適在

校，曾與他和余光中、王渝四人合照了一張像。其他見面的機會都在臺北，有一次好像是在水源路中國文藝協會，記得那天有人起哄，要他唱四川戲，他先是非常羞澀，最後是萬不得已吧，終於起立唱了兩三句了事。我總覺得覃子豪其實是一位非常害羞的人。這時覃子豪已經搬離六條通，據說住在新生南路，但我從來沒去過他新生南路的家。1963 年我始風聞他罹癌症，情況嚴重。我六月間大學畢業，到臺北時曾多次去臺大醫院探望，那時他已經非常衰弱，癌症腐蝕人的精神和肉體，真是令人駭異地迅速。我看到年紀剛過 50 的詩人被疾病如此侵害，不免十分悲傷。最後一次去病室看他，是我去高雄登艦赴金門服役前數日，秋深的醫院，充滿淒涼落寞的情緒，詩人高躺在支起的病床上，我趨前告訴他不久就去當兵了，他拉住我的手叫我小心。

這大概是 1963 年 10 月初的事情，是我最後一次見到覃子豪。

四、

覃子豪的寫作生涯裡有詩集五種，曰《生命的絃》、《永安劫後》、《海洋詩抄》、《向日葵》、《畫廊》；評論集三種，即《詩創作論》、《詩的解剖》、《論現代詩》。詩人逝後五年，乃有《覃子豪全集》出版，精裝二冊，第一冊除五種詩集外，有「集外集」及斷片；第二冊於三種評論外，又有「未名集」。全集約一千一百頁。

覃子豪對現代詩的貢獻，除了全集所示各種著作以外，還有他通過藍星詩社所掀起的冷靜的文學態度；我一向覺得覃子豪是冷靜文明的現代詩人，他這種態度是健康的文學態度。他主編過《公論報》上的「藍星」週刊，在他的影響下，「藍星」竟有宜蘭版的出現，已可見一斑；他又主編《藍星詩選》，也採取那典雅實用的 25 開略短的版面印刷，當時又稱大藍星，有別於夏菁創刊的《藍星詩頁》，又稱小藍星。夏菁也是一位冷靜文明的詩人。覃、夏二人，加上余光中，構成所謂沙龍精神的藍星詩社，樹立了一種格調。

　　論者常說覃子豪的詩越到晚期越成熟，這是不假的。他結集的詩中，最出名的是〈瓶之存在〉、〈域外〉、〈吹簫者〉、〈分裂的石像〉、〈金色面具〉等篇，都收在第五詩集《畫廊》裡。這些詩好固然好，有一種凝練緊密的質理，步步樓臺，比諸早期的作品是圓熟豐富得多了；可是除了〈域外〉一首，這些詩也難免窒悶，缺少流動的韻律，有時更顯得堆砌，過分鏤鏤，終非上乘藝術的理想，其中尤以他公認的代表作〈瓶之存在〉為甚。此詩開頭即為一例：

　　淨化官能的熱情，昇華為靈，而靈於感應
　　吸納萬有的呼吸與音籟在體中，化為律動
　　自在自如的
　　挺圓圓的腹

　　故我於《畫廊》詩集一向不喜歡。我總覺得覃子豪以他的才情和經驗，應能突破那種窒悶的空氣，拆開他的堆砌，擦去他的鏤鏤。而他並沒有使我們完全失望，他最後的作品中有一首〈雲屋〉，我覺得是他衝破自我範限而生的新藝術。詩共 31 行，首段：

　　松滿山，綿羊滿山
　　一片青，一片白
　　遮盡長滿青苔的石級
　　依然從青松的枝柯下走入園中
　　沒有門鑰，依然打開
　　被雲深鎖的門

　　文字爽朗，雖未及透明的層次，總比他一般早期的作品堅實，而比他《畫廊》裡的代表作清澈。覃子豪溫柔多情，晚年深邃，但下筆仍然是一

唱三嘆的戀歌。〈雲屋〉末段又以「松滿山，綿羊滿山」起興，呼應首段，
勾畫一個戀愛的世界。此詩若不署名，會教人以為是哪一位青年詩人初逢
愛情的驚喜摻半的戀歌。

　　覃子豪晚年又有〈過黑髮橋〉一首，也在全集「集外集」中，其手稿
並影印於書前，同樣以臺灣東部的山地為背景，和早期某些名詩相類，但
所謂「背景」，只是引發詩思成形的理念，為我們接近詩人創作過程的線
索，其實並非詩的主旨，此與〈兀鷹與蒼龍〉及〈花崗山掇拾〉之描寫敘
事已有差別。黑髮橋在臺東，想確實是詩人目睹的，而且更可能是詩人目
睹當時，先為橋名黑髮所懾，繼則環顧觀察，醞釀詩情──詩人創造，不
乏這種興於末而成於本的情形，是不可置疑的。所以詩人以橋名黑髮開始
立意，先導出一「佩腰刀的山地人」和他「長長的黑髮」被海風吹亂：

　　黑色的閃爍
　　如蝙蝠竄入黃昏

　　海風吹亂黑髮是否能構成閃爍如蝙蝠的效果，也許不是我們追問的題
目。黑髮於此，是為了對照詩人自己的「一莖白髮」，漸知老之將至，時已
是日之夕暮，蒼涼落寞之中，詩人獨行「於山與海之間的無人之境」。覃子
豪偏愛這種孤獨的旅人意象，此亦見於早期的〈花崗山掇拾〉中。黑髮只
是名，名是末節；白髮是實，實是本體。一莖白髮「溶入古銅色的鏡中」，
蕭索於黃昏，於異鄉偏僻流浪的黃昏，覃子豪之寂寞心情大致可見。但此
詩並不以此悲愴的情緒作結；忽然提高，打破悲愴的情緒，直指另外一個
宿命的世界：

　　港在山外
　　春天繫在黑髮的林裡
　　當蝙蝠目盲的時刻

　　黎明的海就飄動著

　　此末段之首二行是熔思鄉和憶舊於一爐的感慨技巧，華年已去，可待成追憶，但在這蝙蝠為之目盲的時刻，心情彷彿回春，似真似幻，惘然，展現另外一個黎明。首段的蝙蝠本屬唐突，至此反而自然神異，在那盲目飄搖之間，詩人又以愛情結束他生命追尋的燔祭。〈過黑髮橋〉也許是覃子豪最後一首詩，至少對讀者而言，它在全集之末。此詩不長，但既響應了早期覃子豪充斥字裡行間的孤獨情緒，又點明了晚年黃昏火焰燃燒的色彩，正好可以收束詩人各種飄搖動盪的意象，是準確是曖昧，總而言之，已經是生命和詩的結論。這個結論不誇張，也不囁嚅，覃子豪的最後一行沉重地肯定了愛情，他一生對於愛情的信仰，更肯定了他多年為眾所樂道的頭銜，愛情載在船上，覃子豪曾經是名噪一時的「海洋詩人」，他仍然是海洋詩人。這首詩的另一層意義，是進臻美學批評的意義。覃子豪於《詩的解剖》最後一篇裡，提倡「自單純進入繁複」，此原則應該可以接受，但自單純進入繁複，亦不可沒有限度，質言之，繁複如〈瓶之存在〉，實非現代詩必然的優點。再質言之，詩的理想，最後仍然應該自繁複回到單純，見山是山，見水是水，此一理想，參差可見於〈過黑髮橋〉。

——選自楊牧《掠影急流》

臺北：洪範書店，2005 年 12 月

覃子豪與象徵主義

◎陳義芝[*]

一、覃子豪的當代評價

　　1950 年代臺灣詩壇領袖人物之一的覃子豪（1912～1963），逝世已逾 40 年，創作成績也早有定評，重要詩選如 1970 年代的《現代詩導讀》（故鄉出版），1980 年代的《當代中國新文學大系》（天視出版）、《現代中國詩選》（洪範出版），1990 年代的《新詩三百首》（九歌出版）、《不盡長江滾滾來——中國新詩選注》（幼獅出版）、《天下詩選》（天下出版），以至於 2001 年出版的《二十世紀臺灣詩選》（麥田出版）及《臺灣現代文學教程：新詩讀本》（二魚出版），都收錄有覃子豪的代表作。然而，論到時代風潮之激盪影響，樂道紀弦《現代詩》或「現代派」者多，深入覃子豪詩學世界者少。就國家圖書館能夠檢索到的評論資料[1]看，有關覃子豪的篇章，多屬詩作之賞析，或爲早年受其指導的學生寫的追思感懷，真正關於覃子豪詩論的極少。一般人都將他歸於抒情主流的堅持者，如蕭蕭之持論[2]，或加怪責如林淑貞所云：「以抒情詩做爲現代詩的本質，實昧於一己之偏好……顯然地，覃氏以一己之偏好，斷言抒情詩爲詩之正宗。」[3]

　　覃子豪是不是像林淑貞論文說的「不標榜任何主義」[4]，很值得重加檢

---

[*]發表文章時爲《聯合報》副刊主任，現爲臺灣師範大學國文學系副教授。
[1]國家圖書館「當代文學史料影像全文系統」及「中華民國期刊論文索引影像系統」。截至 2003 年底。
[2]蕭蕭，〈覃子豪的詩風與詩觀〉，《文訊》第 97 期（1993 年 11 月），頁 74～78。
[3]林淑貞，〈覃子豪在臺之詩論及其實踐活動探究〉，《臺灣文學觀察雜誌》第 4 期（1991 年 11 月），頁 37。
[4]同上註，頁 55。

視。我們不能因為覃子豪在「中華文藝函授學校」擔任詩歌班主任，為教學生而提倡抒情詩創作，就以「抒情詩」這一寬泛的概念形容他的詩學。陳芳明在尚未完稿的《臺灣新文學史》第 13 章〈橫的移植與現代主義之濫觴〉，雖並論紀弦與覃子豪，但總括於「紀弦與現代派的崛起」這一標題底下，以紀弦為代表。對兩人的評價也不同；說紀弦「在 1950 年代，理論與創作的同時並進，果然豐富了現代主義運動的內涵」；說覃子豪則是「強調古典傳統與民族立場的重要性」，「對現代主義的認識，也許有很大的錯誤」。[5]陳芳明引用的覃子豪的那段話，出自 1957 年發表的名篇〈新詩向何處去？〉，該文針對紀弦〈現代派信條釋義〉有所質疑，覃子豪不贊同紀弦完全標榜西洋詩派，他為奮力反對中文新詩成為西洋詩的尾巴，因而做了以下激烈的表示：

> 現代主義的精神，是反對傳統，擁護工業文明。在歐美工業文明發達至極的社會，現代主義尚且不能繼續發展；若企圖使現代主義在半工業半農業的中國社會獲得新生，只是一種幻想。[6]

陳芳明說，覃子豪對現代主義的認識有誤，西方現代作家是在抗拒或批判工業文明，現代主義不必維護工業文明，現代主義並未停止發展，且在持續擴張中。[7]在陳芳明的文學史衡斷下，容易使人誤以為紀弦是現代創新的動力，覃子豪倒成了抗拒現代的代表。

覃子豪借英國現代主義詩人史班德（Stephen Spender, 1909～1993）的酒杯[8]，澆自己的塊壘，有關「現代主義精神」的說法固不足以言精準，但

---

[5]陳芳明，〈橫的移植與現代主義之濫觴〉，《聯合文學》第 202 期（2001 年 8 月），頁 144～145。

[6]覃子豪，〈新詩向何處去？〉，《覃子豪全集 II》（臺北：覃子豪全集出版委員會，1968 年），頁 305。

[7]陳芳明，〈橫的移植與現代主義之濫觴〉，《聯合文學》第 202 期（2001 年 8 月），頁 145。

[8]史班德曾撰文〈現代主義運動已沉寂〉（"The Mondernist Movement is Dead"），余光中在《英美現代詩選》譯介史班德詩，也提到這篇文章。即使是赤忱的現代主義者，對現代主義某些作風也嚴詞批評。

究其實，他指謫現代主義的無聊面，反對捨本求末的支派[9]，頗不欲中文新詩成了沒有社會現實照映的純空想的產物，因而才這麼說。仔細看他這篇文章，大量舉述了外國現代詩人（特別是象徵主義詩人）如馬拉美、阿波里奈爾[10]、魏爾崙（Paul Verlain, 1844～1896）、韓波、梵樂希、葉慈（William Butler Yeats, 1865～1939）的主張。他寫了 70 萬字的詩論，不斷反省新詩的發展、修編新詩浪漫前衛的方向，他以成熟的思慮大力將象徵主義詩派的創新手法灌溉在臺灣，雖然因特殊狀況未完全承認自己是象徵主義詩人[11]，但究實說覃子豪確是象徵主義在臺灣的傳人，是帶動風潮又能穩住局面的旗手。他與紀弦的論戰觀點，給予後來者很大的反省空間，詩壇低估了覃子豪對臺灣新詩現代化的影響。

二、覃子豪對象徵主義的態度

覃子豪對象徵主義的理論和創作鑽研甚深，也極為讚賞象徵派的表現方法。他參與論戰，辯護象徵主義詩學成就不遺餘力，但何以不逕行標榜自己即是象徵主義詩人？

據覃子豪詩論，我們可以找出下述幾點原因：

（一）當覃子豪撰寫〈論詩的創作與欣賞〉答辯蘇雪林（1897～1999）說：「我不是一個唯象徵主義者，也沒有說過『只有象徵詩才是詩』。」目的是在表示：「臺灣詩壇的主流，既不是李金髮、戴望舒的殘餘勢力；更不是法蘭西象徵派新的殖民。臺灣的新詩接受外來的影響甚為複雜，無法歸入某一主義、某一流派，是一個接受了無數新影響而兼容並蓄的綜合性的創造。」[12]在臺灣的新詩正在尋找出路的年代，覃子豪一再行文分析象徵主義詩作的優點，介紹法國的象徵詩派，但他同時也認知到象徵

---

[9]同註 6，頁 314。

[10]覃子豪在《法蘭西詩選》第一集〈緒論〉說，阿波里奈爾雖為立體號主義詩人，卻是具有象徵主義詩人的實質。見《覃子豪全集III》（臺北：覃子豪全集出版委員會，1974 年 10 月），頁 12。

[11]覃子豪，〈論詩的創作與欣賞〉，《覃子豪全集II》，頁 331。

[12]同上註，頁 331～332。

主義在各國的發展形式不同，必然與各自的民族情性、文學傳統與社會因素融合，主義與主義之間互相啓發，原初的面貌是會產生變化的。

（二）象徵主義起始於 19 世紀末的法國，覃子豪唯恐盲目摹擬，結果創作者誤以「曖昧」爲「含蓄」，誤以「生澀」爲「新鮮」，誤以「暗晦」爲「深刻」，寫成了僞詩。[13]覃子豪贊同象徵派詩法，但反對失敗的象徵派作品。他評述 1920 年代中國象徵詩派的先行者李金髮的詩：具有豐盈的內在詩質，但語言欠鍛鍊，外表顯得襤褸[14]，他認爲中國早年的象徵主義詩風發展之所以沒入泥沼爲人共棄，是因缺乏現實性和時代精神，「李金髮的象徵完全自法國販來，法國的葡萄酒到中國來就變成了醋，這自然是給人一種不好的味道。」[15]〈難懂的詩〉一文更進一步申論：

> 難懂的詩，具有深度，作者將其真意隱藏在詩中，故其表現手法是間接而非直接，以象徵、比喻、暗示、聯想來構成詩底造型。或係立體式的重疊，或係蜿蜒而入的深邃。
>
> 但難懂的詩不一定就是好詩，那就是作品本身貌似深沉，而實際上是言之無物，詩的本身首先未能形成一個具象。內容既破碎、殘缺，且其表現零亂，欠嚴密的組織；加以語言晦澀，比喻失真……故成為畸形的產物。[16]

（三）覃子豪強調不能在別人的流派中完成自己，他一方面認爲臺灣新詩接受外來影響甚爲複雜，已經超越了法國象徵派所追求的朦朧而神祕的境界，也超過了李金髮的象徵派[17]，一方面又表示各種「主義」對臺灣新詩的影響均未能普遍而深入，必須再尋求更新的發展，求發展不一定要到

---

[13]覃子豪，〈關於「新現代主義」〉，《覃子豪全集Ⅱ》，頁 319。
[14]同上註，頁 327。
[15]覃子豪，〈與象徵主義有關〉，《覃子豪全集Ⅱ》，頁 440。
[16]覃子豪，〈難懂的詩〉，《覃子豪全集Ⅱ》，頁 448。
[17]覃子豪，〈論象徵派與中國新詩〉，《覃子豪全集Ⅱ》，頁 319。

中外古今的各種風格中兜圈子，但必須擷取古今詩藝菁華，做綜合性的創造，梵樂希就是一個好的學習範例，巴拿斯派（The Parnassians）和法國的古典詩都是構成他藝術的要素，梵樂希把不同要素（包括象徵主義要素）合而為一，成就了「法國近代象徵派最偉大的詩人」。[18]當李金髮不成熟的詩作屢遭蘇雪林質疑為「咒語」之際，覃子豪為臺灣詩壇撐掌象徵主義旗幟，有所謂的「影響的焦慮」，自是難免。

（四）在反共時代戰鬥的氛圍裡，覃子豪不能決絕地只談個人內心的真實，不能不顧慮外在現實的反應，〈真實是詩的戰鬥力量〉一文將詩人比作戰士，為人生而戰，將詩比成旗幟、號角、戰鼓，要唱出人民的心聲，激發人民的力量。[19]他也寫這一類的詩，例如迎接投奔自由的反共義士的詩〈旗的奇蹟〉，熱烈歌頌著「灑滿血花的旗／將在一個不朽的日子裡／使為自由而戰的鬥士／橫戈躍起／將旗插滿中國的大地／創造更偉大的奇蹟」[20]。這樣公眾的話題如何能用頹廢的蔑視物質世界的、過分淨化的象徵詩筆完成！

儘管如此，覃子豪以象徵主義、象徵派或象徵主義詩人為題的論文仍有八篇之多：〈論象徵派與中國新詩〉、〈簡論馬拉美、徐志摩、李金髮及其他〉、〈象徵派與象徵主義〉、〈與象徵主義有關〉、〈象徵派及其作品簡介〉、〈象徵主義及其作品之研究〉、〈關於凡爾哈崙〉、〈關於保羅・梵樂希〉，他對象徵主義的主論述更是綿亙於各時期詩論，遍見於《詩創作論》、《詩的解剖》、《論現代詩》及未結集的文章[21]，可見他是如何情不自禁地出入於象徵主義的世界。

三、覃子豪對象徵主義的理解

覃子豪教導學生學詩，主張從中國舊詩、世界詩的遺產，與中國過去

---

[18]覃子豪，〈論新詩的發展〉，《覃子豪全集Ⅱ》，頁 300。
[19]覃子豪，〈真實是詩的戰鬥力量〉，《覃子豪全集Ⅱ》，頁 469。
[20]覃子豪，〈我怎樣寫〈旗的奇蹟〉〉，《覃子豪全集Ⅱ》，頁 464。
[21]1968 年 6 月，這些論述由覃子豪全集出版委員會編進《覃子豪全集Ⅱ》。

的新詩三方面學起。在舊詩方面，他重視象徵，雖然象徵不等於象徵主義，象徵是古典詩早已有之的美學技法，但象徵的表現使詩含蓄、濃縮、強烈，提升詩的複雜性、統一性及情感的強度，這和象徵主義所發揚的詩法是相通的。本節引述的字句，皆出自《覃子豪全集Ⅱ》。

談到象徵派的成就，覃子豪的論見如下：

（一）象徵派在法國有特別的發展，由波特萊爾到梵樂希，法國的象徵主義已經到達了一個高峰。[22]象徵派導源於波氏。其後一切新興詩派無不直接蒙受象徵派的影響。[23]我特別重視象徵派的技巧，因為 20 世紀一切新興詩派的產生，多是直接或間接的受了象徵主義的影響與啟示。我們從象徵派的作品中，可以獲得一些表現上的技巧而加以新的變化。幾乎任何新興詩派沒有離開過象徵派所運用的暗示的手法。[24]

（二）象徵派的詩含蓄、深沉、精細，而有厭世悲觀的色調。[25]

（三）象徵派的詩是琢磨過的鑽石，晶瑩透明。[26]

關於象徵派技法的描述，大要如下：

（一）寫作時要把詩的內容留下，不是詩的內容刪去，要學法國象徵派大詩人馬拉美所說的：「作詩只可說到七分，其餘三分應該由讀者自己去補充，分享創作之榮，才能了解詩的真味。」[27]詩不僅是具有「想像」和「音樂」的要素，必須有其弦外之音，言外之意。[28]

---

[22]覃子豪，〈抒情詩及其創作方法〉，《覃子豪全集Ⅱ》，頁 11。
[23]同註 13，頁 313。
[24]覃子豪，〈我在馬尼拉如何講授現代詩〉，《覃子豪全集Ⅱ》，頁 642。
[25]同註 22。
[26]覃子豪，〈詩的表現方法〉，《覃子豪全集Ⅱ》，頁 59。
[27]同註 22，頁 15。
[28]覃子豪，〈什麼是詩？〉，《覃子豪全集Ⅱ》，頁 216。

（二）（象徵主義）其最顯著的特徵為：1.打破形式的束縛，創立了不定
　　　形的自由詩。2.音樂是詩的一切。以音樂表現情緒，引人走向朦朧
　　　幽玄的境界。3.感覺交錯，即是音和色的交錯。4.謎樣的暗示。[29]

（三）感覺交錯，是象徵派特殊的表現技巧之一，就是詩不僅和音樂合
　　　流，同時要收到繪畫的效果。所謂「音畫」的技巧，是由音的聽
　　　覺到色的視覺，將各種藝術熔為一爐。……象徵派還有一種慣用
　　　的表現方法，即是「暗示」。詩的含蓄表現，即是運用暗示的方
　　　法。……暗示，可以表現詩的神祕性的朦朧美。[30]

（四）（隱喻）實為象徵派所常用的技巧。隱喻的方法，是在類比，波特
　　　萊爾寫貓，用的即是類比方法，以貓類比女人，以女人類比貓。[31]
　　　詩缺少了意象的呈現，便成為情意的說明，而不是藝術的表
　　　現。……浪漫派的詩在藝術上的價值之遜於象徵派者，就是浪漫
　　　派的詩，說明多於表現，敘述多於抒情；憑空的說白多於意象的
　　　表達。[32]

（五）（象徵派）主張恢復自我的主觀，從科學的世界回到神祕的世界。
　　　不僅表現物質界，更要表現靈界；不僅要表現目所能見的世界與
　　　有限的世界，更要表現目不能見的世界與無限的世界。即是要表
　　　現「不可認識」的意境，和「無意識」的感覺。[33]

（六）（象徵主義）是以敏銳的神經官能做為基礎，而表現一種情調象
　　　徵。情調象徵之形成，由於一種神祕的傾向與音樂效果的追求。
　　　情調本難捉摸，為了傳達此種情調，必須以音樂來刺激使神經震
　　　動，故音樂性是象徵派不可少的條件。唯音樂才能造成迷離恍惚
　　　的情調與幽玄朦朧的境界。[34]象徵派的威·柔芬（M. Viele

---

[29]同註 26，頁 57。
[30]同註 26，頁 58～59。
[31]同註 26，頁 60。
[32]覃子豪，〈意象〉，《覃子豪全集 II》，頁 228。
[33]覃子豪，〈奧祕〉，《覃子豪全集 II》，頁 245。

Griffin）說：「詩人應服從自己的音節，他僅有的指導是音節，但不是學來的音節，不是被旁人所發明的千百條規則所束縛的音節，乃是他自己心中找到的個人的音節。」[35]

談到西方象徵派名家的段落如下：

（一）馬拉美、韓波[36]和魏爾崙都是象徵派有名的詩人，有許多的好詩，值得學習。[37]魏爾崙以虛無飄渺的旋律來象徵詩的情調，他認為唯有音樂才能引人走向朦朧、幽玄、神祕的境界。馬拉美則認為詩須暗示，如直呼其名，詩的享受便減去四分之三。[38]韓波認為：詩人應該先使自己的思想、情感經歷「每一種愛，每一種苦難」，然後把各種紊亂的感覺重新組合起來。[39]

（二）象徵派初期的詩，除魏爾崙的形式較為活潑，而波特萊爾所寫的，仍為格律極嚴的 14 行詩體，甚至到馬拉美、梵樂希諸大詩人，還在襲用 14 行詩體，直到古爾蒙（Remy de Gourmont, 1858～1915），象徵派的形式，才有更生動、更富變化的表現。……古爾蒙是法國象徵派最有智慧的詩人，他的象徵不露造作的痕跡，有如隨口而出，然其情感淨化，寓意深刻。[40]

（三）法國象徵派受愛倫坡（Edgar Allan Poe, 1809～1849）的影響很大，波特萊爾是愛倫坡的崇拜者，曾把愛倫坡的詩譯成法文，象徵派的神祕性無疑是受了愛倫坡的啟示。[41]

---

[34]覃子豪，〈比興與象徵〉，《覃子豪全集Ⅱ》，頁 366～367。
[35]覃子豪，〈抒情詩的認識〉，《覃子豪全集Ⅱ》，頁 455。
[36]覃子豪譯作藍波，今則通譯為「韓波」。臺北桂冠圖書公司出版有莫渝譯的《韓波詩文集》。
[37]覃子豪，〈抒情詩及其創作方法〉，《覃子豪全集Ⅱ》，頁 11。
[38]覃子豪，〈朦朧美〉，《覃子豪全集Ⅱ》，頁 254。
[39]覃子豪，〈怎樣寫成一首詩？〉，《覃子豪全集Ⅱ》，頁 289。
[40]覃子豪，〈詩的表現方法〉，《覃子豪全集Ⅱ》，頁 57～58。
[41]同註 33。

（四）比利時象徵派詩人凡爾哈崙（Emile Verhaeren, 1855～1916），他的詩集《觸鬚的都市》（*Les villes tentaelaires*）不僅表現了都市複雜騷亂的狀態，且表現了複雜的社會神經的纖維。[42]凡爾哈崙的象徵，和波特萊爾的官能享樂的象徵，以及魏爾崙的情緒的象徵不同。凡爾哈崙所表現的是人生和現實的象徵。[43]

（五）波特萊爾的《惡之花》詩集，就是「世紀末」病態的代表作。他能深切的表現出人生的苦悶與煩惱，就是由於波特萊爾的欲望和壓抑這種力量衝突所產生出來的心的傷害，特別深刻之故。《惡之花》在詩壇上表現出的深度，可以說是空前的複雜而深沉。而魏爾崙的詩，是表現靈與肉的苦悶，顯示了深刻性的另一面。[44]

（六）馬拉美的作品如此，梵樂希的作品如此，他們的詩縱令讀者細細咀嚼，亦難全部消化，便是由於馬拉美和梵樂希的作品之具有密度。[45]兩位詩人的作品均屬難懂之例。然梵樂希較馬拉美究易理解得多。梵樂希的難懂，不在於艱奧的表現方式，而在於艱深的哲理。[46]

（七）難懂的詩，不可缺少的該是一種神祕的魅力，如意象之紛然雜陳，而井然有序，像羅列的星辰。其中虛線，則交相綜錯，如縱橫的道路。外貌似複雜不可辨認，而其中確有作者的匠心存在。如此的詩，實不多見。韓波的〈母音〉（"Voyelles"）14 行，則具有神奇的力量。

（八）戈底埃（Theophile Gautier, 1811～1872）[47]和馬拉美極重視暗示，主張曖昧，因而形成了象徵派一種特殊的文體。[48]馬拉美詩中蘊蓄

---

[42]覃子豪，〈繁複美〉，《覃子豪全集Ⅱ》，頁 261。
[43]覃子豪，〈關於凡爾哈崙〉，《覃子豪全集Ⅱ》，頁 594。
[44]覃子豪，〈深度〉，《覃子豪全集Ⅱ》，頁 263。
[45]覃子豪，〈密度〉，《覃子豪全集Ⅱ》，頁 269。
[46]覃子豪，〈論難懂的詩〉，《覃子豪全集Ⅱ》，頁 294。
[47]戈底埃，又譯葛紀葉。
[48]覃子豪，〈簡論馬拉美、徐志摩、李金髮及其他〉，《覃子豪全集Ⅱ》，頁 322。

著一種最精緻的被神祕所滋養的智慧。梵樂希直接承繼了馬拉美的衣缽，成為20世紀最偉大的詩人，他把馬拉美的象徵主義的藝術發展到最高峰，創造了一個更新的境界。[49]

（九）梵樂希所有的作品，都在走向純詩的道路，他的創作方法，便是嚴密。[50]梵樂希的「嚴密」不止於語密，尤重視意密。[51]

　　覃子豪譯過不少他鍾愛的象徵主義詩人的作品[52]。論文特別強調的作品則有：魏爾崙的〈致一婦人〉[53]、〈秋歌〉[54]、〈遺忘的短歌〉[55]，波特萊爾的〈貓〉[56]，凡爾哈崙的〈晨禱〉[57]、〈磨〉[58]，梵樂希的〈海濱墓園〉[59]，韓波的〈醉舟〉[60]、〈母音〉[61]，里爾克的〈豹〉[62]，葉慈的〈茵理絲湖島〉[63]，古爾蒙的〈落葉〉[64]。絕大多數為整首譯出，期望讀者徹底了解象徵主義詩法的用心，殆無可疑。

四、覃子豪創作美學評述

　　1957 年覃子豪發表〈新詩向何處去？〉提出新詩方向正確的六原則：

　　（一）**詩的再認識**。他不認同以技巧為目的而玩弄技巧，主張永恆性

---

[49]同上註，頁 323。
[50]覃子豪，〈關於保羅・梵樂希〉，《覃子豪全集Ⅱ》，頁 595。
[51]同上註，頁 596。
[52]見《覃子豪全集Ⅲ》。收有波特萊爾 7 首，馬拉美 1 首，魏爾崙 12 首，韓波 2 首，沙曼、古爾蒙各 1 首，梵樂希 5 首，凡爾哈崙 6 首，梅特林克 3 首。
[53]覃子豪，〈形式〉，《覃子豪全集Ⅱ》，頁 222～223。
[54]覃子豪，〈音樂性〉，《覃子豪全集Ⅱ》，頁 225。
[55]覃子豪，〈詩創作的途徑〉，《覃子豪全集Ⅱ》，頁 542。
[56]覃子豪，〈意象〉，《覃子豪全集Ⅱ》，頁 229。
[57]覃子豪，〈意境〉，《覃子豪全集Ⅱ》，頁 231。
[58]同註 55，頁 548。
[59]覃子豪，〈境界〉，《覃子豪全集Ⅱ》，頁 235。
[60]同上註。
[61]同註 40，頁 58。
[62]同註 55，頁 553。
[63]同註 55，頁 543～544。
[64]同註 40，頁 57。

的藝術，必蘊蓄人生的意義。人生的意義做為藝術之潛在表現，更能增強藝術的價值。

（二）**創作態度應重新考慮**。詩人不能自我陶醉、拒絕讀者，應與讀者做心靈的共鳴。不為一般讀者理解的作品，未必具有深度。

（三）**重視實質及表現的完美**。要求詩質純淨、豐盈，有真實性，文質相符，對情感、音節、文法、詞藻各方面都能充分注意。

（四）**尋求詩的思想根源**。他重視詩的主題，強調詩要有哲學根據，要有從現實生活中提煉出的人生觀和世界觀。

（五）**從準確中求新的表現**。他主張新詩要創新，但必須以準確為原則。詩因準確才能有精微、嚴密、深沉、含蓄、鮮活之變化。

（六）**風格是自我創造的完成**。中文新詩受西洋影響太大，不能忽視自己民族的氣質、性格、精神，否則就是沒有自我創造，無法在國內發生廣大影響。[65]

覃子豪舉示這六點具體意見，係針對當時詩壇現代化浮波產生的時弊而發。每一項原則他都舉一位象徵主義詩人的論點佐證，第一項舉韓波，第二項舉梵樂希、葉慈。第三、四項舉梵樂希，第五項舉馬拉美、梵樂希，第六項舉艾略特，這些詩人都是「現代」的領航者，可見覃子豪絕不反對新詩創新的追求。對 1920 年代中國象徵詩派以暗示朦朧的美、奇特的感官經驗、醜惡的生命原色、痛苦折磨之愛以及死亡禮讚所闢出的蹊徑，覃子豪給予高度肯定，他說，李金髮的詩集《為幸福而歌》、《微雨》，雖未獲得詩壇廣大注意，但其創新成就超過創造社和新月派諸詩人。李氏之詩文白夾雜，儘管讀者反應不佳，其技巧卻為中國新詩帶來了希望。[66]覃子豪稱許他為「中國新詩趨於現代化的動力」，是「中國新詩接受現代主義的樞紐」。[67]

---

[65]覃子豪，〈新詩向何處去？〉，《覃子豪全集Ⅱ》，頁 307〜311。
[66]覃子豪，〈臺灣十年來的新詩〉，《覃子豪全集Ⅱ》，頁 625。
[67]覃子豪，〈中國現代詩的分析〉，《覃子豪全集Ⅱ》，頁 488。

　　談到怎樣培養詩的產生，覃子豪說：「詩人必須將他在外界獲得的印象，由現實的清晰，進入夢境般的朦朧；然後，再由夢境般的朦朧，喚回其現實的清晰。」在醞釀詩的過程，他重視「富有含蓄和暗示的表現」，不要直接的說明。[68]象徵主義最爲人稱道的審美表現是：尋找象徵符號，將詩人感受以客觀對應物呈現，促使讀者在心中產生共鳴。

　　我們看波特萊爾〈黃昏的和歌〉，由震顫的花的視覺交融爐煙的嗅覺，再交融圓舞曲、琴音的聽覺及昏眩的感覺，最後以「你的記憶照耀我，像神座一樣燦爛」[69]做結。詩人描寫那些美但又消逝了的意象，爲的就是使讀者喚起對昔日難忘情景的眷戀。波特萊爾在心中實踐不同感覺之間的相互感應，最著名的一首詩是〈應和〉[70]。全詩共四節，後兩節爲：

　　　有的芳香新鮮若兒童的肌膚，

　　　柔和如雙簧管，青翠如綠草場，

　　　──別的則沉腐、濃郁、涵蓋了萬物，

　　　像無極無限的東西四散飛揚，

　　　如同龍涎香、麝香、安息香、乳香

　　　那樣歌唱心靈與感官的熱狂。[71]

自然界的香息、色彩與聲音交感應和，芳香新嫩如兒童的肌膚，如雙簧管悠揚的樂音，如翠綠的草地。20 世紀英國批評家查德威克（Charles Chadwick）分析這首詩的意象分屬不同感覺，不斷疊合，目的是爲了避免單調，「頗像作曲者利用樂隊的不同樂器」。[72]

　　覃子豪 22 歲的詩作〈像〉，一連串用上「像山澗裡臨清流的松影」、

---

[68]覃子豪，〈抒情詩及其創作方法〉，《覃子豪全集 II》，頁 14～18。
[69]陳敬容翻譯。
[70]〈應和〉（"Correspondences"），郭宏安譯。許達然則譯爲〈通感〉。
[71]覃子豪，〈象徵與比喻〉，《覃子豪全集 II》，頁 207。
[72]覃子豪，〈詩的表現方法〉，《覃子豪全集 II》，頁 23。

「像月霧裡航著的帆影」、「像緊趕行程的旅客」、「像古代憂鬱的詩人」四個類疊。[73]這是象徵主義的起手式，我們不能僅僅視之爲用一物替代另一物，它事實上是用具體的意象來表達抽象的情思，但究竟是什麼情思，詩人並不明白顯現。覃子豪青壯年時期（1946～1955）使用的意象，其背後也都有抽象觀念和情感的隱藏，例如：「我將赤裸著，像白色的天鵝／躍入藍色的波濤」[74]，這是「自由」的映象；「大海中的落日／悲壯得像英雄的感嘆」[75]，這是「追求」的映象；「貝殼是我的耳朵／我有無數耳朵／在聽海的祕密」[76]，這是「創造」的映象；「我臨海的別墅／是貓一般的神祕／夢一般的美麗／十年海上飄泊／我不曾回去／那蹲在崖上的黑貓／和風和雨裡／將由委頓而憔悴」[77]，這臨海的別墅已不是一座實體的屋子，而是夢想勾畫的非現實的純淨世界；「我記得，昨夜／捕獲著你那兩隻驕傲的小鹿／我吻著它敏感的觸角／它的全神經都在顫抖」[78]，則是覃子豪難得的感官之作，而且按照詩意的發展，也看出它結合了夢這一複雜習題，雖尚未能深入靈肉爲「感官自我」塑像，但仍令人有聯想到梵樂希的驚喜。

　　《畫廊》是覃子豪生前出版的最後一部詩集[79]，也是他的象徵派美學最具代表性的一部詩集。覃子豪的詩美學持續發展，如《畫廊》自序所說：「常因發現而有所否定，或因否定而去發現」，「我不欲在此說明《畫廊》裡有什麼發現，我只是在探求不被人們熟悉的一面」。哪一面是人們不熟悉的？〈金色面具〉背後的虛無神祕是；〈構造〉從現實生活中昇華的一個如夢的世界是；〈瓶之存在〉和〈域外〉的抽象表現是；〈音樂鳥〉交錯、換位、變形的通感手法也是。[80]

---

[73]覃子豪，〈像〉，《覃子豪全集Ⅰ》（臺北：覃子豪全集出版委員會，1965 年 6 月），頁 25。
[74]覃子豪，〈自由〉，《覃子豪全集Ⅰ》，頁 113。
[75]覃子豪，〈追求〉，《覃子豪全集Ⅰ》，頁 114。
[76]覃子豪，〈貝殼〉，《覃子豪全集Ⅰ》，頁 139。
[77]覃子豪，〈晨風〉，《覃子豪全集Ⅰ》，頁 182。
[78]覃子豪，〈小鹿〉，《覃子豪全集Ⅰ》，頁 224。
[79]後收錄於《覃子豪全集Ⅰ》，頁 258～325。
[80]覃子豪，〈自序〉（《畫廊》），《覃子豪全集Ⅰ》，頁 259。

　　覃子豪這一階段的創作由蛻變至完成的喜悅，充分顯示在〈有嬰兒在我腹中〉一詩：「是虛無中之虛無，混沌中之混沌／是存在之不存在，是覺中之無覺／有嬰兒在我腹中躍動／穿過無色的迷霧／呼吸我朦朧中的清明／清明中的朦朧」，「謎一樣的面目／───一個未知的完美／完美將自我體中成熟？」[81]發揮了個體精神，重新發現自我、認識自我。

　　學者趙小琪曾從「張力化的語言和語境」觀點，探討覃子豪的現代手法，主要通過三個方面表現：（一）語法非規則性中的規則性；（二）語言非邏輯化的邏輯化；（三）語境矛盾性中的和諧性。

　　就切斷的語法這點看〈過黑髮橋〉詩第二節：

　　　黑髮的山地人歸去
　　　白頭的鷺鷥，滿天飛翔
　　　一片純白的羽毛落下

　　　我的一莖白髮
　　　溶入古銅色的鏡中
　　　而黃昏是橋上的理髮匠
　　　以火焰燒我的青絲

　　　我的一莖白髮
　　　溶入古銅色的鏡中
　　　而我獨行
　　　於山與海之間的無人之境[82]

　　「黑髮的山地人」和「白頭的鷺鷥」和「我的一莖白髮」，在意涵上是本不相聯繫的，語法似斷而需靠聯想跨越其橫斷。

[81]覃子豪，〈有嬰兒在我腹中〉，《覃子豪全集I》，頁430～431。
[82]覃子豪，〈過黑髮橋〉，《覃子豪全集I》，頁434。

就語意的承接看〈構成〉第六節：

夢和現實，永遠不能相持？
只留下經線與緯線相遇的一點
那一點是常年不化的冰雪的峰頂
生命和夢想都在那兒凍結[83]

經緯相交的一點如何變成雪峰？「生命」和「夢想」這兩個概念詞又如何能夠凍結？詩人突破一般認知的事理，創造了闡釋複雜心靈的真實。

所謂情境的矛盾張力，趙小琪以〈吹簫者〉為例所做的分析十分精采，借錄於此：

詩人先寫吹簫者自我的矛盾性，「他的臉上累集著太平洋上落日的餘暉，而眼睛卻儲藏著黑森林的陰暗」，這是吹簫者內心安寧、平和的一面與騷動、欲望的一面的對比。為了壓制本我欲望，吹簫者求助於簫的吹奏，然而簫的樂曲：「是飢餓的呻吟，亦是悠然的吟哦」，它同樣存在著矛盾的兩面。不過，儘管吹簫者及他吹奏的樂曲都有兩面性，但吹簫者終究不同於「所有的意志都在醉中」的飲者，他是神情「凝定而冷肅」的清醒者，「他以不茫然的茫然一瞥」，看「所有的飲者」「喧嘩著，如眾卒過河」，於是，吹簫者要對抗的不僅有他潛在的本能欲望，而且有飲者欲望的「喧嘩」。而詩的整體語境中，則不僅有同一事物內部不同因素的對比，而且也有事物不同特質的對比，正是在這種錯綜複雜的事物的聯結關係和矛盾衝突中，使詩的層次感變得愈為豐富多彩，它在表層上，局部上給人的感覺是錯亂，不平衡的，但在深層上，整體語境上卻給人以嚴整、平衡感。[84]

---

[83] 覃子豪，〈構成〉，《覃子豪全集Ⅰ》，頁 284。
[84] 趙小琪，〈藍星詩社與西方現代主義〉（下），《藍星詩學》第 14 期（2002 年 6 月 30 日），頁

　　除了上述形式變化，覃子豪詩值得注意的發展是抽象神祕，如〈域外〉：「域外的風景展示於／城市之外，陸地之外，海洋之外／虹之外，雲之外，青空之外／人們的視覺之外／超 Vision 的 Vision／域外人的 Vision」，這是什麼風景，沒有人知道。然而，「域外的人是一款步者／他來自域內／欲常款步於地平線上／雖然那裡無一株樹，一匹草／而他總愛欣賞域外的風景」[85]，他在看什麼風景，也仍然沒有人知道，覃子豪說：「無中的無，乃有之極致。」[86]〈域外〉空靈不落言詮，已接近不具目的性的「純詩」。

　　最能展現覃子豪筆下音樂性的詩，是〈秋之管弦樂〉，詞句長短所造成的錯落音節，富於自然與人文情景變化的韻律。覃子豪有專文強調「音樂性」，並舉魏爾崙〈秋歌〉說：「譯文遠不如原文音調之美，原詩就是一片迷人的和諧之音。」[87]魏爾崙是一個詩的音樂主義者，他的音樂爲的是表現情調。覃子豪的作品也有這樣的長處，兼融象徵主義詩作音樂性的特色。

五、小結

　　法國《拉羅斯百科全書》說，很少有比「象徵主義」和「象徵派」這兩個更能引起爭議的概念，著名的象徵主義詩人往往也只是勉強接下這一標籤，就像魏爾崙就曾叫嚷過：「象徵主義？沒聽說過！大約是個德國字吧。」[88]覃子豪也沒承認自己是象徵主義詩人，卻以一種覺醒的象徵主義姿態啓發當代與後代。

　　蘇聯的《簡明文學百科》（1971 年版）說，沒有一位象徵主義作家始終一貫實行（象徵主義的）理論，每位作家都只能強調這一美學體系的某

185。
[85]覃子豪，〈域外〉，《覃子豪全集Ⅰ》，頁 297。
[86]覃子豪，〈自序〉（《畫廊》），《覃子豪全集Ⅰ》，頁 260。
[87]覃子豪，〈音樂性〉，《覃子豪全集Ⅱ》，頁 226。
[88]1978 年版法國拉羅斯百科全書，有關象徵主義的辭條，附錄於黃晉凱等人編的《象徵主義·意象派》（北京：中國人民大學出版社，1989 年 10 月），頁 702～717。

一面。[89]與象徵主義有關的大詩人並沒有拘泥於理論框架中，就像覃子豪在審美表現上，異於法國象徵主義所發揚的頹廢、傷感，他的詩論也對「移植」到臺灣的法國象徵主義注入了一些中文新詩的創作法則，如：吸收中國古典詩之精粹[90]，加強對現實生活的體驗，不盲目的摹擬西洋現代詩。

莫雷亞斯（Jean Moreas, 1856～1910）1886 年 9 月 18 日在法國《費加羅報》發表的〈象徵主義宣言〉為這一文學派別描畫過一張綜合臉譜：

> 純淨的未被污染的詞，詞義充實與詞義浮華交替出現，有意識的同義迭用，神奇的省略，令人生出懸念的錯格，一切大膽的與多種形式的轉喻。[91]

象徵主義不直接指向觀念本身，所有實有的現象不為自我顯示，一切的顯示是為了表達與那些至高觀念間的奧祕關係。今天，像這樣的象徵主義詩學仍在各國與當地的文學傳統，與許多後起的文學主義進行對話。50 年來不虛張聲勢而影響臺灣新詩時間最長久的，絕對是象徵主義。當年覃子豪被紀弦譏諷為保守的「折衷派」，誰能料到不到二十年（1970 年代起）覃子豪的詩論實質上已成為詩壇反省追隨的標竿！

──選自陳義芝《聲納──臺灣現代主義詩學流變》

臺北：九歌出版社，2006 年 3 月

---

[89]《象徵主義・意象派》一書附錄，頁 729～742。

[90]參見覃子豪〈自序〉（《論現代詩》）、〈論象徵派與中國新詩〉、〈現代中國新詩的特質〉，《覃子豪全集Ⅱ》，頁 211，319，337。

[91]莫雷亞斯（Jean Moreas），〈象徵主義宣言〉，黃晉凱等編，《象徵主義・意象派》，頁 45。

五〇年代新詩論戰述評

◎蕭蕭*

　　1949 年 12 月 7 日，國民黨政府匆急來臺，孫陵主編的《民族晚報》副刊首倡「反共文學」，馮放民主編的《新生報》副刊鼓吹「戰鬥性第一，趣味性第二」。第二年四月，中央文運會主任委員張道藩領導的「中華文藝獎金委員會」，以優厚的獎金誘引作家寫作「蓄有反共抗俄之意義」的作品，5 月 4 日「中國文藝協會」成立，繼此之後，「中國青年寫作協會」、「中國語文協會」、「中國婦女寫作協會」等文藝社團，陸續成立，政府全面掌控傳播媒體，制定文藝政策，全臺迅即進入臺灣文學的 1950 年代，一種制式的、劃一的反共文藝、戰鬥文學與主流的 1950 年代[1]。

　　新詩活動最早展開，由紀弦、鍾鼎文、葛賢寧三人發起，藉《自立晚報》副刊版面，每週一出刊新詩一次，定名「新詩」週刊，創刊號於 1951 年 11 月 5 日推出，這是 1949 年國民黨政府遷臺後最早出現的詩刊。根據向明〈五〇年代現代詩的回顧與省思〉分析：

> 此時大陸來臺詩人如楊念慈、李莎、墨人、亞汀、季薇、覃子豪、鍾雷、上官予、彭邦楨，以及當時屬於年輕一代的蓉子、林郊、鄧禹平、方思、郭楓、梁雲坡、潘壘、楊喚、鄭愁予、童鍾晉、金刀、謝青等人

---

*本名蕭水順。發表文章時為景美女中國文教師，現為明道大學中國文學系副教授。

[1] 1950 年代反共文學的相關評述，可參看下列篇章：〔a〕司徒衛，〈五十年代自由中國的新文學〉，《文訊》第 9 期（1984 年 3 月）；〔b〕張素貞，〈五十年代小說管窺〉，《文訊》第 9 期；〔c〕李牧，〈新文學運動歷程中的關鍵時代——試探五〇年代自由中國文學創作的思路及其所產生的影響〉，《文訊》第 9 期；〔d〕向明，〈五〇年代現代詩的回顧與省思〉，《藍星詩刊》第 15 號（1988 年 4 月），頁 83～100；〔e〕彭瑞金，〈風暴中的新文學運動〉，《臺灣新文學運動四十年》（臺北：自立晚報社，1991 年 3 月），頁 65～101；〔f〕蔡芳玲，〈五〇年代臺灣文學析論〉，《臺灣文學觀察雜誌》第 9 期（1994 年 11 月），頁 74～83。

都常在上面發表作品。接著本省籍詩人也開始出現，首先女詩人陳保郁翻譯了日本詩人牧千代的〈少女的詩〉，接著大量翻譯後來成為現代派中堅的林亨泰的日文創作詩。不久用雙語寫作的黃騰輝出現……。除了上述「跨越兩個時代」的本省籍詩人外，光復後第一代本省籍詩人，如女詩人李政乃，出版過《夜笛》的謝東戶主，後來成為「笠詩社」同仁的柯瑞雄、葉笛等都先後在「新詩」週刊出發。[2]

向明如此歸類，顯然有其「族群融合」之美意。實際上根據蔡芳玲〈五〇年代臺灣文學析論〉，遷臺一系實已主導整個 1950 年代文學走向，本土一系既無反共鬥爭經驗，又值語言轉換使用之期，二二八事件的恐怖陰影影響，發聲之肝膽、喉舌付之闕如，因此聽不出臺灣本土詩人的聲音。

1950 年代相繼成立的詩社、詩刊，先後計有：

1.《現代詩》，1953 年 2 月，紀弦為首。

2.《公論報》「藍星」週刊，1954 年 3 月，覃子豪、鍾鼎文、鄧禹平、夏菁、余光中為主。

3.《創世紀》，1954 年 10 月，張默、瘂弦、洛夫為軸。

4.《海鷗》，1955 年 4 月，陳錦標主編。

5.《南北笛》，1956 年 4 月，羊令野、葉泥主編。

6.《今日新詩》，1957 年元月，上官予主編。

真正具有影響力的詩刊，自以為三社為重，據向明統計，1950 年代出版的詩集中，「藍星詩社」17 本，「現代詩社」16 本，「創世紀詩社」5 本，「野風出版社」9 本，「大業書店」6 本，足以看出「現代詩社」與「藍星詩社」在 1950 年代舉足輕重的分量。其時，「創世紀詩社」猶未展現他的狂野之力，而「笠詩社」則尚未誕生。臺灣詩壇的 1950 年代是屬於「現代詩社」和「藍星詩社」擅場的時代。

---

[2]見註 1 之〔d〕項。

　　1950 年代臺灣詩壇最重要的兩件大事：一是現代派宣告成立，一是新詩論戰連續三場，前者由現代詩社的紀弦主導，後者則由藍星詩社的覃子豪引發。兩者之間還有先後因果關係，如果沒有「現代派」號稱 102 人加盟的浩大聲勢，不會引起詩壇之外的作家眼紅，至於紀弦與覃子豪兩人的論戰，也有學子認爲是詩壇霸權之爭：「現代派成立時，號召不少詩人，使藍星勢力大減，紀弦與覃子豪之論爭，多少受此詩壇霸權紛爭而起。」[3]因此，想要了解詩壇三次論戰原委，不能不先了解「現代派」成立的經過。

　　紀弦主編的《現代詩》自第 1 期至第 12 期，都能頗爲踏實地刊登早期現代詩壇重要詩人的作品，除了方思、鄭愁予、楊喚以外，後來屬於「創世紀詩社」的瘂弦、洛夫、商禽、季紅，屬於「藍星詩社」的蓉子、羅門、周夢蝶，屬於「笠詩社」的吳瀛濤、林亨泰、白萩等人，都在此一時期的《現代詩》嶄露頭角，紀弦所謂「大植物園主義」，至少在這個時候，百花齊放，眾鳥爭鳴的現象是和諧、兼容並蓄的。尤其第 11 期刊載 99 位詩人的 201 首詩，達至最高峰，不過至此以後，一期 100 首以上的現象只維繫到第 17 期而已。第 18 期以後則僅餘一、二十家，二、三十首詩，第 40 期以後，頁數與首數都成爲個位數字，疲乏之態、式微之勢畢露無遺！

　　不過，《現代詩》第 13、14 期的出版，「現代派」的成立，卻是喧騰一時。《現代詩》第 13 期，出版於 1956 年 2 月 1 日，距第 1 期創刊，剛好整三年，這一期的出刊具有非凡的意義，根據載於封面裡的〈現代派消息公報第一號〉報導：現代派詩人第一屆年會，於此年元月 16 日下午 1 時假臺北市民眾團體活動中心舉行，宣告現代派正式成立，發起人是紀弦，並有九人籌備委員會協會，這九人是葉泥、鄭愁予、羅行、楊允達、林泠、小英、季紅、林亨泰、紀弦。第一次加盟名單刊於第一頁，共 83 名。同年 4 月 30 日，第 14 期《現代詩》出版，〈現代派消息公報第二號〉報導：又有 19 人加盟，增至 102 人。

---

[3]陳玉玲，〈紀弦與現代詩詩刊之研究〉，見《臺灣文學觀察雜誌》第 4 期（1991 年 11 月），頁 30～31。

102 人的結派，當屬詩壇盛事，引人注目，自在意中，雜文作家寒爵撰文責難[4]，則顯示一般社會人士對現代詩壇的反應，也證明了紀弦轟轟烈烈的結派運動引起廣泛的注意，激發詩人相互結合以奮力創作之心，此一劃時代之創舉算是成功了。不過，洛夫在〈中國現代詩的成長〉文中，認為現代派之所以始盛終衰，在尚未發生更深遠影響之前，即在無形中解體，是因為結盟詩人「大多對現代主義的本質與精神無深刻之體認，在氣質和風格上彼此尤不相洽。」[5]倒也是事實。

「現代派」之成立，以「領導新詩的再革命，推行新詩的現代化」為職志，曾發布他們的「六大信條」：

第一條：我們是有所揚棄並發揚光大地包容了自波特萊爾以降一切新興
　　　　詩派之精神與要素的現代派之一群。
第二條：我們認為新詩乃是橫的移植，而非縱的繼承。這是一個總的看
　　　　法，一個基本的出發點，無論是理論的建立或創作的實踐。
第三條：詩的新大陸之探險，詩的處女地之開拓。新的內容之表現，新
　　　　的形式之創造，新的工具之發現，新的手法之發明。
第四條：知性之強調。
第五條：追求詩的純粹性。
第六條：愛國、反共、擁護自由與民主。

檢討這六大信條，可分三部分來論列，首先，第一、二條肯定中國現代詩的發展源於橫的移植，標舉波特萊爾為現代派始祖，完全拋除中國古典文學傳承，這是錯誤而大膽的信念。試觀《詩經》以降的中國詩史，幾次巨大的外來文化的衝撞：北方《詩經》與南方《楚辭》在有漢一代相互

---

[4]寒爵，〈所謂現代派〉，原載《反攻》雜誌第 153 期。紀弦，〈對所謂「現代派」一文之答覆〉，刊《現代詩》第 14 期。
[5]此文為《中國現代文學大系》詩序（臺北：巨人出版社，1972 年 1 月）。

激盪，漢朝印度佛教文化輸入，蒙古新腔催生了元曲，清末民初西學勃興，顯然都曾產生了深遠的影響，但我們只能說這是「進步的累積」（"Progressive cumulation"），或「接合的累積」（"Agglutinative cumulation"），如果真要說成「累積演化爲取代」（"Cumulation becoming substitution"），也要記得累積是一種歷程，是一種事後的結論，不是事前的預言。再察當時詩壇譯介波特萊爾以降的一切新興詩派之精神與要素者並不多，結盟的 102 人大部分不確切了解他們所執持的是什麼，從創作上來看，無法證明中國現代詩與現代主義之間的血緣關係，這是現代派自述淵源的不當。

其次，信條的第三、第四、第五，則鼓吹表現方法的嘗試，強調知性的抬頭，放逐情緒，追求詩的純粹性，這三點，強而有力地影響現代詩壇至少 15 年。新方法的發掘與啓用，使現代詩展現了各種殊異的面貌；知性的抬頭，則加深了現代詩難以喻解的艱深及晦澀程度；詩的純粹，使詩人遠離現實，棄絕大眾，直接影響了 1960 年代臺灣現代詩的走向。

至於，以「愛國、反共」爲現代派信條之一，正可見證出 1950 年代反共大纛無人不舉，現代詩人無法自外於社會現實，不能自闢藝術桃源。

「六大信條」公布後之第二年，1957 年，《藍星詩選》獅子星座號登載覃子豪的〈新詩向何處去？〉長文，正式掀開現代主義論戰的序幕。

〈新詩向何處去？〉這篇文章，是因爲有感於「現代派」的「六大信條」不切現實而發，但不是針對六大信條而寫。覃子豪指出：「詩人們懷疑完全標榜西洋的詩派，是否能和中國特殊的社會生活所鍥合，是一個問題。」、「若全部爲橫的移植，自己將植根於何處？」、「抒情在詩中，是構成美的主要因素。永遠抒情的論調，是受了西洋詩理性重於情感的主張而產生的偏激心理。」這些言論，顯然是因六大信條而起，但覃子豪還有更積極的「六原則」：

第一、詩的再認識。以爲「詩的意義就在於注視人生本身及人生事象，

　　　　表達出一嶄新的人生境界。」

　　第二、創作態度應重新考慮。考慮「在作者和讀者兩座懸崖之間，尋得

　　　　兩者都能望見的焦點，這是作者和讀者溝通心靈的橋樑。」

　　第三、重視實質及表現的完美。

　　第四、尋求詩的思想根源。

　　第五、從準確中求新的表現。

　　第六、風格是自我創造的完成。

　　覃子豪的六原則引來紀弦的兩篇萬言長論，其一〈從現代主義到新現代主義〉（發表於《現代詩》第 19 期，1957 年 8 月），其二〈對於所謂六原則之批判〉（《現代詩》第 20 期，1957 年 12 月），前一篇文章立論的要點，修正為：新詩橫的移植是由於史實的考察，接受外來影響須經吸收和消化之後變為自己的新的血液，現代主義是革新了的，揚棄其消極的而取其積極的，可以稱之為後期現代主義或新現代主義。仍然堅持的則是：「詩的本質不是散文所能表現的詩情，而是散文所不能表現的詩想。」繼續唾棄抒情主義，強調知性。至於後一篇「六原則」之批判，紀弦不表贊同的是第一、第二兩原則，他仍認為現代詩派重視技巧，重視詩本身的把握與創造，詩人的任務只在於詩本身的完成。其後的四個原則，紀弦和覃子豪並無顯然的敵對意思存在，意氣之爭而已。

　　在這兩篇文章發表之間，《藍星詩選》天鵝星座號出版，黃用發表〈從現代主義到新現代主義〉，羅門發表〈論詩的理性與抒情〉，紀弦則在 1958 年 3 月出版的《現代詩》第 21 期提出反擊：〈多餘的困惑及其他〉，紀弦否認自己是一個超現實主義者，說現代派要揚棄的是超現實派的自動文字，象徵派的韻律及自由韻文，主張不妨以理性控制超現實精神，以象徵的手法處理潛意識，黃用則認為主知與抒情，紀弦本身不夠徹底現代化，創作方面捨不得丟棄傳統的抒情主義，同時提出：如何將一切新興詩派的精神、特色加以揉合包容的問題？這是紀弦最無法自圓其說的。這點，覃子

豪在〈關於新現代主義〉（原刊於《筆匯》第 21 期，收入《覃子豪全集 II》）結論為：「現代派所犯的錯誤，就是沒有從象徵派以降的許多新興詩派中去整理出一個新的秩序，把握時代的特質，創造一個更新的法則，做為前進的道路。」

針對〈關於新現代主義〉一文，紀弦發表了〈兩個事實〉、〈六點答覆〉，仍堅持現代派不以歐美新興詩派中任何一派的理論為根據，亦不以各派理論之混合為理論，只是取其長，去其短，但何者為長，何者為短，並未指明。在〈六點答覆〉中則贊同為人生而藝術，但其出發點必須是「無所為」而為。

現代主義論戰至此告一段落，其後余光中在「藍星」週刊第 207 及第 208 期刊登〈兩點矛盾〉，紀弦在《現代詩》第 22 期反駁，題為〈一個陳腐的問題〉，火氣太大，言語乖張，已失論辯意義，這時是 1958 年年底。

列表以觀，可以更清楚地看見前因後果，來龍去脈：

現代派論戰表

人物	論題	刊物	時間
梁文星	現在的新詩	《文學雜誌》第 1 卷第 4 期	1956 年 12 月
周棄子	說詩贅語	《文學雜誌》第 1 卷第 6 期	1957 年 2 月
夏濟安	白話文學新詩	《文學雜誌》第 2 卷第 1 期	1957 年 3 月
夏濟安	對於新詩的一點意見	《自由中國》第 16 卷第 9 期	—
覃子豪	論新詩的發展——兼評梁文星、周棄子、夏濟安先生的意見	《筆匯》	1957 年 2 月 1 日
紀　弦	現代派信條釋義	《現代詩》第 13 期	1956 年 2 月 1 日
覃子豪	新詩向何處去？	《藍星詩選》獅子星座號	1957 年 8 月 20 日

紀　弦	從現代主義到新現代主義	《現代詩》第 19 期	1957 年 8 月 31 日
羅　門	論詩的理性與抒情	《藍星詩選》天鵝星座號	1957 年 10 月 25 日
黃　用	從現代主義到新現代主義	《藍星詩選》天鵝星座號	1957 年 10 月 25 日
紀　弦	對於所謂六原則之批判	《現代詩》第 20 期	1957 年 12 月 1 日
紀　弦	多餘的困惑及其他——答黃用文	《現代詩》第 21 期	1958 年 3 月 1 日
紀　弦	兩個事實	《現代詩》第 21 期	1958 年 3 月 1 日
林亨泰	主知與抒情	《現代詩》第 21 期	1958 年 3 月 1 日
覃子豪	關於「新現代主義」	《筆匯》第 21 期	1958 年 4 月 16 日
紀　弦	六點答覆	《筆匯》第 24 期	1958 年 6 月 1 日
余光中	兩點矛盾	《公論報》「藍星」週刊第 207、208 期	1958 年
紀　弦	一個陳腐的問題	《現代詩》第 22 期	1958 年 12 月 20 日
林亨泰	鹹味的詩	《現代詩》第 22 期	1958 年 12 月 20 日
陳世驤	觀於傳統、創作、模仿	《詩論》	1959 年 4 月
勞　幹	對於白話文與新詩的一個預想	《詩論》	1959 年 4 月

　　根據此表，覃子豪與梁文星、周棄子、夏濟安之間有一場未引爆的論戰，梁、周、夏三人分別在《文學雜誌》、《自由中國》發表他們對新詩的看法，覃子豪則在《筆匯》評述，但未引起三人駁斥。這一場未引爆的論戰，可以視為舊詩人對新詩形式未能成形，新詩人對新詩走向未能確立，

所共同顯現的焦灼之情，前者責之切，後者愛之深，雖擦槍而未走火。

　　早在 1941 年，大陸時期，覃子豪就曾與曹聚仁有過一番小型論戰，相關文章還保留在《覃子豪全集》中[6]，因此，是否覃子豪素有好辯的個性，還是愛詩心切的另一種表現法，我們不得而知，但在這一場「現代派論戰」裡，覃紀兩人卯足力量奮戰，覃子豪以一萬字的長論〈新詩向何處去？〉責難用語不甚精當的〈現代派信條釋義〉，不擅長理論的紀弦更以兩篇合計兩萬字的論文去批判原則、解說信條。主知？抒情？未能得解；橫的移植？縱的繼承？爭議猶在。不過，兩個詩社卻因這場論戰而互有消長，詩理未能更明，詩社卻因而有了更迭的現象。

　　紀弦的論戰文章大抵出現在《現代詩》第 19、20、21、22 期，現代派同仁除林亨泰以兩篇不溫不火的短文助其聲勢之外，再無其他奧援，一個號稱百人結盟的詩派竟這樣無聲無息，面對其他團體對其結盟之信條質疑，彷彿一個政黨的黨綱受到挑戰，主事者努力辯解，盟員無人反應，必是信仰不足，當然也就欠缺因此而產生的力量。換句話說，現代派信條或許只是紀弦一個人的見解，因此，批判來時，也就只好一個人迎戰。經過這四期的孤軍奮鬥，再加上經濟的拮据，《現代詩》的出版與影響力，日漸減弱、淡化，終而消失 1960 年代初期的臺灣詩壇。

　　反觀藍星詩社，在覃子豪主導下，不僅為論戰出版兩大本《藍星詩選》，且繼「藍星」週刊（1954 年 6 月至 1958 年 8 月，借《公論報》副刊刊出，每週四見報，計出 211 期）後，又出刊《藍星詩頁》63 期（自 1958 年 12 月至 1965 年 6 月），持續其影響力並擴大之。藍星同仁黃用、羅門、余光中更積極加入論戰，與覃子豪結合成強而有力的陣線，此一陣線在 1950 年代末期又積極發揮火力，共禦外侮，形成第二波與第三波之論戰。

　　第二波論戰可稱為「象徵派論戰」，刊載論文的雜誌只有《自由青年》

---

[6]《覃子豪全集Ⅱ》（臺北：覃子豪全集出版委員會，1968 年 6 月），頁 375～383 還保留覃子豪兩篇論文〈論詩的長成〉、〈論從小品文中去學習寫詩的方法問題〉，都註明寫於 1941 年，都有致曹聚仁先生的副題。

半月刊而已，擂臺單純而且無人擂鼓吶喊，正反主角唯覃子豪與蘇雪林，臨時「插花」的「門外漢」，泛談當時臺灣新詩幾個現象而已，未成漣漪。

蘇雪林〈新詩壇象徵派創始者李金髮〉一文，指陳象徵派三大特色：不講文法技巧，內容晦澀、朦朧、曖昧，涵意只能用猜的。而後筆鋒一轉，說李金髮是中國象徵派的創始人，將新詩帶進牛角尖，轉了十幾年，到於今還轉不出來，這些精靈東渡來臺以後，新詩壇更走進了死胡同中。蘇文中還用了「巫婆的蠱詞，道士的咒語，匪盜的切口」來揶揄新詩。因而引起覃子豪撰寫〈論象徵派與中國新詩──兼致蘇雪林先生〉，其要點在宣明象徵派的主張為表現目不能見的世界，故有神祕傾向，強調音樂性、暗示、感覺交錯，形式方面則打破古典主義的格律，創立不定形的自由詩，但沒有「不講文法技巧」的主張。李金髮是中國第一個以象徵派技巧寫詩的人，但未學到其師魏爾崙鍛鍊語言的功夫，卻為五四之後的詩壇開拓了新路，戴望舒的現代派則徹底擺脫創造社陳腐的格調和新月派的形式主義，但臺灣詩壇的主流不是以二派的餘緒，是兼容並蓄的綜合性創造，其趨勢是表現內在的世界，而不是表現浮面的現象世界，她在發掘人類生活的本質及其奧祕，而不是攝取浮光掠影的生活現象。

蘇雪林第二篇論文〈為象徵詩體的爭論敬答覃子豪先生〉，以三分之一篇幅再次證明象徵詩不講文法，其餘篇幅在辯證魏爾崙（Paul Verlaine）與凡爾哈崙（Emil Verhaeren）之別，嘲笑覃子豪將 Impassibilite 譯為「無感不覺」的不當，最後論及：李金髮之評價已低，則其尾巴群必更遜色，因而譏諷臺灣詩壇充斥偽象徵詩，是因為這體詩易如「續圖遊戲」，可以「取巧」、「藏拙」，沒有天才、學力、知識都不要緊，只須說些刁鑽古怪，似通非通的話便成。覃子豪不得不再覆以〈簡論馬拉美、徐志摩、李金髮及其他〉，強力介紹馬拉美反對通俗用語，主張用暗示辭句，用語意前後顛倒之句法，用比喻體，用類推法，用抽象擬人法，所以思想神祕，語法特殊，不可斥之為「咒語」。接著極力揚李（金髮）抑徐（志摩），說李詩外表襤褸而詩質豐盈，徐詩外衣美麗，格調油滑。最後以期待純正的詩評作結。

這波論戰從 1959 年 7 月開始，五個月內結束。來往論辯之論題，列表如次：

象徵派論戰表

人物	論題	刊物	時間
蘇雪林	新詩壇象徵派創始者李金髮	《自由青年》第 22 卷第 1 期	1959 年 7 月 1 日
覃子豪	論象徵派與中國新詩兼致蘇雪林先生	《自由青年》第 22 卷第 3 期	1959 年 8 月 1 日
蘇雪林	爲象徵詩體的爭論敬告覃子豪先生	《自由青年》第 22 卷第 4 期	1959 年 8 月 16 日
覃子豪	簡論馬拉美、徐志摩、李金髮及其他	《自由青年》第 22 卷第 5 期	1959 年 9 月 1 日
蘇雪林	致本刊編者的信	《自由青年》第 22 卷第 6 期	1959 年 9 月 16 日
門外漢	也談目前臺灣的新詩	《自由青年》第 22 卷第 6 期	1959 年 9 月 16 日
覃子豪	論新詩的創作與欣賞	《自由青年》第 22 卷第 7 期	1959 年 10 月 1 日
門外漢	再談目前臺灣的新詩	《自由青年》第 22 卷第 8 期	1959 年 10 月 16 日
覃子豪	致本刊編者一封關於論詩的公開信	《自由青年》第 22 卷第 9 期	1959 年 11 月 1 日

這兩次論戰發生在覃子豪來臺第一部詩集《海洋詩抄》（1953 年 4 月，新詩週刊社）及第二部詩集《向日葵》（1955 年 9 月，藍星詩社）出版之際，這兩部詩集未受論戰影響，平白而抒情的語句，簡單而直接的譬喻和意象，盈滿詩中，〈造訪〉一詩的意境，顯現了此一時期覃子豪及其同時代詩人的共同風格：

夜，夢一樣的遼闊，夢一樣的輕柔

夢，夜一樣的甘美，夜一樣的迷茫

我不知道，是在夢中，還是在夜裡

走向一個陌生的地方，殷殷地尋訪

雨底街，是夜的點彩

霧裡的樹，是夜的印象

穿過未來派彩色的圖案

溶入一幅古老而單調的水墨畫裡

無數發光的窗瞪著我，老遠的

像藏匿在林中野貓的眼睛在閃爍

發著油光的石子路是鱷魚的脊樑

我是蕭然的從鱷魚的脊樑上走來

圍牆裡的花園是一個深邃的畫苑

我茫然探索，深入又深入

在一個陌生的小門前停了足步

像是來過，因為我確知你曾在這裡等

——《覃子豪全集 I 》，頁 242

1957 年覃子豪與紀弦的「現代派論戰」之後，雖然主張「主知」、「橫的移植」的是紀弦，主張「抒情」、「縱的繼承」亦不可忽略是覃子豪，其實，真正的走向是：紀弦以詩言志，詩中都有生活裡依循的本事；覃子豪則逐漸深化其詩，詩中的知性、思想愈增繁複而深濃。1959 年覃子豪與蘇雪林的「象徵派論戰」之爭，覃子豪的詩有了更大更深的轉變，他所論述的象徵派技巧——在其詩中演練、印證。《畫廊》是他的第三部（也是最後一部）詩集，出版於 1962 年 4 月，藍星詩社發行，他將《畫廊》分為三輯，

表示他的探求經過了三個階段：「第一個階段：我頗為強調詩的建築性和繪畫性，有古典主義的嚴密和巴拿斯派刻畫具象的傾向。」、「第二階段：我所探求的是人們不易察覺的事物的奧祕。」、「在第三個階段中，我由神祕、奧義中發現事物的抽象性。」[7] 經由論戰的洗禮與反思，覃子豪的詩：繪畫性→建築性→奧祕性→抽象性，如此「深化」的過程，正是 1950 年代末期臺灣新詩的重要表徵，這時覃子豪對詩的定義已經變成：「詩，是游離於情感和字句以外的東西。」[8]

以一首〈域外〉見證 1950 年代詩的螺旋已鑽入心的底層，近似的詩風成為詩壇上最流行的主旋律：

> 域外的風景展示於
>
> 城市之外，陸地之外，海洋之外
>
> 虹之外，雲之外，青空之外
>
> 人們的視覺之外
>
> 超 Vision 的 Vision
>
> 域外人的 Vision
>
> 域外的人是一款步者
>
> 他來自域內
>
> 卻常款步於地平線上
>
> 雖然那裡無一株樹，一匹草
>
> 而他總愛欣賞域外的風景

——《覃子豪全集 I 》，頁 297

域外的風景不在視覺之內，應該是冥想的風景，透過事物內裡找尋新

---

[7] 此段引言發自《畫廊》〈自序〉，見《覃子豪全集 II 》，第 259 頁。
[8] 同上註。

的視野，相對於同時代的反共篇章：「你是大時代的詩人／你呼吸時代的氣息／朗誦時代的聲音」、「用你尖銳的筆／劃去枯萎的野草／採摘群花的精英／花朵是那麼豐盈／果實是那麼遒勁」⁹。其間之差距不可同年而語。

這兩場以覃子豪為主軸的論戰，看起來似乎偃旗息鼓了，卻在別的文學媒體爆發了第三波的混戰。蘇、覃在《自由青年》的論戰於 1959 年 11月 1 日終止，同年 11 月 20 日言曦卻在《中央日報》副刊上又引起戰火，這次戰火蔓延更廣，不過，主導者卻是同為藍星詩社的余光中，根據余光中的回憶：「在那次論戰的開始，藍星詩人並不是遭受攻擊的主要對象，可是奮起守衛第一線的，大半是藍星詩人，因為那時，藍星作者能發表文章的刊物很多，也確實舉得起幾枝能言善辯的筆。」¹⁰

根據現有資料，我們將這次混戰的論題，依序列表，可以重新鳥瞰論戰之始末：

新詩論戰表

人物	論題	刊物	時間
言　曦	新詩閒話（四篇）	中央日報	1959 年 11 月 20～22 日
余光中	文化沙漠中多刺的仙人掌	《文學雜誌》第 7 卷第 4 期	1959 年 12 月
虞君質	談新藝術	《臺灣新生報》	1959 年 12 月 30 日
余光中	新詩與傳統	《文星》第 27 期	1960 年 1 月 1 日
陳紹鵬	略論新詩的來龍去脈	《文星》第 27 期	1960 年 1 月 1 日
張隆延	不薄今人愛古人	《文星》第 27 期	1960 年 1 月 1 日
黃　用	論新詩的難懂	《文星》第 27 期	1960 年 1 月 1 日
夏　菁	以詩論詩——從實例比較五四與現代的新詩	《文星》第 27 期	1960 年 1 月 1 日
覃子豪	從實例論因襲與獨創	《文星》第 7 期	1960 年 1 月 1 日

⁹見覃子豪，〈域外〉，《六十年詩歌選》（臺北：正中書局，1973 年 4 月），頁 344。
¹⁰見余光中，〈第十七個誕辰〉，《現代文學》第 46 期（1972 年 3 月），頁 19。

葉 珊	自由中國詩壇的現代主義	《大學雜誌》	1960 年
言 曦	新詩餘談（四篇）	《中央日報》	1960 年 1 月 8～11 日
孫 洪	「閒話」的閒話	《中華日報》	1960 年 1 月
余光中	摸象與畫虎	《文星》第 28 期	1960 年 2 月 1 日
黃 用	從摸象說起	《文星》第 28 期	1960 年 2 月 1 日
李 素	一個詩迷的外行話	《文星》第 28 期	1960 年 2 月 1 日
虞君質	解與悟	《臺灣新生報》	1960 年 2 月 18 日
白 萩	從新詩閒話到新詩餘談	《創世紀》第 14 期	1960 年 2 月
張 默	現代詩藝術的潛在面	《創世紀》第 14 期	1960 年 2 月
陳紹鵬	由閒話談到摸象	《文星》第 29 期	1960 年 3 月 1 日
陳 慧	有關新詩的一些意見	《文星》第 29 期	1960 年 3 月 1 日
孔東方	新詩的質疑	《文星》第 29 期	1960 年 3 月 1 日
錢歌川	英國新詩人的詩	《文星》第 30 期	1960 年 4 月 1 日
陳 慧	現代・現代派、及其他	《文星》第 30 期	1960 年 4 月 1 日
余光中	摸象與捫蝨	《文星》第 30 期	1960 年 4 月 1 日
言 曦	詩與陣營（二篇）	《中央日報》	1960 年 4 月 10～11 日
夏 菁	詩的想像力	《自由青年》	1960 年 4 月 16 日
張明仁	畫鬼者流	《自由青年》	1960 年 4 月 16 日
紀 弦	表明我的立場	《藍星詩頁》第 18 期	1960 年 5 月
李思凡	新詩論辯「旁聽」記	《聯合報》	1960 年 5 月 3 日

　　上場參加論戰的人物、刊物，看起來很多，實際上可以約化爲言曦《中央日報》與余光中《文星》雜誌；抨擊新詩的文章大抵是 1000 至 1500 字的短篇雜文，保衛新詩的文字，往往是五六千字的長論；抨擊的文章刊布在一般日報上，保衛的作品則發表於文學性的雜誌上；抨擊的文章多引用中國古詩爲例，保衛的多採西方典故及當代新詩；抨擊的是唐吉訶

德式的個人，保衛的則是以藍星詩社爲主的集團。不過，雙方都是有策略性的作戰，如言曦在《中央日報》的四篇「新詩閒話」：〈歌與誦〉、〈隔與露〉、〈奇與正〉、〈辨去從〉，自有其先後關係，其後再持續「新詩餘談」四篇：〈辨與證〉、〈悟與誤〉、〈進與退〉、〈愛與恨〉，雖被白荻譏爲二元價值的固愚與專斷，文理混亂，用語曖昧，論斷偏頗，不過，仍可看出寫作時的計畫安排；余光中的戰術從《文星》第 27 期可以見識他的謀略，要從新詩與傳統談起，中西文學史都含括其中，其次專論難懂，再次以實例舉證，新舊好壞就可清楚判分，剛好可以擊破言曦的歌、誦，隔、路，奇、正，去、從的迷障。

這場論戰其實可說是新詩教育的推廣，一個詩門外行人的幾句閒話，引起熱心的詩人跳出來詳細說解新詩歷史，賞析詩句，甚至還提示創作方法，以學術性的專論去面對信口的雌黃，雖然「摸象」、「畫虎」、「捫蝨」的調侃語彙，顯然已動了氣，但猶能保持詩人的「教育工作者」之身分。

不過，可悲的也在於詩人必須自己站出來說：新詩比古詩好，比舊詩進步。選手兼裁判，說服之力其實也相當有限。

這樣的論戰意義到底在哪裡？年輕學子的觀察認爲：「論戰的意義不在於分判勝負，而是透過不同的文學理念導引出不同的觀察與論證，激發出人類永恆的人生哲理與信仰，以匯成文學的巨流。」[11]

向明在〈五〇年代現代詩的回顧與省思〉專文中作了以下的結論：

1.1950 年代無疑是中國新詩從沉寂轉向興起的時代，從保守邁向開放的時代。

2.1950 年代新詩的現代化運動為臺灣整個的文化藝術產生全面現代化的影響。

3.1950 年代新詩的全面復甦，不但大陸來臺詩人重新出發，培植新一代

---

[11]參見林淑貞所撰〈覃子豪在臺詩論及其實踐活動探究〉，發表於《臺灣文學觀察雜誌》第 4 期（1991 年 11 月），頁 49。

詩壇傳人，也刺激本省籍詩人漸次適應以中文為寫作工具。

4.1950 年代新詩接受外來的技巧，向個人極端的內在生命作探求，使年輕的大陸來臺軍人紛紛學寫現代詩。

5.蔚為風尚的現代主義，迷惑了許多人，在精神上裝出鬱悶難解狀，在文字誤把晦澀難懂當成現代精神。

6.現代派強調主知，使很多盲目追求現代感的人，一味不必要的壓抑自己抒情的本能，使詩變得冷漠如冰，缺少人氣。詩人的孤絕感更加嚴重。這種發展深深影響到 1960 年代的詩。[12]

　　這六點結論的前三項是新詩自然演化的結果，後三項則不能不歸功（或諉過）於三次新詩論戰，經過三次論戰，詩人更加意氣風發，不論是什麼樣的主義，詩人運用起來，都顯得振振有詞，赫赫有聲，橫衝直撞，肆無忌憚，文壇上再也沒有人敢過問了！就創作的自由與勇氣而言，論戰使臺灣詩人獨立了，個人意志與才氣得到最大的發揮，不必再統一於反共文學的旗幟下。新詩第三場論戰結束，1950 年代的反共文學也等於宣告結束了，只是新詩的問題：大眾化與否？晦澀還是艱深？主知或者抒情？依然是無可解的論題，等待著另一次的論戰。

——原載文訊雜誌社編《臺灣現代詩史論》

臺北：文訊雜誌社，1996 年

——選自陳大為、鍾怡雯編《20 世紀臺灣文學專題 1：文學思潮與論戰》

臺北：萬卷樓圖書公司，2006 年 9 月

---

[12]向明，〈五〇年代現代詩的回顧與省思〉，《藍星詩刊》第 15 號。

節奏的理論及實踐
覃子豪大陸時期的詩論及詩作

◎林秋芳*

一、前言

　　覃子豪，1912 年生於四川。1947 年到臺任職，後因國共分治海峽兩岸，遂定居於臺，1963 年病逝[1]。目前可見最早的詩作是 1933 年發表的〈像〉[2]，1935 年與北平中法大學詩友合出詩集《剪影集》，有詩兩首。1936 年東渡日本，有不少詩作發表。1937 年回國後，於 1939 年、1945 年先後出版《自由的旗》、《永安劫後》兩本詩集，來臺後有三本詩集《海洋詩抄》、《向日葵》及《畫廊》。詩論方面，來臺前我們可在《覃子豪全集 Ⅱ·未名集》[3]見到七篇，分別是〈論詩與音樂〉、〈建立詩歌的據點〉、〈論詩韻律〉、〈詩與標點〉、〈與象徵主義有關〉、〈怎樣寫詩〉、〈加強詩底批評〉；來臺後則更豐富，有《詩創作論》、《詩的解剖》及《論現代詩》等專書。如果我們同意向明的說法，將覃子豪 30 年的詩齡分成大陸一半、臺灣一半[4]，那麼目前有關覃子豪大陸時期的研究成果，顯然大不如在臺期間；

*南亞技術學院通識教育中心講師、中央大學中國文學系博士候選人。

[1]〈詩人年表〉，《覃子豪全集Ⅲ》（臺北：覃子豪全集出版委員會，1974 年 10 月），頁 399～403。

[2]〈像〉編者註：「這首寫於 1933 年 2 月 3 日的〈像〉，是迄今我們見到覃子豪最早的一首詩。」廣漢市覃子豪紀念館籌建組編，《覃子豪紀念館落成專輯》（四川廣漢：廣漢市文史資料研究委員會，1988 年 6 月），頁 5；至於《覃子豪全集Ⅰ》「生命的絃」收錄〈像〉，並註名寫作日期為 1934 年 2 月 3 日，疑因颱風遭受水漬誤寫。《覃子豪全集Ⅰ》「生命的絃」編者〈序〉：「原稿係用日制四百字之稿紙以藍墨水抄寫並裝訂成冊，因存於臺北市中北路寓所，時值颱風，遭受水漬，字跡辨識費力……。」（臺北：覃子豪全集出版委員會，1965 年 6 月），頁 2。

[3]《覃子豪全集Ⅱ》「未名集」（臺北：覃子豪全集出版委員會，1968 年 6 月），頁 429～446。

[4]向明：「我們再從他第一首詩的 1933 年推算，可以發現覃氏的 30 年詩齡，一半是在大陸，一半是在臺灣……」，〈詩的奧義與典範──溫習覃子豪先生的五本詩集〉，《乾坤》第 8 期（1988 年 10

而在僅有的幾篇研究論文中，大多以抗戰詩爲主題，至於覃子豪的詩論及如何在詩作上的呈現則討論不多[5]。會產生這樣的結果，原因有二：第一，覃子豪大陸時期的資料不易收集。在臺出版的《覃子豪全集》雖增收 1933 年至 1936 年覃氏從未發表的詩作《生命的絃》，但也缺漏了《自由的旗》及東京時期的詩作；至於詩論方面只有七篇，覃氏主編《前線日報》「詩時代」與讀者的回信[6]，及與曹聚仁持續三個月之久的論戰[7]，都無法完整收集，實是可惜。總括這些資料和來臺後的量比起來，著實少了許多，也較難切入論點專門研究。然而 1984 年北京出版的《覃子豪詩選》[8]收錄《自由的旗》23 首詩作，1986 年李華飛編選的《覃子豪詩粹》[9]又加收東京時期及抗日戰爭前後的作品，如此一來，覃子豪大陸時期的詩作大至可以補齊。詩論雖只有七篇，然關於「節奏」的論述卻有三篇，來臺後仍有相關論述；另外節奏的理論落實於詩作有脈絡可尋，遂引起研究動機。

　　第二，覃子豪在中國詩史的重要性並不在於 1930 或 1940 年代的大陸詩壇，洛夫曾言覃子豪的詩生命是來臺後才花妍葉茂，得以成熟的[10]。就接受的角度而言，當今相關 1930 至 1940 年代大陸詩壇的論述，覃氏被提及的次數並不多[11]。覃氏的重要性還是必須回歸臺灣 1950 至 1960 年代的詩

月），頁 11。

[5]從現有的研究成果歸納，在臺期間的研究論文至少有 25 篇以上，而大陸時期卻僅有四篇之多；若是通論覃子豪的詩作成果，大陸時期則著墨不多，如蕭蕭〈覃子豪的詩風與詩觀〉，《文訊》第 58 期（1993 年 11 月），頁 74～78。有關覃子豪的研究資料可參考〈詩文評介及傳記評論目錄彙編〉，向明、劉正偉編，《新詩播種者：覃子豪詩文選》（臺北：爾雅出版社，2005 年 10 月），頁 307～316。

[6]覃子豪：「我編『詩時代』的時候，時常接到讀者底來信，問我怎樣寫詩，當時因了篇幅和時間的限制，只是很簡單的答覆了他們……」，〈怎樣寫詩〉，《覃子豪全集Ⅱ》，頁 442。

[7]洛夫：「爲了新詩問題，他曾與曹聚仁展開持續三個月之久的論戰……」，〈覃子豪的世界〉，向明、劉正偉編，《新詩播種者：覃子豪詩文選》，頁 236。目前可見覃氏與曹聚仁論戰的相關資料僅有二篇，分別是〈論詩的長成──讀『詩‧新詩與敘事詩』後致曹聚仁先生〉、〈論從小品文中去學習寫詩的方法問題──致曹聚仁先生〉，此二篇的論述內容與新詩的節奏議題較不相關。參考《覃子豪全集Ⅱ》，頁 375～383。

[8]《覃子豪詩選》（北京：中國友誼出版公司，1984 年 8 月）。

[9]李華飛編，《覃子豪詩粹》（重慶：重慶出版社，1986 年 5 月）。

[10]洛夫，〈覃子豪的世界〉，《新詩播種者：覃子豪詩文選》，頁 236。

[11]高準，《中國大陸新詩評介》（臺北：文史哲出版社，1988 年 9 月）、陳紀瀅，《三十年代作家記》（臺北：成文出版社，1980 年 5 月）、蘇雪林，《中國二三十年代作家》（臺北：純文學出版社，

壇，他幾乎擔任一個領導並影響後輩的重要角色[12]。就這樣的基礎而言，本篇論文意在為覃氏的詩作及詩論探究其淵源——即大陸時期的作品及論述，是否和來臺之後有連續或斷裂的可能。

二、大陸時期有關節奏的論述及實踐

　　民國初年胡適探討新詩要點，除了文字的白話使用之外，就是五七言格律的解除。其實格律的限制雖然容易流於形式，卻也無形中讓詩作產生自然的節奏感。胡適在《嘗試集》第一編發現：若將格律解除，只留五七言句式的白話詩，是完全展現不出詩該有的節奏，於是在《嘗試集》第二編裡，嘗試了二、三十種音節的試驗，除了句式長短不齊之外，也嘗試詞曲的音節、雙聲疊韻等[13]。

　　聞一多及徐志摩等人合辦《新月》詩刊，無論對詩的形式及音節表現都有深入探討[14]，於是「格律詩派」登上 1920 年代大陸的舞臺。朱自清於《中國新文學大系 8 詩集》中的〈導言〉下了結論，認為格律詩是 1916 年至 1926 年詩壇三大派之一[15]，其中聞一多對節奏的分析相當凸出，認為格律即節奏，詩不該廢除格律，「假如詩可以不要格律，做詩豈不比下碁、打球、打麻將還容易些嗎？」「詩所以能激發情感，完全在它的節奏；節奏便是格律。」[16]由此可知聞一多認為詩有了格律才會有節奏，而節奏才是詩引

　1983 年 10 月）等都未提及覃子豪；司馬長風，《中國新文學史》（臺北：傳記文學出版社，1991年 12 月）著墨甚少；舒蘭，《抗戰時期的新詩作家和作品》（臺北：成文出版社，1980 年 7 月）雖列專章討論覃子豪，但只評析詩影，評價不及艾青。

[12]1950 年代的臺灣詩壇以現代詩社、藍星詩社、創世紀詩社為三大要角，而覃子豪即為藍星詩社的創始人之一；另外 1962 年受聘為中國文藝函授學校教授，提攜後輩甚多。

[13]胡適《嘗試集》〈自序〉：「這些詩的大缺點就是仍舊用五言七言的句法。句法太整齊了，就不合語言的自然……音節一層，也受很大的影響……」；〈再版自序〉：「我這幾十首詩代表二、三十種音節上的試驗……」（臺北：遠流出版公司，1986 年 4 月），頁 17～45。

[14]徐志摩曾於〈詩刊放假〉討論「畫方豆腐干式」及「音節化」的問題，至於聞一多，將於下文討論。參考阿英編，《中國新文學大系 10 史料‧索引》（臺北：業強出版社，1990 年 3 月），頁 119～122。

[15]朱自清：「若要強立名目，這十年來的詩壇就不妨分為三派：自由詩派，格律詩派，象徵詩派。」《中國新文學大系 8 詩集》（臺北：業強出版社，1990 年 2 月），頁 8。

[16]聞一多，〈詩的格律〉，朱自清等人編，《聞一多全集三》（臺北：里仁書局，2000 年 1 月），頁245，247。

發讀者閱讀時情感的來源。除此之外，聞一多還將格律分成視覺及聽覺兩方面來談，視覺指的是節的勻稱、句的整齊；聽覺指的是有一定音尺、平仄及韻腳規範[17]。

　　抗日戰爭前的覃子豪其實也讀新月派徐志摩的作品[18]，早期發表的〈像〉就具有格律詩的風格，茲引原詩如下：

　　　　像山澗裡臨清流的松影
　　　　　戀著幽壑的花香
　　　　像月霧裡航著的帆影
　　　　　戀著海的迷茫

　　　　像緊趕行程的旅客
　　　　　太息夜色的蒼茫
　　　　像古代憂鬱的詩人
　　　　　吟出煩怨的詩章[19]

我們嘗試將此詩加入音尺，詩作如下：

　　　　像｜山澗裡｜臨清流的｜松影
　　　　　戀著｜幽壑的｜花香
　　　　像｜月霧裡｜航著的｜帆影
　　　　　戀著｜海的｜迷茫

　　　　像｜緊趕｜行程的｜旅客

---

[17]聞一多：「視覺方面的格律有節的勻齊，有句的均齊。屬於聽覺方面的有格式，有音尺，有平仄，有韻腳……」，《聞一多全集三》，頁248。

[18]覃子豪：「我發狂的閱讀新文藝的書籍，詩，小說，散文，對新詩特別愛好。……徐志摩的《志摩的詩》……」，〈海的歌者談詩創作〉，《覃子豪全集Ⅱ》「未名集」，頁472；賈芝在〈憶詩友覃子豪〉也談到他們共同喜歡的詩人中，徐志摩就是其中之一。《覃子豪紀念館落成專輯》，頁32。

[19]覃子豪，〈像〉，《覃子豪全集Ⅰ》「生命的絃」，頁25。

太息｜夜色的｜蒼茫

像｜古代｜憂鬱的｜詩人

吟出｜煩怨的｜詩章

這首詩相當接近聞一多提倡的格律規範，兼具視覺和聽覺效果。就視覺而言，詩分兩節，兩節幾乎都有勻稱的四句，尤其第二節以兩句為一單位，則兩單位都是一樣整齊；就聽覺而言，第二節的一、二句與三、四句，音尺同樣都是「1.2.3.2／2.3.2」，而另外兩節二、四句則一樣押韻母「尢」。

　　然而較之新月派，覃子豪在節奏的論述及詩作的呈現，其實是較接近郭沫若的。郭沫若早在《新月》詩刊成立之前，就和成仿吾、郁達夫等人成立《創造週報》[20]，隨後出版《女神》、《星空》，覃子豪念初中時就已閱讀過這兩本詩集[21]。對於節奏，郭沫若認為「沒有節奏的便不是詩」，並進一步替節奏尋找放諸四海皆準的本體論述，「本來宇宙間的事物沒有一樣是沒有節奏的」；除此，郭沫若還將節奏的構成分為時間及力兩個關聯[22]。和聞一多比起來，郭沫若的分析較著重節奏的與生俱來、自然形成[23]，而非第二義的刻意為之，或者有什麼既定的規律和法則。

　　覃子豪對節奏的看法和郭沫若有些相類。在〈論詩的韻律〉一文中覃氏也強調節奏是詩的特徵，是自然、活潑的，而非如韻律是刻意的安排。

　　　節奏和韻律不同，節奏是句子和句子的抑揚頓挫，又叫節拍；韻律是句子末尾的押韻，又叫諧音。目前的詩，我以為節奏比韻律重要，押韻是

---

[20] 成仿吾，〈《創造週報》停刊宣言（一年的回顧）〉，阿英編，《中國新文學大系 10 史料・索引》，頁 101～104。

[21] 覃子豪：「當我進了初中，才發現新詩的世界，較之舊詩廣闊……對於創造社和新月派諸詩人的作品，我讀過《女神》、《星空》……」，〈海的歌者談詩創作〉，《覃子豪全集 II・未名集》，頁 472。

[22] 郭沫若，〈論節奏〉，《郭沫若全集・文學編》第 20 卷（北京：人民文學出版社，1992 年 3 月），頁 353～361。

[23] 郭沫若：「節奏之於詩是與生俱來的，是先天的，決不是第二次的，使情緒如何可以美化的工具。」〈文學的本質〉，《郭沫若全集・文學編》第 20 卷，頁 348。

次要的東西，因為節奏是自然的，活潑的，而韻律是外形的；節奏是有
助於內容的完整、明快，韻律是容易傷害內容的真實；節奏變化多，韻
律變化少；節奏容易使詩的形式新奇，韻律極易使詩的形式陳腐。……
詩和散文的區別，不在韻律之有無，而在節奏之有無[24]。

覃子豪所謂的「韻律」指的是句尾的押韻，就這個層面來說，他反對
詩一定要押韻。這篇文章起自於反對何德明「無韻不成詩」、「押韻為詩底
大眾化的關鍵」的說法，於是特別析分了節奏和韻律的不同。我們觀察覃
子豪定義節奏，並非聞一多「音尺」的概念，而是「句子和句子的抑揚頓
挫」。這個觀念，就如郭沫若所言「力的節奏」，指的是強弱關聯的組合，
加以反覆而形成節奏[25]。

然而覃子豪談節奏，和郭沫若的旨趣畢竟不同。覃氏認為新詩的寫作
是為了社會，「為了詩歌能服務於抗戰」，因此為了普及民眾，最重要的工
作是思考新詩的傳播媒介，而其中，「朗誦」就是很好的一種傳播方式[26]。
覃氏於〈論詩的韻律〉一文討論了節奏，在界定了新詩的特徵是節奏而非
韻律的同時，也強調了節奏是幫助朗誦的一種動力[27]。因此抗戰時期覃子豪
對於節奏的論述，是放在政治功能的層面來談的，而非純粹的美學層次；
就如同他自己主辦《前線日報》「詩時代」雙週刊時，在〈加強詩底批評〉
一文所提示的：「單是藝術價值而無政治任務的詩，不能服務抗戰。」[28]詩
有了自然活潑的節奏，才能幫助朗誦，也才具備抗戰時鼓舞軍隊的功能。

我們檢視覃子豪當時的著作，有《自由的旗》和《永安劫後》兩本詩
集，其中《自由的旗》即是抗戰詩歌。詩集中的節奏，果然都是激昂澎
湃，充滿了鼓舞的動能；如郭沫若所言，節奏若是先抑後揚，便能產生鼓

---

[24]覃子豪，〈論詩的韻律〉，《覃子豪全集Ⅱ》「未名集」，頁436。
[25]同註 22，頁 356。
[26]覃子豪，〈建立詩歌的據點〉，《覃子豪全集Ⅱ》「未名集」，頁 435。
[27]同上註，頁 436～437。
[28]同註 26，頁 445。

舞的效果[29]，而《自由的旗》通常在最後一節都以「啊」、「吧」等語助詞加強「揚」的節奏，如〈廢墟之外〉最後一節：

> 啊！去吧！飢餓的農民
>
> 這兒可是焦土和廢墟
>
> 可是廢墟外已綿延著自由的烽火

又如〈牧羊人〉最後一節：

> 年輕的牧羊人啊！來吧
>
> 忠實的兄弟
>
> 你在沉思，還是在傾聽
>
> 前進的軍號發出悲壯的聲音
>
> 啊！親愛兄弟
>
> 你與其做一個柔弱的牧羊者
>
> 還不如做一個保衛祖國的哨兵

如此的詩作在《自由的旗》不勝枚舉，不僅語言簡白易懂，且節奏明朗清快，「啊」、「吧」等語助詞的使用，加強節奏感，具備鼓舞人心的功能。

三、來臺後節奏論述的連續及斷裂

覃子豪於抗戰時期強調節奏的自然、活潑，並且注意到朗誦的功能，以服務於戰爭；來臺後仍延續議題，在〈詩的表現方法〉、〈抒情詩的認識〉等篇章繼續討論詩的節奏。

---

[29] 郭沫若：「大概先揚後抑的節奏，便沉靜我們；先抑後揚的節奏，便鼓舞著我們。」《郭沫若全集‧文學編》第 20 卷，頁 357。

詩、舞蹈、音樂三者的共通性，就是節奏。節奏是情緒上最原始的表
現，詩是情緒最豐富的一種藝術，故音樂之存在於詩，是自然的趨勢。
詩的音樂性，分內在的和外形的兩種：內在的音樂性，就是節奏；節奏
是自然產生的。外形的音樂性，是韻律；韻律是人為的。詩的創造，貴
在自然，它的音樂性是隨著情緒的波動和語言的節奏所形成。外形的音
樂，是死板的韻律，人為的矯飾[30]。

　　我們發現覃子豪依然極力推崇自然節奏的重要性，再度區分節奏和韻
律的不同，並延續大陸時期論述，認為韻律是外形的音樂，不僅死板，且
是人為的矯飾；而節奏，是詩內在的音樂性，是自然而然產生的。那麼節
奏如何自然產生的呢？覃氏認為「節奏是情緒上最原始的表現」，並引《文
心雕龍‧聲律》篇說明「人聲是肇自血氣，含有自然的節奏」來強化節奏
產生的自然性、內在性，一切皆是源自於人的內在血氣、內在情緒。[31]

　　唯一不同的是，覃氏不再強調節奏之於詩有助於「朗誦」，反而如郭沫
若一樣探索節奏的本質；除此，他雖然認為詩中的節奏無法完全制式的規
定、輕易的看見，但是仍然可以從「音組」的均衡著手。在〈詩的表現方
法〉一文中，覃子豪以自己《海洋詩抄》的作品〈夢的海港〉為例，分析
音組的構成、節奏的停頓[32]。為了說明方便，茲將部分原詩抄錄於下：

水手們有個迷人的沈醉的夜
海輪有個安靜的休息的夜
我呢，望著滿天的星斗
咀嚼著離別的情味

---

[30]覃子豪，〈抒情詩的認識〉第四節「抒情詩的音樂性」，《覃子豪全集Ⅱ》「未名集」，頁454。
[31]同上註，頁455。
[32]覃子豪，〈詩的表現方法〉，《覃子豪全集Ⅱ》「詩創作論」，頁32～33。

覃氏說明這首詩沒有韻腳，為何會有諧和的節奏呢？那是因為這首詩的每一行包括了三個音組，這三個音組構成了節奏的串連。

　　水手們　有個迷人的　沉醉的夜

　　海輪　有個安靜的　休息的夜

　　我呢　望著　滿天的星斗

　　咀嚼著　離別的　情味

音組的分法並非制式的，他認為這首詩的音組還可以分成四個音組，因為「有個迷人的」和「有個安靜的」的「個」自然會停頓，如下：

　　水手們　有個　迷人的　沉醉的夜

　　海輪　有個　安靜的　休息的夜

因此，覃子豪最後仍認為節奏的產生來自於自然的呼吸，無法用外在的形式來規定，這和聞一多使用音尺的原則來分析節奏，是截然不同的。

　　在詩作的表現上，覃子豪來臺後的節奏表現，明顯不像《自由的旗》一樣具有鼓舞人心的效果，反而轉向幽遠、深邃的內在節奏。試以《畫廊》〈瓶之存在〉最後一節為例，原詩如下：

　　一澈悟之後的靜止

　　一大覺之後的存在

　　自在自如的

　　挺圓圓的腹

　　宇宙包容你

　　你腹中卻孕育著一個宇宙

　　　　宇宙因你而存在[33]

我們試著以覃子豪來臺後的音組和節奏概念分析，可得出音組構成如下：

　　　一　澈悟之後的　靜止
　　　一　大覺之後的　存在
　　　自在　自如的
　　　挺　圓圓的　腹
　　　宇宙　包容你
　　　你腹中　卻孕育著　一個宇宙
　　　宇宙　因你　而存在

這節除第三行和第五行是二個音組構成之外，其他都由三個音組構成，讀來有和諧的節奏感卻又不失呆板；然而較之大陸時期節奏顯然內斂許多。覃子豪詩友賈芝言道：「他的詩變得難懂了……。」[34]這個難懂不僅指詩意，也意謂著〈瓶之存在〉的節奏已不如《自由的旗》一樣慷慨激昂了。

四、結論

　　綜上論述，可看出覃子豪對節奏的論述、作品的實踐，來臺前和來臺後有部分承續和轉變。最早期的作品有格律詩的風格，節奏表現兼具視覺的勻整和聽覺的和諧；抗戰期間的作品傾向實用，強調詩必須講求節奏而非韻律，如此才能朗誦，以服務於政治；來臺後雖依舊貶斥韻律、肯定節奏，但已不再強調詩的朗誦功能，轉而探尋節奏產生的內在情緒、呼吸動脈。因此可明顯看出節奏在覃子豪的詩論及創作中，連續又斷裂的要義。

　　此篇論文雖已完成，但尚有未完成的議題，茲分述如下：

---

[33]覃子豪，〈瓶之存在〉，《覃子豪全集Ⅰ》「畫廊」，頁300～301。
[34]賈芝，〈憶詩友覃子豪〉，《覃子豪紀念館落成專輯》，頁37。

　　（一）覃子豪大陸時期的詩論、詩作等資料，仍待進一步蒐集。如主編《前線日報》「詩時代」與讀者的回信，及與曹聚仁持續三個月之久的論戰，若能完整收集，必有相當的詩論可供參考，也可以讓本篇論文的論述更加詳實。

　　（二）《覃子豪全集Ⅱ》「未名集」有關詩論的部分，來臺前的資料必須進一步確認。如〈論詩的韻律〉，我們雖可以從行文中判斷，可能是來臺前抗戰時期的文章，但若能找出何德明「無韻不成詩」、「押韻爲詩底大眾化的關鍵」的文章，對比二人看法異同，將更能顯示覃子豪的論點。

　　（三）就詮釋的角度而言，覃子豪的節奏觀必須與現今的歷史對話。誠如洛夫所言，「現代詩不僅在思想上精神上是現代人的，其語言、技巧、節奏都必須是現代的。因此嚴格分析起來，我國『詩壇三老』仍然只能列爲 1930 年代的詩人。」[35]就這個層面而言，覃子豪的詩論不該以封閉性的方式呈現出來，而應該從開放性的、現代性的角度與之對話，才能顯示出歷史的動脈。

　　以上三點，待來時學力積累，再深入詳探。

參考文獻

・司馬長風，《中國新文學史》（臺北：傳記文學出版社，1991 年 12 月）。

・朱自清，《中國新文學大系 8 詩集》（臺北：業強出版社，1990 年 2 月 8 日）。

・朱自清等人編，《聞一多全集三》（臺北：里仁書局，2000 年 1 月）。

・向明、劉正偉編，《新詩播種者：覃子豪詩文選》（臺北：爾雅出版社，2005 年 10月）。

・向明，〈詩的奧義與典範──溫習覃子豪先生的五本詩集〉，《乾坤》第 8 期（1988 年10 月），頁 9～14。

・李華飛編，《覃子豪詩粹》（重慶：重慶出版社，1986 年 5 月）。

---

[35]洛夫，〈覃子豪的世界〉，向明、劉正偉主編，《新詩播種者：覃子豪詩文選》，頁 239。

・阿英編,《中國新文學大系 10 史料・索引》(臺北:業強出版社,1990 年 3 月)。

・洛夫,〈覃子豪的世界〉,向明、劉正偉主編《新詩播種者:覃子豪詩文選》(臺北:爾雅出版社,2005 年 10 月)。

・胡適,《嘗試集》(臺北:遠流出版公司,1986 年 4 月)。

・高準,《中國大陸新詩評介》(臺北:文史哲出版社,1988 年 9 月)。

・陳紀瀅,《三十年代作家記》(臺北:成文出版社,1980 年 5 月)。

・郭沫若,《郭沫若全集・文學編》第 20 卷(北京:人民文學出版社,1992 年 3 月)。

・舒蘭,《抗戰時期的新詩作家和作品》(臺北:成文出版社,1980 年 7 月)。

・覃子豪,《覃子豪全集 I》(臺北:覃子豪全集出版委員會,1965 年 6 月)。

──《覃子豪全集 II》(臺北:覃子豪全集出版委員會,1968 年 6 月)。

──《覃子豪全集 III》(臺北:覃子豪全集出版委員會,1974 年 10 月)。

・《覃子豪詩選》(北京:中國友誼出版公司,1984 年 8 月)。

・廣漢市覃子豪紀念館籌建組,《覃子豪紀念館落成專輯》(廣漢市文史資料研究委員會,1988 年 6 月)。

・蕭蕭,〈覃子豪的詩風與詩觀〉,《文訊》第 58 期(1993 年 11 月),頁 74～78。

・蘇雪林,《中國二三十年代作家》(臺北:純文學出版社,1983 年 10 月)。

──選自《南亞學報》,第 26 期,2006 年 12 月

輯五◎
研究評論資料目錄

作家生平、作品評論專書與學位論文

專書

1. 覃子豪紀念館籌建組　覃子豪紀念館落成專輯　廣漢　廣漢市文史資料研究委員會　1988 年 6 月　168 頁

本書為配合四川廣漢「覃子豪紀念館」的落成所編纂，內容含括覃子豪著名詩作及他人評論、追憶的文章，旨在讓人更進一步認識覃子豪，對研究覃子豪其人其詩達到拋磚作用。正文前有王東洲〈前言〉。全書分 3 輯：1.遺著傳詩魂：收有覃子豪詩作〈像〉、〈起來吧，馬札兒人喲〉、〈瓶之存在〉、〈呼號者〉、〈新詩向何處去〉、〈遺囑〉；2.兩岸同思念：收有賈芝〈憶詩友覃子豪〉、林林〈魂兮，跨海來〉、朱顏〈「五人詩社」及《剪影集》的由來——憶子豪〉、李華飛〈隔海祭詩魂〉、黎央〈回憶詩人覃子豪〉、范小梵〈我們相識在抗日戰線〉、江汎〈覃子豪先生的二三事〉、吳會文〈片斷的回憶〉、張白帆〈覃子豪與繪畫〉、覃漢川〈弟兄的憶念〉、羊翬〈詩魂歸來〉、鍾鼎文〈落葉〉、紀弦〈祭詩人覃子豪〉、施穎洲〈一代詩人——悼覃子豪先生〉、羅門〈回響——詩人覃子豪紀念銅像〉、向明〈我的覃子豪老師〉、雲鶴〈覃子豪詩與我〉、林海音〈孤獨的旅人並不寂寞〉；3.詩家共評說：收有流沙河〈跨海詩人覃子豪〉、彭邦楨〈詩人的形象完成〉、洛夫〈論覃子豪的詩〉、雷石榆〈略談覃子豪的詩〉、李元洛〈意境，詩人與讀者的共同創造——談覃子豪的〈追求〉與〈距離〉〉、藍幽〈〈追求〉淺識〉、荻青〈讀《詩的播種者》〉、田野〈《覃子豪全集》不全〉。正文後有覃子豪紀念館籌建組〈後記〉、〈覃子豪紀念館籌建組顧問名單〉、〈覃子豪紀念館籌建組成員名單〉、〈覃子豪紀念館參建單位及個人名單〉。

2. 劉正偉　覃子豪詩研究　臺北　文史哲出版社　2005 年 3 月　242 頁

本書藉由訪談覃子豪生前故舊與學生知己，取得一手資料及評價，並蒐羅覃子豪的佚詩進行研究，以補《覃子豪全集》之不全。全文共 9 章：1.緒論；2.成長環境與生平經歷；3.現代詩創作歷程；4.與紀弦現代派的論戰——關於戰後臺灣第一場現代詩論戰；5.覃子豪與《藍星宜蘭分版》；6.《海洋詩抄》修辭技巧探究；7.靈與真的特質；8.佚詩探索；9.結論。正文前有向明〈詩的播種者——向明序〉。正文後附錄〈詩人作品集〉、〈覃子豪年表〉、〈《覃子豪全集 I》補遺〉、〈覃子豪遺囑〉及〈《藍星宜蘭分版》編目〉。

3. 張白帆　覃子豪　廣漢　中國人民政協廣漢市委員會　2006 年 11 月　341 頁

本書為覃子豪紀實傳記，透過深入蒐集檔案史料、探訪相關人士所撰寫而成，旨在反映覃子豪的成長道路及文學風貌。全書共 16 章：1.故鄉老家；2.童年記事；3.新思潮前；4.風雨錦城；5.京華詩緣；6.東京印象；7.清貧日子；8.臨危不懼；9.抗日烽火；10.到前線去；11.筆下苦樂；12.浪跡醫方；13.臺灣情結；14.詩壇論戰；15.如日中天；16.溘然長逝。正文前有〈序章——魂歸故里〉，正文後有〈尾聲——藍星依然閃爍〉、〈本書主要參考資料〉。

學位論文

4. 蔡豔紅　覃子豪詩藝研究　高雄師範大學國文學系國文教學碩士班　碩士論文　江聰平教授指導　2004 年　286 頁

本論文析論覃子豪創作背後的社會環境、學術因緣與人格特質，研討其中創作理論與步驟，並對其詩作藝術的修辭技巧、篇章布局、意境塑造進行探究。全文共 7 章：1.緒論；2.詩人小傳；3.創作背景；4.作品分期；5.創作理論與步驟；6.詩作藝術；7.結論。

5. 劉正偉　覃子豪詩研究　玄奘大學中國語文學系　碩士論文　沈謙教授指導　2005 年 1 月　236 頁

本論文藉由訪談覃子豪生前故舊與學生知己，取得一手資料及評價，並蒐羅覃子豪的佚詩進行研究，以補《覃子豪全集》之不全。全文共 9 章：1.緒論；2.成長環境與生平經歷；3.現代詩創作歷程；4.與紀弦現代派的論戰——關於戰後臺灣第一場現代詩論戰；5.覃子豪與《藍星宜蘭分版》；6.《海洋詩抄》修辭技巧探究；7.靈與真的特質；8.佚詩探索；9.結論。正文後附錄〈覃子豪年表〉及〈《覃子豪全集I》補遺〉。

作家生平資料篇目

自述

6. 覃子豪　題記　海洋詩抄　臺北　新詩週刊社　1953 年 4 月　頁 1—3

7. 覃子豪　《向日葵》題記　藍星週刊　第 64 期　1955 年 9 月 2 日　6 版

8. 覃子豪　題記　向日葵　臺北　藍星詩社　1955 年 9 月　頁 1—2

9. 覃子豪　《向日葵》題記　新詩播種者：覃子豪詩文選　臺北　爾雅出版社　2005 年 10 月　頁 167—172

10. 覃子豪　《詩的解剖》序　公論報　1958 年 1 月 17 日　6 版

11. 覃子豪　　自序　詩的解剖　臺北　藍星詩社　1958 年 1 月　頁 1—3

12. 覃子豪　　《詩的解剖》自序　覃子豪全集Ⅱ　臺北　覃子豪全集出版委員會
　　　　1968 年 6 月　頁 66—68

13. 覃子豪　　自序　論現代詩　臺北　藍星詩社　1960 年 11 月　頁 1—3

14. 覃子豪　　《論現代詩》自序　覃子豪全集Ⅱ　臺北　覃子豪全集出版委員會
　　　　1968 年 6 月　頁 211—212

15. 覃子豪　　再版序　詩的解剖　臺北　藍星詩社　1961 年 3 月　頁 1

16. 覃子豪　　《詩的解剖》再版序　覃子豪全集Ⅱ　臺北　覃子豪全集出版委員
　　　　會　1968 年 6 月　頁 65

17. 覃子豪　　自序　畫廊　臺北　藍星詩社　1962 年 4 月　頁 1—4

18. 覃子豪　　我在馬尼拉如何講授現代詩　自由青年　第 28 卷第 7 期　1962 年
　　　　10 月 1 日　頁 14—15

19. 覃子豪　　〈金色面具〉之自剖　葡萄園　第 2 期　1962 年 10 月　頁 8—9

20. 覃子豪　　〈金色面具〉之自剖　覃子豪全集Ⅱ　臺北　覃子豪全集出版委員
　　　　會　1968 年 6 月　頁 496—498

21. 覃子豪　　〈金色面具〉之自剖　新詩播種者：覃子豪詩文選　臺北　爾雅出
　　　　版社　2005 年 10 月　頁 173—177

22. 覃子豪講；鍾鼎文記　　覃子豪遺囑　創世紀　第 19 期　1964 年 1 月　頁 8

23. 覃子豪講；鍾鼎文記　　覃子豪遺囑　覃子豪紀念館落成專輯　廣漢　廣漢市
　　　　文史資料研究委員會　1988 年 6 月　頁 29—30

24. 覃子豪　　《詩的表現方法》前言　詩的表現方法　臺中　普天出版社　1967
　　　　年 10 月　頁 7—9

25. 覃子豪　　我怎樣寫〈旗的奇蹟〉　覃子豪全集Ⅱ　臺北　覃子豪全集出版委
　　　　員會　1968 年 6 月　頁 460—467

26. 覃子豪　　詩創作的途徑　覃子豪全集Ⅱ　臺北　覃子豪全集出版委員會
　　　　1968 年 6 月　頁 527—562

27. 覃子豪　　造訪　語文教學與研究（學生版）　2009 年第 10 期　2009 年 10

月　頁 25

他述

28. 彭邦楨，墨人　　覃子豪簡介　中國詩選　高雄　大業書店　1957 年 1 月　頁 72

29. 魏子雲　　哀悼四位友人：覃子豪、王爵、王平陵、方宇謙　聯合報　1963 年 3 月 22 日　3 版

30. 鍾鼎文　　落葉　中央日報　1963 年 10 月 15 日　9 版

31. 鍾鼎文　　落葉──詩人覃子豪追念特輯　創世紀　第 19 期　1964 年 1 月　頁 19

32. 鍾鼎文　　落葉　覃子豪紀念館落成專輯　廣漢　廣漢市文史資料研究委員會　1988 年 6 月　頁 93—94

33. 墨　人　　悼詩人覃子豪　中央日報　1963 年 10 月 15 日　9 版

34. 墨　人　　悼詩人覃子豪　浮生集　臺南　聞道出版社　1972 年 2 月　頁 55—57

35. 應未遲　　悼詩人覃子豪先生（上、下）　自立晚報　1963 年 10 月 15—16 日　4 版

36. 楚　軍　　一顆星的殞落──悼詩人覃子豪　中央日報　1963 年 10 月 16 日　6 版

37. 王聿均　　悼詩人覃子豪　亞洲文學　第 42 期　1963 年 10 月　頁 8

38. 鳳　兮　　去了！詩的播種者　亞洲文學　第 42 期　1963 年 10 月　頁 9

39. 毛一波　　詩人覃子豪　四川文獻　第 15 期　1963 年 11 月　頁 9—11

40. 墨　人　　龍泉低語──送子豪兄骨灰安窆龍泉墓園　秋水詩刊　第 23 期　1963 年 11 月　頁 17—19

41. 紀　弦　　悼念詩人覃子豪先生　文壇　第 41 期　1963 年 11 月　頁 14

42. 陳紀瀅　　悼子豪　文壇　第 41 期　1963 年 11 月　頁 14

43. 彭邦楨　　巨星的殞落──悼詩人覃子豪瑣記之一　文壇　第 41 期　1963 年 11 月　頁 15—17

44. 彭邦楨　巨星的殞落——悼詩人覃子豪瑣記之一　虛空與自我　臺北　星光書報社　1979 年 8 月　頁 125—131

45. 彭邦楨　巨星的殞落——悼詩人覃子豪瑣記之一　彭邦楨文集（卷四）　武漢　長江文藝出版社　1993 年 11 月　頁 115—122

46. 西　蒙　零時廿分　文壇　第 41 期　1963 年 11 月　頁 16—17

47. 夏　菁　輓詩三首——悼子豪兄〔〈歸〉、〈焚〉、〈韻〉〕　文星　第 73 期　1963 年 11 月　頁 77

48. 蓉　子　幕落之後——悼詩人覃子豪　文星　第 73 期　1963 年 11 月　頁 77

49. 蓉　子　幕落之後——悼詩人覃子豪先生——詩人覃子豪逝世二十週年紀念專輯　藍星詩刊　第 17 號　1983 年 10 月　頁 62

50. 羅　門　死亡！它是一切　文星　第 73 期　1963 年 11 月　頁 78

51. 上官予　悼詩人覃子豪　幼獅文藝　第 109 期　1963 年 11 月　頁 33

52. 吳順良　敬悼詩人覃子豪　幼獅文藝　第 109 期　1963 年 11 月　頁 34

53. 李　莎　哀悼詩人覃子豪　創作　第 17 期　1963 年 12 月　頁 23—25

54. 洪　流　悼念一位海洋詩人——覃子豪　海洋生活　第 9 卷第 12 期　1963 年 12 月　頁 68—74

55. 古　丁　悼詩人覃子豪先生——兼致現代詩人　葡萄園　第 7 期　1964 年 1 月　頁 2—3

56. 古　丁　悼詩人覃子豪先生——兼致現代詩人　葡萄園詩論　臺北　詩藝文出版社　1997 年 11 月　頁 37—40

57. 高　準　秋之祭——敬悼覃子豪先生　葡萄園　第 7 期　1964 年 1 月　頁 9

58. 文曉村　種火的人——敬悼覃子豪老師　葡萄園　第 7 期　1964 年 1 月　頁 10

59. 西　蒙　女詩人引言——詩人覃子豪追念特輯　創世紀　第 19 期　1964 年 1 月　頁 1

60. 創世紀詩社　詩人之死——詩人覃子豪追念特輯　創世紀　第 19 期　1964

年 1 月 頁 2

61. 紀　弦　　祭詩人覃子豪文——詩人覃子豪追念特輯　創世紀　第 19 期
　　　　　　　1964 年 1 月　頁 4

62. 紀　弦　　祭詩人覃子豪文　終南山下　臺北　臺灣商務印書館　1973 年 9 月
　　　　　　　頁 191—192

63. 紀　弦　　祭詩人覃子豪　覃子豪紀念館落成專輯　廣漢　廣漢市文史資料研
　　　　　　　究委員會　1988 年 6 月　頁 95—96

64. 辛　鬱　　病中記事——詩人覃子豪追念特輯　創世紀　第 19 期　1964 年 1
　　　　　　　月　頁 5—6

65. 楚　戈　　彌留之夜——詩人覃子豪追念特輯　創世紀　第 19 期　1964 年 1
　　　　　　　月　頁 7—8

66. 雲　鶴　　覃子豪師與我——詩人覃子豪追念特輯　創世紀　第 19 期　1964
　　　　　　　年 1 月　頁 10—12

67. 雲　鶴　　覃子豪師與我　覃子豪紀念館落成專輯　廣漢　廣漢市文史資料研
　　　　　　　究委員會　1988 年 6 月　頁 110—111

68. 李篤恭　　一顆高邁的靈魂——詩人覃子豪追念特輯　創世紀　第 19 期
　　　　　　　1964 年 1 月　頁 13—14

69. 鄭愁予　　舊友凋零——詩人覃子豪追念特輯　創世紀　第 19 期　1964 年 1
　　　　　　　月　頁 14

70. 古　貝　　兩次感覺——詩人覃子豪追念特輯　創世紀　第 19 期　1964 年 1
　　　　　　　月　頁 15

71. 李英豪　　瓶之存在——悼一位素昧平生的詩人——詩人覃子豪追念特輯　創
　　　　　　　世紀　第 19 期　1964 年 1 月　頁 16

72. 葉　泥　　關於《覃子豪全集》——詩人覃子豪追念特輯　創世紀　第 19 期
　　　　　　　1964 年 1 月　頁 17—18

73. 鄭愁予　　一〇四病室——詩人覃子豪追念特輯　創世紀　第 19 期　1964 年
　　　　　　　1 月　頁 20

74. 辛　鬱　　仰及——詩人覃子豪追念特輯　創世紀　第 19 期　1964 年 1 月　頁 20

75. 碧　果　　醒時的孩提的醒時——詩人覃子豪追念特輯　創世紀　第 19 期　1964 年 1 月　頁 21

76. 沉　冬　　安睡吧！詩人——詩人覃子豪追念特輯　創世紀　第 19 期　1964 年 1 月　頁 21

77. 梅　新　　悼——詩人覃子豪追念特輯　創世紀　第 19 期　1964 年 1 月　頁 22

78. 洛　夫　　雪崩——詩人覃子豪追念特輯　創世紀　第 19 期　1964 年 1 月　頁 42—44

79. 〔葡萄園〕　覃子豪先生簡介——詩人覃子豪逝世週年紀念專輯　葡萄園　第 10 期　1964 年 10 月　頁 4

80. 鍾　雷　　瓶恆存在葵恆傾——悼念逝世週年的詩人覃子豪兄——詩人覃子豪逝世週年紀念專輯　葡萄園　第 10 期　1964 年 10 月　頁 10—12

81. 史義仁　　覃子豪與《葡萄園》——追念覃子豪先生——詩人覃子豪逝世週年紀念專輯　葡萄園　第 10 期　1964 年 10 月　頁 13—14

82. 趙天儀　　詩的播種者——覃子豪先生印象記——詩人覃子豪逝世週年紀念專輯　葡萄園　第 10 期　1964 年 10 月　頁 15—16

83. 趙天儀　　詩的播種者——覃子豪先生印象記　美學與批評　臺北　有志圖書出版公司　1972 年 3 月　頁 116—120

84. 楓　堤　　追念詩人覃子豪——詩人覃子豪逝世週年紀念專輯　葡萄園　第 10 期　1964 年 10 月　頁 17

85. 吳瀛濤　　詩人之死——詩人覃子豪逝世週年紀念專輯　葡萄園　第 10 期　1964 年 10 月　頁 17

86. 白　丁　　悼故師——覃子豪先生——詩人覃子豪逝世週年紀念專輯　葡萄園　第 10 期　1964 年 10 月　頁 18

87. 林煥彰　　當我死後——詩人覃子豪逝世週年紀念專輯　葡萄園　第 10 期

1964 年 10 月　頁 18

88. 魏子雲　追思詩人覃子豪　野風　第 189 期　1964 年 11 月　頁 61—66

89. 彭　捷　穿珊瑚珠的人　笠　第 6 期　1965 年 4 月　頁 12—13

90. 向　明　乾癟的眼——悼覃師　五弦琴詩集　臺北　藍星詩社　1967 年 1 月
　　　　　頁 3—4

91. 謝冰瑩　覃子豪　作家印象記　臺北　三民書局　1967 年 1 月　頁 131—
　　　　　139

92. 辛　鬱　黃金的溶解——對已故詩人覃子豪的一些回憶　南北笛詩刊　第 1
　　　　　期　1967 年 3 月　頁 13—16

93. 應未遲　追懷覃子豪　中國時刊　第 8 期　1967 年 6 月 12 日　頁 20—23

94. 應未遲　追懷覃子豪　中華日報　1969 年 10 月 8 日　9 版

95. 應未遲　追懷詩人覃子豪（上、下）　青年戰士報　1975 年 11 月 7—8 日
　　　　　11 版

96. 應未遲　追懷覃子豪　文壇　第 197 期　1976 年 11 月　頁 28—29

97. 辛　鬱　一個詩人的死——懷念覃子豪先生　葡萄園　第 21、22 期合刊
　　　　　1967 年 10 月　頁 2—5

98. 辛　鬱　一個詩人之死——懷念覃子豪先生　現代詩人散文選　臺中　藍燈
　　　　　出版社　1972 年 8 月　頁 87—93

99. 洛　夫　覃子豪——當代詩人評傳（1—7）　青年戰士報　1968 年 11 月 19
　　　　　—25 日　7 版

100. 常青樹　《詩的表現方法》後記　詩的表現方法　臺中　普天出版社
　　　　　1969 年 1 月　頁 129—130

101. 葉　珊　紀念覃子豪　非渡集　臺北　仙人掌出版社　1969 年 8 月 1 日
　　　　　頁 185—186

102. 陳義芝　詩人禮讚——悼覃子豪先生逝世七週年　葡萄園　第 34 期　1970
　　　　　年 1 月　頁 26

103. 雷　厲　懷念名詩人覃子豪——並悼亡友陳大川　古今談　第 69 期　1971

年 1 月　頁 34—35

104. 丁　　穎　悼詩人覃子豪　西窗獨白　臺中　藍燈出版社　1971 年 2 月　頁 148—151

105. 辛　　鬱　覃子豪的生命與詩　文藝月刊　第 44 期　1973 年 2 月　頁 192—201

106. 楊　　牧　覃子豪紀念（上、中、下）[1]　中華日報　1975 年 3 月 12—14 日 9 版

107. 楊　　牧　覃子豪紀念　楊牧自選集　臺北　黎明文化公司　1975 年 5 月　頁 291—304

108. 楊　　牧　覃子豪紀念　柏克萊精神　臺北　洪範書店　1977 年 2 月　頁 121—136

109. 楊　　牧　詩人覃子豪　掠影急流　臺北　洪範書店　2005 年 12 月　頁 9—25

110. 魏子雲　魏子雲批評集錦——論覃子豪　中華文藝　第 57 期　1975 年 11 月　頁 16

111. 袁暌九　追思覃子豪　藝文誌　第 122 期　1975 年 11 月　頁 39—41

112. 〔藍星詩社〕　懷念和崇敬　藍星季刊　復刊第 5 期　1975 年 12 月　頁 4

113. 穆中南　覃子豪故世十三週年補記二、三事　文壇　第 197 期　1976 年 11 月　頁 30

114. 向　　明　憶詩壇前輩覃子豪先生　秋水詩刊　第 16 期　1977 年 1 月　頁 6—7

115. 應未遲　不死之詩　中華日報　1977 年 10 月 9 日　11 版

116. 向　　明　過善導寺——懷覃子豪詩　中華日報　1977 年 11 月 21 日　11 版

117. 小　　民　回憶曲——覃老師逝世十五週年紀念　明道文藝　第 20 期　1977 年 11 月　頁 63—64

118. 小　　民　回憶曲——覃老師逝世十五週年紀念　回憶曲　臺北　林白出版

---

[1]本文後改篇名爲〈詩人覃子豪〉。

社　1978 年 4 月　頁 169—173

119. 洛　夫　覃子豪的世界　洛夫詩論選集　臺南　金川出版社　1978 年 8 月　頁 171—188

120. 洛　夫　覃子豪的世界　詩的探險　臺北　黎明文化公司　1979 年 6 月　頁 171—189

121. 洛　夫　覃子豪的世界　現代詩導讀（導讀篇一）　臺北　故鄉出版社　1979 年 11 月　頁 1—19

122. 洛　夫　覃子豪的世界　洛夫詩論選集　臺北　故鄉出版社　1979 年 11 月　頁 1—20

123. 洛　夫　覃子豪的世界　新詩播種者：覃子豪詩文選　臺北　爾雅出版社　2005 年 10 月　頁 233—253

124. 向　明　詩人的保姆〔覃子豪部分〕　臺灣日報　1979 年 1 月 16 日　12 版

125. 辛　鬱　對覃子豪先生的幾件回憶　文藝月刊　第 118 期　1979 年 4 月　頁 198—202

126. 應未遲　永懷詩人覃子豪　大華晚報　1979 年 5 月 31 日　10 版

127. 應未遲　永懷詩人覃子豪——詩人覃子豪逝世二十週年紀念專輯　藍星詩刊　第 17 期　1983 年 10 月　頁 22—29

128. 向　明　感覺中——詩人覃子豪先生歸葬有感　聯合報　1979 年 7 月 14 日　12 版

129. 小　民　安葬　秋水詩刊　第 23 期　1979 年 7 月　頁 20

130. 洛　夫　詩的札記——祭覃子豪　文藝月刊　第 121 期　1979 年 7 月　頁 71—78

131. 洛　夫　祭覃子豪　孤寂中的迴響　臺北　東大圖書公司　1981 年 7 月　頁 66—74

132. 辛　鬱　入土爲安——詩人覃子豪骨灰安葬記　中華文藝　第 101 期　1979 年 7 月　頁 162—167

133. 辛　鬱　　入土為安　創世紀　第 62 期　1983 年 10 月　頁 154—155

134. 彭邦楨　　火葬——悼詩人覃子豪瑣記之二　虛空與自我　臺北　星光書報

　　　　　　社　1979 年 8 月　頁 133—142

135. 彭邦楨　　火葬——悼詩人覃子豪瑣記之二　彭邦楨文集（卷四）　武漢

　　　　　　長江文藝出版社　1993 年 11 月　頁 123—129

136. 薛　林　　默悼詩人覃子豪先生——二屆詩人大會揭幕典禮時寫　心靈的獨

　　　　　　白　臺北　林白出版社　1979 年 10 月　頁 32—33

137. 朱學恕　　談海洋詩的永恆性——為悼念海洋詩人覃子豪先生而作——詩人

　　　　　　覃子豪先生逝世十六週年海洋詩紀念專輯　大海洋詩刊　第 12 期

　　　　　　1979 年 10 月　頁 7—9

138. 王　牌　　覃子豪先生可以含笑九泉——詩人覃子豪先生逝世十六週年海洋

　　　　　　詩紀念專輯　大海洋詩刊　第 12 期　1979 年 10 月　頁 12—13

139. 瘦雲王牌　　覃子豪先生可以含笑九泉　雜文雜說　臺北　文史哲出版社

　　　　　　1990 年 7 月　頁 111—114

140. 向　明　　從懷念出發[2]——詩人覃子豪先生逝世十六週年海洋詩紀念專輯

　　　　　　大海洋詩刊　第 12 期　1979 年 10 月　頁 18—19

141. 向　明　　懷念詩人覃子豪先生　臺灣日報　1987 年 10 月 15 日　20 版

142. 李　莎　　光、你的名字——詩人覃子豪先生逝世十六週年海洋詩紀念專輯

　　　　　　大海洋詩刊　第 12 期　1979 年 10 月　頁 22

143. 羅　門　　安葬日——詩人覃子豪先生逝世十六週年海洋詩紀念專輯　大海

　　　　　　洋詩刊　第 12 期　1979 年 10 月　頁 25

144. 汪亞青　　最後的一站送覃子豪兄靈骨安葬——詩人覃子豪先生逝世十六週

　　　　　　年海洋詩紀念專輯　大海洋詩刊　第 12 期　1979 年 10 月　頁 26

145. 劉羽白　　給您！給海——悼念詩人覃子豪先生——詩人覃子豪先生逝世十

　　　　　　六週年海洋詩紀念專輯　大海洋詩刊　第 12 期　1979 年 10 月

　　　　　　頁 31

---

[2]本文後改篇名為〈懷念詩人覃子豪先生〉。

146. 藍海萍　　等待——覃子豪先生的「群島」——詩人覃子豪先生逝世十六週

年海洋詩紀念專輯　大海洋詩刊　第 12 期　1979 年 10 月　頁 32

147. 盧幗英　　悼巨星——爲覃子豪先生逝世十六週年而作——詩人覃子豪先生

逝世十六週年海洋詩紀念專輯　大海洋詩刊　第 12 期　1979 年

10 月　頁 33

148. 張家麟　　再踏過足印——詩人覃子豪先生逝世十六週年海洋詩紀念專輯

大海洋詩刊　第 12 期　1979 年 10 月　頁 34

149. 端木野　　忠於詩的詩人——覃子豪　臺灣新聞報　1979 年 11 月 22 日　12

版

150. 蕭　蕭　　詩的播種者——覃子豪　中學白話詩選　臺北　故鄉出版社

1980 年 4 月　頁 82—84

151. 蕭　蕭　　覃子豪　現代詩入門　臺北　故鄉出版社　1982 年 2 月　頁 75—

76

152. 洛　夫　　詩壇春秋三十年——詩壇雜憶與省思——藍星的抒情風格〔覃子

豪部分〕　中外文學　第 10 卷第 12 期　1982 年 5 月　頁 12—16

153. 張拓蕪　　在覃先生的病榻前　臺灣日報　1982 年 10 月 5 日　8 版

154. 張拓蕪　　在覃先生病榻前　坎坷歲月　臺北　九歌出版社　1985 年 3 月

頁 159—167

155. 方　思　　憶覃子豪　現代詩　復刊第 2 期　1982 年 10 月　頁 55—59

156. 方　思　　憶覃子豪　香港文學散文選（一）　臺北　蘭亭書店　1988 年 4

月　頁 112—116

157. 應未遲　　詩是不死的種籽　聯合報　1983 年 1 月 27 日　8 版

158. 賈植芳　　覃子豪小傳　新文學史料　1983 年第 1 期　1983 年 2 月　頁 194

—195

159. 林海音　　孤獨的旅人，並不寂寞　聯合報　1983 年 6 月 17 日　8 版

160. 林海音　　孤獨的旅人，並不寂寞　剪影話文壇　臺北　純文學出版社

1984 年 8 月　頁 59—61

161. 林海音　　孤獨的旅人並不寂寞　覃子豪紀念館落成專輯　廣漢　廣漢市覃子豪紀念館籌建組　1988 年 6 月　頁 112—113

162. 林海音　　覃子豪／孤獨的旅人，並不寂寞　剪影話文壇　臺北　城邦文化公司　2000 年 5 月　頁 58—60

163. 謝樹楠　　追念覃子豪逝世廿週年　臺灣新聞報　1983 年 7 月 26 日　9 版

164. 謝樹楠　　追念覃子豪逝世廿週年——詩人覃子豪逝世二十週年紀念專輯　藍星詩刊　第 17 期　1983 年 10 月　頁 30—32

165. 小　民　　懷念——憶覃子豪老師　臺灣詩季刊　第 2 期　1983 年 9 月　頁 41—43

166. 王晉民，鄺白曼　　覃子豪　臺灣與海外華人作家小傳　福州　福建人民出版社　1983 年 9 月　頁 157—159

167. 羅　門　　生命的回響——追念詩人覃子豪　臺灣新聞報　1983 年 10 月 4 日　9 版

168. 羅　門　　生命的回響——追念覃子豪先生——詩人覃子豪逝世二十週年紀念專輯　藍星詩刊　第 17 期　1983 年 10 月　頁 10—13

169. 辛　鬱　　懷子豪師　臺灣新聞報　1983 年 10 月 22 日　9 版

170. 辛　鬱　　懷子豪師——詩人覃子豪逝世二十週年紀念專輯　藍星詩刊　第 17 期　1983 年 10 月　頁 33—34

171. 向　明　　詩名繼海峰——追念詩人覃子豪逝世廿週年　中華日報　1983 年 10 月 29 日　10 版

172. 鍾鼎文　　覃子豪的身後事——詩人覃子豪逝世二十週年紀念專輯　藍星詩刊　第 17 期　1983 年 10 月　頁 14—16

173. 夏　菁　　為子豪立像——詩人覃子豪逝世二十週年紀念專輯　藍星詩刊　第 17 期　1983 年 10 月　頁 17—18

174. 洪兆鉞　　追念覃子豪——詩人覃子豪逝世二十週年紀念專輯　藍星詩刊　第 17 期　1983 年 10 月　頁 19—21

175. 小　民　　回憶曲——覃老師逝世廿週年紀念——詩人覃子豪逝世二十週年

紀念專輯　藍星詩刊　第 17 期　1983 年 10 月　頁 35—37

176. 沉　思　　馨香的回憶——寫在子豪兄逝世廿週年——詩人覃子豪逝世二十

週年紀念專輯　藍星詩刊　第 17 期　1983 年 10 月　頁 38—41

177. 向　明　　我的詩人老師——覃子豪先生——詩人覃子豪逝世二十週年紀念

專輯　藍星詩刊　第 17 期　1983 年 10 月　頁 42—50

178. 向　明　　我的詩人老師——覃子豪先生　師生的愛　臺北　九歌出版社

1985 年 3 月　頁 83—90

179. 向　明　　我的詩人老師　覃子豪紀念館落成專輯　廣漢　廣漢市文史資料

研究委員會　1988 年 6 月　頁 102—109

180. 向　明　　我的詩人老師——覃子豪　藍星詩學　第 13 期　2002 年 3 月　頁

15—21

181. 向　明　　我的詩人老師——覃子豪先生　走在詩國邊緣　臺北　爾雅出版

社　2002 年 11 月　頁 143—153

182. 向　明　　我的詩人老師覃子豪先生　新詩播種者：覃子豪詩文選　臺北

爾雅出版社　2005 年 10 月　頁 319—327

183. 麥　穗　　覃子豪與《新詩週刊》——詩人覃子豪逝世二十週年紀念專輯

藍星詩刊　第 17 期　1983 年 10 月　頁 51—60

184. 麥　穗　　覃子豪與《新詩週刊》　詩空的雲煙：臺灣新詩備忘錄　臺北

詩藝文出版社　1998 年 5 月　頁 27—36

185. 羊令野　　彼之眸——獻給天上的子豪兄——詩人覃子豪逝世二十週年紀念

專輯　藍星詩刊　第 17 期　1983 年 10 月　頁 61

186. 張效愚　　訴——為記念覃師逝世廿週年——詩人覃子豪逝世二十週年紀念

專輯　藍星詩刊　第 17 期　1983 年 10 月　頁 63

187. 陳寧貴　　悼詩人覃子豪——詩人覃子豪逝世二十週年紀念專輯　藍星詩刊

第 17 期　1983 年 10 月　頁 64

188. 卜一才　　憶覃子豪——詩人覃子豪逝世二十週年紀念專輯　藍星詩刊　第

17 期　1983 年 10 月　頁 65—66

189. 瘂　弦　覃子豪先生的遺音——詩人覃子豪逝世二十週年紀念專輯　藍星
　　　　詩刊　第 17 期　1983 年 10 月　頁 67—74

190. 瘂　弦　覃子豪先生的遺音　新詩播種者：覃子豪詩文選　臺北　爾雅出
　　　　版社　2005 年 10 月　頁 292—299

191. 楚　軍　他會活得永遠——紀念覃子豪兄逝世二十週年　中央日報　1983
　　　　年 11 月 12 日　12 版

192. 張　默　覃子豪「入土爲安」　詩人季刊　第 16 期　1983 年 11 月　頁 46
　　　　—47

193. 王在軍　效法覃子豪老師的寫作精神　葡萄園　第 85 期　1983 年 12 月
　　　　頁 9—10

194. 〔心臟詩刊〕　詩人覃子豪先生生平簡介　心臟詩刊　第 4 期　1983 年 12
　　　　月　頁 102—103

195. 朱沉冬　永懷詩人覃子豪先生　心臟詩刊　第 4 期　1983 年 12 月　頁 104
　　　　—105

196. 遠　園　今世說（47）〔覃子豪部分〕　藝文誌　第 221 期　1984 年 2 月
　　　　頁 36—37

197. 羊　羣　兄弟之歌——憶詩人覃子豪　海峽　第 2 期　1984 年 2 月　頁
　　　　110—114

198. 莫　渝　覃子豪與我　葡萄園　第 86 期　1984 年 3 月　頁 10—11

199. 莫　渝　覃子豪與我　漫漫隨筆集　苗栗　苗栗縣文化局　2005 年 4 月
　　　　頁 314—318

200. 袁暌九　詩人覃子豪二十週年祭　傳記文學　第 263 期　1984 年 4 月　頁
　　　　52—54

201. 魏子雲　覃子豪的愛與死　中國時報　1984 年 7 月 16 日　8 版

202. 魏子雲　留下靜寂和奧祕——記詩人覃子豪二、三事　聯合報　1985 年 6
　　　　月 22 日　8 版

203. 覃小川　序　覃子豪詩選　北京　中國友誼出版公司　1984 年 8 月　頁 1—9

204. 朱沉冬　寶島四十年說從頭——詩壇趣事一籮筐（上、中、下）〔覃子豪部分〕　臺灣新聞報　1985 年 11 月 8—10 日　8 版

205. 洛　夫　詩人的墓園——悼覃子豪　洛夫隨筆　臺北　九歌出版社　1985 年 11 月　頁 37—47

206. 李華飛　隔海祭詩魂——憶覃子豪　覃子豪詩粹　重慶　重慶出版社 1986 年 5 月　頁 7—12

207. 李華飛　隔海祭詩魂——憶覃子豪　新文學史料　1987 年第 1 期　1987 年 2 月　頁 153—158

208. 李華飛　隔海祭詩魂　覃子豪紀念館落成專輯　廣漢　廣漢市文史資料研究委員會　1988 年 6 月　頁 55—64

209. 李華飛　隔海祭詩魂　新詩播種者：覃子豪詩文選　臺北　爾雅出版社 2005 年 10 月　頁 281—291

210. 周良沛　集後　沒有消逝的號聲　長沙　湖南文藝出版社　1986 年 5 月 頁 37—40

211. 流沙河　跨海詩人覃子豪　文史雜誌　1986 年第 3 期　1986 年 7 月　頁 12 —13

212. 流沙河　跨海詩人覃子豪　覃子豪紀念館落成專輯　廣漢市文史資料研究委員會　1988 年 6 月　頁 114—129

213. 流沙河　跨海詩人覃子豪　乾坤詩刊　第 8 期　1998 年 10 月　頁 15—18

214. 呂正惠　覃子豪　中國新詩賞析 2　臺北　長安出版社　1987 年 2 月　頁 1

215. 彭邦楨　序《覃子豪詩選》　覃子豪詩選　香港　文藝風出版社　1987 年 3 月　頁 1—2

216. 彭邦楨　序《覃子豪詩選》　彭邦楨文集（卷四）　武漢　長江文藝出版社　1993 年 11 月　頁 225—227

217. 彭邦楨　覃子豪小傳　覃子豪詩選　香港　文藝風出版社　1987 年 3 月 頁 281—282

218. 余西蘭　想起覃子豪　臺灣新聞報　1987 年 9 月 3 日　8 版

219. 王東洲　　前言　覃子豪紀念館落成專輯　廣漢　廣漢市文史資料研究委員會　1988 年 6 月　頁 1—4

220. 賈　芝　　憶詩友覃子豪　覃子豪紀念館落成專輯　廣漢　廣漢市文史資料研究委員會　1988 年 6 月　頁 31—38

221. 賈　芝　　憶詩友覃子豪　新文學史料　1988 年第 3 期　1988 年 8 月　頁 115—118

222. 賈　芝　　憶詩友覃子豪　新詩播種者：覃子豪詩文選　臺北　爾雅出版社　2005 年 10 月　頁 272—280

223. 林　林　　魂兮，跨海來　覃子豪紀念館落成專輯　廣漢　廣漢市文史資料研究委員會　1988 年 6 月　頁 39—43

224. 朱顏〔錫侯〕　　「五人詩社」及《剪影集》的由來〔覃子豪部分〕　覃子豪紀念館落成專輯　廣漢　廣漢市文史資料研究委員會　1988 年 6 月　頁 44—54

225. 黎　央　　回憶詩人覃子豪　覃子豪紀念館落成專輯　廣漢　廣漢市文史資料研究委員會　1988 年 6 月　頁 65—67

226. 范小梵　　我們相識在抗日前線　覃子豪紀念館落成專輯　廣漢　廣漢市文史資料研究委員會　1988 年 6 月　頁 68—71

227. 江　汎　　覃子豪先生的二三事　覃子豪紀念館落成專輯　廣漢　廣漢市文史資料研究委員會　1988 年 6 月　頁 72—77

228. 吳會文　　片斷的回憶　覃子豪紀念館落成專輯　廣漢　廣漢市文史資料研究委員會　1988 年 6 月　頁 78—80

229. 張白帆　　覃子豪與繪畫　覃子豪紀念館落成專輯　廣漢　廣漢市文史資料研究委員會　1988 年 6 月　頁 81—84

230. 張白帆　　覃子豪與繪畫　藍星詩學　第 13 期　2002 年 3 月　頁 38—41

231. 覃漢川　　弟兄的憶念　覃子豪紀念館落成專輯　廣漢　廣漢市文史資料研究委員會　1988 年 6 月　頁 85—90

232. 羊　犟　　詩魂歸來　覃子豪紀念館落成專輯　廣漢　廣漢市文史資料研究

委員會　1988 年 6 月　頁 91—92

233. 施穎洲　　一代詩人——悼覃子豪先生　覃子豪紀念館落成專輯　廣漢　廣
　　　漢市文史資料研究委員會　1988 年 6 月　頁 95—96

234. 彭邦楨　　詩人的形象的完成　覃子豪紀念館落成專輯　廣漢　廣漢市文史
　　　資料研究委員會　1988 年 6 月　頁 120—130

235. 文曉村　　憶覃子豪師　乾坤詩刊　第 8 期　1988 年 10 月　頁 15—18

236. 魏子雲　　覃子豪與邵秀峯　臺灣日報　1989 年 5 月 16 日　8 版

237. 劉紹唐　　覃子豪　傳記文學　第 334 期　1990 年 3 月　頁 141—143

238. 翁光宇　　論《藍星》及其主要詩人〔覃子豪部分〕　暨南學報　第 1 期
　　　1991 年 1 月　頁 90—96

239. 莫　渝　　我國兩位現代譯詩家（梁宗岱、覃子豪）　書和人　第 686 期
　　　1991 年 11 月　頁 1—4

240. 成明進　　海外華文詩人評介——斷不了的一條絲在中間〔覃子豪部分〕
　　　淮風季刊　1992 年第 2 期　1992 年夏　頁 42—43

241. 闕丰齡　　覃子豪、余光中與《藍星》詩人群　臺灣文學史（下）　福州
　　　海峽文藝出版社　1993 年 1 月　頁 149—152

242. 蓉　子　　詩人典範　中華日報　1993 年 10 月 9 日　11 版

243. 羅　門　　追思覃子豪先生　中華日報　1993 年 10 月 9 日　16 版

244. 勞友輯　　邵秀峰心中的覃子豪　中央日報　1993 年 10 月 9 日　16 版

245. 魏子雲　　逝者如斯夫？——詩人覃子豪逝世三十周年祭　中央日報　1993
　　　年 10 月 9 日　16 版

246. 楚　軍　　煙，殺了覃子豪　中央日報　1993 年 10 月 9 日　16 版

247. 鍾鼎文，鄭愁予　　詩人覃子豪逝世三十周年紀念小輯　聯合報　1993 年 10
　　　月 9 日　37 版

248. 辛　鬱　　向日葵——憶子豪先生　中央日報　1993 年 10 月 13 日　16 版

249. 馮季眉　　傳遞這顆殞落星子的光和熱——「覃子豪與五十年代臺灣詩壇」
　　　座談紀實　文訊雜誌　第 97 期　1993 年 11 月　頁 89—91

250. 商　禽　　追憶詩人覃子豪　閱讀雜誌　第 13 期　1993 年 12 月　頁 49—53

251. 麥　穗　　覃子豪來臺後發表的第一首詩　臺灣詩學季刊　第 6 期　1994 年
　　　　　　　3 月　頁 162—165

252. 麥　穗　　覃子豪來臺後發表的第一首詩　詩空的雲煙：臺灣新詩備忘錄
　　　　　　　臺北　詩藝文出版社　1998 年 5 月　頁 121—124

253. 古遠清　　作爲詩歌教育家與理論家的覃子豪　臺灣當代文學理論批評史
　　　　　　　武漢　武漢出版社　1994 年 8 月　頁 202—209

254. 商　禽　　泉——紀念覃子豪先生　聯合報　1994 年 10 月 13 日　37 版

255. 商　禽　　泉——紀念覃子豪先生　商禽・世紀詩選　臺北　爾雅出版社
　　　　　　　2000 年 9 月　頁 86—87

256. 商　禽　　泉——紀念覃子豪先生　商禽集　臺南　國立臺灣文學館　2008
　　　　　　　年 12 月　頁 94—95

257. 龔　華　　雙十、重九又添一聲惋惜　中央日報　1997 年 11 月 8 日　18 版

258. 麥　穗　　紀念詩人覃子豪逝世三十五週年：擦亮藍星的詩人　臺灣新聞報
　　　　　　　1998 年 10 月 9 日　13 版

259. 文曉村　　大師風範　聯合報　1998 年 10 月 10 日　37 版

260. 文曉村　　大師風範——追懷詩人覃子豪老師　雪白梅香費評章　臺北　臺
　　　　　　　灣商務印書館　2006 年 1 月　頁 263—265

261. 辛　鬱　　遙想當年　聯合報　1998 年 10 月 10 日　37 版

262. 辛　鬱　　遙想當年——紀念覃子豪　找鑰匙　臺北　文史哲出版社　2003
　　　　　　　年 7 月　頁 83—86

263. 江中明　　近百詩友感懷覃子豪等人　聯合報　1998 年 10 月 25 日　14 版

264. 麥　穗　　懷念詩的播種者——寫在覃子豪老師逝世卅五周年　乾坤詩刊
　　　　　　　第 8 期　1998 年 10 月　頁 21—24

265. 舒　蘭　　新詩歌和七月派時期——「高射炮」詩人——覃子豪　中國新詩
　　　　　　　史話（二）　臺北　渤海堂文化公司　1998 年 10 月　頁 124—
　　　　　　　128

266. 張白帆　　詩人覃子豪的一段繪畫往事　臺聲　第 8 期　1998 年 12 月　頁 37

267. 黃盈雰　　詩人們感懷覃子豪先生　文訊雜誌　第 158 期　1998 年 12 月　頁 60—61

268. 林淇瀁　　長廊與地圖：臺灣新詩風潮的溯源與鳥瞰——縱經與橫緯的抉 擇：戰後臺灣新詩風潮的開展〔覃子豪部分〕　中外文學　第 28 卷第 1 期　1999 年 6 月　頁 81

269. 〔姜耕玉選編〕　　覃子豪　20 世紀漢語詩選（三）　上海　上海教育出版 社　1999 年 12 月　頁 1

270. 辛　鬱　　永遠的向日葵——憶詩人覃子豪　聯合文學　第 188 期　2000 年 6 月　頁 47—50

271. 楊顯榮　　詩的播種者　國語日報　2000 年 11 月 26 日　5 版

272. 向　明　　吾師吾友兩詩人〔覃子豪部分〕　秋水詩刊　第 108 期　2001 年 1 月　頁 12—13

273. 莫　渝　　抗戰初期的覃子豪與臺灣　新詩隨筆　臺北　臺北縣文化局 2001 年 12 月　頁 107—110

274. 〔蕭蕭，白靈〕　　覃子豪簡介　臺灣現代文學教程：新詩讀本　臺北　二 魚文化公司　2002 年 8 月　頁 66—67

275. 古遠清　　《藍星》人物傳——「詩的播種者」覃子豪　藍星詩學　第 18 期 2003 年 6 月　頁 163—172

276. 王景山　　覃子豪　臺港澳暨海外華文作家辭典　北京　人民文學出版社 2003 年 7 月　頁 478—480

277. 賈植芳　　20 世紀 90 年代——憶覃子豪　賈植芳文集・創作卷　上海　上海 社會科學院出版社　2004 年 11 月　頁 388—402

278. 莫　渝　　懷念覃子豪　漫漫隨筆集　苗栗　苗栗縣文化局　2005 年 4 月 頁 318—319

279. 〔吳東晟，陳昱成，王浩翔編〕　　覃子豪　織錦入春閨：現代詩精選讀本

臺中　京城文化公司　2005 年 8 月　頁 9

280. 向　　明　覃子豪說：「給我一桿來福槍」　中華日報　2005 年 10 月 2 日
23 版

281. 向　　明　碩論勾勒覃子豪完整面貌　中央日報　2005 年 10 月 11 日　17 版

282. 劉正偉　新詩播種者覃子豪　新詩播種者：覃子豪詩文選　臺北　爾雅出
版社　2005 年 10 月　頁 7—22

283. 劉正偉　覃子豪的成就與貢獻　文學人　第 10 期　2005 年 11 月　頁 60—
62

284. 許俊雅　覃子豪　我心中的歌：現代文學星空　臺北　文史哲出版社
2006 年 6 月　頁 12—14

285. 張瑞芬　一段錯接的愛——詩情・小民・覃子豪（上、下）　聯合報
2007 年 2 月 13—14 日　E7 版

286. 古遠清　藍星詩人群——《中國詩歌通史》之一章——覃子豪：詩的播種
者[3]　荊門職業技術學院學報　第 22 卷第 5 期　2007 年 5 月　頁
36—37

287. 古遠清　亮麗耀眼的《藍星》——覃子豪：詩的播種者　臺灣當代新詩史
臺北　文津出版社　2008 年 1 月　頁 120—124

288. 古遠清　「藍星」詩人群——覃子豪：詩的播種者　長江師範學院學報
2008 年第 6 期　2008 年 11 月　頁 13—14

289. 〔封德屏主編〕　覃子豪　2007 臺灣作家作品目錄　臺南　國立臺灣文學
館　2008 年 7 月　頁 1011

290. 向　　明　從善導寺到比架山——懷念覃子豪先生　文學人　第 20 期　2009
年 11 月　頁 120—121

291. 向　　明　《藍星》輝映《南北笛》——懷念覃子豪、羊令野兩位前輩詩人
文訊雜誌　第 290 期　2009 年 12 月　頁 21—24

---

[3]本文後擴寫修改部分內容。

年表

292. 葉　泥　　詩人覃子豪先生年表初稿　幼獅文藝　第 34 卷第 6 期　1971 年
12 月　頁 43—47

293.〔編輯部〕　　覃子豪先生年表　覃子豪全集Ⅲ　臺北　覃子豪全集出版委
員會　1974 年 10 月　頁 399—403

294. 蕭　蕭　　覃子豪先生年表略要　現代名詩品賞集　臺北　聯亞出版社
1979 年 5 月　頁 160—161

295.〔藍星詩刊〕　　覃子豪先生年表　藍星詩刊　第 17 期　1983 年 10 月　頁
85—90

296. 向　明　　覃子豪先生年表　文訊雜誌　第 14 期　1984 年 10 月　頁 291—
296

297. 劉正偉　　覃子豪年表　覃子豪詩研究　玄奘大學中國語文學系　碩士論文
沈謙教授指導　2003 年　頁 150—155

298. 劉正偉　　覃子豪年表　覃子豪詩研究　臺北　文史哲出版社　2005 年 3 月
頁 134—141

299.〔劉正偉編〕　　覃子豪寫作生平簡表　覃子豪集　臺南　國立臺灣文學館
2008 年 12 月　頁 130—133

其他

300. 覃子豪　　作家書簡——覃子豪：出新書　亞洲文學　第 11、12 期合刊
1960 年 9 月　頁 42

301. 羅　門　　回響——詩人覃子豪紀念銅像　藍星詩刊　第 17 號　1983 年 10
月　頁 7—8

302. 羅　門　　回響——詩人覃子豪紀念銅像　覃子豪紀念館落成專輯　廣漢
廣漢市文史資料研究委員會　1988 年 6 月　頁 97—99

作品評論篇目

綜論

303. 瘂　弦　　覃子豪　六十年代詩選　高雄　大業書店　1961 年 1 月　頁 160

304. 瘂　弦　　《六十年代詩選》作者小評〔覃子豪部分〕　創世紀　第 149 期　2006 年 12 月　頁 46—47

305. 墨　人　　子豪兄的海洋詩——詩人覃子豪先生逝世十六週年海洋詩紀念專輯　大海洋詩刊　第 12 期　1963 年 10 月　頁 10—11

306. 魏子雲　　覃子豪先生從事詩創作史略　作品　第 4 卷第 11 期　1963 年 11 月　頁 9—10

307. 魏子雲　　寂寞的詩之播種者——悼念詩人覃子豪兼論其詩　偏愛與偏見　臺北　皇冠出版社　1965 年 8 月　頁 169—181

308.〔笠〕　　笠下影——覃子豪　笠　第 15 期　1966 年 10 月　頁 13—15

309. 白　萩　　淵源・流變・展望（上）——光復後臺灣詩壇的發展與檢討〔覃子豪部分〕　笠　第 16 期　1966 年 12 月　頁 14—15

310. 白　萩　　淵源・流變・展望——光復後臺灣詩壇的發展與檢討〔覃子豪部分〕　現代詩散論　臺北　三民書局　1972 年 5 月　頁 46—49

311. 洛　夫　　從〈金色面具〉到〈瓶之存在〉——論覃子豪詩[4]　新文藝　第 152 期　1968 年 11 月　頁 116—124

312. 洛　夫　　從〈金色面具〉到〈瓶之存在〉——論覃子豪詩　詩人之鏡　高雄　大業書店　1969 年 5 月　頁 17—30

313. 洛　夫　　從〈金色面具〉到〈瓶之存在〉——論覃子豪詩　中國現代作家論　臺北　聯經出版公司　1979 年 7 月　頁 37—49

314. 洛　夫　　論覃子豪詩　覃子豪紀念館落成專輯　廣漢　廣漢市文史資料研究委員會　1988 年 6 月　頁 131—141

315. 周伯乃　　詩的播種者——覃子豪　中華文藝　第 10 期　1971 年 12 月　頁

---

[4] 本文後改篇名為〈論覃子豪詩〉。

219—241

316. 王志健　中國新詩的發展〔覃子豪部分〕　傳統與現代之間　臺北　眾成
出版社　1975 年 12 月　頁 18—19

317. 王志健　五十年代詩潮〔覃子豪部分〕　傳統與現代之間　臺北　眾成出
版社　1975 年 12 月　頁 52—54

318. 舒　蘭　《中國新詩史話》——覃子豪　新文藝　第 252 期　1977 年 3 月
頁 27—32

319. 丘彥明　記詩人覃子豪作品討論會——一個健偉的靈魂　聯合報　1978 年
10 月 19 日　12 版

320. 莫　渝　覃子豪論——追悼詩人逝世十五年[5]　笠　第 89 期　1979 年 2 月
頁 55—80

321. 莫　渝　永恆的牧神（覃子豪論）——追悼詩人逝世十五年　走在文學邊
緣（下）　臺北　臺灣商務印書館　1981 年 8 月　頁 254—324

322. 朱沉冬　從鄭愁予的詩談起〔覃子豪部分〕　臺灣新聞報　1980 年 6 月 25
日　12 版

323. 羅　青　詩壇風雲三十年——三十年來新詩的回顧〔覃子豪部分〕　臺灣
日報　1980 年 6 月 29 日　12 版

324. 舒　蘭　覃子豪　抗戰時期的新詩作家和作品　臺北　成文出版社　1980
年 7 月　頁 1—42

325. 李魁賢　《笠》的歷程〔覃子豪部分〕　笠　第 100 期　1980 年 12 月　頁
36—37

326. 洪兆鉞　千古文章未盡才——兼論《覃子豪全集》編纂的觀點與態度（1—
4）　中央日報　1983 年 3 月 26—29 日　12 版

327. 向　陽　期春華於秋實——小論七十年代詩人的整體風貌（1—2）〔覃子
豪部分〕　臺灣日報　1984 年 1 月 23—24 日　8 版

[5] 本文首先析論覃子豪的生平，再從詩的寫作、指導與翻譯三項成就，探討其在詩史的地位。全文
共 7 小節：1.前言；2.生平簡介；3.詩創作的探討；4.詩教育的熱誠；5.詩翻譯的耕耘；6.法國詩的
影響；7.結語。後改篇名為〈永恆的牧神（覃子豪論）——追悼詩人逝世十五年〉。

328. 陳千武　　光復前後臺灣新詩的演變：四十年的實態──過渡期的冷靜〔覃子豪部分〕　笠　第 130 期　1985 年 12 月　頁 18─19

329. 旅　人　　中國新詩論史（八）──蛻變說──覃子豪　笠　第 131 期　1986 年 2 月　頁 51─53

330. 旅　人　　新詩論第三期──蛻變說──覃子豪　中國新詩論史　臺中　臺中縣立文化中心　1991 年 11 月　頁 167─171

331. 流沙河　　《覃子豪詩粹》序　覃子豪詩粹　重慶　重慶出版社　1986 年 5 月　頁 1─6

332. 丁　平　　「詩的播種者」覃子豪　中國現代文學作家論（卷一・上）　香港　明明出版社　1986 年 9 月　頁 1─60

333. 彭邦楨　　覃子豪評傳　覃子豪詩選　香港　文藝風出版社　1987 年 3 月　頁 229─258

334. 彭邦楨　　覃子豪評傳　彭邦楨文集（卷三）　武漢　長江文藝出版社　1993 年 11 月　頁 205─248

335. 雷石榆　　略談覃子豪的詩　覃子豪紀念館落成專輯　廣漢　廣漢市文史資料研究委員會　1988 年 6 月　頁 142─145

336. 王志健　　新詩的再出發──臺灣光復後的詩人──覃子豪　文學四論（上）　臺北　文史哲出版社　1988 年 7 月　頁 239─244

337. 古繼堂　　覃子豪　臺灣新詩發展史　臺北　文史哲出版社　1989 年 7 月　頁 184─193

338. 公仲，汪義生　　五十年代後期及六十年代臺灣文學〔覃子豪部分〕　臺灣新文學史初編　南昌　江西人民出版社　1989 年 8 月　頁 115─119

339. 荻　青　　海洋底歌者有著遙遠的夢──談覃子豪的海洋詩　藍星詩刊　第 21 期　1989 年 10 月　頁 50─54

340. 鄒建軍　　論覃子豪的詩歌藝術觀　東疆學刊　第 7 卷第 1、2 期合刊　1990 年 4 月　頁 43─49

341. 鄒建軍　　論覃子豪的現代詩觀　呼蘭師專學報　1991 年第 2 期　1991 年 3
　　　　　　　　月　頁 43—47

342. 朱雙一　　現代主義詩歌運動的第一次高潮〔覃子豪部分〕　臺灣新文學概
　　　　　　　　觀（下）　廈門　鷺江出版社　1991 年 6 月　頁 113—116

343. 葉石濤　　五○年代的臺灣文學——理想主義的挫折和頹廢——作家與作品
　　　　　　　　〔覃子豪部分〕　臺灣文學史綱　高雄　文學界雜誌社　1991 年
　　　　　　　　9 月　頁 105

344. 葉石濤　　五○年代的臺灣文學——理想主義的挫折和頹廢——作家與作品
　　　　　　　　〔覃子豪部分〕　葉石濤全集・評論卷五　臺南，高雄　國立臺
　　　　　　　　灣文學館，高雄市文化局　2008 年 3 月　頁 117

345. 林淑貞　　覃子豪在臺之詩論及其實踐活動探究[6]　臺灣文學觀察雜誌　第 4
　　　　　　　　期　1991 年 11 月　頁 34—57

346. 金漢，馮雲青，李新宇　　覃子豪　新編中國當代文學發展史　杭州　杭州
　　　　　　　　大學出版社　1993 年 1 月　頁 697—698

347. 莫　渝　　覃子豪（一九一二——九六三）　現代譯詩名家鳥瞰　臺北　幼
　　　　　　　　獅文化公司　1993 年 4 月　頁 117—125

348. 莫　渝　　覃子豪（1912—1963）　彩筆傳華彩：臺灣譯詩二十家　臺北
　　　　　　　　河童出版社　1997 年 6 月　頁 52—60

349. 古繼堂　　崇尙傳統和寫實詩人的詩歌理論批評——反對臺灣新詩西化的理
　　　　　　　　論主將——覃子豪　臺灣新文學理論批評史　瀋陽　春風文藝出
　　　　　　　　版社　1993 年 6 月　頁 363—366

350. 古繼堂　　崇尙傳統和寫實詩人的詩歌理論批評——反對臺灣新詩西化的理
　　　　　　　　論主將——覃子豪　臺灣新文學理論批評史　臺北　秀威資訊科
　　　　　　　　技公司　2009 年 3 月　頁 365—367

351. 王志健　　瀛臺詩人與播種者——覃子豪　中國新詩淵藪（中）　臺北　正

---

[6]本文探討覃子豪在臺期間的詩論觀點，並以文學社會學的角度考察覃子豪在臺的文學實踐活動，
藉以明晰其詩論和實踐活動之間的關聯性。全文分 6 小節：1.緒言；2.現代詩教育之活動；3.刊物
編輯活動；4.現代詩論戰；5.詩論特色評介；6.結論。

中書局　1993 年 7 月　頁 1422—1441

352. 蕭　蕭　覃子豪的詩風與詩觀　文訊雜誌　第 97 期　1993 年 11 月　頁 74
　　　—78

353. 莫　渝　熱血在我胸中沸騰，試析覃子豪的戰爭詩歌　文訊雜誌　第 97 期
　　　1993 年 11 月　頁 79—83

354. 莫　渝　熱血在我胸中沸騰——試析覃子豪的戰爭詩歌　新詩隨筆　臺北
　　　臺北縣文化局　2001 年 12 月　頁 95—106

355. 向　明　五〇年代臺灣詩壇〔覃子豪部分〕　文訊雜誌　第 97 期　1993 年
　　　11 月　頁 84—88

356. 劉　菲　關於覃紀論戰　文訊雜誌　第 97 期　1993 年 11 月　頁 92

357. 王晉民　紀弦和覃子豪的詩　臺灣當代文學史　南寧　廣西人民教育出版
　　　社　1994 年 9 月　頁 597—610

358. 劉登翰　覃子豪論　臺灣文學隔海觀[7]　臺北　風雲時代出版公司　1995 年
　　　3 月　頁 242—249

359. 劉登翰　你留下靜寂和奧祕於廊中——覃子豪論　彼岸的繆斯——臺灣詩
　　　歌論　南昌　百花洲文藝出版社　1996 年 12 月　頁 127—134

360. 蕭　蕭　五〇年代新詩論戰述評〔覃子豪部分〕　臺灣現代詩史論：臺灣
　　　現代詩史研討會實錄　臺北　文訊雜誌社　1996 年 3 月　頁 110
　　　—117

361. 蕭　蕭　五〇年代新詩論戰述評〔覃子豪部分〕　20 世紀臺灣文學專題
　　　1：文學思潮與論戰　臺北　萬卷樓圖書公司　2006 年 9 月　頁
　　　179—188

362. 邱燮友　戰鬥詩與現代詩——藍星詩社和它的詩人們〔覃子豪部分〕　二
　　　十世紀中國新文學史　臺北　駱駝出版社　1997 年 10 月　頁 291
　　　—292

363. 舒　蘭　五〇年代詩人詩作——覃子豪　中國新詩史話（三）　臺北　渤

---

[7] 本文後改篇名爲〈你留下靜寂和奧祕於廊中——覃子豪論〉。

海堂文化公司　1998 年 10 月　頁 225—228

364. 范靜曄　遁入畫廊的存在——覃子豪論　世界華文文學論壇　第 25 期
　　　1998 年 12 月　頁 43—46

365. 張　健　藍星詩人的成就——覃子豪　明道文藝　第 274 期　1999 年 1 月
　　　頁 121

366. 劉紅林　現代化轉型：新的文學傾向的追求——彼岸的鑒照〔覃子豪部
　　　分〕　百年中華文學史論：1898——1999　上海　華東師範大學
　　　出版社　1999 年 9 月　頁 215—216

367. 李桂芳　冥界的深淵：論戰後臺灣現代主義詩潮的變異符號（上、下）
　　　〔覃子豪部分〕　藍星詩學　第 3—4 期　1999 年 9，12 月　頁
　　　175—176，156—158

368. 朱文華　覃子豪——「藍星詩社」的核心人物　臺港澳文學教程　上海
　　　漢語大辭典出版社　2000 年 10 月　頁 82—83

369. 毛　峰　中國現代詩與東方神祕主義——東方微笑：臺灣當代新詩〔覃子
　　　豪部分〕　神祕詩學　臺北　揚智文化公司　2001 年 5 月　頁
　　　138—139

370. 陳芳明　橫的移植與現代主義之濫觴：紀弦與現代派的崛起〔覃子豪部
　　　分〕　聯合文學　第 202 期　2001 年 8 月　頁 144—145

371. 陳芳明　現代主義文學的擴張與深化：「藍星」與「創世紀」詩社〔覃子豪
　　　部分〕　聯合文學　第 207 期　2002 年 1 月　頁 144—145

372. 應鳳凰　臺灣五〇年代詩壇與現代詩運動（上）——詩壇的形成：各詩社
　　　之成立及其「位置」關係——覃子豪、余光中與藍星詩社　臺灣
　　　詩學季刊　第 38 期　2002 年 3 月　頁 99—102

373. 應鳳凰　覃子豪、余光中與藍星詩社　五〇年代臺灣文學論集　高雄　春
　　　暉出版社　2004 年 6 月　頁 13—18

374. 古繼堂　臺灣的藍星詩社——覃子豪　簡明臺灣文學史　北京　時事出版
　　　社　2002 年 6 月　頁 294—297

375. 郭全明　　現代主義：一面虛張聲勢的旗——臺灣現代派文學的另一種解讀
　　　　　　　〔覃子豪部分〕　世界華文文學論壇　2002 年第 3 期　2002 年 9
　　　　　　　月　頁 9—10

376. 金　　劍　　生為詩人，死為詩魂的覃子豪　青年日報　2003 年 2 月 23 日　10
　　　　　　　版

377. 金　　劍　　生為詩人，死為詩魂的覃子豪　美學與文學新論　臺北　臺灣商
　　　　　　　務印書館　2003 年 10 月　頁 317—321

378. 劉正偉　　與永恆競走——試論覃子豪詩中靈與真的特質　藍星詩學　第 17
　　　　　　　期　2003 年 3 月　頁 186—194

379. 張　　默　　一大覺之後的存在——覃子豪的詩　現代百家詩選　臺北　爾雅
　　　　　　　出版社　2003 年 6 月　頁 31—36

380. 李標晶　　覃子豪　20 世紀中國文學通史　上海　東方出版中心　2003 年 9
　　　　　　　月　頁 564—566

381. 向　　明　　詩的播種者——覃子豪　人間福報　2003 年 10 月 30 日　11 版

382. 向　　明　　詩的播種者——覃子豪　藍星詩學　第 20 期　2003 年 12 月　頁
　　　　　　　152—155

383. 向　　明　　詩的播種者——向明序　覃子豪詩研究　臺北　文史哲出版社
　　　　　　　2005 年 3 月　頁 1—5

384. 向　　明　　詩的播種者：覃子豪——劉正偉著《覃子豪詩研究》代序　藍星
　　　　　　　詩學　第 22 期　2005 年 12 月　頁 176—180

385. 向　　明　　詩的播種者：覃子豪——劉正偉著《覃子豪詩研究》代序　詩中
　　　　　　　天地寬　臺北　臺灣商務印書館　2006 年 3 月　頁 113—118

386. 陳義芝　　象徵主義傳燈人：覃子豪[8]　兩岸現代詩學國際學術研討會　臺北
　　　　　　　佛光人文社會學院文學研究所，當代詩學研究中心主辦　2003 年
　　　　　　　12 月 6—7 日

---

[8]本文探討覃子豪對臺灣新詩現代化的影響，及其在詩壇上的地位。全文共 5 小節：1.引言：覃子
豪的當代批評；2.覃子豪對象徵主義的態度；3.覃子豪對象徵主義的理解；4.覃子豪的創作美學；
5.結論：不拘泥於框架中的象徵主義。後改篇名為〈覃子豪與象徵主義〉。

387. 陳義芝　象徵主義傳燈人——覃子豪　兩岸現代詩學國際學術研討會論文集　宜蘭　佛光人文社會學院　2004 年 12 月　頁 1—15

388. 陳義芝　覃子豪與象徵主義　臺灣現代主義詩學流變析論　高雄師範大學國文學系　博士論文　張子良教授指導　2005 年 6 月　頁 47—60

389. 陳義芝　覃子豪與象徵主義　臺灣現代主義詩學流變　臺北　九歌出版社　2006 年 3 月　頁 65—81

390. 郭　楓　臺灣七〇年代新詩潮初探——新詩論戰的烽火及其影響——蘇雪林與覃子豪　美麗島文學評論續集　臺北　臺北縣文化局　2003 年 12 月　頁 192—194

391. 劉正偉　戰後臺灣第一場現代詩論戰——關於紀弦與覃子豪的現代詩論戰[9]　雛鳳清鳴：玄奘大學中國語文學研究所第三屆研究生學術研討會論文集　新竹　玄奘大學中國語文學研究所　2004 年 4 月　頁 237—245

392. 劉正偉　戰後臺灣第一場現代詩論戰——關於紀弦與覃子豪的現代詩論戰　創世紀　第 140、141 期合刊　2004 年 10 月　頁 384—393

393. 楊宗翰　鍛接期臺灣新詩史——覃子豪　臺灣詩學學刊　第 5 期　2005 年 6 月　頁 48—54

394. 吳韶純　覃子豪——海洋詩之先驅　臺灣現代海洋文學研究　高雄師範大學國文教學碩士班　碩士論文　杜明德教授指導　2005 年　頁 121—128

395. 葉連鵬　覃子豪（1912—1963）：海洋詩的領航者　臺灣當代海洋文學之研究　中央大學中國文學系　博士論文　李瑞騰教授指導　2006 年 1 月　頁 126—143

396. 黃萬華　臺灣文學——詩歌（上）〔覃子豪部分〕　中國現當代文學・第 1 卷（五四—1960 年代）　濟南　山東文藝出版社　2006 年 3 月

---

[9]本文旨在析論紀弦與覃子豪的現代詩論戰之前因後果及其中內容。全文共 4 小節：1.前言；2.論戰形成的前因；3.論戰的經過；4.結論。

頁 422—423

397. 林秋芳　　覃子豪大陸時期詩作析論[10]　青春詩會——臺灣現代詩人詩作研討
　　　　　　　會　桃園　中央大學中國文學系現代文學教學研究室主辦　2006
　　　　　　　年 6 月 12 日

398. 林秋芳　　節奏的理論及實踐——覃子豪大陸時期的詩論及詩作　南亞學報
　　　　　　　第 26 期　2006 年 12 月　頁 339—350

399. 古遠清　　論覃子豪的詩作與詩論　重慶社會科學　2007 年第 3 期　2007 年
　　　　　　　3 月　頁 50—53

400. 古遠清　　老一代新理論家——作爲詩歌教育家與理論家的覃子豪　臺灣當
　　　　　　　代新詩史　臺北　文津出版社　2008 年 1 月　頁 310—315

401. 趙小琪　　臺灣現代詩社對西方知性話語的誤讀〔覃子豪部分〕　華文文學
　　　　　　　第 89 期　2008 年 6 月　頁 12

402. 師恭叔　　臺灣文學的成熟與巴蜀作家的貢獻〔覃子豪部分〕　福建師範大
　　　　　　　學學報　2008 年第 4 期　2008 年 7 月　頁 83—84

403. 丁威仁　　五、六〇年代社群詩論的啓航點——「現代派論戰」重探〔覃子
　　　　　　　豪部分〕　戰後臺灣現代詩論　臺中　印書小舖　2008 年 9 月
　　　　　　　頁 19—78

404. 朱雙一　　從遷移到扎根：海與山的交會——臺灣文學的「海洋」之緣〔覃
　　　　　　　子豪部分〕　臺灣文學與中華地域文化　廈門　鷺江出版社
　　　　　　　2008 年 9 月　頁 70—71

405. 〔劉正偉編〕　　解說　覃子豪集　臺南　國立臺灣文學館　2008 年 12 月
　　　　　　　頁 113—129

406. 朱雙一　　中國海洋文化視野中的臺灣海洋文學〔覃子豪部分〕　百年臺灣
　　　　　　　文學散點透視　臺北　海峽學術出版社　2009 年 3 月　頁 302—

---

[10]本文旨在析論覃子豪詩作及詩論的淵源，探究其大陸時期的作品和論述，是否和來臺之後有連續
或斷裂的可能。全文共 5 小節：1.前言；2.大陸時期有關節奏的論述及實踐；3.來臺後節奏論述
的連續及斷裂；4.結論；5.參考文獻。後改篇名爲〈節奏的理論及實踐——覃子豪大陸時期的詩
論及詩作〉。

304

407. 陳雪蕙　與覃子豪的論戰　永遠的摘星少年——紀弦及其詩作研究　高雄
師範大學回流中文碩士班　碩士論文　江聰平教授指導　2010 年
頁 29—39

分論
◆單部作品
論述
《詩的解剖》

408. 劉　行　一把開啓詩園之門的金鑰匙——《詩的解剖》　筆匯　第 24 期
1958 年 6 月 1 日　3 版

《論現代詩》

409. 季　薇　《論現代詩》　自由青年　第 25 卷第 5 期　1961 年 3 月 1 日　頁
20

410. 藍中凌　《論現代詩》讀後　中華日報　1982 年 10 月 4 日　9 版

411. 張展源　對新詩美學的一些反省〔《論現代詩》部分〕　國文天地　第 113
期　1994 年 10 月　頁 36—38

詩
《自由的旗》

412. 劉福春　肺腑嘶喊與戰爭喇叭的交響，覃子豪的第一本詩集《自由的旗》
中央日報　1996 年 10 月 27 日　19 版

《永安劫後》

413. 希　孟　校訂覃子豪《永安劫後》詩集書後　中央日報　1964 年 4 月 18 日
6 版

414. 希　孟　校訂覃子豪《永安劫後》詩集書後　藍星詩學　第 13 期　2002 年
3 月　頁 10—14

《海洋詩抄》

415. 司徒衛　覃子豪的《海洋詩抄》　書評集　臺北　中央文物供應社　1954

年 9 月　頁 42—51

416. 司徒衛　覃子豪的《海洋詩抄》（上、下）　藍星週刊　第 31—32 期　1955 年 1 月　6 版

417. 司徒衛　覃子豪的《海洋詩抄》　五十年代文學論評　臺北　成文出版社　1979 年 7 月　頁 19—27

418. 林煥彰　海的歌者及其詠嘆——覃子豪先生《海洋詩抄》讀後感——詩人覃子豪先生逝世十六週年海洋詩紀念專輯　大海洋詩刊　第 12 期　1979 年 10 月　頁 14—17

419. 林煥彰　海的歌者及其詠嘆——讀覃子豪的《海洋詩抄》　詩・評介和解說　宜蘭　宜蘭文化中心　1992 年 6 月　頁 17—24

420. 鍾鼎文　海、及其歌者——爲覃子豪兄的《海洋詩抄》而作——詩人覃子豪先生逝世十六週年海洋詩紀念專輯　大海洋詩刊　第 12 期　1979 年 10 月　頁 23—24

421. 文曉村　詩人覃子豪之生平及《海洋詩抄》——詩人覃子豪先生逝世十六週年海洋詩紀念專輯　大海洋詩刊　第 12 期　1979 年 10 月　頁 27—30

422. 張香華　走向海洋　偶然讀幾行好詩　臺北　遠流出版公司　2006 年 6 月　頁 14—20

423. 馬翊航　不絕的擊岸聲——覃子豪的《海洋詩抄》　文訊雜誌　第 262 期　2007 年 8 月　頁 62

《向日葵》

424. 王集叢　評《向日葵》[11]　中央日報　1955 年 11 月 22 日　6 版

425. 王集叢　覃子豪的《向日葵》　王集叢自選集　臺北　黎明文化公司　1978 年 4 月　頁 297—299

426. 歸　人　《向日葵》　文藝創作　第 58 期　1956 年 2 月　頁 73—76

427. 耶律歸　讀《向日葵》論覃子豪詩　文壇　第 9 期　1960 年 12 月　頁 15

---

[11]本文後改篇名爲〈覃子豪的向日葵〉。

—17

428. 古　丁　《向日葵》　葡萄園　第 7 期　1964 年 1 月　頁 9

429. 馬翊航　輝火的燃亮——覃子豪的《向日葵》　文訊雜誌　第 262 期
2007 年 8 月　頁 65

《畫廊》

430. 張　健　評《畫廊》[12]　自由青年　第 28 卷第 5 期　1962 年 9 月 1 日　頁
12—13

431. 張　健　吹簫者之歌——評《畫廊》　藍星詩學　第 13 期　2002 年 3 月
頁 22—28

432. 彭邦楨　論《畫廊》　皇冠　第 103 期　1962 年 9 月　頁 64—72

433. 彭邦楨　論《畫廊》　詩的鑑賞　臺北　臺灣商務印書館　1977 年 10 月
頁 1—18

434. 彭邦楨　論《畫廊》——覃子豪詩集・藍星詩社出版　彭邦楨文集（卷
三）　武漢　長江文藝出版社　1993 年 11 月　頁 23—43

435. 彭邦楨　論《畫廊》　新詩播種者：覃子豪詩文選　臺北　爾雅出版社
2005 年 10 月　頁 254—271

436. 張　默　試評《畫廊》　葡萄園　第 2 期　1962 年 10 月　頁 46—49

437. 張　默　獨留青塚向黃昏——試評覃子豪的《畫廊》　飛騰的象徵　臺北
水芙蓉出版社　1976 年 9 月　頁 122—128

438. 帆　影　談覃子豪的《畫廊》　文壇　第 211 期　1962 年 10 月　頁 213—
217

439. 周伯乃　《畫廊》裡的覃子豪　自由青年　第 45 卷第 1 期　1971 年 1 月 1
日　頁 122—132

散文

《東京回憶散記》

440. 莫　渝　覃子豪的《東京回憶散記》　文訊雜誌　第 51 期　1990 年 1 月

---

[12]本文後改篇名為〈吹簫者之歌——評《畫廊》〉。

〔1〕頁

441. 莫　渝　　覃子豪的《東京生活散記》〔《東京回憶散記》〕　漫漫隨筆集　苗栗　苗栗縣文化局　2005 年 4 月　頁 319—320

文集
《覃子豪全集》

442. 鍾鼎文　　《覃子豪全集》的編訂——寫在覃子豪先生逝世一週年之前　葡萄園　第 10 期　1964 年 10 月　頁 5—7

443. 柳文哲〔趙天儀〕　詩壇散步——《覃子豪全集 1》　笠　第 8 期　1965 年 8 月　頁 73—77

444. 趙天儀　　《覃子豪全集 1》　裸體國王　臺北　香草山出版社　1976 年 6 月　頁 128—139

445. 魏子雲　　《覃子豪全集》　自立晚報　1968 年 10 月 12 日　6 版

446. 葉　泥　　關於《覃子豪全集》：致鍾鼎文‧五十三年六月十五日　現代詩人書簡集　臺中　普天出版社　1969 年 12 月　頁 64

447. 莫　渝　　《覃子豪全集（三）》補遺　書評書目　第 36 期　1976 年 4 月　頁 130—133

448. 莫　渝　　《覃子豪全集（三）》補遺　走在文學邊緣（下）　臺北　臺灣商務印書館　1981 年 8 月　頁 325—331

449. 文曉村　　《覃子豪全集》介評（上、中、下）　文壇　第 195—197 期　1976 年 9，10，11 月　頁 14—21，24—25，18—27

450. 文曉村　　《覃子豪全集》介評　橫看成嶺側成峰　臺北　東大圖書公司　1988 年 5 月　頁 33—111

451. 田　野　　《覃子豪全集》不全　覃子豪紀念館落成專輯　廣漢市文史資料研究委員會　1988 年 6 月　頁 162—165

452. 田　野　　《覃子豪全集》不全　臺聲　第 1 期　1988 年 8 月　頁 115—118

453. 高　準　　《覃子豪全集》略評（一九九二）　異議的聲音：文學與政治社會評論　臺北　問津堂書局　2007 年 8 月　頁 417—422

《覃子豪選集》

454. 常青樹　　《覃子豪選集》後記　臺灣日報　1971 年 12 月 20 日　9 版

◆多部作品

《海洋詩抄》、《向日葵》、《畫廊》

455. 魏子雲　　覃子豪的詩　文壇　第 41 期　1963 年 11 月　頁 14

《覃子豪評傳》、《覃子豪詩粹》

456. 田　野　　合則兩益，分則兩失——讀《覃子豪評傳》與《覃子豪詩粹》
文史雜誌　1987 年第 4 期　1987 年 4 月　頁 30

《自由的旗》、《永安劫後》、《海洋詩抄》、《向日葵》、《畫廊》

457. 向　明　　詩的奧義與典範——溫習覃子豪先生的五本詩集　乾坤詩刊　第 8
期　1998 年 10 月　頁 9—14

458. 向　明　　詩的奧義與典範——溫習覃子豪先生的五本詩集　文訊雜誌　第
156 期　1998 年 10 月　頁 34—37

◆單篇作品

459. 蘇雪林　　爲象徵詩體的爭論——敬答覃子豪先生〔〈論象徵派與中國新詩
——兼致蘇雪林先生〉〕　自由青年　第 22 卷第 4 期　1959 年 8
月 16 日　頁 8—10

460. 蘇雪林　　爲象徵詩體的爭論答覃子豪先生〔〈論象徵派與中國新詩——兼
致蘇雪林先生〉〕　文壇話舊　臺北　傳記文學出版社　1969 年
12 月　頁 169—179

461. 江　夏　　長堤的話——試讀覃子豪〈海戀〉——詩人覃子豪先生逝世十六
週年海洋詩紀念專輯　大海洋詩刊　第 12 期　1963 年 10 月　頁
20—21

462. 藍　采　　批判兩首詩〔〈畫廊〉部分〕　大學生　第 30 期　1964 年 1 月
頁 11—13

463. 葛賢寧，上官予　　反共詩歌的極盛〔〈旗的奇蹟〉部分〕　五十年來的中
國詩歌　臺北　正中書局　1965 年 3 月　頁 152—159

464. 張　健　評三首——〈麥堅利堡〉　中國現代詩論評　臺北　純文學月刊
社　1968 年 7 月　頁 137—140

465. 林錫嘉　〈樹〉的比較欣賞　青溪　第 14 期　1968 年 8 月　頁 154—157

466. 楊宗翰　再生的樹：現代詩的有情草木（下）〔〈樹〉部分〕　臺灣詩學
季刊　第 16 期　1996 年 9 月　頁 118

467. 周伯乃　詩的欣賞——中國新詩的轉位〔〈夢的海港〉〕　自由青年　第
40 卷第 6 期　1968 年 9 月 16 日　頁 24—26

468. 秦　嶽　詩的欣賞〔〈夢的海港〉部分〕　雲天萬里情　臺中　臺中市立
文化中心　1994 年 6 月 31 日　頁 57—58

469. 岩　上　釋析覃子豪的〈夢的海港〉　詩的存在：現代詩評論集　高雄
派色文化出版社　1996 年 8 月　頁 235—242

470. 蘇雪林　為象徵詩體的爭論致「自由青年」編者的信〔〈簡論馬拉美、徐
志摩、李金髮及其他——再致蘇雪林先生〉〕　文壇話舊　臺北
傳記文學出版社　1969 年 12 月　頁 196—200

471. 趙天儀　新詩的欣賞〔〈月〉部分〕　現代詩人書簡集　臺中　普天出版
社　1969 年 12 月　頁 112—113

472. 趙天儀　新詩的欣賞〔〈月〉部分〕　美學與批評　臺北　有志圖書出版
公司　1972 年 3 月　頁 163—164

473. 高　準　論中國新詩的風格發展與前途方向（中）——結合抒情本質與現
代技巧的現代抒情派〔〈向日葵〉部分〕　大學雜誌　第 60 期
1972 年 12 月　頁 70—71

474. 高　準　論中國現代詩的流變與前途方向——結合抒情性與現代技巧的現
代抒情派〔〈向日葵〉部分〕　文學與社會——一九七二——一九
八一　臺北　文史哲出版社　1986 年 10 月　頁 69—73

475. 蕭　蕭　〈向日葵〉　中學白話詩選　臺北　故鄉出版社　1980 年 4 月 17
日　頁 89—94

476. 辛　鬱　覃子豪的〈詩的播種者〉　青年戰士報　1975 年 8 月 8 日　8 版

477. 辛　鬱　　覃子豪的〈詩的播種者〉——讀詩札記之二　找鑰匙　臺北　文
史哲出版社　2003 年 7 月　頁 120—124

478. 文曉村　　〈詩的播種者〉評析　寫給青少年的新詩評析一百首（上）　臺
北　布穀出版社　1980 年 4 月　頁 161—162

479. 文曉村　　〈詩的播種者〉評析　新詩評析一百首（上）　臺北　黎明文化
公司　1981 年 3 月　頁 178—179

480. 萩　青　　讀〈詩的播種者〉　覃子豪紀念館落成專輯　廣漢市文史資料研
究委員會　1988 年 6 月　頁 158—161

481. 瘂　弦　　〈詩的播種者〉　天下詩選 1：1923—1999 臺灣　臺北　天下遠
見出版公司　1999 年 9 月　頁 3—6

482. 荻　青　　讀〈詩的播種者〉　藍星詩學　第 13 期　2002 年 3 月　頁 35—
37

483. 〔向陽主編〕　　詩的想像‧臺灣的想像〔〈詩的播種者〉部分〕　臺灣現
代文選新詩卷　臺北　三民書局　2005 年 6 月　頁 11—12

484. 李敏勇　　〈詩的播種者〉作品導讀　青少年臺灣文庫 2——新詩讀本 3：天
門開的時候　臺北　國立編譯館　2008 年 12 月　頁 103

485. 趙嘉威　　朝孤寂出發——試析譯幾首新詩〔〈域外〉部分〕　師鐸　第 4
期　1976 年 1 月　頁 64—65

486. 〔吳東晟，陳昱成，王浩翔編〕　　〈域外〉導讀賞析　織錦入春闈：現代
詩精選讀本　臺中　京城文化公司　2005 年 8 月　頁 10—12

487. 林亨泰　　中國現代詩風格與理論之演變〔〈瓶之存在〉部分〕　詩學（第
一輯）　臺北　巨人出版社　1976 年 10 月　頁 25—31

488. 林亨泰　　中國現代詩風格與理論之演變〔〈瓶之存在〉部分〕　林亨泰全
集‧文學論述卷 1　彰化　彰化縣立文化中心　1998 年 9 月　頁
167—176

489. 彭邦楨　　論〈瓶之存在〉　詩的鑑賞　臺北　臺灣商務印書館　1977 年 10
月　頁 19—38

490. 彭邦楨　　論〈瓶之存在〉　彭邦楨自選集　臺北　黎明文化公司　1980 年
　　　　　　　9 月　頁 149—170

491. 彭邦楨　　論〈瓶之存在〉　覃子豪詩選　香港　文藝風出版社　1987 年 3
　　　　　　　月　頁 261—276

492. 彭邦楨　　論〈瓶之存在〉　彭邦楨文集（卷三）　武漢　長江文藝出版社
　　　　　　　1993 年 11 月　頁 44—66

493. 游　喚　　物換星移——論現代詩中的詠物〔〈瓶之存在〉部分〕　文訊雜
　　　　　　　誌　第 12 期　1984 年 6 月　頁 89—90

494. 蕭　蕭　　略論現代詩人自我生命的鑑照與顯影〔〈瓶之存在〉部分〕　臺
　　　　　　　灣詩學季刊　第 1 期　1992 年 12 月　頁 76—77

495. 蕭　蕭　　略論現代詩人自我生命的鑑照與顯影〔〈瓶之存在〉部分〕　評
　　　　　　　論十家　臺北　爾雅出版社　1993 年 12 月　頁 197—199

496. 殷培基　　「瓶」的象徵意義——論覃子豪的〈瓶之存在〉（上、下）　藍星
　　　　　　　詩學　第 15—16 期　2002 年 9，12 月　頁 180—192，164—186

497. 任傳印　　那雪山的水——論覃子豪〈瓶之存在〉一詩的古典文化品格[13]　重
　　　　　　　慶三峽學院學報　第 25 卷第 2 期　2009 年 11 月　頁 91—94

498. 羅　青　　覃子豪的〈花崗山掇拾〉　大華晚報　1978 年 9 月 24 日　7 版

499. 羅　青　　覃子豪的〈花崗山掇拾〉　詩的照明彈　臺北　爾雅出版社
　　　　　　　1994 年 8 月 20 日　頁 23—34

500. 莫　渝　　孤獨卻不寂寞的快樂[14]〔〈花崗山掇拾〉〕　國語日報　2000 年 1
　　　　　　　月 16 日　5 版

501. 莫　渝　　〈花崗山掇拾〉　螢光與花束　臺北　臺北縣文化局　2004 年 12
　　　　　　　月　頁 204—205

502. 張漢良　　新詩導讀——〈過黑髮橋〉　中華文藝　第 101 期　1979 年 7 月
　　　　　　　頁 120—123

---

[13]本文旨在從意象、主題、思維、結構、語言諸方面剖析〈瓶之存在〉與中國古典詩歌和傳統文化
　的關聯，並探討其中得失。全文分 4 小節：1.意象；2.主題；3.思維；4.結構和語言。
[14]本文後改篇名為〈花崗山掇拾〉。

503. 張漢良　覃子豪〈過黑髮橋〉賞析　現代詩導讀（導讀篇一）　臺北　故鄉出版社　1979 年 11 月　頁 9—12

504. 蕭　蕭　覃子豪〈構成〉賞析　現代詩導讀（導讀篇一）　臺北　故鄉出版社　1979 年 11 月　頁 13—18

505. 落　蒂　覃子豪〈追求〉賞析　青青草原　雲林　青草地雜誌出版社　1981 年 4 月　頁 33—34

506. 落　蒂　〈追求〉　中學新詩選讀　雲林　青草地雜誌社　1982 年 2 月　頁 33—34

507. 張　健　自由中國時期〔〈追求〉部分〕　中國現代詩　臺北　五南圖書公司　1984 年 1 月　頁 79—112

508. 張　默　覃子豪／〈追求〉　小詩選讀　臺北　爾雅出版社　1987 年 5 月　頁 1—4

509. 藍　幽　〈追求〉淺識　覃子豪紀念館落成專輯　覃子豪紀念館落成專輯　廣漢市文史資料研究委員會　1988 年 6 月　頁 153—157

510. 〔吳開晉，耿建華主編〕　大海落日〔〈追求〉〕　三千年詩話　南昌　江西高校出版社　1998 年 6 月　頁 304—305

511. 莫　渝　覃子豪〈追求〉賞析　國文天地　第 167 期　1999 年 4 月　頁 72—73

512. 莫　渝　〈追求〉　新詩隨筆　臺北　臺北縣文化局　2001 年 12 月　頁 126—128

513. 仇小屏　覃子豪〈追求〉　放歌星輝下——中學生新詩閱讀指引　臺北　三民書局　2002 年 8 月　頁 62—63

514. 向　明　把詩寫在大海上〔〈追求〉部分〕　詩來詩往　臺北　三民書局　2003 年 6 月　頁 113—114

515. 落　蒂　覃子豪〈獨語〉賞析　青青草原　雲林　青草地雜誌出版社　1981 年 4 月　頁 37

516. 落　蒂　〈獨語〉　中學新詩選讀　雲林　青草地雜誌社　1982 年 2 月

頁 37

517. 蕭　蕭　　我向星空說：我懷念你〔〈獨語〉〕　感人的詩　臺北　希代書
版公司　1984 年 12 月　頁 226—230

518. 古遠清　　〈獨語〉賞析　臺港現代詩賞析　鄭州　河南人民出版社　1991
年 3 月　頁 1—2

519. 上官予　　五十年代的新詩〔〈紋身戰士〉部分〕　文訊雜誌　第 9 期
1984 年 3 月　頁 33—34

520. 游　喚　　物換星移——論現代詩中的詠物〔〈黑水仙〉部分〕　文訊雜誌
第 12 期　1984 年 6 月　頁 84

521. 呂正惠　　〈海的詠嘆〉賞析　中國新詩賞析 2　臺北　長安出版社　1987
年 2 月　頁 4—7

522. 呂正惠　　〈金色面具〉賞析　中國新詩賞析 2　臺北　長安出版社　1987
年 2 月　頁 11—14

523. 孫玉石　　〈毒火〉賞析　中國新詩鑑賞大辭典　南京　江蘇文藝出版社
1988 年 12 月　頁 596—598

524. 梅德平　　意象新奇，繪聲繪色——臺灣詩人覃子豪〈毒火〉賞析　語文月
刊　1991 年第 5 期　1991 年 5 月　頁 6—7

525. 高　巍　　〈毒火〉賞析　世界華人詩歌鑑賞大辭典　太原　書海出版社
1993 年 3 月　頁 2—4

526. 毛　翰　　〈追念〉賞析　中國新詩鑑賞大辭典　南京　江蘇文藝出版社
1988 年 12 月　頁 598—600

527. 沈　謙　　追念覃子豪的〈追念〉　中央日報　1996 年 5 月 24 日　23 版

528. 沈　謙　　追念覃子豪的〈追念〉　林語堂與蕭伯納——看文人妙語生花
北京　中國友誼出版公司　1999 年 3 月　頁 229—232

529. 楊昌年　　〈沒有人認識的屍體〉　現代詩的創作與欣賞　臺北　文史哲出
版社　1991 年 9 月　頁 263

530. 繼　英　　〈距離〉賞析　世界華人詩歌鑑賞大辭典　太原　書海出版社

1993 年 3 月　頁 8—10

531. 楊華銘　　名詩金句〔〈有贈〉〕　青年日報　1996 年 10 月 26 日　11 版

532. 〔游喚，徐華中，張鴻聲編著〕　　〈秋之管絃樂〉賞析　現代詩精讀　臺北　五南圖書出版公司　1998 年 9 月　頁 114—115

533. 楊　青　意象語言的魔力：談覃子豪〈煙之外〉　星星　1998 年第 12 期　1998 年 12 月　頁 82—84

534. 林恬慧　論覃子豪〈吹簫者〉一詩中的簫聲[15]　藍星詩學　第 2 期　1999 年 6 月　頁 174—189

535. 唐　捐　以尺八靈眼，觀萬丈深淵——導讀覃子豪的〈吹簫者〉　幼獅文藝　第 608 期　2004 年 8 月　頁 112—115

536. 許俊雅　覃子豪〈吹簫者〉　我心中的歌：現代文學星空　臺北　文史哲出版社　2006 年 6 月　頁 14—16

537. 許俊雅　新詩教學——談新詩的標點符號與分行〔〈吹簫者〉部分〕　我心中的歌：現代文學星空　臺北　文史哲出版社　2006 年 6 月　頁 392

538. 楊宗翰　《文學雜誌》與臺灣現代詩史〔〈論新詩的發展〉部分〕　臺灣文學學報　第 2 期　2001 年 2 月　頁 170—171

539. 鄒建軍　直抒胸臆，清新有味——覃子豪〈我是一個水手〉賞析　中國海洋文學大系：二十世紀海洋詩精品賞析選集　臺北　詩藝文出版社　2002 年 4 月　頁 100—101

540. 落　蒂　詩的播種者——析覃子豪〈火的跳舞〉　詩的播種者　臺北　爾雅出版社　2003 年 2 月　頁 1—4

541. 〔吳東晟，陳昱成，王浩翔編〕　　〈烈嶼一少女〉導讀賞析　織錦入春闈：現代詩精選讀本　臺中　京城文化公司　2005 年 8 月　頁 13

---

[15] 本文從音樂角度論析〈吹簫者〉，探討詩中簫聲所象徵的意義，簫的形制發展、音色及簫聲在表現手法上的藝術價值，並探究詩人寫作動機，及詩中所反映出詩人的內心世界。全文分 6 小節：1.前言；2.作者生平；3.覃子豪的〈吹簫者〉一詩；4.簫的形制發展及音色；5.試論〈吹簫者〉中的簫聲；6.結論。

　　　　　　　—16

---

[16]與會者：張文宗、羊令野、鍾鼎文、羅門、張默、碧果、辛鬱、商禽、梅新、渡也、蓉子、向
　明、大荒、張漢良；紀錄：蕭蕭。
[17]本文評介覃子豪〈瓶之存在〉、〈吹簫者〉兩首詩，就其中的結構和意象進行論析。

551. 李元洛　意境，詩人與讀者的共同創造──談臺灣詩人覃子豪的〈追求〉
　　　　　　　與〈距離〉　當代文壇　1988 年第 2 期　1988 年 2 月　頁 51─53

552. 李元洛　意境‧詩人與讀者的共同創造──讀覃子豪的〈追求〉與〈距
　　　　　　　離〉　覃子豪紀念館落成專輯　廣漢　廣漢市覃子豪紀念館籌建
　　　　　　　組　1988 年 6 月　頁 146─152

553. 李元洛　意境，詩人與讀者的共同創造──讀覃子豪的〈追求〉與〈距
　　　　　　　離〉　藍星詩學　第 13 期　2002 年 3 月　頁 29─34

554. 華　姿　〈追求〉、〈詩的播種者〉、〈樹〉、〈距離〉賞析　世界華人詩歌鑑
　　　　　　　賞大辭典　太原　書海出版社　1993 年 3 月　頁 4─8

555. 陳義芝　四十年代名家詩選注──覃子豪詩選〔〈秋之管弦樂〉、〈吹簫
　　　　　　　者〉〕　不盡長江滾滾來：中國新詩選注　臺北　幼獅文化公司
　　　　　　　1993 年 6 月　頁 113─122

556. 王志健　抒情與出征──覃子豪〔〈死娥〉、〈九月之晨〉、〈沒有人認識的
　　　　　　　屍體〉〕　中國新詩淵藪（上）　臺北　正中書局　1993 年 7 月
　　　　　　　頁 1037─1044

557. 柯慶明　六十年代現代主義文學？〔〈新詩向何處去？〉、〈瓶之存在〉部
　　　　　　　分〕　四十年來中國文學　臺北　聯合文學出版社　1995 年 6 月
　　　　　　　頁 95─100

558. 張默，蕭蕭　〈追求〉、〈過黑髮橋〉、〈瓶之存在〉鑑評　新詩三百首（一
　　　　　　　九一七──一九九五）（上）　臺北　九歌出版社　1995 年 9 月　頁
　　　　　　　300─302

559. 蕭　蕭　臺灣海洋詩的美學特質〔〈貝殼〉、〈憶〉部分〕　海洋與文藝國
　　　　　　　際會議論文集　高雄　中山大學文學院　1999 年 9 月　頁 197─
　　　　　　　198

560.〔文鵬，姜凌主編〕　覃子豪──〈追求〉、〈樹〉　中國現代名詩三百首
　　　　　　　北京　北京出版社　2000 年 1 月　頁 470─472

561. 陳幸蕙　〈憶〉、〈貝殼〉芬多精小棧　小詩森林：現代小詩選 1　臺北　幼

獅文化公司　2003 年 11 月　頁 35—36

作品評論目錄、索引

562. 〔張默〕　　作品評論引得　現代百家詩選　臺北　爾雅出版社　2003 年 6
月　頁 35—36

563. 向　明，劉正偉　　詩文評介及傳記評論目錄彙編　新詩播種者：覃子豪詩
文選　臺北　爾雅出版社　2005 年 10 月　頁 303—316

564. 〔劉正偉編〕　　閱讀進階指引　覃子豪集　臺南　國立臺灣文學館　2008
年 12 月　頁 134—135

其他

565. 楓　堤〔李魁賢〕　　談一首梅士菲爾詩的翻譯〔〈西風歌〉部分〕　笠
第 7 期　1965 年 6 月　頁 50

566. 曾萍萍　　來種一棵文學的樹——《筆匯》在文學譯介的播種與造樹〔覃子
豪部分〕　2007 青年文學會議論文集：臺灣現當代文學媒介研究
臺北　文訊雜誌社　2009 年 12 月　頁 109-111

國家圖書館出版品預行編目資料

臺灣現當代作家研究資料彙編. 8, 覃子豪／陳義芝
編選.-- 初版.-- 臺南市：臺灣文學館, 2011.03
　　面；　公分.

ISBN 978-986-02-7258-1（平裝）

1.覃子豪　2.傳記　3.文學評論

863.4　　　　　　　　　　　　　100003459

【臺灣現當代作家研究資料彙編】08
覃子豪

發 行 人／　李瑞騰
指導單位／　行政院文化建設委員會
出版單位／　國立台灣文學館
　　　　　　地址／70041 台南市中西區中正路 1 號
　　　　　　電話／06-2217201　　　傳真／06-2218952
　　　　　　網址／www.nmtl.gov.tw　　電子信箱／pba@nmtl.gov.tw

總 策 畫／　封德屏
顧　　問／　林淇瀁　張恆豪　許俊雅　陳信元　陳建忠　陳義芝　須文蔚　應鳳凰
工作小組／　王雅嫺　杜秀卿　林端貝　周宣吟　張桓瑋
　　　　　　黃子倫　黃寁婷　詹宇霈　羅巧琳
編　　選／　陳義芝
責任編輯／　張桓瑋
校　　對／　王雅嫺　林肇豊　黃寁婷　詹宇霈　趙慶華　羅巧琳　蘇峰楠
計畫團隊／　財團法人台灣文學發展基金會
美術設計／　翁國鈞‧不倒翁視覺創意
印　　刷／　松霖彩色印刷事業有限公司

經銷展售／　國家書店松江門市（02-25180207）
　　　　　　國立台灣文學館—雪芙瑞文學咖啡坊（06-2214632）
　　　　　　五南文化廣場（04-22260330）
　　　　　　文建會員工消費合作社（02-23434168）
　　　　　　南天書局（02-23620190）　　　唐山出版社（02-23633072）
　　　　　　府城舊冊店（06-2763093）　　　台灣的店（02-23625799）
　　　　　　啓發文化（02-29586713）　　　三民書局（02-23617511）

初版一刷／2011 年 3 月
定　　　價／新臺幣 390 元整　　全套新臺幣 5500 元整
GPN／ 1010000399（單本）
　　　　 1010000407（套）
ISBN／978-986-02-7258-1（單本）
　　　 978-986-02-7266-6（套）

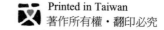